Jevgeni Vodolazkin

HET GROEN VAN DE LAURIER

Een ahistorische roman

Uit het Russisch vertaald door
Paul van der Woerd

AD VERBUM

Deze uitgave is mede mogelijk gemaakt door het
Russische Instituut voor Literaire Vertalingen

UITGEVERIJ GLAGOSLAV

INHOUD

Voor Tatjana

PROLEGOMENA

Door de tijd heen heeft hij vier namen gehad. Dat is positief op te vatten, want een mensenleven is niet enkelvoudig. De delen ervan hebben soms maar weinig met elkaar gemeen. Zo weinig, dat de indruk ontstaat dat het gaat om de levens van verschillende mensen. In zulke gevallen wekt het alleen maar verbazing dat al die mensen één en dezelfde naam dragen.

Hij had ook twee bijnamen. Een ervan, Roekinéts, verwees naar de vrije nederzetting Roekina, de plaats waar hij ter wereld kwam. Maar de meesten kenden hem onder de bijnaam Vratsj, de Arts, omdat hij voor zijn tijdgenoten bovenal een arts was. Daarbij valt te overwegen dat hij meer was dan een arts; wat hij volbracht ging de perken van de medische mogelijkheden te buiten.

Men neemt aan dat het woord *vratsj* komt van het woord *vrati*, dat zo veel betekent als 'het woord nemen, bezweren'. Deze etymologie impliceert dat in het genezingsproces het woord een substantiële functie vervulde. Het woord als zodanig, ongeacht zijn betekenis. Gezien de beperkte medische middelen had het woord in de middeleeuwen een beduidender rol dan tegenwoordig. En er moest tamelijk veel worden gesproken.

Artsen spraken. Zij waren bekend met allerlei middelen tegen ongemakken, maar ze lieten geen gelegenheid voorbijgaan om zich rechtstreeks tot de kwalen te wenden. Door ritmische, op het eerste gezicht zinloze frasen uit te spreken *bezwoeren* ze de ziekte het lichaam van de patiënt te verlaten. De scheidslijn tussen arts en fluisteraar was in die tijd relatief.

Zieken spraken. Bij ontstentenis van adequate diagnostiek moesten ze tot in detail alles omschrijven wat er omging in hun lijdende lichamen. Bijwijlen kwam het hun voor dat samen met de slepende, van pijn doortrokken woorden in stukjes en beetjes de ziekte uit hen naar buiten kwam. Alleen aan de artsen konden ze de kleinste finesses van hun ziekte kwijt, en dat luchtte op.

Verwanten van de zieken spraken. Zij plaatsten kanttekeningen of zelfs correcties bij de anamnese, omdat niet bij alle kwalen de lijders in staat waren betrouwbaar weer te geven wat ze doormaakten. De familieleden konden openlijk uitdrukking geven aan hun vrees dat de ziekte ongeneeslijk was en (de middeleeuwen waren geen sentimenteel tijdvak) zich erover beklagen hoeveel ze met de zieke te stellen hadden. Ook dat luchtte op.

Bijzonder aan de man van wie hier sprake is, is dat hij heel weinig sprak. Hij was de woorden van Arsenius de Grote indachtig: dikwerf heb ik spijt gehad van woorden die minen mont had gesproken, maar zwijgen heb ik nooit berouwd. Doorgaans onderzocht hij de zieke zonder te spreken. Hij zei niet meer dan bijvoorbeeld: je lichaam zal je nog dienen. Of: je lichaam is in het ongerede geraakt, bereid je erop voor het af te leggen; besef dat dit omhulsel onvolmaakt is.

Zijn roem was groot. Ze vervulde de hele bewoonde wereld en hij kon zich er nergens aan onttrekken. Waar hij verscheen dromden de mensen samen. Dan liet hij zijn blik aandachtig langs de aanwezigen gaan en deelde zijn zwijgen zich aan hen mee. De menigte viel ter plekke stil. In plaats van woorden braken er uit de honderden open monden alleen dampwolkjes los. Hij keek toe hoe die vervlogen in de vrieslucht. Onder zijn voeten was het gekraak van de januarisneeuw te horen. Of het geritsel van de septemberbladeren. Iedereen stond te wachten op een wonder, langs de gezichten droop het zweet van de verwachting. De zilte druppels vielen met een plofje ter aarde. De menigte week uiteen om hem door te laten naar degene voor wie hij gekomen was.

Hij legde zijn hand op het voorhoofd van de zieke. Of raakte de wond aan. Menigeen geloofde dat beroering door zijn hand genezend werkte. De bijnaam Roekinets, die hij te danken had aan zijn geboorteplaats, kreeg zo een bijkomende betekenis: Handman – *roeká* betekent 'hand'. Zijn geneeskunst vervolmaakte zich van jaar tot jaar en bereikte in het zenit van zijn leven hoogten die voor mensen onbereikbaar schenen.

Het heette dat hij beschikte over het elixer der onsterfelijkheid. Van tijd tot tijd kan men zelfs horen beweren dat de schenker van genezingen niet zoals alle anderen sterfelijk was. Dat idee is ontstaan doordat zijn lichaam na zijn dood geen sporen van ontbinding vertoonde. Het lag vele dagen onder de blote hemel en bleef er hetzelfde uitzien. Vervolgens verdween het, alsof de eigenaar het liggen moe was. Hij was opgestaan en weggegaan. De mensen die zo denken, vergeten echter dat sinds de schepping der wereld slechts twee mensen de aarde in het lichaam hebben verlaten. Tot beschaming van de Antichrist werd Henoch door de Heer opgenomen en steeg Elia in een vurige wagen ten hemel. De overlevering spreekt niet van een Russische arts.

Te oordelen naar zijn schaarse uitlatingen was hij niet van zins om eeuwig in het lichaam te verblijven – al was het maar omdat hij zich daarmee zijn hele leven bezighield. Dat elixer der onsterfelijkheid had hij waarschijnlijk ook niet. Zulke zaken beantwoorden niet echt aan het beeld dat we van hem hebben. Met andere woorden, we kunnen met zekerheid zeggen dat hij in de tegenwoordige tijd niet onder ons is. Daarbij moeten we wel de kanttekening plaatsen dat hij zelf niet altijd begreep welke tijd als tegenwoordig dient te worden beschouwd.

HET BOEK DER KENNISVERWERVING

.i.

Hij kwam ter wereld in de vrije nederzetting Roekina nabij het Kirillov-klooster. Dat gebeurde op 8 mei van het jaar 6948 sinds de Schepping der wereld, het 1440e sinds de Geboorte van onze Heiland Jezus Christus, op de gedenkdag van Arsenius de Grote. Zeven dagen nadien werd hij op de naam Arseni gedoopt. Deze zeven dagen at zijn moeder geen vlees, om de pasgeborene voor te bereiden op diens eerste communie. Tot de veertigste dag na de geboorte ging zij niet ter kerke, in afwachting van de reiniging haars vlezes. Toen haar lichaam gereinigd was, ging zij naar de vroege dienst. In de narthex liet ze zich voorover vallen en bleef urenlang liggen om voor haar zuigeling maar één ding te vragen: het leven. Arseni was haar derde kind. De eerder geborenen hadden hun eerste jaar niet overleefd.

Arseni overleefde. Op 8 mei 1441 kwam het gezin naar het Kirillo-Belozerski-klooster voor een dankmoleben. Na de dienst kusten Arseni en zijn ouders de relieken van de heilige monnik Kirill en vertrokken naar huis, terwijl zijn grootvader Christofór in het klooster bleef. De volgende dag zou hij de leeftijd van zeventig jaar bereiken en hij wilde starets Nikandr vragen hoe het hem verder zou vergaan.

In feite, antwoordde de starets, heb ik je niets te zeggen. Of wacht: vrund, ga wat dichter bij het kerkhof wonen. Zo'n lang eind als jij is straks lastig te dragen. En nog iets: blijf op je eentje.

Aldus starets Nikandr.

.ij.

Christofor verhuisde dus naar een van de omliggende kerkhoven. Op een flinke afstand van Roekina, pal bij de omheining van het kerkhof, vond hij een lege hut. De vorige bewoners hadden de laatste epidemie niet overleefd. Het was een tijd waarin huizen gaandeweg talrijker werden dan mensen. Niemand voelde ervoor zijn intrek te nemen in het stevige, ruime, maar erfloze stulpje. Het stond ook nog eens pal bij het kerkhof, dat vol lag met mensen die aan de pest waren gestorven. Maar Christofor had het lef wel.

Men zei dat hij toen reeds een heel duidelijke voorstelling had van de toekomst van deze plek. Dat hij kennelijk zo ver van tevoren al wist dat in 1495 op de plaats van zijn hut een begraafplaatskapel zou worden gebouwd. Deze kerk werd gesticht ter dankzegging voor de gelukkige afloop van het jaar 1492, het zevenduizendste na de Schepping. En al deed het verwachte einde van de wereld zich in dat jaar niet voor, een naamgenoot van Christofor ontdekte tot zijn eigen verbazing en die van anderen Amerika (iets dat op het moment zelf weinig aandacht kreeg).

In 1609 wordt de kerk verwoest door Poolse soldaten. Het kerkhof raakt in verval, ter plaatse schiet een pijnwoud op. Mensen die er paddenstoelen plukken, worden van tijd tot tijd aangesproken door geestverschijningen. In 1817 verwerft de koopman Kozlov het bos voor de houtproductie. Twee jaar later wordt op de vrijgekomen plaats een armenziekenhuis gebouwd. Op de kop af honderd jaar nadien trekt de districts-Tsjeka in het pand. In overeenstemming met de oorspronkelijke bestemming van het gebied organiseert het departement er massabegrafenissen. In 1942 veegt de Duitse vlieger Heinrich von Einsiedel met een precisieaanval het gebouw van de kaart. In 1947 wordt het perceel getransformeerd tot een militair oefenterrein en overgedaan aan de 7e Vorosjilov-tankbrigade van het Rode Leger. Sedert 1991 is de grond in eigendom van kwekerij *Witte nachten*. Samen met de aardappels graven de leden van het kwekerijcollectief een grote hoeveelheid botten en granaten op, maar ze maken geen haast om daarover te klagen bij het districtsbestuur. Ze weten dat toch niemand hun ander land ter beschikking zal stellen.

We moeten het nu eenmaal op deze grond zien te rooien, zeggen ze.

Deze gedetailleerde vooruitblik toonde Christofor dat bij zijn leven de grond ongeschonden en het huis van zijn keuze intact zou blijven. Christofor besefte dat voor een land met een roerige historie vierenvijftig jaar geen geringe periode is.

Het was een huis met vijf muren: behalve de vier buitenmuren bevatte de structuur een binnenmuur. Deze vijfde wand stak dwars door het bouwsel en vormde zo twee kamers: een warme (met kachel) en een koude.

Bij zijn verhuizing ging Christofor na of er geen kieren tussen de balken zaten en spande hij opnieuw ossenblaas in de vensters. Hij nam boterbonen en jeneverbessen en vermengde die met juniperspaanders en wierook. Hij voegde eikenbladeren en wijnruitbladeren toe. Hij stampte het geheel fijn en legde het op houtskool en liet de zaak een dag lang doorroken.

Al wist Christofor dat de zwarte dood mettertijd vanzelf uit de hutten verdween, een dergelijke omzichtigheid achtte hij niet overbodig. Hij maakte zich zorgen om zijn familie, die hem zou kunnen komen opzoeken. Hij maakte zich ook zorgen om alle mensen die hij behandelde, want die liepen af en aan. Christofor was kruidendokter en er kwam allerlei volk bij hem langs.

Er kwamen er die werden geplaagd door hoest. Hij gaf ze dan tarwebloem en gerstemeel, vermengd met honing. Soms gekookte spelt, aangezien spelt vocht aan de longen onttrekt. Afhankelijk van het type hoest kon hij erwtensoep of kookvocht van knolraap geven. Christofor classificeerde de hoest op het gehoor. Als de hoest onduidelijk was en zich aan classificatie onttrok, drukte Christofor een oor tegen de borst van de patiënt om langdurig diens ademhaling te beluisteren.

Er kwamen er om wratten te laten verwijderen. Dezulken schreef Christofor voor om op de wratten gemalen ui met zout aan te brengen. Of ze in te smeren met mussenpoep, te versnijden met speeksel. Maar het beste middel bestond naar zijn idee uit gemalen centauriezaad, waarmee men de wratten diende te bestrooien. Centauriezaad trok de wortel uit de wratten, zodat er op dezelfde plaatsen geen nieuwe meer groeiden.

Christofor bood ook hulp bij problemen tussen de lakens. Degenen die daarvoor kwamen pikte hij er meteen uit, door hoe ze binnenkwamen en op de drempel bleven dralen. Christofor moest lachen om hun tragische en schuldbewuste oogopslag, maar dat liet hij niet merken. Zonder plichtplegingen beval de kruidendokter zijn gasten hun broek uit te doen, en ze gehoorzaamden zonder enig protest. Soms stuurde hij ze naar het aanpalende vertrek om zich te wassen, waarbij hij bijzondere aandacht vroeg voor de voorhuid. Hij was ervan overtuigd dat men zich ook in de middeleeuwen diende te houden aan de regels der persoonlijke hygiëne. Geërgerd luisterde hij hoe het water uit de oos met tussenpozen in de houten kuip plensde.

Wat sullen wi dan hier toe segghen, noteerde hij gemelijk op een stukje berkenbast. Hoe is het mogelijk dat vrouwen zoiets bij zich in de buurt laten komen? Te erg voor woorden.

Vertoonde de schemelicke vede geen kwetsuren, dan vroeg Christofor tot in detail door waar het probleem zat. Ze waren niet bang om het hem te vertellen, want ze wisten dat hij zijn mond niet voorbij zou praten. Als de erectie uitbleef, suggereerde Christofor om aan het eten kostbare anijs en amandel of goedkope muntsiroop toe te voegen: dat bracht de zaadproductie op gang en het hoofd op hol. Eenzelfde effect werd toegeschreven aan een kruid met de curieuze benaming *kraaienspek*, oftewel *hemelsleutel*, en aan simpel graan. En er bestond ook nog altijd de *doorwas*, die twee wortels had: een witte en een zwarte. De witte hielp je aan een stijve, de zwarte hielp je er weer vanaf. Het middel had een nadeel: op het moment suprême moest je de witte wortel in je mond houden. Dat was weleens teveel gevraagd.

Als dit allemaal niet leidde tot een hogere zaadproductie en grotere geslachtsdrift, ging de kruidendokter over van de plantaardige naar de dierlijke wereld. Wie impotent was geworden kreeg de aanbeveling eend of hanenniertjes te eten. In ernstige gevallen verordonneerde Christofor om te zorgen voor vossentestikels, die in een vijzel fijn te stampen en met wijn op te drinken. Wie niet tegen een dergelijke opgave opgewassen was, mocht ook kippeneieren eten, met voor het lekker ui en knolraap erbij.

Niet dat Christofor in kruiden geloofde, hij geloofde veeleer dat in de weg van ieder kruid de hulpe Gods te bestemder plaatse kwam. Net zoals deze hulp ook in de weg van mensen kon komen. Zowel de kruiden als de mensen waren slechts gereedschappen. Hij hield zich niet bezig met de vraag waarom aan elk van de hem bekende kruiden strikt afgebakende kwaliteiten verbonden waren; daar zag hij de zin niet van in. Christofor begreep Wie dat verband had gelegd en het was hem genoeg er weet van te hebben.

De hulp van Christofor aan zijn naasten beperkte zich niet tot de geneeskunst. Hij was ervan overtuigd dat de geheimzinnige werking van kruiden zich uitstrekte tot alle gebieden van het menselijk leven. Het was hem bekend dat de *melkdistel*, met zijn wortel wit als was, welslagen brengt. Hij gaf dit kruid aan handelslieden, zodat die overal waar ze kwamen met alle egards werden ontvangen en grote roem oogstten.

En weest alleen niet onmatelijc trots, waarschuwde Christofor hen. Hoovaerdij is de wortel van alle kwaet.

De melkdistel placht hij alleen te geven aan degenen van wie hij absoluut zeker was.

Het meest hield Christofor van het rode kruid, niet hoger dan een speld, dat de naam *zonnedauw* droeg. Hij had dit altijd bij zich. Hij wist dat het goed was om, wanneer je iets ondernam, er wat van op je lichaam te dragen. Neem het bijvoorbeeld mee naar de rechtszaal, ende ghy en sult nyet gheoordeelt worden. Of zit ermee aan bij een banket, dan hoef je de ketter niet te vrezen die iedereen in onbewaakte ogenblikken belaagt.

Van ketters moest Christofor niets hebben. Hij bracht ze aan het licht met behulp van *alruin*. Als hij dit kruid bij het moeras plukte, zegende hij zichzelf met het kruisteken en de woorden: erbarm U mijner, Heer. Als hij daarna het kruid liet wijden, vroeg hij de priester om het op het altaar te leggen en het daar veertig dagen te laten liggen. Als hij het na afloop van die veertig dagen weer meenam, pikte hij uit een hele menigte feilloos die ene ketter of boze geest.

Jaloerse echtgenoten beval Christofor *croos* aan – niet het kroos dat over moerassen ligt, maar het blauwe kruid dat de aarde bedekt. Dit diende men bij de vrouw aan het hoofdeinde te leggen: als ze insliep, vertelde ze dan alles van zichzelf. Goed of kwaad. Er was nog een middel om haar aan het praten te krijgen: een uilenhart. Dat moest men de slapende vrouw op het hart leggen. Maar deze stap ging de meesten te ver: het was griezelig.

Zelf had Christofor aan deze middelen geen behoefte, want zijn vrouw was dertig jaar eerder gestorven. Bij de kruidenpluk waren ze overvallen door een onweer en aan de rand van het woud was ze door de bliksem getroffen. Christofor stond erbij en kon niet geloven dat zijn vrouw dood was, omdat ze net nog springlevend was geweest. Hij greep haar schouders en schudde haar door elkaar, haar natte haren sloegen over zijn handen. Hij wreef haar wangen op. Onder zijn vingers bewogen geluidloos haar lippen. Haar wijd open ogen keken naar de toppen van de pijnbomen. Hij praatte op zijn vrouw in, ze moest opstaan en meegaan naar huis. Ze zweeg. En niets kon haar aan de praat krijgen.

Op de dag dat hij verhuisde naar zijn nieuwe stek, pakte Christofor een stuk berkenbast van gemiddelde afmetingen en schreef daarop: ze zijn tenslotte al volwassen. Hun kind is tenslotte al een jaar. Volgens mij zijn ze zonder mij beter af. Na enig nadenken voegde Christofor eraan toe: maar vooral, de starets heeft het aanbevolen.

.iij.

Vanaf Arseni's derde levensjaar brachten zijn ouders hem regelmatig bij Christofor. Soms namen ze hem weer mee als ze na het eten weggingen. Maar vaker lieten ze hem voor een paar dagen achter. Hij had het naar zijn zin bij opa. Deze visites vormden Arseni's eerste herinneringen. En ze zouden het laatste zijn wat hij ten slotte vergat.

Het rook lekker in opa's hut. Naar allerhande kruiden die aan de zondering te drogen hingen; nergens anders rook het zo. Arseni hield ook van de pauwenveren die een van de pelgrims had meegebracht en die in de vorm van een waaier aan de wand waren bevestigd. Het patroon in de veren deed wonderlijk sterk aan ogen denken. Als de jongen bij Christofor was voelde hij zich op de een of andere manier alsof er iemand op hem lette.

Er was nog iets dat hij mooi vond: de ikoon van de heilige martelaar Christoforus, die onder de beeltenis van de Heiland hing. Tussen de strenge Russische ikonen sprong deze eruit: de heilige Christoforus had een hondenkop. Uren kon het kind naar de ikoon kijken, en stukje bij beetje maakte het aandoenlijke aangezicht van de kynocephaal plaats voor de trekken van zijn grootvader. De ruige wenkbrauwen. De plooien die zich rond de neus hadden gevormd. De baard die alles bezuiden de ogen overwoekerde. Opa bracht het grootste deel van zijn tijd door in het woud en ging steeds gretiger op in de natuur. Hij begon te lijken op de honden en de beren. Op de kruiden en de boomstronken. En hij praatte met een stem die knerpte als een stuk hout.

Soms nam Christofor de ikoon van de muur en mocht Arseni haar kussen. De jongen kuste bedachtzaam die heilige met dat harige hoofd en raakte met zijn vingertoppen de dof geworden verf aan. Opa Christofor keek toe hoe de mysterieuze stromen van de ikoon overvloeiden in de handen van Arseni. Op een keer maakte hij de volgende aantekening: het kind beschikt over een bijzonder soort concentratie. Zijn toekomst komt mij voor als buitengewoon, maar de aanblik ervan valt me zwaar.

Toen de jongen vier jaar was begon Christofor hem wegwijs te maken in de kruiden. Van 's ochtends vroeg tot 's avond laat zwierven ze door de wouden om daar allerlei gewassen te plukken. Bij ravijnen zochten ze naar het kruid *voorjaarsadonis*. Christofor wees Arseni de kleine, sprietige blaadjes. De voorjaarsadonis hielp bij breuken en koorts. Bij koorts werd dit kruid toegediend met kruidnagel, waarna het zweet de zieke in straaltjes uitbrak. Als het zweet dik was en zwaar geurde, was het zaak (hier hield Christofor na een blik op Arseni even in) zich voor te bereiden op de dood. De bepaald niet kinderlijke oogopslag van Arseni gaf Christofor een *unheimisch* gevoel.

Wat is dat, de dood, vroeg Arseni.

De dood, dat is wanneer je niet beweegt en niets zegt.

Zo dus? Arseni strekte zich uit op het mos en keek zonder met zijn ogen te knipperen naar Christofor.

Christofor tilde de jongen op en zei tegen zichzelf: mijn vrouw, zijn grootmoeder, lag er ook zo bij, daarom ben ik nu zo geschrokken.

Niet schrikken, riep de jongen, ik leef weer!

Op een van hun wandelingen vroeg Arseni aan Christofor waar oma nu was gebleven.

In de hemel, antwoordde Christofor.

Die dag besloot Arseni naar de hemel te vliegen. De hemel fascineerde hem al heel lang, en de mededeling dat oma, die hij nooit had meegemaakt, daar was, maakte die hartstocht onontkoombaar. Alleen de pauwenveren konden hem hierbij helpen: die moesten wel van een paradijselijke vogel zijn.

Weer thuis pakte Arseni op de deel een eindje touw, haalde de pauwenveren van de muur en nam de ladder naar het dak. Hij verdeelde de veren in twee gelijke delen en bond ze stevig vast aan zijn armen. Deze eerste keer was Arseni niet van plan om lang in de hemel te blijven. Hij wilde alleen de lazuren lucht ervan inademen en als het lukte eindelijk een glimp opvangen van oma. Dan kon hij haar meteen de groeten doen van Christofor. Arseni stelde zich voor dat hij ruimschoots op tijd terug kon zijn voor het eten, waar Christofor al mee in de weer was. Arseni klom naar de nok, sloeg zijn vleugels uit en deed een stap naar voren.

De vlucht was even onstuimig als kortstondig. In zijn rechterbeen, dat als eerste de grond raakte, voelde Arseni een snijdende pijn. Maar opstaan lukte niet en na zijn benen onder zijn vleugels te hebben getrokken bleef hij stilletjes liggen. De afgebroken en tegen de grond geknakte pauwenveren vielen Christofor pas op toen hij naar buiten kwam om de jongen aan tafel te roepen. Christofor bevoelde het been en begreep dat het gebroken was. Om de heling te bespoedigen, legde hij op de plaats van de kwetsuur een pleister met gemalen erwten. Om het been rust te geven, spalkte hij het tegen een plankje. Om niet alleen Arseni's lichaam maar ook zijn geest te sterken, nam hij hem mee naar het klooster.

Ik weet dat je van plan bent de hemel te bestormen, zei starets Nikandr vanaf de drempel van zijn kluis. Maar met alle respect, je pakt het volgens mij op een wat aparte manier aan. Te zijner tijd vertel ik je wel hoe een en ander in zijn werk gaat.

Zodra Arseni weer op zijn been kon staan begonnen ze opnieuw kruiden te plukken. Eerst beperkten ze zich tot de omliggende bossen, maar elke dag gingen ze een stukje verder om te zien wat Arseni aankon. Langs stromen en beken verzamelden ze waterlelies – oranjegele bloemen met witte bladeren – als tegengif. Daar, bij de rivieren, vonden ze ook het kruid *baklan*. Christofor liet zien hoe je dit kon herkennen aan de gele kleur, de ronde bladeren en de witte wortel. Met dit kruid werden paarden en koeien behandeld. Aan de bosrand plukten ze *wildemanskruid*, dat alleen in het voorjaar groeit. Men diende het te plukken op de negende, de tweeëntwintigste en de negenentwintigste april. Bij de bouw van een hut legde men wildemanskruid onder de eerste balk. Ze zochten ook het kruid *sava*. Hier betoonde Christofor zich voorzichtig, want als je het tegenkwam kon je in verstandsverbijstering geraken. Maar (hij ging voor de jongen op zijn hurken zitten) als je dit kruid op het spoor van een dief legde, kreeg je het gestolene terug. Hij deponeerde het kruid in zijn mandje en dekte het af met klit. Onderweg naar huis pakten ze ook altijd peulen mee van het kruid *wegewise*, dat slangen op een afstand hield.

Leg een zaadje ervan in je mond en het water gaat opzij, zei Christofor op een keer.

Werkelijk, vroeg Arseni in alle ernst.

Als je erbij bidt wel. Christofor voelde zich opgelaten. Dat bidden doet het hem.

Waar is dat zaadje dan voor nodig? De jongen hief zijn hoofd op en zag dat Christofor glimlachte.

Dat wil de overlevering. Ik geef het alleen maar door.

Bij het kruiden plukken zagen ze een keer een wolf. De wolf stond op een paar passen afstand en keek hun in de ogen. Zijn tong hing uit zijn bek en trilde onder de snelle ademhaling. De wolf had het warm.

Niet bewegen, zei Christofor, dan gaat hij vanzelf weg. Grootmartelare Georgi, comt ons te hulpe.

Hij gaat niet weg, wierp Arseni tegen. Hij is juist hier omdat hij bij ons wil zijn.

De jongen liep op de wolf toe en pakte hem in zijn nekvel. De wolf ging zitten. Zijn staart stak onder zijn achterpoten vandaan. Christofor leunde tegen een dennenboom en keek aandachtig naar Arseni. Toen ze op huis aan gingen kwam de wolf hun achterna. Zijn tong hing nog steeds omlaag als een rood vaantje. Aan de grens van het dorp bleef hij staan.

Sindsdien kwamen ze de wolf vaak tegen in het bos. Als ze aten kwam de wolf naast hen zitten. Christofor wierp hem stukjes brood toe en de wolf ving die in de lucht op, waarbij zijn tanden op elkaar klapten. Hij rekte zich uit in het gras en keek bedachtzaam voor zich uit. Als grootvader en kleinkind terugkeerden liep de wolf met hen mee tot aan het huis. Soms bleef hij slapen op het erf en gingen ze 's ochtends gedrieën er weer op uit om kruiden te zoeken.

Als Arseni moe werd zette Christofor hem in de linnen tas op zijn rug. Een ogenblik later voelde hij een wang tegen zijn nek: de jongen was in slaap gevallen. Christofor stapte voorzichtig door het warme zomermos. In zijn ene hand hield hij de mand, met zijn andere trok hij de schouderbanden recht en joeg hij de vliegen weg van de slapende jongen.

Thuis haalde Christofor de klissen uit de lange lokken van Arseni, soms wies hij meteen diens haar. Het loog maakte hij uit esdoornblad en het witte kruid *henoch*, dat ze samen plukten op grotere hoogten. Van het loog werden Arseni's gouden haren zacht als zijde. Ze lichtten op in de zonnestralen. Christofor vlocht er blaadjes van de *grote engelwortel* doorheen – dan zouden de mensen van hem houden. Overigens ontging het hem niet dat de mensen Arseni sowieso graag mochten.

Overal waar het kind verscheen, verbeterde de stemming. Alle bewoners van Roekina voelden dat. Als ze Arseni's hand vastpakten, lieten ze die niet graag weer los. Als ze zijn haar kusten, hadden ze het gevoel zich over een waterbron te buigen. Arseni had iets dat hun bepaald niet makkelijke leven verlichtte. En ze waren hem daar dankbaar voor.

Voor het slapengaan vertelde Christofor het kind over Salomo en Kitovras. Dit verhaal kenden ze allebei van buiten en elke keer weer ondergingen ze het als voor het eerst.

Toen Kitovras bij Salomo werd gebracht, zag hij een man die net nieuwe laarzen had gekocht. De man wilde weten of die laarzen zeven jaar zouden meegaan, en Kitovras begon te lachen. Ze liepen verder, Kitovras zag een bruiloft en moest huilen. Salomo vroeg Kitovras waarom hij had gelachen.

Ick sagh het desen mensch aen, zei Kitovras, dat hi gheen seven daghen meer in leven sijn en sal.

Salomo vroeg Kitovras waarom hij had gehuild.

Uut deernesse, zei Kitovras, ommedat dese brudegomme gheen dertich daghen meer in leven sijn en sal.

Op een keer zei de jongen:

Ik snap niet waarom Kitovras moest lachen. Omdat hij wist dat mensen weer opstaan?

Geen idee. Lijkt me niet.

Christofor had zelf ook het gevoel dat Kitovras beter niet had kunnen lachen.

Om Arseni makkelijk te laten inslapen, legde Christofor *kattenstaart* onder zijn hoofdkussen. Daarmee viel Arseni snel in slaap. En hij kon ongestoord dromen.

.iiij.

Aan het begin van het tweede zevental van Arseni's jaren bracht zijn vader de jongen bij Christofor.

Het is onrustig in het dorp, zei vader, de pest zit eraan te komen. De jongen kan beter zolang hier zijn, ver van iedereen.

Blijf jij ook maar, stelde Christofor voor, met je vrouw.

Vader, wij hebben ons graan te oogsten, waar bereiden wij immers des winters onze spijze van? Hij haalde slechts zijn schouders op.

Christofor vermaalde hete solfer en gaf die aan hem mee om in te nemen met eigeel en weg te spoelen met rozenbottelsap. Hij beval de ramen niet te openen en 's ochtends en 's avonds op het erf een eikenhoutvuur aan te leggen. Wanneer de kolen doofden moesten ze er alsem, jeneverbes en wijnruit op gooien. Dat was alles. Meer konden ze niet doen. Christofor slaakte een zucht. Houd u verre van deze smarte, mijn zoon.

Arseni moest huilen toen hij zag hoe zijn vader naar de wagen liep. Wat is hij klein, en wat een springerig loopje heeft hij. Hij gaat half op het boord zitten en gooit zijn benen in het hooi op de kar. Hij pakt de leidsels beet en klakt met zijn tong naar het paard. Het paard briest, trekt met zijn hoofd en komt zachtjes in beweging. Op de platgetreden grond klinken de hoeven dof. Vader schommelt lichtjes heen en weer. Hij draait zich om en zwaait. Hij wordt kleiner en kleiner en versmelt met de wagen. Hij verandert in een punt. En verdwijnt.

Hoe ist dat ghi weent, vroeg Christofor aan de jongen.

Ik ontwaar op hem het teken des doods, antwoordde de jongen.

Hij huilde zeven dagen en zeven nachten. Christofor deed er het zwijgen toe, want hij wist dat Arseni het bij het rechte eind had. Ook hij had het teken gezien. Hij wist bovendien dat zijn kruiden en woorden hier krachteloos waren.

Rond het middaguur van de achtste dag nam Christofor de jongen bij de hand en gingen ze op weg naar Roekina. Het was een stralende dag. Ze liepen zonder het gras te betreden en zonder stof op te werpen. Het was of ze op hun tenen liepen. Het was of ze de kamer van een overledene betraden. Bij de nadering van Roekina haalde Christofor uit zijn zak een in wijnazijn gedrenkte engelwortel en brak die in tweeën. Een helft hield hij zelf, de andere gaf hij aan Arseni.

Hier, hou dit in je mond. Gods kracht zij met ons.

Het dorp ontving hen met hondengeblaf en koeiengeloei. Christofor kende deze geluiden maar al te goed, ze waren onmiskenbaar. Dit was de muziek van de pest. Grootvader en kleinkind liepen langzaam over straat, alleen de honden rukten zich van hun ketting om hun tegemoet te komen. Mensen waren er niet. Toen ze het huis van Arseni naderden, zei Christofor:

Jij gaat niet verder. De lucht is vol van dood.

De jongen knikte, want hij zag de vleugels van de dood. Ze zweefden boven het huis. Ze trilden in de opgewarmde lucht boven de nok van het dak.

Christofor bekruiste zich en liep het erf op. Bij de omheining lagen schoven ongedorste tarwe. De deur van de hut stond open. Onder de augustuszon zag deze gapende rechthoek er onheilspellend uit. Van alle kleuren van de dag had hij alleen het zwart in zich opgenomen. Alle beschikbare zwart en alle kilte. Hoe kon je in leven blijven als je daarin terecht was gekomen? Weifelend deed Christofor een stap in de richting van de deur.

Staan blijven, klonk het uit de duisternis.

Deze stem deed denken aan zijn zoon. Maar niet meer dan dat. Alsof iemand anders dan zijn zoon van deze stem gebruik maakte. Christofor vertrouwde het niet en deed nog een stap in de richting van de deur.

Staan blijven, of ik vermoord je.

In het donker klonk gestommel en tegen de deurpost sloeg, alsof iemand hem uit zijn handen had laten vallen, een hamer.

Laat ons jullie bekijken, zei Christofor schor.

Zijn keel was dichtgeknepen.

Wij zijn al dood, zei de stem. De levenden hebben hier niets te zoeken. Blijf daar, anders gaat Arseni er ook aan.

Christofor stond stil. Hij hoorde hoe op zijn slaap een ader klopte en begreep dat zijn zoon gelijk had.

Drinken, kreunde moeder vanuit het donker.

Mama, schreeuwde Arseni, en stormde de hut in.

Hij schepte water uit de emmer en reikte dat zijn moeder aan, die van de bank was gevallen. Hij kuste haar geleiachtige gezicht, maar ze leek te slapen en kreeg haar ogen niet open. Hij probeerde haar los te trekken van de grond en voelde in haar oksels de ontstoken knobbels.

Mijn jongen, ik kan al niet meer wakker worden...

De hand van zijn vader greep Arseni beet en slingerde hem naar de drempel. Christofor sleurde hem op zijn beurt bij de drempel weg. Arseni begon te schreeuwen zoals hij nog nooit had geschreeuwd, maar in de nederzetting was er niemand die hem hoorde. Toen de stilte inviel, zag hij op de drempel het dode lichaam van zijn vader.

.v.

Sindsdien woonde Arseni bij Christofor.

De jongen is ongetwijfeld begaafd, noteerde Christofor op een keer. Hij pikt alles moeiteloos op. Ik heb hem wegwijs gemaakt in de kruiden, daar heeft hij straks een prima boterham aan. Ik zal hem ook allerlei andere kennis bijbrengen om zijn blikveld te verbreden. Hij moet weten hoe de wereld in elkaar steekt.

Op een heldere oktobernacht nam Christofor de jongen mee naar het open veld en toonde hem waarin de elementen samenvielen – die van hemel en aarde:

In den beginne schiep God de hemel en de aarde. Hij schiep ze daarom, opdat de mensen niet zouden menen dat hemel en aarde zonder begin zijn. En God scheidde het licht van de donkerheden. En Hij noemde het licht dag, en de donkerheden nacht.

Het gras vlijde zich tegen hun voeten, terwijl boven hun hoofden meteoren voorbijvlogen. Op zijn achterhoofd voelde Arseni de warme hand van Christofor.

En God schiep de zon ter verlichting van den dag, en de maan ter verlichting van den nacht.

Zijn die lichten groot, vroeg de jongen.

Best wel... Christofor trok een rimpel in zijn voorhoofd. De omtrek van de Maan bedraagt honderdtwintig duizend stadiën, die van de Zon – bij benadering, uiteraard – drie miljoen stadiën. Het lijkt maar zo dat ze klein zijn, maar hun werkelijke afmetingen zijn zelfs moeilijk voor te stellen. Bestijg een hoge berg en bezie het veld. Schijnt gene herderskudde daar uw oog geen mierenhoop te zijn? Zo ook de lichten.

Enkele dagen achtereen spraken zij over lichten en voortekenen. Christofor vertelde de jongen van de dubbele zon, die hij meermalen had gezien: als die in het oosten of in het westen verschijnt, beduidt dat grote regenval en wind. Soms komt de zon de mensen voor als bloederig, maar dat gebeurt door heiige uitwasemingen en duidt op een hoge vochtigheid. Soms ook lijken de zonnestralen op haren (Christofor strijkt Arseni over diens haar) en schijnen de wolken in brand te staan: wind en kou. En als de stralen zich terugbuigen naar de zon, terwijl de wolken bij zonsondergang zwart worden: ongeluk. Wanneer de zon bij haar ondergang blank is: kalm en helder weer. Helder weer laat zich eveneens aflezen aan de driedaagse maan, als die blank en rank is. Als de maan rank is maar lijkt te branden: krachtige wind, en als beide uiteinden van de maansikkel gelijk zijn en het noordelijke uiteinde spierwit, gaan westenwinden liggen. Als de volle maan verduistert, kun je regens verwachten, als ze aan twee kanten afneemt, wind; een krans rond de maan is een voorteken van ongeluk, een verdonkerde krans van ernstig ongeluk.

Als de jongen hiervoor duidelijk interesse aan de dag legt, waarom zou ik hem dit dan niet vertellen, vroeg Christofor zich af.

Eens gingen ze naar de oever van het meer, en Christofor zei:

En God sprak: dat de wateren vissen voortbrengen, die zwemmen in de diepten, en vogels, zeilend door het firmament. Zowel dezen als genen werden geschapen om te zweven, elk in hun eigen element. Voorts sprak God: dat de aarde levende dieren voortbrenge, viervoetige. Tot aan de zondeval waren de dieren aan Adam en Eva onderdanig. Je kunt wel zeggen dat ze van de mensen hielden. Maar nu alleen nog bij uitzondering; alles is op de een of andere manier naar de knoppen.

Christofor klopte de wolf, die achter hen aan draafde, in zijn nekvel.

Op de keper beschouwd zijn vogels, vissen en dieren in menig opzicht net mensen. Weet je, daarin zijn we met het grote geheel verbonden. We leren van elkaar. De leeuwin, Arseni, baart haar welp altijd dood, maar op de derde dag komt de leeuw en blaast hem het leven in. Dat herinnert ons eraan dat ook het mensenkind tot aan zijn doop dood is voor de eeuwigheid, en pas met de doop tot leven komt. Er is ook nog de duizendpootvis. Die neemt de kleur aan van de rots waar ze langs zwemt: wit bij een witte rots, groen bij een groene. Zo, m'n knaap, zijn ook zekere lieden: onder de christenen zijn zij christen, onder de heidenen heiden. En er is de vogel fenix, die noch een echtgenoot, noch kinderen heeft. Ze eet niets maar vliegt tussen de ceders van de Libanon en vult haar vleugelen met hun aroma. Wanneer ze oud wordt verheft zij zich in de hoogte en ontvlamt aan het hemelse vuur. Neerdalend ontsteekt zij haar nest en verbrandt zij zelve, en in de as van haar nest wordt zij herboren als een worm, waaruit mettertijd weer een vogel fenix groeit. Zo, Arseni, worden zij die om Christuswil de marteldood hebben aangenomen in volle glorie herboren voor het Koninkrijk der Hemelen. Ten slotte is er de vogel charadrius, ganselijk wit. Indien iemand krank wordt, is het aan de charadrius af te lezen of hij zal leven dan wel sterven. Want indien dat hi sterven sal, wendt de charadrius zijn aangezicht af, doch indien dat hi leven sal, vliegt de charadrius, zich verheugend, omhoog, de lucht in, de zon tegemoet – en iedereen begrijpt dat de charadrius het ziektegif heeft meegenomen en dat in de lucht heeft laten verwaaien. Zo heeft ook onze Heer Jezus Christus Zich verheven aan het kruishout en voor ons Zijn zuiver bloed vergoten tot heling van de zonde.

Waar halen we die vogel vandaan, vroeg de jongen.

Wees zelf die vogel, Arseni. Je kunt toch al een beetje vliegen.

De jongen knikte nadenkend, maar hij was zo ernstig dat Christofor niet wist hoe hij het had.

De laatste bladeren werden van de oever het zwarte water van het meer in geblazen. Ze buitelden in verwarring over het grauwbruine gras en legden zich vervolgens trillend op de rimpelige golfjes. Ze dreven steeds verder weg. Vlak bij het water waren de diepe sporen van visserslaarzen te zien. De sporen stonden vol water en leken oeroud. Achtergelaten voor eens en altijd. Ook in de sporen dreven bladeren. Het bootje van de vissers schommelde niet ver van de oever. Met handen die rood zagen van de kou haalden de vissers hun net in. Hun voorhoofden en baarden waren nat van het zweet. Hun mouwen waren zwaar van het water. In het net klapperde een vis van gemiddelde afmetingen. Het dier glom in de doffe herfstzon en sloeg de spetters rond het bootje hoog op. De vissers waren blij met hun vangst en riepen elkaar iets toe. Arseni verstond het niet. Hij zou geen woord kunnen herhalen, hoewel hij alles heel duidelijk hoorde. De woorden wierpen het omhulsel van hun betekenis af, veranderden geleidelijk in klanken en losten op in de ruimte. De hemel was kleurloos, hij had al zijn tinten al aan de zomer afgestaan. Het rook naar kachelwalm.

Arseni voelde zich blij omdat na thuiskomst ook zij de kachel zouden opstoken om te genieten van die speciale herfstige knusheid. Net als iedereen in de omgeving stookten ze 'zwart'. Na de stook waren de wanden van de hut warm. De dikke balken hielden de warmte lang vast, en de lemen haard nog veel langer. In de achterwand van de haard waren keien aangebracht, die zó verhit raakten dat ze rood zagen. De rook steeg op onder de hoge zoldering en verdween bedachtzaam door de schoorsteen boven de deur. De rook kwam Arseni voor als een levend wezen. De onthaasting werkte rustgevend. De rook woonde in het hoogste, zwart beroete deel van de hut. Onderin was alles schoon en licht. Het boven- en het onderdeel van de hut werden van elkaar gescheiden door brede rachters die een lijst vormden waarop het roet neersloeg. Bij de juiste manier van stoken kwam de rook niet lager dan deze lijst.

Het was Arseni's taak om de haard op te stoken. Hij droeg berkenstammetjes aan uit de houtschuur en bouwde er in de haard een huisje van. Tussen de stammetjes stak hij rijshout. Vuur maakte hij met behulp van smeulende kolen. Die haalde hij uit de nis die speciaal daarvoor in de haard was aangebracht, waar ze onder een laag as werden bewaard. Hij bedolf de kolen onder droge bladeren en blies uit alle macht. De bladeren veranderden langzaam van kleur. Terwijl ze inwendig al brandden, hielden ze zich uitwendig onverschillig en verdroogd, maar dat viel ze met ieder ogenblik moeilijker: plotseling greep het vuur ze van alle kanten tegelijk aan. Van de bladeren sloeg het vuur over naar het rijshout en van het rijshout naar de stammetjes. De stammetjes begonnen te branden vanaf de uiteinden. Als ze nog vochtig waren, knetterden ze en schoten ze vonken in bundels. In de vuurstorm zag het kind de vogel fenix, en het wees de wolf hierop, die naast hem zat. De wolf kneep af en toe zijn ogen dicht, maar het was onduidelijk of hij de vogel werkelijk zag. Arseni bezag de wolf sceptisch en deelde Christofor mee:

Hij zit daar onnatuurlijk, ik zou haast zeggen gespannen. Volgens mij maakt hij zich zorgen om zijn vacht.

De jongen had gelijk. De vonkenbundels die uit de haard vlogen, maakten de wolf bepaald onrustig. Pas wanneer het vuur overging tot gelijkmatige, afrondende verbranding, strekte de wolf zich op de grond uit en legde als een hond zijn kop op zijn poten.

Jij blijft altijd verantwoordelijk voor wat je tam hebt gemaakt, zei Christofor, terwijl hij de wolf aaide.

Als Arseni in de haard keek, zag hij daar soms zijn eigen gezicht. Het werd omlijst door grijze haren, die waren samengebonden in een knotje op het achterhoofd. Het gezicht was één en al rimpels. Ondanks al deze verschillen begreep de jongen dat het zijn eigen spiegelbeeld was. Alleen vele jaren later. En onder andere omstandigheden. Het is het spiegelbeeld van iemand die, zittend bij het vuur, het gezicht van een helblonde jongen ziet en niet duldt dat een binnenkomer hem lastigvalt.

De binnenkomer talmt op de drempel en fluistert met een vinger op de lippen over zijn schouder naar iemand dat de Arts van geheel Roes nu bezet is. Hij observeert de vlammen.

Laat haar binnen, Meleti, zegt de starets zonder zich om te draaien. Vrou, wat ist dat ghi begheert?

Ick beghere te leven, Arts. Comt mi te hulpe.

Je wilt niet doodgaan?

Er zijn er die dood willen, licht Meleti toe.

Ik heb een zoon. Heb erbarmen met hem.

Zo eentje? De starets wijst naar de monding van de haard, waar de beeltenis van de jongen zich aftekent in de contouren van de vlammen.

Vorstin, u kunt beter niet knielen (Meleti bijt zich nerveus op de nagels), daar houdt hij niet van.

De starets maakt zijn ogen los uit de vlammen. Hij loopt naar de knielende vorstin en laat zich naast haar op zijn knieën zakken. Meleti gaat achteruit naar buiten. De starets pakt de vorstin bij haar kin en kijkt haar in de ogen. Met de rug van zijn hand veegt hij haar tranen weg.

Vrou, je hebt een gezwel in je hoofd. Daardoor zie je steeds slechter. En hoor je steeds minder.

Hij slaat zijn armen om haar hoofd en drukt het aan zijn borst. De vorstin hoort hoe zijn hart bonst. Hoe de oude man met moeite ademhaalt. Door zijn hemd heen voelt ze de koelte van het kruis dat hij draagt. De hardheid van zijn ribben. Het verbaast haar dat ze dat allemaal opmerkt. Achter de gesloten deuren is Meleti houtspaanders aan het splijten voor gebruik als toortsen. Op zijn gezicht ontbreekt elke uitdrukking.

Vertrouw op den Heere en op Zijne Gezegende Moeder en beid hunne hulpe. De starets beroert met zijn droge lippen haar voorhoofd. En je gezwel zal afnemen. Ga in vrede en wees niet langer bedroefd.

Waarom ween je, o Arseni?

Ik huil van blijdschap.

Arseni wendt zich zwijgend om naar de wolf. De wolf likt zijn tranen weg.

.vi.

De mens is geschapen uit stof. En tot stof zal hij wederkeren. Maar het lichaam dat hem gegeven is voor zijn tijd van leven, is schitterend. Jij moet het zo goed mogelijk leren kennen, Arseni.

Aldus sprak Christofor, terwijl hij Andron van Novgorod balsemde voordat de overledene naar zijn geboortegrond werd gebracht. In een van de banja's van Roekina wreef Christofor cederwas, vermengd met honing en zout, in Androns huid. De aanrakingen van Christofor lieten Andron over zijn hele lichaam sidderen, zodat hij leek te leven. Die indruk werd versterkt door het grote lid van de overledene, dat slecht scheen te passen bij de kleine, zij het stevig gebouwde Andron. Arseni had de indruk dat Andron ieder moment zou opstaan om Christofor te bedanken voor de moeite en een luchtje te gaan scheppen. Maar Andron stond niet op. Na een nachtelijk handgemeen lag hij hier, met een schedelfractuur en de eerste lijkvlekken in de rugstreek. Andron was net aangekomen en had grote interesse voor de deernen ter plaatse – gisteren nog. Dat was ook de aanleiding geweest tot de vechtpartij. Vandaag maakte Andron zich op voor zijn laatste reis naar Novgorod.

In het kleine mensenlichaam (sprak Christofor) weerspiegelt zich, zoals de zon in een waterdruppel, de grenzeloze alwijsheid Gods. Ieder orgaan is tot in detail doordacht. Het hart, bijvoorbeeld, voedt het hele lichaam met bloed, en naar men zegt zijn onze gevoelens erin geconcentreerd; daarom wordt het ook terdege beschermd door de ribben. De tanden kauwen en daarom zijn ze van sterk bot, de tong onderscheidt de smaak en is daarom zacht en poreus als een spons, het oor is geschapen in de vorm van een schelp om aanvliegende geluiden op te vangen. Trouwens, afstaande oren (Christofor ging met zijn vinger langs het oor van Andron) zijn een teken van babbelzucht. Maar er is ook een inwendig oor, dat we niet kunnen zien. Het leidt de geluiden van het uitwendige oor naar de hersenen, en de hersenen zetten de geluiden om in spraak. Ook vanuit de ogen lopen er aderen naar de hersenen, en ook hier zijn het de hersenen die letters in woorden omzetten. Zij heersen over het gehele lichaam en bevinden zich helemaal bovenin, want van alle aardse schepselen is alleen de mens redelijk en rechtopgaand. Zijn onstoffelijke gedachte bevindt zich in het lichaam maar verheft zich tot in de hemel en doorgrondt de volmaaktheid van deze wereld. Het verstand is het oog van de ziel. Wanneer dit oog beschadigt raakt, wordt de ziel blind.

Wat is dat, de ziel, vroeg Arseni.

Dat wat God het lichaam inblaast, dat wat ons onderscheidt van de stenen en de planten. De ziel maakt ons levend, Arseni. Ik vergelijk haar met een vlam, die voortkomt uit een aardse kaars maar geen aardse natuur bezit, doch omhoog streeft naar gelijkaardige elementen.

Als het leven van de ziel komt, hebben alle levende wezens er dan een? Arseni wees naar de wolf naast hem.

Ja, ook dieren hebben een ziel, maar die is gelijkaardig aan hun lichaam en ligt besloten in hun bloed. Merk op dat tot de zondvloed de mensen geen dieren aten, om dier ziel te ontzien, want bij een dier sterft de ziel tegelijk met het lichaam. Maar bij de mens is de ziel van andere aard dan het lichaam en sterft niet met het lichaam, de ziele immers en is geen ander ding, dan van de Schepper zelve ingeblazen genade.

Wat wordt het lichaam des mensen toebedeeld?

Ons lichaam zal uiteenvallen in aards stof. Maar de Heer, die het lichaam heeft geschapen uit dit stof, zal onze uiteengevallen lichamen in hun geheel doen opstaan. Want het lijkt maar zo dat het lichaam spoorloos wegrot, dat het zich vermengt met andere elementen en verwordt tot aarde, water, kruid. Ons lichaam, Arseni, is als vergoten kwik, dat uiteengevallen in kleine bolletjes op de grond ligt maar zich met de grond niet vermengt. Het ligt daar op zichzelf totdat er een slimmerik langskomt die het terugdoet in het vat. Zo zal ook de Allerhoogste onze weggerotte lichamen verzamelen voor de algehele opstanding.

De inspanningen van Christofor brachten de verrotting in Androns lichaam tot staan. Het lichaam had een matte glans verkregen en wasemde een geur van ceder uit. Het was onwaarschijnlijk wit. Een uitzondering vormden het gezicht en de onderarmen, die de sporen van recente zonnebrand behielden. Toen Christofor de inwrijving van de balsemende zalf voltooid had, begon hij Andron te omwikkelen met stroken linnen. Hij scheurde die met luid gekraak van het stuk doek dat hij had meegebracht, doopte ze in de zalf en drukte ze stevig tegen het lichaam van de ontslapene. Andron verzette zich niet. Met zijn kierende oogleden bood hij een sarcastische, welhaast drieste aanblik. Het leek of Andron zich vrolijk maakte om Christofor, die zich in het zweet werkte. Hij leek in alles uit te stralen dat hij hoe dan ook Novgorod zeker zou halen.

Christofor keek niet naar het gezicht van Andron. Hij wond de ene na de andere strook rond diens lichaam, waarbij hij de uiteinden telkens stevig aan elkaar verbond.

Nu we het toch over het lichaam hebben, zei Christofor, kan ik je meteen vertellen hoe kinderen worden verwekt. Per slot van rekening ben je geen kind meer en het is tijd dat je weet dat sinds de zondeval van Adam en Eva mensen niet langer door de Heer worden geschapen, maar zelf hun kinderen baren. Dientengevolge sterven ze ook, want met de gave van de geboorte hebben ze de gave van de dood verworven. Een kind wordt verwekt uit het zaad van de man en het bloed van de vrouw. Het zaad van de man zorgt voor de hardheid van botten en pezen, het bloed van de vrouw voor de zachtheid van het vlees. Bloed is, zoals je weet, rood en het stroomt door de bloedvaten, maar het zaad van de man zit hier (Christofor wees naar de grote testikels van Andron, voordat ook hier het linnen overheen ging), en het is wit van kleur.

Arseni wist welke kleur zaad had, maar dat zei hij niet tegen Christofor. Hij vertelde het tijdens de biecht aan starets Nikandr.

Hou je handen boven de dekens, adviseerde starets Nikandr.

Het was niet thuis maar op het kerkhof, zei Arseni.

Krijg nou wat. De starets floot tussen zijn tanden. Op het kerkhof nog wel. Daar liggen nota bene levende mensen.

Ik heb alleen maar dode gezien.

Voor God is iedereen levend.

Arseni keerde zich af:

Ik ben opeens bang voor de dood.

De starets haalde zijn hand door Arseni's haar. Hij zei:

Ieder van ons volgt de weg van Adam en leert met het verlies van zijn onschuld te beseffen dat hij sterfelijk is. Ween en bid, Arseni. En wees niet bang voor de dood, want de dood is meer dan de smart van het afscheid. Het is ook de vreugde van de bevrijding.

.vij.

Lezen leerde Arseni al vroeg. De letters die Christofor hem liet zien prentte hij zich binnen enkele dagen in en al snel wist hij er moeiteloos woorden van te vormen. Aanvankelijk stoorde het hem dat in de meeste boeken de woorden niet los van elkaar stonden maar aaneengesloten rijen vormden. Op een keer vroeg Arseni waarom woorden niet apart werden geschreven.

Worden ze soms wel apart uitgesproken, vroeg Christofor op zijn beurt. Ik kan het je nog sterker vertellen. Soms doet het er niet eens toe wie een woord zegt, en hoe. Het is alleen van belang dát het wordt gezegd. Dat er tenminste over is nagedacht.

Het eerste wat Arseni las – en wat hij het liefst las – waren de aantekeningen die Christofor op berkenbast maakte. Dat had verschillende oorzaken. De teksten op berkenbast waren geschreven in een fors, duidelijk handschrift. Ze waren niet zo lang. Ze vormden de meest toegankelijke lectuur, want ze waren in de hut overal voorhanden. En ten slotte kon Arseni zien hoe ze gemaakt werden.

Christofor bereidde de berkenbast in de lente, de tijd dat de sappen zich door de bomen bewogen. Hij trok de bast van de stammen in nette, brede stroken, die hij een paar uur liet uitkoken in pekel. Zo werd de bast zacht en verloor zijn broosheid. Na bewerking sneed Christofor hem in gelijke bladen. De bast was nu klaar voor gebruik en kon zonder meer het dure papier vervangen.

Christofor hield geen speciale tijden aan voor zijn schrijfwerk. Hij kon 's ochtends, 's middags of 's avonds schrijven. Bij een belangwekkende inval stond hij ook 's nachts op om die te noteren. Christofor hield aantekening van wat hij in zijn boeken las: Salomon hadde zeven honderd huisvrouwen als koninginnen ende drie honderd bijslaperessen, alsmede acht duzend boekrollen. Hij schreef zijn eigen observaties neer: in de evenmaent op de tiende dag ontviel Arseni een tand. Hij noteerde geneeskrachtige gebeden, de samenstelling van medicijnen, omschrijvingen van kruiden, berichten over bizarre natuurverschijnselen, voortekenen van weersomstandigheden en stichtelijke spreuken: mijd het zwijgen van een boze echtgenoot gelijk een heimelijk stelende, kwaaie hond. Met een benen griffel kraste hij de letters op de binnenkant van de berkenbast.

Christofor schreef niet uit angst iets te vergeten. Zelfs op zijn oude dag vergat hij niets. Het scheen hem toe dat het geschreven woord de wereld ordent. De vloeiing ervan tot staan brengt. Begrippen niet toestaat te vervagen. Juist daarom was zijn belangstelling ook zo breed. Naar het idee van de schrijver moest die belangstelling beantwoorden aan de omvang van de wereld.

Christofor liet zijn notities doorgaans daar achter waar hij ze had gemaakt: op het bankje, op de haard, op de stapel brandhout. Hij raapte ze niet op als ze op de vloer vielen, in een vage vooruitziende blik: later zouden ze worden ontdekt in deze cultuurlaag. Christofor begreep dat het geschreven woord voor altijd zichzelf gelijk blijft. Wat er in het vervolg ook mocht gebeuren, eenmaal opgeschreven was dit woord al tot stand gekomen.

Arseni hoefde alleen maar de verplaatsingen van Christofor te volgen om te weten waar hij diens aantekeningen moest zoeken. Soms vond hij op de plaats waar hij een stuk tekst had ontdekt nog dezelfde dag een ander, zo niet meerdere. Bij tijd en wijle keek Arseni naar zijn opa als naar een kip die gouden eieren legde, die hij alleen maar op tijd hoefde te rapen. De jongen leerde zelfs aan de gezichtsuitdrukking van Christofor de aard van het geschrevene te raden. Bij samengetrokken wenkbrauwen kon je ervan uitgaan dat in de onderhavige tekst ketters werden ontmaskerd. Een uitdrukking van verstilde vreugde vergezelde bij voorkeur stichtelijke spreuken. Als Christofor lengtematen, volumes en afstanden opschreef, krabde hij, zo stelde Arseni vast, bedachtzaam aan zijn neus.

Het kind las de berkenbasten handschriften hardop voor. In de middeleeuwen las men überhaupt hoofdzakelijk hardop, of liet men op z'n minst de lippen bewegen. Arseni legde de notities die hij het leukst vond in een mandje apart. Zo iemand een bot verstuikt, roep dan de heilige Vlasi te hulpe. Basilius de Groote verclaert Adam viertich daghen inden Hove gheweest te hebben. Wees uwe gade niet te vriend, opdat gij u niet aan het vuur brandt. De diversiteit van de informatie werkte aanstekelijk op de fantasie van de jongen.

Maar zijn lectuur beperkte zich niet tot de manuscripten op berkenbast. Onder een van de ikonen in de rode hoek lag de *Alexandriade*, het antieke epos over Alexander de Grote. Dit boek was ooit afgeschreven door Feodosi, de grootvader van Christofor. Ick, sondaer Feodosi, hebbe dese boec ghecopiert ter nagedachtenis aan koene lieden, opdat hunne daden niet onherinnerd blijven. Zo had Feodosi zich op het eerste blad tot het nageslacht gewend. In de persoon van Arseni trof hij zijn dankbaarste lezer.

Arseni zette voorzichtig de ikoon opzij en nam met beide handen het boek van de standaard. Hij blies het stof van het omslag en liet zijn hand over het zwart geworden leer gaan. Niet dat er stof op het omslag lag, maar Arseni zag Christofor het altijd zo doen. Vervolgens pakte de jongen de gespen beet om ze met een zacht koperen klikje los te maken. Ick, sondaer Feodosi... Onder deze aantekening stond een door zijn betovergrootvader uitgevoerd portret van Alexander. De held zat in een ongemakkelijke pose met een erekrans op het hoofd.

Arseni kon de *Alexandriade* niet wegleggen. Hij las erin, zittend op de bank en liggend op de haard, met zijn handen tussen zijn knieën en zijn hoofd in zijn handen, 's ochtends en 's avonds. Soms ook 's nachts bij een brandende spaander. Christofor maakte er geen probleem van: het deed hem deugd dat de jongen zo veel las. Bij de eerste woorden uit de *Alexandriade* kwam de wolf op Arseni toe. Hij vlijde zich neer aan diens voeten en luisterde naar de buitengewone vertellingen. Samen met Arseni volgde hij aandachtig de belevenissen van de Macedonische heerser.

Zo ervoer hij dat Alexander bij zijn aankomst in het oosten wilden ontdekte. Hun lengte bedroeg twee vadem, hun hoofd (Arseni's hand lag op de kop van de wolf) was harig. Na zes dagen diep in de woestijn stuitte Alexanders leger op verbazingwekkende mensen die ieder zes armen en zes benen hadden. Alexander bracht velen van hen om, maar nam er ook velen levend gevangen.

Hij wilde ze meenemen naar de bewoonde wereld, maar niemand wist wat deze mensen aten en ze gingen allemaal dood. De mieren in dat land waren van zulke afmetingen dat een ervan een paard greep en meesleurde naar zijn nest. Toen gaf Alexander bevel hooi te halen en aan te steken, en de mieren verbrandden. Daarna, na een tocht van nog eens zes dagen, zag Alexander een berg waaraan met ijzeren kluisters een man was geketend. Deze man was duizend vaam lang en tweehonderd vaam breed. Toen Alexander hem zag, was hij verbaasd maar durfde niet op hem af te gaan. De man huilde, ze hoorden zijn stem nog vier dagen lang. Vandaar kwam Alexander in een bosachtige omgeving, waar hij nog meer vreemde mensen zag: hun bovenlichaam was dat van een mens, hun onderlijf dat van een paard. Toen hij ze probeerde mee te nemen naar de bewoonde wereld stak er een koude wind tegen hen op, en ze gingen allemaal dood. Alexander trok vanaf deze plaats honderd dagen voort en naderde de grenzen van het heelal, met een gevoel van weemoed.

Arseni sloeg het boek dicht, dat hij had zitten lezen op het kerkhof in de stralen van de ondergaande zon. Koud was het nog niet. De stenen gaven de warmte af die ze gedurende de dag hadden opgenomen. De jongen strekte zich uit op de dekplaat van een van de graven en voelde deze warmte met zijn hele lichaam. De plaat droeg geen naam.

Waarom staat er geen naam op de graven, vroeg Arseni eens.

Omdat ze ook zo bij God wel bekend zijn, antwoordde Christofor. En het nageslacht heeft geen namen van node. Na honderd jaar weet al niemand meer aan wie ze toebehoorden. Soms zelfs al na vijftig jaar. Misschien al na dertig.

Gaat dat overal zo, of alleen in Roekina?

Me dunkt, overal. Maar zeker in de vrije nederzetting Roekina. Wij bouwen geen marmeren crypten en beitelen geen namen uit, want onze kerkhoven is het privilege verleend te veranderen in bossen en velden. Wat heuglijk is.

Dus de mensen hier zijn kort van memorie?

Zo zou je het kunnen zeggen. Maar onze memorie moet niet al te lang zijn. Dat is eigenlijk nergens goed voor. Je moet ook kunnen vergeten. Zo weet ik nog (Christofor wees op een dekplaat van grijze steen) dat hier Eleazar de Windbuil ligt. Hij was een welgesteld man en kon zich zo'n steen veroorloven.

Maar ik herinner me hem ook zonder dat ding wel. Hij liep een beetje mank en had een scherpe keelstem. Hij praatte met horten en stoten en viel regelmatig stil, dus hij sprak ook min of meer mank. Hij leed aan flatulentie. Hij liet harde veesten en ik gaf hem een aftreksel van kamille. Ik gaf hem dillewater en andere gasafdrijvende middelen. Ik verbood hem om voor het slapengaan verse melk te drinken. Maar Eleazar bezat een koe en was bovenmatig gesteld op melk, waaraan hij zich in de avonduren te buiten ging. En daarvan kreeg hij die gassen in zijn pens. Eleazar was ook gek op houtsnijden. Niemand in Roekina was daar beter in dan hij, inzonderheid wanneer het vensterlijsten betrof. Hij werkte al snuivend. Hij bromde binnensmonds wat voor zich uit. Hij bracht zijn hand aan de lippen als om het praten te stoppen. Alsof hij bang was voor wat hij had gezegd. Terwijl hij niets zei om je druk over te maken – als je er al wijs uit kon worden. Zo hield hij hele beschouwingen over de eigenschappen van hout, iets waarvan iedereen in het dorp alles allang wist: eiken is hard, vuren is zacht. En zal ik je wat vertellen, Arseni? Die vensterlijsten hangen er nog, maar Eleazar is allang vergeten. Vraag de eerste beste jongeling: wie was dat, Eleazar? en je krijgt geen antwoord. Zelfs ouderen hebben alleen vage herinneringen, want als ze al aan hem denken doen ze dat onverschillig, liefdeloos. Terwijl de Heer gedenkt met liefde en de kleinste details in herinnering houdt, Hij heeft geen naam van node.

Arseni ligt op de warme grafsteen. Hij ligt op zijn buik, naast hem de gesloten *Alexandriade*. Langs zijn gezicht strijken de gele kopjes van de boterbloemen. Dat kriebelt, hij glimlacht. De wolf kwispelt amper merkbaar met zijn staart.

Eleazar, laat eens een scheet, vraagt de jongen zacht. Eentje maar. Als een teken van de andere kant.Eleazar zwijgt gepikeerd.

.viij.

Tijdens de hondsdagen vermoordden ze starets Nektari. De starets woonde in een kluis in het woud, niet ver van het klooster. 's Ochtends kwamen de vogels op zijn schouders zitten en dan gaf hij ze het brood dat uit het klooster was geleverd. Alvorens starets Nektari te doden martelden ze hem in de hoop geld te vinden, maar geld had hij niet. Hij had alleen wat boeken. Die namen ze mee, terwijl ze zijn gemangelde lichaam lieten liggen op het veld bij de kluis. De volgende ochtend vonden kloosterbroeders het lichaam, ze dachten dat het dood was. Maar in het lichaam was de geest nog wakker, zij het dat hij was achtergebleven voor slechts één woord: ik vergeef. De booswichten, die in afwachting van het Laatste Oordeel niet wisten waar ze het zoeken moesten, bleven in de omgeving rondzwalken. Ze overvielen eenzame reizigers en afgelegen gehuchten en niemand wist hoe ze eruitzagen, want nog niemand was levend aan ze ontkomen.

Een keer vermoordden ze een man die een hond bij zich had. Ze trokken hem zijn kleren uit en lieten het lichaam liggen op de weg, terwijl de hond zijn baas bleef bewaken. Hij werd gevonden door een barmhartig man die een herberg hield. Die zegde een gebed voor deze ontslapen dienaar Gods, zijn naam was bij God bekend, en bestelde het naakte lichaam ter aarde. De hond, die de betoonde barmhartigheid had gezien, volgde hem en bleef bij hem in de herberg.

Op een dag probeerde iemand dronken de herberg binnen te komen en de hond begon als een gek te blaffen om hem de toegang te ontzeggen. Toen dit zich zo enkele malen herhaalde, herinnerde men zich het verhaal van deze hond en kreeg men kwade verdenkingen.

De man werd gegrepen en onderworpen aan de waterproef. Geboeid in het meer geworpen begon hij te zinken, en iedereen dacht al zo ongeveer dat de beproefde, zoals hij ook had beweerd, onschuldig was, toen hij opeens boven de rimpelgolfjes uitkwam en bleef drijven alsof er niets aan de hand was. Hij schreeuwde dat het de alcohol was die hem aan de oppervlakte hield, dat was lichter dan water, maar iedereen begreep dat duistere krachten hem in hun greep hadden.

Nu zijn schuld voor eenieder zichtbaar was werd hij onderworpen aan de vuurproef, die hij evenmin doorstond, omdat de aard van de verbrandingen overduidelijk maakten dat hij loog. Toen ze hem het vuur na aan de schenen legden vertelde hij dat men de overige booswichten, drie in getal, diende te zoeken in een vervallen gehucht op vijf werst hiervandaan. De vijf werst legden ze in een oogwenk af. Ze omsingelden het gehucht zodat niemand kon ontsnappen. In de eerste de beste hut ontdekten ze er twee, met in hun bezit de boeken die de starets waren ontstolen. Bij het vastbinden brachten ze de beide mannen zonder er erg in te hebben om. Toen ze terugkwamen hoorden ze dat de eerder gepakte man aan zijn beproevingen was bezweken. En menslievend als ze waren slaakten ze een zucht van verlichting, omdat de ontslapenen hoop was gegeven voor het Laatste Oordeel – zo niet op rechtvaardiging (ze hadden immers een heilige man vermoord), dan wel op clementie; voor wie alhier een godsoordeel had doorstaan, moest het godsoordeel aldaar wel worden verminderd.

Maar de vierde bandiet bleef op vrije voeten. Ze bleven proberen hem te vangen, maar dat viel niet mee, aangezien onbekend was hoe hij eruitzag en wat het überhaupt voor iemand was.

Wat is het voor iemand, vroeg Arseni, die in zijn rats zat.

Het is een Rus, wat anders, antwoordde Christofor. Anderen zie je hier eigenlijk niet.

Op een dag, toen de schemering indaalde, zagen ze iets bewegen op het kerkhof. Of liever: voelden. Vanaf het zwijgzame dorpskerkhof woei hun onrust aan. In de wegschietende schaduw meende Arseni de schim van een dode te zien, maar Christofor riep hem op zijn tegenwoordigheid van geest te bewaren. De oude man besefte dat het de levenden zijn van wie men te vrezen heeft. Alles wat hij tot dusver aan vervelends had doorgemaakt was juist van hen afkomstig. Zonder Arseni iets uit te leggen beval hij hem het huis zo onopvallend mogelijk te verlaten en de mensen in het dorp te waarschuwen.

Laten we samen gaan, grootvader. Blijf niet hier.

Nee, zei Christofor, die een spaander aanstak. Ik moet blijven, anders wordt hij achterdochtig. Ga, Arseni.

Arseni ging.

Een minuut later verscheen hij weer in de deuropening. Hij vloog naar binnen alsof hij werd gedragen door een van buiten komende kracht. Die kracht verscheen onmiddellijk ook aan Christofor. Achter Arseni's rug stond een gestalte die hij meteen herkende. Het was de dood. Die verspreidde de geur van een ongewassen lichaam en een onmenselijke beklemming waarvan de schrik je om het hart sloeg. Alles wat leefde voelde dat. Achter het raam begonnen voortijdig de bladeren van de bomen te vallen. De vogels vielen bij bosjes. De wolf kroop met de staart tussen de poten onder de bank.

Dit vogeltje had grootse plannen, maar is niet ver gekomen.

Hij zei het met schorre, ongesmeerde stem. Hij krabde zich in de vervilte baard. Na enige aarzeling schoof hij de grendel voor de deur. Hij liep op Christofor toe, die het bederf voelde dat hij uitwasemde.

Bang soms, maat?

Gelooft gij in Christus, vroeg Christofor onvervaard.

Wij wonen in het bos en bidden tot de vos. Zo ziet ons geloof eruit. O ja, maat, en we hebben geld nodig. Dus duikel wat op, wil je.

Hoezo ben ik je maat?

De indringer knipoogde. Jij bent m'n maat omdat je je maat moet kennen. (Uit de schacht van zijn laars pakte hij een mes.) En die zal ik je bijbrengen.

Ik geef je geld, ga dan met God. Wij houden onze mond.

Je mond hou je zeker. (Hij grijnsde tandeloos. Hij draaide zich om en sloeg Arseni met het hecht van het mes. Arseni viel.) Beetje sneller, maat; vanaf nu gebruik ik het lemmet.

Hij haalde overdreven uit.

De wolf sprong.

De wolf sprong en bleef aan 's mans arm hangen. Hij hing met zijn tanden in diens bovenarm en met zijn poten tegen diens zij. Het was de arm zonder het mes. De arm met het mes verdween een paar keer in de wolfsvacht, maar de wolf bleef hangen. Hij had zijn kaken dichtgeklemd om ze niet meer te openen. Toen viel het mes. In een wezenloze mechanische beweging schoot de rechterarm de linker te hulp. Hij greep de wolf in diens nekvel en begon hem van het getroffen weefsel te trekken. De muil van de wolf rekte uit als een masker dat wordt losgescheurd. De ogen waren veranderd in twee witte kogels. Ze staarden naar iets aan de zoldering en weerspiegelden de opflakkerende toorts.

Christofor raapte het mes op, maar de indringer was met zijn hoofd ergens anders. Hij probeerde uit alle macht de wolf los te rukken, en dat lukte ten slotte. Wat was daar achtergebleven in de wolvenmuil – een stuk hemd? Vlees? Bot? De wolf wist dat zelf niet eens. Hij lag op de grond te grommen, met zijn tanden nog steeds op elkaar. De arm kon het niet zijn, want die leek de indringer toen hij wegging nog te hebben. Er hing iets van zijn schouder, maar wat precies was onduidelijk. Het hing af als een bullepees, willoos en losjes, Arseni had het idee dat het er zelfs zo vanaf kon vallen. De indringer botste tegen de deur en kon met geen mogelijkheid wegkomen. Christofor hield hem vast aan de ongeschonden arm en opende de grendel. Bij het weggaan stootte de ander zijn hoofd tegen de bovendorpel. Op de deel nog een keer. Met kleine stapjes liep hij ritselend de herfstbladeren in. Viel stil. En was weg. Opgelost.

Eer aan U, Heer, Albeheerser, want ghij en hebt ons niet versaeckt. Christofor knielde neer en bekruiste zich bliksemsnel. Hij boog zich over Arseni. De jongen lag nog steeds op de grond, maar zijn wang en haren waren besmeurd met bloed. Op Arseni's blonde haar kleurde het bloed wel heel erg fel – zelfs bij het schijnsel van de spaander.

Alleen een snee in zijn wenkbrauw, niets ernstigs. Christofor hielp Arseni op de been. Daar doen we meteen weegbree op.

Arseni hield hem tegen. Wacht, eerst de wolf.

De wolf lag in een plas bloed. Hij bewoog niet. Christofor trok de muil open en haalde er iets afzichtelijks uit. Zonder het te laten zien aan Arseni droeg hij het de hut uit. Toen Christofor terugkwam ging er een rilling door de staart van de wolf.

Hij leeft nog, zei Arseni blij.

Leeft hij nog? Zwaar ademend inspecteerde Christofor het dier. Erg veel leven zie ik niet in 'm. Alleen kortstondige tekenen.

De wolf trilde nauw merkbaar, zijn kop lag op zijn poten.

Je moet hem redden, opa.

Christofor pakte het mes en sneed de vacht rond de wond weg. Hij warmde een mengsel van geneeskrachtige oliën op en bracht dat behoedzaam aan op het aan flarden gesneden weefsel. De wolf schokte, maar hief zijn kop niet op. De geschoren delen van het wolvenlijf bestrooide Christofor met gemalen eikenblad. Hij bedekte ze met stukken ham, die hij uit de ijsput haalde en opwarmde, en begon ze te omwikkelen met lijnwaad. Arseni tilde de wolf op en Christofor haalde het doek onder het dier door. De wolf verzette zich niet. Nog nooit was zijn lichaam zo gezeglijk geweest. In de spieren was geen veerkracht meer over. Zijn ogen waren open, maar er tekende zich niets anders in af dan pijn.

Arseni stookte de kachel op, Christofor bracht hooi uit de schuur. Ze spreidden het hooi voorzichtig uit bij de haard en droegen de wolf erheen. De wolf keek naar het vuur zonder met zijn ogen te knipperen. Het vuur maakte hem niet langer onrustig.

Arseni voelde dat hij geen kracht meer over had. Hij ging zitten op de bank, leunend op zijn armen. Het laatste wat hij zich herinnerde was de kalmerende aanraking van Christofor, die een kussen onder zijn hoofd legde.

Toen ze 's ochtends wakker werden was de wolf niet meer in de hut. Een bloederig spoor liep van de haard naar de deur en vandaar het erf op. Het verloor zich in het glibberige, rottende gebladerte op de weg.

Hij kan niet ver zijn, we vinden hem wel. Arseni keek naar Christofor. Waarom zeg je niets?

Hij is weggelopen om dood te gaan, zei Christofor. Zo doen dieren dat.

Op aandringen van Arseni gingen ze naar de wolf op zoek. Ze wisten niet waar ze moesten zoeken en begaven zich naar de plaats waar ze hem de eerste keer hadden gezien. Maar de wolf was daar niet. Ze gingen de andere plaatsen af die de wolf kende, maar vonden hem nergens. De korte herfstdag neeg naar de zonsondergang.

Het was al halfduister toen ze de indringer van de vorige dag zagen. Hij grijnsde hun toe met hangende kaak en ontving hen met open armen. Die open armen hadden niets natuurlijks. Zo ver uit elkaar gegooid omvatten ze de restanten van een bekoelde agonie. Van een hopeloze poging om op te staan. Arseni probeerde de gruwelijke brij op de plaats van de linkerarm niet te zien, maar zijn blik keerde onstuitbaar juist daar terug waar beneden de schouder het bot oplichtte. De door de wolf gekwetste arm was al aangevreten. Het leed geen twijfel dat ze iemand bij de maaltijd hadden gestoord. Toen Christofor vlak bij de dode ging staan, moest Arseni overgeven.

Vanaf nu gaat het wel, zei Christofor.

Bijna tot aan huis zeiden ze geen woord. Pas bij het kerkhof zei Arseni:

Geen idee hoe de wolf in die lappen weg heeft kunnen komen. Dat moet hem moeite hebben gekost.

Zeker, beaamde Christofor.

Arseni drukte zich tegen Christofors borst en barstte in huilen uit. Met de snikken kwamen ook de woorden. Ze bewogen zich voort met horten en stoten. Luid verbraken ze de stilte van het kerkhof.

Waarom wilde hij weg om dood te gaan? Waarom stierf hij niet bij ons, we hielden van hem!

Met een ruwe streling veegde Christofor Arseni's tranen weg. Hij kuste diens voorhoofd.

Zo herinnerde hij ons eraan dat iedereen in zijn laatste minuut alleen is met God.

.ix.

Christofor besloot op het Feest van de Bescherming van de Moeder Gods ter communie te gaan in het Kirillov-klooster. Hij sprak af samen te reizen met dorpsgenoten die hem regelmatig bezochten. De nacht voor het feest kwam een wagen Christofor en Arseni halen. Er zaten nog vier mensen op die naar het klooster wilden. Ze groetten en uit hun monden kwamen vier dampwolkjes. Verder gaven ze de hele reis geen kik, om hun woorden te sparen voor de aanstaande biecht. Als een echo van hun zwijgen klonken de hoeven op de bevroren aarde. Onder de velgen kraakte de sneeuwkorst. De vorst was de dag tevoren ingevallen en de modder was in groeven en klonters vastgevroren, zodat de weg was veranderd in een wasbord. Arseni hoorde het klapperen van zijn eigen tanden. Om niet op zijn tong te bijten probeerde hij zijn kaken zo stijf mogelijk op elkaar te drukken. Hij merkte zelf niet hoe hij in slaap viel.

Hij werd wakker doordat de wagen stilhield. De rafelranden van de wolken lichtten op onder de maan. De wolken werden in stukken gesneden door de kruizen die erdoorheen staken. Arseni keek op naar de reusachtige duistere koepels en dacht dat hij nog nooit zulke hoge gebouwen had gezien. In het donker van de nacht zagen ze er nog gewichtiger en geheimzinniger uit dan overdag. Dit was het Huis Gods. Vanbinnen straalde het met het licht van honderden kaarsen.

Na hun aankomst bewezen ze allereerst eer aan de heilige monnik Kirill, achtentwintig jaar na diens ontslapenis. En acht jaar na de dag van diens canonisatie. Christofor en Arseni plaatsten kaarsen bij de schrijn van de heilige monnik en trokken zich weer terug de schemer in. Vandaar luisterden ze naar de laatste klanken van de avondwake. Vandaar keken ze toe hoe starets Nikandr naar het midden van de kerk liep en de gelovigen begon voor te bereiden op de biecht.

Terwijl hij de gebeden uitsprak haalde de starets uit zijn gewaad een klein schrift, octavo, getiteld *Zonden van gemiddelde zwaarte, eigen aan wereldlijken en geestelijken*. Pekelzonden kwamen het schrift niet in, aangezien die de moeite niet waard werden geacht hardop te worden genoemd. (Doet er boete voor bij uzelven, onderwees hij zijn parochianen, maar zeur mij er niet mee aan m'n kop! Na al die flauwekul komen jullie niet meer toe aan het echte werk!) Zware zonden schreef de starets evenmin op, uit vrees ze te vereeuwigen. Hij verzocht ze hem in het oor te fluisteren en in dat oor begroef hij ze voor altijd.

In de lijst van zonden van gemiddelde zwaarte stond: te laat komen voor de eredienst of juist te vroeg weggaan. Tijdens de dienst praten, door de kerk dwalen, denken aan andere dingen. Onnodig vasten, je de tranen lachen, vloeken, babbelen, knipogen, dansen met potsenmakers, klanten bedriegen met maat of gewicht, hooi stelen, iemand in het gezicht spuwen, iemand een trap geven, roddelen, monniken veroordelen, je volvreten, zuipen, mensen bij het baden begluren. Arseni voelde hoe zijn ogen weer dichtvielen, en dat terwijl starets Nikandr nog maar net aan zijn lijst was begonnen.

Tegen de ochtend, toen ze overgingen tot de individuele biecht, hadden Arseni en Christofor bijna niets meer toe te voegen. Situaties waarin starets Nikandr niet had voorzien bleken zich in een mensenleven verbazend weinig voor te doen. Na de biecht bleef Christofor talmen en keek de starets aan.

Wat wil je uit mijn ogen opdiepen, vroeg de starets.

Dat weet gij zelve, mijn vader.

Ik kan je alleen zeggen dat je geen jaren meer hebt. En zelfs geen maanden. Verwerk deze informatie rustig, zonder gesnotter, zoals het een waar christen betaamt.

Christofor knikte. Hij zag hoe aan de andere kant van de kerk een afgematte Arseni neerhurkte bij een pilaar. Door de deuren, die voortdurend open en dicht gingen, brak de wind naar binnen, boven het hoofd van de jongen schommelde een kroonluchter heen en weer. De vlammetjes beefden, rekten zich uit maar doofden niet. Aan de vochtigheid van de wind merkte

Christofor dat het tegen het eind van de nacht warmer was geworden. Hij hoorde het gekraai van hanen in de verte, maar achter de muren van de kerk gaapte nog altijd de duisternis, door het tralievenster in keurige ruitjes gesneden.

.x.

Terug uit het klooster nam Christofor zijn huis grondig in ogenschouw. Twee dagen later werden op zijn bestelling stammen en planken uit het dorp aangevoerd. Christofor en Arseni schoorden het dakgebinte met palen en vervingen de bovenste balkenrijen, die verrot waren door regenwater en warme uitwasemingen. Christofor controleerde de naden tussen de balken van het karkas en sloeg op menige plaats opnieuw linnen en mos in de kieren.

Daarna verving hij de versleten vloerdelen door nieuwe. Naast de geur van kruiden verspreidde zich in de hut het aroma van vers geschaafd hout. Arseni voelde dat Christofor haast had met zijn werk, maar hij hielp zijn grootvader zonder vragen te stellen.

Wanneer het donker werd examineerde Christofor bij Arseni het vak kruidenkennis. Waar nodig bracht hij correcties of aanvullingen in de antwoorden aan, maar zulke gevallen waren zeldzaam. Arseni had alles wat hem ooit was verteld uitstekend onthouden.

Op menige avond inspecteerde Christofor de voorhanden boeken en handschriften. Sommige bladerde hij snel door, waarbij hij op bepaalde bladzijden stilhield en las, als in gedachten verzonken. Hij bewoog zijn lippen. Een enkele keer rukte hij zich los van de pagina en keek lang naar de brandende spaander. Arseni was daar verbaasd over, want in huis werd doorgaans alles hardop gelezen.

Wat ist dat ghi daer leset, Christofor?

De apocriefe boeken van Abraham.

Lees ze mij hardop, dat ook ik luistere.

En Christofor las.

Hij hield het manuscript als een oude man wat verder van zijn ogen en las hoe de Heer de aartsengel Michael tot Abraham zond.

Ende God seide: spreec tot Abraham, dat sijne ure is gecomen om dit leven te versaecken.

De aartsengel Michael begaf zich naar Abraham en keerde weerom.

Het valt niet mee, zei hij, om Abraham, de vriend Gods, te vertellen dat hij doodgaat.

Toen werd alles in een droom geopenbaard aan Isaak, de zoon van Abraham. Midden in de nacht stond Isaak op en begon op de deur van zijn vaders kamer te kloppen, zeggende:

Doe mij open, vader, omdat ik wil zien dat u nog hier bent.

Toen Abraham de deur opendeed viel Isaak hem huilend om de hals en kuste hem. De aartsengel Michael, die in Abrahams huis overnachtte, zag hen huilen en huilde met hen, en zijn tranen waren als stenen. Ook Christofor huilde. Arseni huilde toen hij zag hoe op het papier in de tranen van Christofor de inkt doorzichtig werd.

En de Heer beval de aartsengel Michael om de Dood, die tot Abraham ging, te bekleden met grote schoonheid. En Abraham zag hoe de Dood op hem af stapte en hij werd door vreze bevangen en sprak tot de Dood:

Ik bid u, zeg mij wie gij zijt? En ik vraag u, gaat van mij heen, want toen ik u zag raakte mijn ziel in beroering. Ik kan uw glorie niet verdragen en zie dat uw schoonheid niet van deze wereld is.

’s Nachts, wanneer de jongen al sliep, beschreef Christofor op berkenbast de eigenschappen van kruiden die hij vanwege de minderjarigheid van zijn kleinzoon nog niet eerder volledig uit de doeken had gedaan. Hij schreef over kruiden die vergetelheid schonken en over kruiden die de geslachtsdrift bevorderden. Over dille, dat wordt voorgeschreven bij aambeien, over het kruid *bijvoet* tegen toverij, over gemalen ui tegen kattenbeten. Over het kruid *papegaai*, dat groeit op lage gronden (draag dit bij u daarhenen, waar gij om geld of brood verzoeken wilt; wanneer gij enen man vraagt, leg het aan uwen boezem te rechter zijde, wanneer ene vrouw, te linker; en indien potsenmakers spelen, werp hun dit kruid voor de voeten en zij vliegen elkander in de haren). Ter verdrijving van verzoekingen en dagdromerij dient men een extract van *lavendel* te drinken. Om maagdelijkheid te controleren: water waarin drie dagen een agaat heeft gelegen; iemand die haar maagdelijkheid kwijt is en het agaatwater drinkt, kan dit niet binnen houden. Turkoois beschermt de drager tegen moord, omdat deze steen nog nooit op een vermoord iemand is aangetroffen. De steen uit de maag van een haan brengt staten terug die door een vijand zijn afgenomen. Wie een magneet bij zich draagt, valt in de smaak bij de vrouwen. Gout, ghewreven ende inghenomen, heilt die ghenen die praten in sichselven ende sichselven questien vraghen ende selve antworden ende vallen in melancolie. De long van een wild zwijn laten drogen, fijnwrijven en oplossen in water. Wie dit water drinkt, wordt niet dronken op een feest. Dat is dat.

Op een decemberochtend in 1455 verliet Christofor, tegen zijn gewoonte in, zijn bed niet. Hij ging rechtop zitten maar had voor verdere bewegingen geen kracht meer. Tegen mensen die aankwamen om het een of ander zei Christofor:

En spreect mi niet van aertschen dingen, want ick en heb gheen deel meer metten levenden. Mijne leden zijn verzwakt, en dit kondigt niets anders aan dan een spoedigen dood en het Laatste Oordeel in de toekomende eeuw onzes Heilands.

En de bezoekers gingen huns weegs.

Tegen de middag moest Christofor naar buiten om zijn behoefte te doen en Arseni hielp hem daarbij. Nu pas merkte hij dat de oude man bijna niet meer kon lopen. Arseni sloeg een arm van Christofor over zijn schouders en sjorde hem het erf over. De benen van Christofor sleepten krachteloos over de grond. Gewend als ze waren om te lopen, bewogen ze nog steeds om beurten. Ze ploegden door de versgevallen sneeuw. Terug in de hut vroeg Arseni:

Wat moet ik je geven, grootvader?

Laat me uitblazen, m'n knaap. Christofor ging zitten, gekromd, op de rand van het bed. Op zijn voorhoofd brak het zweet uit. Laat me uitblazen.

Grootvader, ga maar liggen.

Zo ik ga liggen, sterf ik terstond.

Niet doodgaan, grootvader, want dan ben ik helemaal alleen.

Daeromme, m'n knaap, bevangt mij angst voor de dood. Mijn hart wordt verscheurd en het valt mij zwaar jou alleen te laten, maar ik werp, gelijk de profeet, mijn bekommernis op den Heere. Hij zal voor jou een grootvader zijn. Ick verlaet dese werelt, o Arseni. Genees de mensen met kruiden, daarmee zul je ook in je onderhoud voorzien. Of beter nog, ga in het klooster, wees aldaer den Heere ghewijt. Hoor je mij?

Niet doodgaan, grootvader. Niet doodgaan... Arseni haalde adem en verslikte zich.

Wat moet ik dan doen, riep Christofor met zijn laatste krachten, als ik doodga zodra ik ga liggen?

Ik zal je ondersteunen, grootvader.

Drie dagen en drie nachten zat Christofor op in bed, zijn ene been afhangend op de vloer en het andere op de bank uitgestrekt. Arseni hielp hem in deze zittende houding te blijven. Met zijn rug ondersteunde hij de rug van zijn opa en met zijn hart tegen dat van zijn grootvader gedrukt reguleerde hij diens hartslag. Hij herstelde de ademhaling als die versnelde. De jongen verwijderde zich niet meer dan een paar keer – om een slok water te drinken en zijn behoefte te doen. Op de derde dag kwam starets Nikandr uit het klooster en gebood Arseni de hut uit te gaan. Hij bleef behoorlijk lang bij Christofor. Toen hij wegging keek hij toe hoe Arseni Christofor ondersteunde. Hij zei:

Laat hem los, Arseni. Alleen om jou durft hij niet te gaan.

Arseni drukte zich alleen maar steviger met zijn rug tegen die van zijn opa.

Waak met hem tot middernacht, zei de starets, en laat hem dan los.

Rond middernacht kreeg Arseni de indruk dat het wat beter ging met Christofor. En dat hij niet meer zo zwaar ademde. Arseni zag de glimlach van zijn opa, verbaasd dat hij met zijn rug kon zien. Opgelucht volgde hij hoe zijn opa door de kamer liep en de strobloem aanraakte die in de hoek hing. Alle kruiden die aan de zondering waren gehangen gingen ervan schommelen. Ook de zoldering schommelde. Christofor streek de slapende jongen over de wang en zei tegen de Heer:

In Uwe handen beveel ik mijn geest, erbarm U mijner en schenk mij het eeuwige leven. Amen.

Hij bekruiste zich, legde zich naast zijn kleinzoon en sloot de ogen.

Arseni werd vroeg in de ochtend wakker. Hij keek naar Christofor, die naast hem lag. Hij ademde alle lucht in die in de hut beschikbaar was en begon te schreeuwen. Toen starets Nikandr in het klooster het geschreeuw hoorde, zei hij tegen Arseni:

Schreeuw toch niet zo, want zijn einde was vredig.

Toen de mensen in het dorp het geschreeuw hoorden, legden ze hun dagelijkse beslommeringen af en begaven zich in de richting van Christofors huis. De herinnering aan de weldaden van Christofor lag besloten in hun genezen lichamen.

Zo brak de eerste dag zonder Christofor aan, en de ochtend ervan bracht Arseni huilend door. Hij keek naar de toegestroomde dorpelingen, maar hun gezichten vervloeiden in zijn tranen. Uitgeput door de smart viel Arseni in de middag in slaap.

Toen hij wakker werd was het al nacht. Hij herinnerde zich dat Christofor er niet meer was en begon opnieuw te huilen. Christofor lag op de bank, aan zijn hoofdeinde stond een kaars. Een andere kaars verlichtte de Heilige Schrift, die vroeger op de plank had gelegen. Deze kaars werd vastgehouden door starets Nikandr. Met zijn rug naar Christofor en Arseni stond hij met doffe stem de ikonen voor te lezen uit het Boek.

Oké, jouw beurt, zei de starets zonder zich om te draaien, dan ga ik wat slapen. En doe me een lol, schei alsjeblieft eens uit met dat gejank.

Arseni nam de kaars aan uit de handen van de starets en ging voor het Boek staan. Uit zijn ooghoek zag hij hoe de starets Christofor een tikje opzij duwde en zich naast hem op de bank installeerde. De verzen van de psalmen zwommen nog steeds voor zijn ogen en zijn stem was nog niet te horen. Arseni schraapte zijn keel en begon te lezen. Op die slanghe ende Basilisscus sult ghi gaen, ende treden opten leeuwe ende drake. Hij las en vroeg zich af of Christofor misschien was voorbestemd om dit soort dingen te doen. Arseni draaide zich om naar starets Nikandr.

Wat is dat, een Basiliscus?

Maar de starets sliep. Hij lag schouder aan schouder met Christofor en beider handen waren gevouwen op hun borst. Hun neuzen glommen dof in het kaarslicht. Beiden waren even onbeweeglijk, en beiden leken ze dood te zijn. Arseni wist echter dat van hen alleen Christofor dood was. Het tijdelijke besterven van Nikandr was een blijk van solidariteit. Om Christofor te steunen had hij besloten de eerste stappen in de dood samen met hem te zetten. Want de eerste stappen zijn de moeilijkste.

.xi.

De begrafenis van Christofor vond de volgende dag plaats. Terwijl ze het graf volgooiden met aarde zei starets Nikandr:

Nu hij de dagen zijns levens heeft doorgebracht in het huis bij het kerkhof, zal hij de dagen zijns doods doorbrengen op het kerkhof bij zijn huis. Ik weet zeker dat een dergelijke symmetrie de overledene alleen maar welkom zou zijn.

Het was stil op het kerkhof. Sinds de laatste plaag werd het zelden bezocht, omdat de mensen die er voorheen kwamen nu elders woonden. Met de verhuizing van Christofor naar het kerkhof werd de rust er alomvattend.

Na de begrafenis vroegen de dankbare dorpsbewoners Arseni om bij hen te komen wonen, maar Arseni weigerde.

De herinnering aan Christofor, zei hij, moet bewaard blijven op zijn laatste woonadres, dat hij naar vermogen heeft ingericht. Hier, zei hij, koestert elke wand de warmte van zijn blik en de ruwheid van zijn aanraking. Nou vraag ik je, hoe kan ik hier weggaan?

Ze probeerden hem niet om te praten. Het was voor niemand een geheim dat het voor iedereen beter was als hij in Christofors huis bleef wonen. De bekende en vertrouwde woonstee van de genezer bleef op deze manier behouden. Nu Arseni doorging de noodzakelijke artsenijen vanuit Christofors huis te verstrekken werd hij zelf in de ogen van de mensen ongemerkt Christofor. En zelfs de weg die de dorpsbewoners moesten afleggen om hun medicijnen te verkrijgen loste op in het vaste besef dat alles op zijn plaats bleef. Dit besef maakte de verhouding tussen de arts en zijn patiënten er meteen een stuk simpeler op. Zowel mannen als vrouwen ontkleedden zich voor Arseni met hetzelfde gemak als voorheen voor Christofor. Soms had Arseni de indruk dat vrouwen dat zelfs gemakkelijker deden dan mannen, en dan bekroop hem een ongemakkelijk gevoel. De eerste tijd beroerde hij hun vlees met zijn vingertoppen, maar al snel – omdat het per slot van rekening ziek vlees betrof – legde hij er zonder schroom de vlakke handpalm op, en als het nodig was drukte en kneedde hij.

Zijn bedrevenheid in de handoplegging en zijn vaardigheid om daarmee pijn te verlichten bepaalde tot op zekere hoogte de eerste bijnaam van Arseni: Roekinets, de Handman. Eigenlijk was deze bijnaam in die contreien niets bijzonders, integendeel: zo noemden anderen de dorpelingen van Roekina. Mensen die van elders kwamen, hadden Christofor ook Roekinets genoemd.

Voor de dorpsbewoners had deze bijnaam geen betekenis, aangezien zij allen *roekintsy* waren. Dat lag anders bij Arseni. Zelfs binnen het dorp begonnen ze hem aan te duiden als Roekinets, de Handman. Dat werd opgevat als een soort verlening van het ereburgerschap, vergelijkbaar met de bijnaam van de bij hem zo geliefde Alexander de Grote: de Macedoniër. En toen de faam van Arseni's verbazingwekkende handen gebieden bereikte waar men nog nooit van de vrije nederzetting Roekina had gehoord (en dat gold voor de meeste) verloor de bijnaam opnieuw zijn zin. Toen begonnen ze Arseni Arts te noemen.

De mollige kinderhanden van de opgeschoten Arseni kregen nobele contouren. De vingers rekten zich, de gewrichten traden licht naar buiten en onder de huid spanden zich pezen die eerder niet zichtbaar waren. De handbewegingen werden vloeiend, de gebaren expressief. Dit waren de handen van een musicus die was begiftigd met het meest verbluffende van alle instrumenten: het menselijk lichaam.

Wanneer de handen van Arseni het lichaam van een zieke aanraakten, verloren ze hun stoffelijkheid en leken ze te gaan stromen. Ze hadden iets van een bron, iets verkoelends. De mensen die in Arseni's jonge jaren bij hem kwamen hadden moeilijk kunnen zeggen of zijn aanrakingen geneeskrachtig waren, maar ook toen al waren ze ervan overtuigd dat deze beroeringen aangenaam waren. Doordat ze niet beter wisten of genezing ging gepaard aan pijn, bespeurden deze mensen diep vanbinnen wellicht twijfel aan het nut van aangename geneeskundige handelingen. Maar dat hield ze niet tegen. Ten eerste gebruikte Arseni dezelfde middelen als vroeger Christofor, en zijn aperte wansuccessen waren niet talrijker. Ten tweede (en dat was waarschijnlijk het belangrijkste) hadden de dorpelingen simpelweg niet veel keus. Onder zulke omstandigheden kan men een aangename behandeling met een gerust geweten prefereren boven een onaangename.

Wat Arseni betreft, ook hij hechtte eraan om mensen te zien. Behalve een grijpstuiver namen ze voor hem brood, honing, melk, kaas, erwten, gedroogd vlees en nog veel meer mee, zodat hij zich om zijn eten niet druk hoefde te maken. Maar het punt was niet alleen en niet zozeer dat ze in Arseni's levensonderhoud voorzagen. In de eerste plaats ging het om menselijk contact, dat hem het leven lichter maakte.

De zieken gingen niet weg zodra ze nodige hulp hadden gekregen. Ze vertelden Arseni over bruiloften, begrafenissen, bouwprojecten, branden, cijnzen en oogstrechten. Over nieuwkomers in het dorp en over reizen van de dorpelingen. Over Moskou en Novgorod. Over de ridders van het Witte Meer. Over Chinese zijde. Ze betrapten zich erop dat ze het gesprek met Arseni niet graag afbraken.

Met de dood van Christofor bleek opeens dat Arseni in feite geen andere contacten had gehad. Christofor was zijn enige familielid, gesprekspartner en vriend geweest. Vele jaren lang had Christofor in zijn eentje Arseni's hele leven uitgemaakt. De dood van Christofor had het leven van Arseni veranderd in een zwart gat. Er was nog wel zoiets als leven overgebleven, maar een vervulling had het niet meer. Nu het hol was geworden had het leven zozeer aan gewicht verloren dat Arseni zich niet zou hebben verbaasd als het met een windvlaag was weggeblazen tot hoog achter de wolken en daarmee misschien dichter bij Christofor was gekomen. Soms dacht Arseni dat dit precies was wat hij wilde.

De enige schakel die Arseni met het leven verbond bestond in de mensen die langskwamen. Arseni was zonder meer blij als hij ze zag. Maar het waren niet de bezoeken op zich waar hij blij mee was, en zelfs niet de mogelijkheid om een praatje te maken. Arseni wist dat de zieken in hem de Christofor van vroeger zagen, en dus was hun komst elke keer weer zoiets als een verlenging van het leven van zijn grootvader. Door het ontstane zwarte gat te dichten begon Arseni zich ook zelf een beetje Christofor te voelen, en die identiteit werd stilzwijgend door de bezoekers bekrachtigd.

Hoewel Arseni dit contact waardeerde, was hij met zijn bezoekers kort van stof. Dat kwam misschien doordat al zijn woorden werden besteed aan gesprekken met Christofor. Deze gesprekken namen het leeuwendeel van de dag in beslag en verliepen telkens weer anders.

Wanneer Arseni 's ochtends was opgestaan ging hij allereerst naar het kerkhof. Natuurlijk behelst het woord *ging* een overdrijving: om op het kerkhof te komen hoefde hij alleen maar buiten de omheining van zijn huis te stappen. Dit was een door huis en kerkhof gedeelde vade met daarin, al sedert onheuglijke tijden, een klaphekje. Christofor lag naast dit klaphekje begraven. Omdat hij na zijn dood niet te ver van huis terecht wilde komen had hij zijn laatste rustplaats al bij leven gemarkeerd, en nu had hij daar geen spijt van. Hij was niet alleen op de hoogte van alles wat er in het huis gebeurde, maar er zo ongeveer bij. Ongeveer – want Christofor had zich, in het besef van de relativiteit van de dood, er ook rekenschap van gegeven dat levenden en doden een gescheiden bestaan is voorbestemd.

Bij de heuvel had de dorpstimmerman uit de bevroren kluiten aarde een zitbankje gebeiteld. Iedere ochtend zat Arseni op dit bankje en voerde een gesprek met Christofor, die onder de heuvel lag. Hij vertelde hem over de bezoekers en over hun kwalen. Over de woorden die hem waren gezegd, de kruiden waarvan hij een aftreksel had gemaakt, de wortels die hij had vermalen, de beweging van de wolken, de windrichting: kortom, over alles waarin Christofor zich tegenwoordig lastig zelfstandig kon oriënteren.

De moeilijkste tijd was voor Arseni de avond. Hij kon maar niet wennen aan Christofors afwezigheid bij de haard. Het geflakker van het vuur op zijn zwaar bewenkbrauwde, rimpelige gezicht leek iets primitiefs, iets oers, als het vuur zelf. Dit geflakker was een eigenschap van het vuur, iets dat onvervreemdbaar toebehoorde aan de haard, iets dat in wezen niet het recht had te verdwijnen.

Christofors toestand was niet de afwezigheid van iemand die was verdwenen in het onbekende. Het was de afwezigheid van iemand die naast je lag. Bij vorst wierp Arseni een zware schapenjas over de heuvel. Hij wist uiteraard dat Christofor in zijn huidige staat ongevoelig was voor kou, maar de gedachte aan zijn opa die daar onverwarmd lag maakte het leven in zijn warmgestookte huis ondraaglijk. Het enige wat 's avonds redding bracht was de lectuur van Christofors handschriften.

Salomon zeide: beter ist te sitten in een hoeck vanden dake: dan mit enen kijfachtighen wijve ende in een gemeen huis; Philo zei: rechtvaardig is niet de man die niemand kwaad doet, maar die dat wel kan doch nooit heeft gewild; Sokrates zag zijn vriend zich spoeden naar kunstenaars die zijn beeltenis in steen moesten uithakken, en zei hem: je hebt haast om een steen op jou te laten lijken, waarom ben je er niet druk mee om jezelf een steen gelijk te maken; koning Philippos stelde iemand aan om met de rechters recht te wijzen, maar toen hem ter ore kwam dat de man zijn haren en baard verfde, verwijderde hij hem van de gerecht, zeggende: zo gij uwen eigenen haren niet getrouw zijt, hoe kunt gij dan den mensen en het gerecht getrouw zijn; Salomon zeide: drie dinghen duncken mi zwaer te weten: ende tfierde en weet ic gheheel niet. eens arends wech in die lucht. ende der slangen wech op enen steen: ende eens sceeps wech int midden der zee: ende eens mans wech in sijnre ioncheit. Dit begreep Salomon niet. Dit begreep Christofor niet. Het leven zou uitwijzen dat ook Arseni dit niet begreep.

.xij.

Eind februari rook het naar de lente. De sneeuw smolt nog niet, maar het noordelijke voorjaar naderde onmiskenbaar. De roep van de vogels werd lente-achtig doordringend, de lucht vulde zich met een onwinterse zachtheid. Er glansde een licht op dat in deze contreien sinds het eind van de herfst niet meer was gezien.

Toen je stierf, zei Arseni tot Christofor, was het al donker in de natuur. Nu is het weer licht, en ik moet huilen omdat jij dit niet kunt zien. Om het belangrijkste te noemen, de hemel is hoger dan hij was en blauw geworden. Er zijn nog andere veranderingen gaande, waarover ik je zal berichten naarmate ze zich ontwikkelen. In principe kan ik enkele zaken nu al beschrijven.

Arseni had willen doorgaan, maar iets hield hem tegen. Dat iets was een blik. Hij voelde die nog zonder hem te zien. De blik was niet zwaar, eerder hongerig. In hoge mate ongelukkig. Hij flakkerde op van tussen de grafstenen verder weg. Toen Arseni de richting ervan volgde, zag hij een hoofddoek en een rossige haarlok.

Wie ben jij, vroeg Arseni.

Ik ben Oestína. Ze stond op van haar hurken en keek Arseni een minuut lang zwijgend aan. Ik heb honger.

Om Oestina hing een geur van onwelstand. Haar kleren zaten onder de modder.

Kom maar mee. Arseni ging haar voor naar de hut.

Dat kan niet, antwoordde Oestina. Waar ik vandaan kom is de pest. Breng me iets te eten en zet het neer. Dan ga jij weg en pak ik het.

Kom mee, zei Arseni. Anders bevries je.

Over Oestina's wangen biggelden een paar grote tranen. Ze waren van ver te zien en Arseni verbaasde zich over de afmetingen.

Gisteren mocht ik het dorp niet in. Ze zeiden dat ik de plaag bij me draag. Ben jij dan niet bang voor de plaag?

Arseni haalde zijn schouders op.

Mijn opa is dood, ik ben nu nergens meer echt bang voor. Gods wil geschiede.

Oestina liep met neergeslagen ogen naar binnen. Toen ze haar gescheurde bontjas uitdeed, werd duidelijk dat ze dat voor het eerst in vele dagen deed. In de hut verspreidde zich de lucht van een ongewassen lichaam. Een jong vrouwenlichaam. De onfrisheid van de geur versterkte slechts haar jeugd en vrouwelijkheid en vervatte in zich het uiterste concentraat van beide. Arseni voelde opwinding.

Oestina's gezicht en handen zaten onder de schaafwonden. Arseni wist dat je, als je je kleren nooit verschoonde, zelfs zweren op je lichaam kon krijgen. Het lichaam moest weer schoon worden. Hij zette in de haard een grote pot van aardewerk met water. In dat verre verleden werd er niet gekookt *op* het vuur: er werd gekookt *naast* het vuur. Daar was de haard dan ook op ontworpen.

Oestina zat in een hoek met haar handen in haar schoot. Ze bekeek de vloer, waar met roet bestoven hooi lag. Haar kleren leken de voorzetting van dit hooi, zwart en vervilt. Het waren geen kleren, maar iets wat niet voor mensen bedoeld was.

Toen zich aan het wateroppervlak kleine belletjes begonnen te vormen pakte Arseni de grootste grijper en trok voorzichtig (met de punt van zijn tong uit de mond) de pot uit het vuur. Hij zette een kuip in het midden van de kamer en goot er koud water in. Daarna heet water uit de pot. Hij deed er loog bij van het kruid *henoch*, vermengd met esdoornblad. Ernaast zette hij een kan met fris water voor het afspoelen.

Was u, zo gij wilt.

Hij ging naar de aanpalende koude kamer en deed de deur achter zich dicht. Oestina ritselde met haar lappen. Arseni hoorde hoe ze voorzichtig in de kuip stapte en met de oos tegen de wand ervan kwam. Hij hoorde het water plenzen. De ruis in zijn eigen hoofd. Hij leunde met zijn rug tegen de berijpte muur en voelde verlichting. Hij ademde langzaam uit en keek hoe de damp langzaam in de lucht oploste.

Waarmede kan ik mij bedekken, vroeg Oestina vanachter de deur.

Arseni moest nadenken. Hij en Christofor hadden nooit iets voor een vrouw in huis gehad. De kleren van Christofors overleden vrouw had Arseni's moeder afgedragen en na de pest hadden ze ze allemaal moeten verbranden. Met zijn rug naar Oestina liep Arseni de kamer in en opende een kist. Van de spullen bovenin legde hij een deel op het opengeslagen deksel. Hij vond wat hij zocht. Nog steeds zonder naar Oestina te kijken reikte hij haar zijn eigen rode hemd aan. Zelf werd hij ook rood. Als alle blonde mensen bloosde hij snel.

Oestina stak haar armen in de mouwen en de stof plooide zich soepel naar haar schouders. De kleren die Arseni eerder had gedragen omvatten nu een lichaam dat met het zijne bar weinig gemeen had. Daarin lag hun vreemde vereniging. Arseni wist niet of zij die beiden in gelijke mate voelden.

Het hemd was Oestina te groot en ze begon de mouwen op te stropen. In de open kist zag ze een stuk van een linnen doek.

Mag ik?

Natuurlijk.

Ze sloeg de doek over het hemd heen rond haar taille en heupen. Het zag eruit als een bruidskleed. Ze bond er een in de kist gevonden koord omheen. Ze keek naar Arseni. Hij knikte en voelde hoe de tederheid waarmee hij volstroomde zich uitsprak in zijn blik. Hij sloeg de ogen neer en werd opnieuw rood. Arseni kreeg een brok in de keel van meegevoel met dat magere, rossige meisje, dat daar in zijn hemd stond. Hij dacht dat hij nog nooit zo gepassioneerd met iemand te doen had gehad.

O ja, nog iets. Als je zweren op je lichaam hebt, laat die dan aan me zien.

Oestina trok de kraag van haar hemd omlaag en toonde hem een zweer in haar hals. Na enige aarzeling haalde ze een knoop los en liet hem een zweer onder haar oksel zien. Arseni ademde het aroma van haar huid in. De wonden waren niet groot, maar vochtig. Arseni wist dat hij ze droog moest deppen. Hij liep naar een schap waarop een groot aantal met lapjes dichtgestopte potjes stond en dacht een tijdje na. Hij vond een potje met doodgebrande wilgenbast. Hij schudde er wat van op een schone lap en doopte die in azijn. Een voor een depte hij daarmee de zweren. Oestina beet op haar lip.

Even doorbijten alsjeblieft. Heb je nog meer zweren?

Ja, maar die kan ik niet laten zien.

Arseni reikte haar de lap aan.

Hier, dep ze zelf, ik zal niet kijken. Hij draaide zich om naar de haard.

Bij de haard lagen de vodden van Oestina, en hun nabijheid bij het vuur deed de rest. Zonder een woord te zeggen gooide Arseni ze in de haard. Dat was een natuurlijke beweging, en hij volvoerde die. Maar er lag ook een teken van onomkeerbaarheid in besloten. Als in een sprookje dat hij ooit van Christofor had gehoord. Terwijl hij toekeek hoe de vlammen de oude kleren in hun greep kregen bedacht Arseni dat Oestina zijn hemd voortaan permanent zou dragen. En hij bedacht ook dat zij in wezen zijn leeftijdgenote was.

Hij gaf Oestina wat brood met kwas en voelde hoe haar lippen zijn hand beroerden.

Voorlopig heb ik niet meer, zei Arseni, terwijl hij zijn hand terugtrok.

Hij wilde nog iets zeggen, maar voelde dat zijn stem hem niet gehoorzaamde.

Arseni had geen warm eten in huis, omdat hij niet kookte. Destijds had Christofor hem geleerd eenvoudige gerechten te bereiden, maar met het verscheiden van zijn grootvader – zo scheen het Arseni toe – had dat geen zin meer. Oestina deed haar best om zonder haast te eten, maar dat lukte haar slecht. Ze brak kleine stukjes van de rand en stopte ze langzaam in haar mond. Vervolgens slikte ze alles bijna zonder te kauwen door. Arseni observeerde Oestina en voelde haar kus op zijn hand.

Uit een zak strooide hij gepelde havervlokken. Hij goot er water overheen en liet ze wellen in de haard. Hij had besloten Oestina die avond kasja voor te zetten.

In ons dorp is iedereen dood, zei Oestina, alleen ik ben nog over. En ik ben bang om dood te gaan. En jij, ben jij bang?

Arseni gaf geen antwoord.

Oestina begon opeens te zingen, met een onverwacht krachtige, hoge stem:

Nu zegt mijn ziel mijn witte lijf vaarwel,
het ga je goed, mijn witte vel (*ze haalde diep adem*),

mijn lijf, je moet nu in de kille grond vergaan,
als bruidsschat voor de klamme aarde (*in haar keel zwol een ader op*),
als maaltijd voor de wrede wormen.

Oestina zweeg en bezag hem op haar gemak. Alsof ze niet gezongen had. Ze keek niet weg. Heur drogende, nog niet in een vlecht samengebrachte haren lichtten pluizig op om haar hoofd. Dijn haeren sijn als cudden van gheyten: die opcomen van den berghe van Galaad. In die lang vervlogen tijden was haar opwindender dan nu, omdat het doorgaans bedekt was. Het vormde een welhaast intiem lichaamsdeel.

Arseni keek naar Oestina en sloeg zijn ogen niet neer. Hij was verbaasd dat ze elkaars blikken moeiteloos doorstonden. Dat de draad die zich tussen hen ontspon boven gevoelens van ongemak verheven was. Hij liet zijn ogen weiden over die rosse blikkering. Bezag hoe op haar sleutelbeen op de maat van haar ademhaling het linnen koordje van haar kruisje oprees en weer daalde. Dat was het enige wat Oestina van haar eigen spullen restte.

’s Avonds aten ze de kasja, die Arseni had aangelengd met lijnolie. Met de kommen van aardewerk op schoot zaten ze bij de haard. De laatste keer had hij hier zo gezeten met Christofor. Arseni observeerde tersluiks het spel van het licht door heur haar, dat één van wezen met de vlammen was. Nu was het tot een streng gevlochten en zag het er heel anders uit. Terwijl Oestina de houten (door Christofor gesneden) lepel naar haar mond bracht, tuitte ze op een grappige manier haar lippen. Het was net een zoen. Een zoen voor Christofor. Arseni wist nog hoe deze lepels werden gesneden: ook in de winter, bij de kachel. Toen hij opnieuw naar Oestina keek, sliep ze.

Voorzichtig nam hij de kom en de lepel uit haar handen. Oestina werd niet wakker. Ze bleef alert rechtop zitten, alsof ze ook in haar slaap een zware, alleen haarzelf bekende weg af te leggen had. Arseni legde Oestina te rusten op de bank. Hij deed zijn best haar niet wakker te maken; stilaan tilde hij haar van de stoel, verbaasd over haar lichtheid. Haar hoofd zakte op zijn arm. Om het te ondersteunen draaide hij zijn elleboog naar buiten. Door Oestina’s doorschijnende huid heen zag hij de aderen aan haar slapen. Hij voelde het aroma van haar lippen. Als een rode huve sijn dine lippen. Hij drukte zijn wang tegen haar voorhoofd. Hij vlijde haar behoedzaam op de bank en dekte haar toe met de bontjas.

Arseni bleef aan het hoofdeinde naar Oestina zitten kijken. Eerst zat hij met zijn armen over elkaar, daarna met een hand onder zijn kin. Soms trok er een lichte rilling over haar gezicht. Soms slaakte ze een kreetje. Arseni streek met zijn hand over haar gezicht en dan werd ze weer rustig.

Slaap maar, Oestina, fluisterde Arseni.

En Oestina sliep. Onder haar was het linnen samengeplooid. Haar wang lag tegen het hout van de bank. Arseni tilde voorzichtig haar hoofd op om de plooien recht te trekken. Zonder wakker te worden pakte Oestina Arseni's hand en legde die onder haar wang. Hij moest vooroverbuigen en zijn rechterhand met zijn linker ondersteunen. Na een paar minuten kreeg hij pijn in zijn rug en zijn armen, maar dat deed hem deugd. Hij had het gevoel dat hij met zijn kleine beetje lijden een deel van Oestina's last van haar wegnam. Hij merkte niet dat hij indommelde.

Hij werd wakker van de kriebelige beweging van haar wimpers over zijn hand. Oestina lag met open ogen. Daarin blikkerde de weerspiegeling van de kolen in de haard. Arseni's hand was nat van haar tranen. Hij raakte met zijn lippen haar oogleden aan voelde hoe zout ze waren. Oestina schoof op, als om ruimte voor hem te maken:

Ik werd opeens bang in het donker.

Hij ging naast haar op het randje van de bank zitten en zij legde haar hoofd in zijn schoot.

Waect met mi, Arseni, ter tijt toe, dat ik slaep.

Door de kleren heen voelde hij haar warme ademhaling, die met de woorden meekwam.

Ick sal waecken ter tijt toe, dat ghi slaept.

Ik heb niemand behalve jou. Ik wil je stevig omhelzen en niet meer loslaten.

Ik wil jou ook omhelzen, want ik ben bang alleen.

Kom dan bij me liggen.

Dat deed hij. Ze omhelsden elkaar en bleven zo liggen. Hij verloor zijn tijdsbesef. Hij rilde, nauw merkbaar, al zat hij onder het zweet. En zijn zweet vermengde zich met haar zweet. Daarna ging zijn vlees in tot haar vlees. 's Ochtends zagen ze dat het linnen purperrood was geworden.

.xiij.

Voor Arseni begon een nieuw leven – vol liefde en angst. Liefde jegens Oestina en angst dat ze net zo plotseling zou verdwijnen als ze gekomen was. Hij wist niet waar hij precies bang voor was: een orkaan, of de bliksem, brand of onwelgevallige blikken. Misschien wel alles tegelijk. Oestina onderscheidde zich niet van zijn liefde jegens haar. Oestina was de liefde en de liefde was Oestina. Hij droeg haar als een kaars door een duister woud. Hij vreesde dat duizenden gulzige nachtwezens op deze vlam af zouden vliegen om hem met hun wiekslag te doven.

Uren kon hij naar Oestina kijken. Hij nam haar hand en beroerde, terwijl hij de mouw langzaam omhoog schoof, met zijn lippen de amper zichtbare gouden haartjes. Hij legde zijn hoofd in haar schoot en liet een vingertop gaan langs de denkbeeldige lijn tussen hals en kin. Hij proefde met zijn tong haar wimpers. Hij haalde voorzichtig de doek van haar hoofd en schudde heur haren los. Hij vlocht ze in een streng. Hij trok ze weer los en ging er loom met een kam doorheen. Hij stelde zich voor dat het haar een meer was en de kam een schuitje. Glijdend over het gouden meer zag hij zichzelf in deze kam. Hij voelde dat hij verdronk en was alleen maar bang dat iemand hem zou redden.

Hij hield Oestina voor iedereen verborgen. Na iedere klop op de deur gooide hij Christofors bontjas over Oestina heen en stuurde haar naar de aanpalende kamer. Hij wierp een blik op de bank op zoek naar spullen die Oestina zouden kunnen verraden. Maar zulke spullen waren er niet. In het huishouden van Christofor en Arseni was er niets maar dan ook niets vrouwelijks. Hij zorgde eerst dat de deur achter Oestina potdicht was en deed dan pas open.

Oestina zat geluidloos op haar kamer terwijl Arseni zijn patiënten sprak. Zijn consulten duurden steeds korter en de bezoekers gingen dat merken. Een gesprek met Arseni was er niet meer bij. Zonder één overbodig woord onderzocht en bevoelde hij het zieke vlees. Geconcentreerd luisterde hij naar de klachten en gaf hij zijn voorschriften. Hij nam de betaling-naar-draagkracht in ontvangst. Zodra alles was gezegd wat medisch noodzakelijk was keek hij de bezoeker veelbetekenend aan. De patiënten veronderstelden dat de arts het steeds drukker kreeg en hadden alleen maar meer achting voor hem.

Niemand die iets wist van Oestina. Op het erf vertoonde ze zich nauwelijks, en wie van buiten door de kleine, met ossenblaas bespannen vensters keek kreeg niets te zien. Welbeschouwd was er ook van binnenuit niets doorheen te zien. Dus als iemand het al in zijn hoofd zou halen Arseni te beloeren, zou hij maar bar weinig te weten komen. Er was dan ook niemand die daar zelfs maar aan dacht.

Op een keer moest, tijdens een consult voor impotentie, Oestina achter haar muur niezen. Zacht, maar toch – het was per slot van rekening frisjes in haar kamer. De patiënt keek vragend naar Arseni en wilde weten wat dat voor geluid was. Arseni antwoordde met een niet-begrijpende blik. Hij ried de bezoeker aan zich niet te laten afleiden van zijn klachten, anders zou hij die nooit de baas worden.

Nooit, benadrukte Arseni, en hij schreef een dieet met extra wortels voor.

De heer des huizes deed zijn gast met opzettelijk gestommel uitgeleide, maar Oestina niesde niet meer. Toen ze ten slotte binnenkwam vroeg Arseni haar om voortaan in de bontjas te niezen, omdat bont geluiden dempt.

Dat doe ik ook altijd, ze Oestina. Maar deze keer ging het zo plotseling dat ik het niet redde.

Er sloop een zekere verstrooidheid in Arseni's omgang met zijn bezoekers. Het was steeds beter te merken dat hij er met zijn hoofd niet bij was. Als de patiënten van Oestina hadden geweten, zouden ze dat hoofd hebben gelokaliseerd in de aanpalende kamer. Niet geheel terecht.

Arseni dacht niet zomaar aan Oestina. Stukje bij beetje verzonk hij in een afzonderlijke, volmaakte wereld, die uit hemzelf en Oestina bestond. In die wereld was hij Oestina's vader en haar zoon. Hij was haar vriend, broer en, vooral, echtgenoot. Al die verantwoordelijke rollen waren vacant gekomen toen Oestina verweesd raakte. En hij nam ze op zich. Zelf was hij ook wees, wat dezelfde verantwoordelijkheden voor Oestina meebracht. De cirkel sloot zich: ze werden alles voor elkaar.

De volmaaktheid van deze cirkel maakte voor Arseni iedere andere aanwezigheid onmogelijk. Ze waren twee helften van een geheel, en willekeurig welke toevoeging scheen Arseni niet zomaar overbodig toe, maar ontoelaatbaar. Zelfs als het ging om een paar minuten, in alle vrijblijvendheid.

De volmaaktheid van hun band toonde zich aan Arseni ook daarin dat hun eenheid Oestina niet benauwde. Hij dacht dat zij de grond en zin van een dergelijke levensloop even scherp zag als hij. En zelfs als ze die niet zag, dan nog was ze simpelweg hopeloos vermoeid van haar omzwervingen en vatte ze zijn voortdurende aanwezigheid op als een onverdiend geluk.

'S Avonds lazen ze. Om niet voortdurend spaanders te moeten vervangen gebruikten ze een olielampje. Dat gaf een dof maar gelijkmatig licht. Arseni las voor, omdat Oestina ongeletterd was.

Dankzij Arseni hoorde ze voor het eerst van de voorzeggingen van Antiphon aan Alexander. De wereldbedwinger, had Antiphon gezegd, zou sterven op een ijzeren aarde onder een benen hemel. En toen Alexander het koperland had bereikt, werd hij door angst bevangen. Deze angst flonkerde vanuit het halfduister in de ogen van Oestina. Alexander beval zijn krijgers de samenstelling van de aarde te bepalen. Toen ze dat deden troffen ze er slechts koper zonder ijzer in aan. Alexander, wiens inborst sterker was dan ijzer, gaf orders om de tocht te vervolgen. Ze gingen door het koperland en het kloppen van de paardenhoeven op het koper klonk in hun oren als de donder...

Oestina vlijde zich liefkozend tegen Arseni's schouder:

Meyndy ooc te verstaen dat ghi leest, of keerdi slechts die blade?

Oestina drukte zich nog steviger tegen hem aan en sloeg haar armen om zijn knieën. Ze vroeg hem niet zo snel te lezen. Hij knikte, maar zonder dat hij het zelf merkte begon hij opnieuw sneller te lezen. De vijf bladen die ze voor de avond hadden gereserveerd, waren elke keer vlotter doorgelezen dan de vorige, en Oestina vroeg Arseni telkens weer waarom hij zich toch zo haastte. In plaats van een antwoord drukte hij zijn wang tegen de hare. De jaloerse gedachte was opgekomen dat 's avonds Alexander haar meer interesseerde dan Arseni.

Soms lazen ze over Kitovras. Om zijn vrouw voor anderen verborgen te houden droeg Kitovras haar in zijn oor. Arseni wilde Oestina ook in zijn oor dragen, maar hij had die mogelijkheid niet.

.xiiij.

Eind maart zei Oestina:

Mijn moederschoot heeft zich geopend, want mijn maandstonden laten af.

Ze zei het met haar handen stevig op het hout van de bank, licht voorovergebogen, de blik langs Arseni heen. Net op dat ogenblik wierp Arseni brandhout in de haard. Hij deed een stap naar waar Oestina zat en knielde voor haar neer. Zijn hand hield nog een balkje omklemd. Het viel en rolde luid over de grond. Arseni begroef zijn gezicht in het rode hemd van Oestina. Op zijn achterhoofd voelde hij haar hand, liefdevol en willoos. Met een zachte beweging legde hij Oestina op de bank en begon langzaam, plooi na plooi, haar hemd omhoog te schuiven. Toen hij de buik had ontbloot drukte hij er zijn lippen op. Oestina's buik was plat als een vallei, haar huid veerkrachtig. De buik werd begrensd door de sidderende lijn van de ribben. En er was niets wat veranderingen voorspelde. Niets duidde op degene die zich daar al opmaakte om deze lijnen te verstoren. Arseni liet zijn lippen over de buik glijden en besefte dat alleen de zwangerschap van Oestina zijn onmetelijke liefde kon uitdrukken – dat in wezen door haar heen hijzelf ontkiemde. Hij voelde zich gelukkig nu hij voor altijd in Oestina aanwezig was. Hij was een onlosmakelijk deel van haar.

Arseni begreep dat Oestina's nieuwe staat haar nog sterker van hem afhankelijk maakte. Misschien daarom werd zijn angst haar te verliezen wat minder en zijn tederheid voor haar van de weeromstuit met ongekende scherpte voelbaar. Arseni ervoer vertedering wanneer hij zag met welk een gulzigheid Oestina begon te eten. Haar eetlust vond ze zelf komisch. Ze proestte het uit en de broodkruimels vlogen in het rond. Arseni ervoer vertedering wanneer Oestina's gezicht grauw werd en ze zich misselijk voelde. Hij haalde muskaatolie tevoorschijn en gaf Oestina er een lepel van. Langzaam trok hij de lepel terug, volgend hoe haar lippen ervan afgleden. En hij kon zich maar niet zatkijken aan haar ogen, die met de zwangerschap heel anders waren geworden. Er was iets vochtigs in verschenen, iets kwetsbaars. Iets dat Arseni deed denken aan de ogen van een kalf.

Soms kwam er in de ogen droefheid naar boven. Haar bestaan in vereniging met Arseni was zonder meer haar grootste geluk. Maar het was ook iets anders, dat met de dag merkbaarder werd. Arseni, die haar de hele wereld had toegeschenen, kon desondanks die hele wereld niet vervangen. Het gevoel dat ze was afgesneden van het leven van anderen bracht bij Oestina onrust teweeg. En Arseni zag dat.

Op een keer vroeg Oestina of hij geen vrouwenkleren voor haar kon kopen. Al de tijd dat ze bij Arseni was had ze in dezelfde spullen gelopen als hij.

Vind je het niet fijn om mijn kleren aan te hebben, vroeg Arseni.

Natuurlijk vind ik dat fijn, schat, maar ik wil gewoon ook iets van mezelf. Ik ben toch een vrouw...

Arseni beloofde erover na te denken. Hij dacht er inderdaad over na, maar kwam met zijn overpeinzingen nergens toe. Zonder het geheim van Oestina te verraden kon hij geen vrouwenkleren kopen. Er was niemand die hij in vertrouwen kon nemen. En er kon geen sprake van zijn dat hij Oestina alleen het dorp in zou sturen. Ten eerste zouden de dorpelingen meteen doorhebben waar ze vandaan kwam, en ten tweede... Arseni ademde luidruchtig uit en voelde een brok in zijn keel. Hij kon zich niet voorstellen dat Oestina zelfs maar voor een halve dag weg zou gaan.

Na verloop van enige tijd herinnerde ze Arseni aan haar verzoek, maar ze kreeg geen antwoord. Nog weer een paar weken later was het al te laat om aan de aankoop te denken: passende kleren waren door de gegroeide buik al niet meer te vinden. Toen begon ze maar spullen van Arseni voor zichzelf te vermaken.

Veel meer dan de kledingkwestie verontrustte haar het gegeven dat ze niet ter communie gingen. Arseni was bang om naar de kerk te gaan, omdat de weg tot de Heilige Gaven liep via de biecht. En biechten betekende: vertellen over Oestina. Hij had geen idee wat hij daarop te horen zou krijgen. Trouw maar? Met alle geluk van de wereld. Maar als het werd: verlaat haar? Of: voorlopig gescheiden wonen? Hij wist niet wat de reactie zou kunnen zijn, want hij had nog nooit zoiets bij de hand gehad. Omdat hij niet ongehoorzaam wilde zijn ging Arseni niet ter kerke en evenmin te biecht. Ook Oestina ging niet.

Een keer vroeg ze:

Neem je mij tot vrouw?

Jij bent mijn vrouw, die ik meer dan het leven liefheb.

Ik wil de jouwe zijn, Arseni, voor God en de mensen.

Geduld, mijn lief. Hij kuste haar in het kuiltje boven haar sleutelbeen. Jij zult de mijne zijn voor God en de mensen. Maar heb nog even geduld, mijn lief.

Bijna dagelijks gingen ze naar het bos. Aanvankelijk was dat bepaald niet gemakkelijk, doordat daar nog een dikke laag sneeuw lag. Bij elke stap zakten ze tot hun knieën in de sneeuw, maar het was althans iets. Arseni wist dat Oestina frisse lucht nodig had. Bovendien kon ze beter zo'n zware wandeling maken dan thuis zitten. In de laarzen van Christofor haalde Oestina vaak haar voeten open. De lappenwinkel die ze om haar voeten wikkelde maakte het er niet beter op. En ook al naaide men in die tijd laarzen uit zacht leer, zonder rekening te houden met het verschil tussen rechts en links, maatvoering was wel degelijk van belang. Oestina's voeten verschilden sterk van die van Christofor.

Oestina volgde precies Arseni's spoor. Elke ochtend liepen ze langs hetzelfde pad en elke ochtend stapten ze daarover als voor de eerste keer, doordat het in een etmaal dichtstoof. Zelfs als er geen sneeuw viel werd de weg die ze gelopen hadden gladgestreken door de lage sneeuwdrift. In de open vlakte tussen kerkhof en bos stond altijd een harde wind.

In het bos was de wind niet zo sterk. Daar vonden ze af en toe hun eigen sporen. Die sporen waren ook dichtgewaaid, soms liepen er andere sporen doorheen, van dieren of vogels, maar ze waren er tenminste. Ze verdwenen niet spoorloos, bedacht Arseni.

In het bos was het niet zo koud als onderweg ernaartoe. Het was er welhaast warm. Het sneeuwdek van vele dagen op de takken leek wel bont, vond Oestina. Ze hield ervan om het ervanaf te kloppen en bekeek met plezier hoe de sneeuw op haar en Arseni's schouders lag.

Koop je zo'n bontjas voor mij, vroeg Oestina dan.

Natuurlijk, was het antwoord. Die koop ik voor je.

Hij wilde dolgraag zo'n bontjas voor haar kopen.

Midden april begon de sneeuw te smelten en werd meteen oud en aftands. Poreus van de eerste regens. Zo'n bontjas hoefde Oestina al niet meer. Uitkijkend waar ze liep stapte ze van de ene kluit op de andere. Van onder de sneeuw kwam alle ongerechtigheid van het woud tevoorschijn: bladeren van vorig jaar, flarden van lappen die hun kleur verloren waren, dof uitgeslagen plastic flessen. Op de velden die open lagen onder de zon brak het gras al door, maar op dichtbegroeide plaatsen was de sneeuw nog diep. Daar was het koud. Ten slotte smolt ook die sneeuw, maar de plassen bleven tot het midden van de zomer staan.

In mei stapte Oestina over van de laarzen op bastschoenen, die Arseni voor haar vlocht. Oestina was ermee in haar schik, omdat ze op maat waren gemaakt, en vooral: omdat ze waren gevlochten door Arseni. Ze mocht van hem niet bukken, hij wikkelde zelf de sluitbanden om haar kuiten, en ook dat deed haar deugd. Het was licht schoeisel, alleen niet waterdicht. Soms kwam Oestina thuis met natte voeten, maar ze wilde voor geen goud terug naar de laarzen.

Ik zal voortaan beter uitkijken waar ik loop, zei ze dan tegen Arseni.

Hun wandelingen werden aanmerkelijk langer. Nu gingen ze niet alleen naar het nabije woud, maar ook naar plaatsen ver van de bewoonde wereld, die Christofor ooit aan Arseni had laten zien. Op die plaatsen voelde Arseni zich rustiger. In het bos dichtbij zagen ze weleens andere mensen, ze verstopten zich zo snel mogelijk zodra ze iemand in de verte opmerkten. Nu, zo ver weg, kwamen ze niemand tegen.

Ben je niet bang om te verdwalen, vroeg Oestina aan Arseni.

Geenszins, ik ben immers van kindsbeen aan vertrouwd met deze woestenij.

Op deze wandelingen nam Arseni een zak mee, met eten en drinken. Er zat ook een schapenvacht in, om op te zitten tijdens hun lange rustpauzes; Arseni lette erop dat Oestina niet te vermoeid raakte. Onder het lopen plukten ze de kruiden die uitbotten in de oplevende natuur. Arseni omschreef voor Oestina de eigenschappen van de planten en ze verbaasde zich over zijn brede kennis. Hij vertelde haar ook over de bouw van het menselijk lichaam en de gedragingen van dieren, over de bewegingen van de planeten, historische gebeurtenissen en getallensymboliek. Op zulke momenten voelde hij zich haar vader. Of, gelet op de bron van zijn kennis, haar opa. Het rossige meisje was in Arseni's handen als leem waaruit hij zich een Vrouw boetseerde.

.XV.

Het zou inmiddels overdreven zijn te zeggen dat niemand wist van het bestaan van Oestina. In het bos waren zij meermalen samen gezien, zij het ook van ver. Oestina was natuurlijk bij niemand bekend, maar Arseni was met gemak te herkennen, zelfs van grote afstand. En mensen die Arseni aan huis bezochten hoorden Oestina achter de wand, want een mens kan niet voortdurend doodstil zijn. Menigeen kon wel raden dat er iemand bij Arseni inwoonde, maar aangezien hij dat geheim wenste te houden vroegen ze hem er niet naar. Arseni was de arts en men was altijd al bang geweest om artsen tegen de haren in te strijken. Van zijn kant kon Arseni uiteraard ook wel raden dat de mensen zo hun vermoedens hadden. Hij probeerde zijn eigen vermoedens bevestigd te krijgen noch te ontkrachten. Het kwam hem wel uit dat ze hem nergens naar vroegen, ongeacht wat daarachter stak. Arseni stelde zich ermee tevreden dat niemand zich bemoeide met zijn wereld. In die wereld bestonden alleen hij en Oestina.

Aan het begin van de zomer, toen de lange wandelingen Oestina begonnen te vermoeien, zaten ze steeds vaker bij huis. Na de reparatie van de hut was er een kleine hoeveelheid stammen en planken overgebleven en Arseni besloot op het erf een afdak te maken. Terwijl hij de ene plank tegen de andere legde bedacht hij met pijn in het hart hoe nog geen jaar geleden Christofor dergelijke werkjes organiseerde. Met de stem van zijn opa vroeg Arseni aan Oestina hem dit of dat stuk gereedschap aan te geven, maar dat ging hem slechter af dan Christofor. De planken kreeg hij ook niet zo goed dekkend. Wat zou Christofor van zijn werk hebben gezegd? En wat zou hij hebben gezegd over Oestina?

Het afdak sloot aan op de achterkant van het huis en was vanaf de weg niet te zien. Langs de draden die Arseni had gespannen raakte het binnen een paar weken dicht overgroeid met winde. Het dak was gedekt met stro en lekte niet. Nu konden ze hier ongeacht het weer in de buitenlucht zijn. Vooral 's avonds zaten ze graag onder het afdak.

Op een van de lange juliavonden vroeg Oestina aan Arseni om haar te leren lezen. Eerst verbaasde hij zich over dit verzoek. Alles wat ze lezen moesten kon hij voorlezen; dat was een deel van hun twee-eenheid. Arseni trok van de winde een bloem los en plaatste die voorzichtig op de punt van Oestina's neus. Waar heb jij dat voor nodig, wilde hij haar vragen, maar dat deed hij niet. Hij ging naar binnen en kwam terug met het Psalter. Hij ging naast Oestina zitten en opende het boek. Met zijn wijsvinger tikte hij op de eerste de beste, vermiljoenkleurige initiaal. De letter gloeide in de stralen van de ondergaande zon.

Dit is de letter ***S***. Daar begint hier het woord '***S***alich' mee.

Salich is die man die niet gegaen en is inden raet der ongodliker, las Oestina zonder haast. Ende niet en stont inden wech der sondaren, noch en sat inden stoel der pestilentien.

Arseni keek zwijgend naar Oestina. Ze legde haar hoofd op zijn schouder.

Veel psalmen ken ik uit mijn hoofd. Vaak gehoord.

Dat kwam bij het leren lezen heel goed van pas. Zodra Oestina een paar letters had gelezen herinnerde ze zich de hele zin, wat haar hielp om de volgende letters ogenblikkelijk te herkennen. Arseni had bepaald niet verwacht dat het met de studie zo vlot zou gaan.

Oestina vond het vooral zo leuk dat de letters namen hadden. Ze sprak die inwendig uit en haar lippen waren voortdurend in beweging. ***А. Б. В.*** *Az. Boeki. Vedi.* Abele. Boecstaven. Connen. Ze brak een takje af en schreef de namen in de aangestampte aarde van het erf en op bospaadjes. ***Г. Д.*** *Glagol Dobro.* Droomen Erinnen. De namen gaven de letters een leven op zichzelf. Ze gaven hun een onverwachte zin, die Oestina betoverde. ***К. Л. М.*** *Kako Ljoedie Myslete.* Luyde Mogen Nagaen. ***Р. С. Т.*** *Rtsy Slovo Tverdo.* Seggen Te Uten.

Nog mooier was dat de letters getalswaarde hadden. Geschreven met een *titlo* erboven stelde de letter ***а (a)*** een één voor, de ***в (v)*** een twee, de ***г (g)*** een drie.

Waarom komt er na de ***а*** een ***в***, vroeg Oestina verbaasd. Waar is de ***б (b)*** gebleven, vraag ik me af?

De getalsaanduidingen volgen het Griekse alfabet, en daar zit die letter niet in.

Ken jij Grieks?

Nee (Arseni legde zijn handen op Oestina's wangen en wreef zijn neus langs de hare), dat zei Christofor. Hij kende ook geen Grieks, maar veel dingen voelde hij intuïtief.

Bij de eigenschappen van de letters die op Oestina zo'n indruk maakten kwamen de niet minder verbazingwekkende eigenschappen van de getallen. Arseni liet haar zien hoe je getallen kon optellen en aftrekken, vermenigvuldigen en delen. Ze duidden het hoogtepunt van de menselijke geschiedenis aan: het jaar ***еф*** (5500) sedert de Schepping der wereld, toen Christus werd geboren. Ze vormden ook het teken van de voltooiing van de geschiedenis, geopenbaard in het schrikkelijke getal van de Antichrist: ***хѯ̆*** (666). Dat liet zich allemaal in letters uitdrukken.

De getallen hadden hun eigen harmonie, die de algehele harmonie van de wereld en van alles wat daarin was weerspiegelde. Talrijke getuigenissen van die strekking las Oestina op uit de stukken van Christofor, die Arseni haar bij armen vol aandroeg. De week telt zeven dagen en verbeeldt het menselijk leven: dag ***а (a)*** de geboorte van het kindeke, dag ***в (v)*** de jongelingsjaren, dag ***г (g)*** de volwassenheid, dag ***д (d)*** de middelbare leeftijd, dag ***є (e)*** de aftakeling, dag ***(zj)*** de ouderdom, dag ***з (z)*** het heengaan.

Overigens had Christofor zich niet uitsluitend met getallensymboliek onledig gehouden. Tussen zijn stukken vond Oestina ook een afstandentabel. Van Moskou tot Kiev anderhalf dusent werst, van Moskou tot de Wolga ***см*** werst, van het Witte Meer tot Oeglitsj ***см*** werst. Waarom heeft hij dat allemaal opgeschreven, dacht Oestina al lezend. Christofor, antwoordde Arseni haar in gedachten, is natuurlijk nooit in Moskou geweest, of in Kiev, of aan de Wolga. Misschien vielen hem in deze data de 240 werst op die twee keer voorkomen. Aan zulke toevalligheden (antwoordde Arseni) hechtte de overledene bijzondere betekenis, al was hij zich niet ten volle bewust van hun zin. Wat telt, is dat wij elkaar ook zonder woorden begrijpen.

.xvi.

Oestina's zwangerschap verliep niet zonder complicaties. Van tijd tot tijd klaagde ze over hoofdpijn en duizeligheid. In voorkomende gevallen wreef Arseni haar slapen in met dille-olie of aardbei-extract. Oestina kreeg last van ongemakken waarvoor ze zich schaamde en die ze verzweeg. Bijvoorbeeld verstoppingen. Als Arseni dat merkte beschaamde hij Oestina en zei hij dat zij één waren en dat zij zich niet voor hem kon generen. Tegen de verstoppingen gaf hij haar een tinctuur van jonge vlierbladeren. In de lente hadden ze die bladeren samen verzameld en samen in honing gekookt.

Oestina kreeg slaapstoornissen. Als ze midden in de nacht wakker werd kwam Arseni daarachter doordat hij haar ademhaling niet meer hoorde. Wanneer Oestina sliep ademde ze door haar neus, luidruchtig en regelmatig. Om haar nachtrust te herstellen gaf Arseni haar tegen bedtijd een aftreksel van *oudemansbaard*.

Oestina's lichaam vormde overduidelijk een beproeving voor haar geestkracht. Ze had voortdurend last van brandend maagzuur. In haar ingewand, daar waar het kind zich bevond, voelde ze een drukkende pijn. De uitpuilende buik jeukte ongenadig onder Arseni's ruwlinnen hemd. Onder de last die Oestina moest torsen zwollen haar voeten op. Haar gelaatstrekken leken vervet. Haar ogen waren slaperig geworden. In haar blik was een voorheen ongekende verstrooidheid gekomen. Deze veranderingen vielen Arseni op en verontrustten hem. In Oestina's uitgedoofde ogen zag hij dat ze de zwangerschap moe begon te worden.

In de eerste maanden was haar toestand nog nieuw voor haar, wat haar hielp om de ongemakken het hoofd te bieden. Na een tijd was het nieuwe er wel vanaf. De toestand was chronisch en bezwaarlijk geworden. Toen kwam ook nog de herfst en begonnen de dagen te korten, zoals gebruikelijk in het noorden. Het schemerduister waarin het Witte Meer gedompeld was bracht Oestina in een staat van weemoed. Ze zag hoe de natuur stierf en kon daar helemaal niets mee. Ze keek toe hoe de bladeren rond de bomen vlogen en liet ook zelf haar tranen de vrije loop.

De veranderingen in haar lichaam observeerde ze nu als het ware van buitenaf. In dat opgeblazen, onhandelbare wezen kon ze steeds moeilijker haar vroegere zelf herkennen: dat was soepel, vlot, sterk. En nu door iemand in een ander lichaam gestopt.

Maar niet zomaar door iemand – door Arseni. Toen Oestina tot deze gedachte kwam was het alsof ze de bodem bereikte, ze zette zich af en kwam opnieuw boven. Hier stelde ze zich open voor alle vreugde die haar omringde. En Oestina's vreugde was feller dan haar lijden.

Ze was blij met de eetlust die weer in haar wakker werd, omdat ze wist dat ze al niet meer alleen at maar samen met het kind. Ze was blij met de zucht die voortdurend op haar tepels verscheen. Ze gaf zich over aan onweerstaanbare fantasieën over de toekomst van het kind en deelde die met Arseni:

Als het een meisje is, wordt ze het mooiste van Roekina en trouwt ze met de vorst.

Maar in de vrije nederzetting Roekina hebben we geen vorst.

Nou ja, die komt hier speciaal voor zulke gevallen. En als het een jongen is – wat eigenlijk de voorkeur heeft – dan wordt hij blond en wijs, zoals jij, Arseni.

Wat moeten we met twee blonde wijzen?

Dat wil ik graag, schat, wat is daar mis mee? Ik denk dat daar echt niks mis mee is.

Op een keer streek Arseni langzaam met zijn hand over Oestina's buik en zei:

Het is een jongen.

Eer aan U, o Heer, wat ben ik blij. Helemaal met een jongen.

Als Oestina op het bankje zat, streelde zij meestal haar buik. Bijwijlen voelde ze de bewegingen van dat mensje daarbinnen. Na de woorden van Arseni twijfelde ze er niet aan of het was een jongen. Soms legde Arseni zijn oor op haar buik.

Wat zegt hij zoal, vroeg Oestina.

Hij vraagt je om nog even geduld te hebben. Tot begin december.

Oké, dat moet dan maar. Ik denk dat hij het zelf ook wel zat is daarbinnen.

Je kunt je zelfs niet voorstellen hoe zat hij het is.

Om de jongen te vermaken zong Oestina:

Moeke-moeke, Moeder Gods,
heiligste Maria (*Oestina bekruiste zichzelf en haar buik*),
moeke, waar heb je vannacht geslapen?
'k Heb geslapen in de stad, in Salem,
in Gods heilig huis, achter het altaar,
uit de slaap hield mij een droom,
'k baarde Christus, Godes Zoon,
en ik wikkeld' hem in doeken,
bakerd' hem in zijden stroken.

Arseni bedacht dat haar doordringende stem vanaf de straat te horen moest zijn, maar hij zei niets. Laat haar maar zingen, dacht hij, dan heeft het kind tenminste een verzetje.

Ze naaide kleren.

Dat brengt ongeluk, zei ze, kleren naaien voor iemand die nog niet geboren is.

Maar toch naaide ze. De stof sneed ze van Christofors spullen.

Naaien uit erfloos eigendom, zei ze, is ook niet aan te bevelen.

Steek na steek haalde ze diep adem, en heel haar enorme buik kwam in beweging. Onder haar handen ontstonden luiers, broeken en hemden van poppenafmetingen.

Ze maakte ook poppen. Die fabriceerde ze uit lappen en beschilderde ze op verschillende manieren. Ze vlocht poppen uit stro. Alle stropoppen waren identiek en allemaal leken ze op Oestina. Toen Arseni haar dat zei, barstte ze in snikken uit.

Dankjewel (knikte ze) voor het compliment. Heel erg bedankt.

Arseni sloeg zijn arm om haar heen:

Ik bedoel het juist goed, gekkie, niemand houdt zoveel van jou als ik, nu en altijd, onze liefde is iets heel bijzonders.

Hij drukte zijn wang tegen heur haar. Ze maakte zich voorzichtig van hem los en zei:

Arseni, ik wil voor de bevalling ter communie, anders durf ik het niet aan.

Hij legde zijn hand op haar lippen:

Ter communie kun je na de bevalling, mijn lief. Hoe moet je nu in deze staat naar de kerk? Na de bevalling spelen we open kaart, heus, we laten onze zoon zien, we gaan ter communie, en het wordt makkelijker, want zodra het kind er is hoeven we niemand meer iets uit te leggen, het rechtvaardigt alles, we kunnen met een schone lei beginnen, begrijp je dat?

Ja, antwoordde Oestina. Ik ben bang, Arseni.

Ze huilde vaak. Ze deed haar best om dat voor Arseni te verbergen, maar hij zag het, ze waren al die maanden onafscheidelijk en huilen in het geheim was er voor haar niet bij.

Lezen werd voor Oestina steeds moeilijker. Haar aandacht raakte verstrooid. Het viel haar zwaar om te zitten en zwaar om te liggen. Liggen kon ze niet op haar rug, maar moest ze op haar zij. Nu vroeg ze steeds vaker aan Arseni om haar voor te lezen, en dat deed hij natuurlijk.

En het geviel dat Alexander aankwam in moerassige streken. En Alexander werd ziek, maar in die moerassen was zelfs geen plek te vinden om te liggen. Vanuit een hemel die hem vreemd was viel sneeuw. Toen beval Alexander zijn krijgers hun pantsers af te doen en op elkaar te stapelen. Zo vormden ze op die zompige plaats een bed voor hem. Daar lag hij, amechtig, terwijl ze hem met hun schilden tegen de sneeuw beschermden. En opeens drong tot Alexander door dat hij op een ijzeren aarde lag, onder een benen hemel...

Stop. Oestina draaide zich moeizaam op haar andere zij en lag nu met haar rug naar Arseni. Vandaag sneeuwde het hier ook, waarom lees je me dat allemaal voor.

Ik vind wel wat anders voor je, mijn lief.

Oestina draaide zich weer naar hem terug.

Ga een vroedvrouw voor me zoeken. Dat is precies wat ik nu nodig heb.

Wat moet je met zo'n achterlijk mens, vroeg Arseni verbaasd. Je hebt mij toch.

Heb jij dan ooit een bevalling gedaan?

Dat niet, maar Christofor heeft me er heel veel over verteld. En hij heeft alles voor me opgeschreven. Arseni begon te graven in een mand en haalde er een manuscript uit. Hier.

Alsof je een bevalling uit een boekje kunt doen, merkte Oestina op. En trouwens, afgezien van wat ook, ik wil niet dat je me zo ziet, Arseni. Dat wil ik gewoon niet.

We zijn toch één?

Natuurlijk. En toch wil ik het niet.

Arseni sputterde niet tegen. Maar hij ging niemand zoeken.

.xvij.

Op 27 november, ter ure van de schemering, braken de vliezen. Oestina had dat niet meteen door, maar pas toen haar bed doorweekt was. Terwijl zij op de pot zat verschoonde Arseni de lakens. Hij begon over zijn hele lijf te trillen. Toen Oestina weer ging liggen stak hij de twee lampen aan die ze hadden, en een spaander. Oestina pakte zijn arm en liet hem naast zich plaatsnemen. Kalm nou maar, lieverd, alles komt goed. Arseni drukte zijn lippen op haar voorhoofd en begon te huilen. Hij voelde een angst zoals hij nog nooit van zijn leven had gevoeld. Oestina streelde hem over zijn achterhoofd. Een uur later begonnen de weeën. In het halfdonker gaven de als erwten zo grote zweetdruppels haar gezicht een akelige glans, het was onherkenbaar geworden. Vanachter de vertrouwde trekken waren vreemde, andere tevoorschijn gekomen. Lelijke, opgezwollen, tragische trekken. De Oestina van vroeger was er al niet meer. Die leek te zijn weggegaan, een andere was gekomen. Of zelfs niet gekomen – die Oestina van vroeger bleef weggaan. Druppel na druppel verloor ze haar volmaaktheid en werd ze steeds onvolmaakter. Embryonaler, als het ware. Bij de gedachte dat ze helemaal kon weggaan stokte Arseni's adem. Dat was nog nooit bij hem opgekomen. De zwaarte van deze gedachte was ondraaglijk. Ze trok hem omlaag en hij gleed van de bank op de vloer. Het was of hij van ver hoorde hoe zijn hoofd tegen het hout sloeg. Hij zag hoe Oestina zich onhandig van de bank oprichtte en zich naar hem toe boog. Hij zag alles. Hij was bij bewustzijn maar kon zich niet bewegen. Had hij de zwaarte van die gedachte eerder gekend, hoe lachwekkend zou hem dan de angst hebben toegeschenen om in het dorp over Oestina te vertellen. Arseni ging langzaam rechtop zitten: ik ren naar het dorp, de baker halen, ben zo terug. Nu is het al te laat (Oestina streelde hem nog steeds), nu kun je me niet meer alleen laten, we redden het wel, ik weet alleen niet... Ik had het niet willen zeggen, ik wist niet zeker... Arseni zette Oestina op de bank. Hij overdekte haar handen met kussen, wat ze zei viel uit elkaar in losse woorden en kwam in zijn hoofd niet samen. Hij wist dat deze angst hem niet toevallig had overvallen. Oestina raakte haar buik aan: sinds gisteren voel ik hem niet meer... Onze jongen. Volgens mij beweegt hij niet. Arseni stak zijn hand uit naar haar buik en ging er voorzichtig mee van boven naar beneden. Onder aan de buik viel de hand stil. Arseni keek Oestina strak aan. In haar schoot voelde hij geen leven meer. Daar klopte niet langer het hart dat hij al die maanden had gevoeld. Het kind was dood. Arseni hielp haar op haar zij te gaan liggen en zei: de jongen beweegt, je kunt rustig bevallen. Hij zat op de rand van de bank en hield Oestina's hand vast. Keer op keer verving hij de spaander. Hij goot olie in de lampen. Midden in de nacht kwam Oestina omhoog: de jongen is dood, waarom zeg je toch niks, je bent al een paar uur stil. Ik ben niet stil, (zei?) Arseni ergens van ver weg. Hoe kan ik stil zijn? Hij schoot naar de schappen van Christofor en stiet de nachtspiegel om. Zich omdraaiend zag hij hoe de pot langzaam onder de bank rolde. Hoe zou ik stil kunnen zijn? Maar iets zeggen kan ik ook niet. Arseni pakte een extract uit het kruid *bijvoet*. Drink dit op. Wat is dat? Drink op. Hij tilde haar hoofd op en zette de beker tegen haar lippen. Hij hoorde de luide slokken – ze klonken door de hele kamer. Dit is bijvoet. Dat verdrijft... Wat verdrijft het? Oestina verslikte zich en het extract liep uit haar neus. Bijvoet verdrijft de dode vrucht. Oestina begon geluidloos te huilen. Arseni pakte van het schap een kistje en strooide de inhoud ervan op de kolen. Door de kamer verspreidde zich een scherpe, onaangename geur. Wat is dat, vroeg Oestina. Zwavel. Die geur bespoedigt de bevalling. Na een minuut moest Oestina overgeven. Ze had al een tijd niets gegeten en ze gaf het opgedronken extract op. Oestina ging weer liggen. En Arseni streelde haar weer. Ze voelde de weeën terugkomen. Ze kreeg pijn. Wat ze voelde was eerst een pijn in haar buik, daarna verspreidde die zich over haar hele lichaam. Ze had het idee dat de pijn van alle omliggende gehuchten zich in één punt had verzameld en in haar lichaam was gedrongen. Omdat haar, Oestina's, zonden die van de hele streek te boven gingen en er toch ooit verantwoording voor moest worden afgelegd. Oestina begon te schreeuwen. Deze schreeuw was een brul. Arseni schrok en greep haar pols. Oestina zelf schrok maar kon al niet anders meer dan schreeuwen. Ze bleef liggen op haar zij en stak een been uit, Arseni begon haar been vast te houden. Het been boog en strekte zich, het leek een afzonderlijk, boosaardig wezen dat niets van doen wilde hebben met de onbeweeglijke Oestina. Arseni hield het been met beide handen beet maar kon het niet in bedwang houden. Oestina draaide zich abrupt om en in de strook invallend licht zag hij aan de binnenkant van haar heup poep glinsteren. Oestina bleef schreeuwen. Arseni kon niet vaststellen of de jongen bewoog. Hij voelde onder zijn vingers haar schaamhaar en moest denken aan andere aanrakingen en bad God of hij haar pijn aan hem kon geven, desnoods voor de helft. Op heldere momenten dankte Oestina God dat het haar gegeven was te lijden voor zichzelf en voor Arseni, zo groot was haar liefde voor hem. Arseni voelde, meer dan dat hij het zag, hoe in Oestina's schoot het hoofd van de baby verscheen. Zo op de tast was het hoofd enorm en Arseni bedacht wanhopig dat het er niet uit kon. Het hoofd kwam niet naar buiten. Keer op keer wilde de kruin verschijnen om dan weer te verdwijnen. Arseni probeerde zijn vingers eronder te krijgen, maar die kwamen er niet tussen. Hij had zelfs de indruk dat hij het hoofd, door te proberen het eruit te trekken, juist dieper naar binnen duwde. Hij kreeg het heet. De hitte was onverdraaglijk, hij richtte zich op en scheurde zich in één ruk het hemd van het lijf. Nog altijd liet het hoofd van de baby zich niet zien. De kreten van Oestina werden zachter, maar akeliger – want ze verloren niet aan kracht doordat het beter met haar ging. Oestina was haar bewustzijn aan het verliezen. Arseni zag dat ze weggleed en begon tegen haar te schreeuwen om haar vast te houden. Hij sloeg haar op de wangen maar Oestina's hoofd schudde levenloos heen en weer. Arseni wierp haar been op zijn schouder en probeerde met zijn rechterhand haar schoot binnen te dringen. De hand leek er niet door te komen maar de vingers voelden de baby. De kruin. De nek. De schouders. Ze kromden zich om de plaats waar de nek overgaat in het hoofd. Ze bewogen zich naar de uitgang. Hij hoorde iets kraken. Arseni dacht al niet meer aan de baby. Dat die misschien toch nog leefde. Hij dacht alleen aan Oestina. Hij bleef het kind aan het hoofd trekken, vechtend tegen een opkomende misselijkheid. Hij zag hoe de schaamlippen inscheurden en hoorde de afschuwelijke schreeuw van Oestina. De baby lag in Arseni's armen. Hij huilde niet nu hij ter wereld was gekomen. Met het klaargelegde mes sneed Arseni de navelstreng door. Hij gaf de baby een pets. Hij had gehoord dat bakers dat doen om de ademhaling op gang te brengen. Hij gaf nog een klap. De baby bleef nog altijd stil. Arseni legde hem voorzichtig op een luier en boog zich over Oestina. De weeën bleven doorgaan. Arseni wist dat de nageboorte eraan kwam. Het bloederige slijm dat uit Oestina liep spoelde hij de nachtspiegel in. Het beddengoed zat helemaal onder het bloed, hij dacht dat er meer bloed was dan zou moeten bij een bevalling. Hij wist niet hoeveel er moest zijn. Hij zag alleen dat de bloeding niet ophield. Hij was doodsbang omdat het bloed uit de baarmoeder stroomde en hij het niet kon stelpen. Hij nam fijngewreven vermiljoen op zijn vingers en ging Oestina's schoot zo diep in als hij kon. Van Christofor had hij gehoord dat gemalen vermiljoen bloed uit een wond kon stelpen. Maar hij had geen wond gezien en wist niet waar de bloeding precies zat. En het bloed hield niet op. Het bed raakte er steeds meer van doordrenkt. Oestina lag met gesloten ogen en Arseni voelde dat ze het leven aan het verlaten was. Oestina, ga niet weg, schreeuwde Arseni zo hard dat in het klooster starets Nikandr hem hoorde. De starets stond in zijn kluis te bidden. Ik ben bang dat schreeuwen al niet meer helpt, zei de starets (hij keek toe hoe door de geopende deur de eerste sneeuwvlokken van het jaar binnendwarrelden, een tochtvlaag blies de kaars uit maar juist op dat moment brak de maan door de rafelige wolken en verlichtte de deuropening), en daarom zal ik bidden om het behoud van jouw leven, Arseni. De komende dagen zal ik om niets anders bidden, zei de starets terwijl hij de deur sloot. Voor een minuut trad in de hut een volmaakte stilte in, en midden in de stilte opende Oestina haar ogen: jammer, Arseni, dat ik wegga in deze duisternis en stank. Toen floot opnieuw achter het raam de wind. Oestina, ga niet weg, kreet Arseni, met jouw leven eindigt ook het mijne. Maar Oestina hoorde hem al niet meer, want haar leven was geëindigd. Ze lag op haar rug, haar in de knie gebogen been stak opzij. Haar hand bungelde nog van de bank. Ze hield de hoek van het laken omklemd. Haar gezicht was naar Arseni gedraaid en haar geopende ogen keken nergens naar. Arseni lag op de grond naast Oestina's bank. Zijn leven bleef doorgaan, al was dat niet evident. Arseni lag zo de rest van de nacht en de volgende dag. Soms opende hij zijn ogen en droomde dan vreemd. Oestina en Christofor liepen door het bos met hem, een kleine jongen, aan de hand. Wanneer ze hem op de bultjes optilden had hij het gevoel dat hij vloog. Oestina en Christofor lachten, want wat hij voelde liet hun niets te raden over. Christofor bukte zich voortdurend om kruiden te plukken en stopte die in een linnen zak. Oestina plukte niets, ze hield alleen de pas in en keek toe bij wat Christofor deed. Oestina had een rood mannenhemd aan, dat ze van plan was te gelegener tijd door te geven aan Arseni. Dit was wat ze zei: dit hemd wordt van jou, je moet alleen je naam veranderen. Omdat je objectief gezien niet de mogelijkheid hebt om Oestina te zijn, moet je jezelf Oestín dopen. Afgesproken? Arseni keek naar Oestina op. Afgesproken. Oestina's ernst kwam hem grappig voor, maar dat liet hij niet merken. Natuurlijk, afgesproken. Christofors tas was inmiddels vol. Toch bleef hij kruiden plukken, ze vielen in de maat van zijn stappen uit de tas op het pad. Het hele pad was, zover het oog reikte, geplaveid met Christofors kruiden. Maar hij bleef stug doorgaan met plukken. Die op het eerste gezicht zinloze bezigheid had een eigen schoonheid en *Schwung*. Een bijzondere gulheid, die het niet kan schelen of er een noodzaak in haar schuilt: ze wordt slechts opgeroepen door de dispositie van de gever. Bij het aanbreken van de ochtend merkte Arseni het licht op, maar hij deed er alles aan om niet wakker te worden. Zelfs in zijn slaap was hij bang te ontdekken dat Oestina dood was. Hij werd door een bijzondere ochtendlijke angst bevangen: dat er een nieuwe dag zonder Oestina aanbrak was voor hem onverdraaglijk. Opnieuw laafde hij zich aan de slaap, tot bewusteloos wordens toe. De slaap vloot door zijn aderen en klopte in zijn hart. Met iedere minuut sliep hij vaster, uit pure angst wakker te worden. Arseni sliep zo vast dat zijn ziel bijwijlen zijn lichaam verliet en onder het plafond bleef zweven. Vanaf die, eigenlijk niet zo grote, hoogte beschouwde ze de liggende Arseni en Oestina, verbaasd dat in dit huis de ziel van Oestina, die ze zo beminde, afwezig was. Bij het zien van de dood zei Arseni's ziel: ik kan uw glorie niet verdragen en zie dat uw schoonheid niet van deze wereld is. Toen inspecteerde Arseni's ziel die van Oestina. Oestina's ziel was bijna doorzichtig en viel daardoor niet op. Zie ik er soms ook zo uit, dacht Arseni's ziel en wilde Oestina's ziel aanraken. Maar met een proactieve geste hield de Dood Arseni's ziel tegen. De dood pakte Oestina's ziel bij de hand en maakte aanstalten haar weg te leiden. Laat haar hier, zei Arseni's ziel huilend, ik ben met haar vergroeid. Wen maar aan de scheiding, zei de Dood, die is weliswaar tijdelijk, maar pijnlijk. Kunnen we elkaar in de eeuwigheid herkennen, vroeg Arseni's ziel. Dat hangt voor een groot deel van jou af, zei de Dood: niet zelden verharden zielen in de loop van hun leven, en dan herkennen ze na de dood amper iemand meer. Maar als jouw liefde, Arseni, niet vals is en in de loop der tijd niet slijt, vraag ik me af waarom jullie elkaar aldaar niet zouden herkennen, waar geen krankheid is, noch droefenis, noch zuchten, en het leven geen einde neemt. De Dood gaf Oestina's ziel een klopje op de wang. Oestina's ziel was klein, haast die van een kind. Op de liefkozing reageerde ze eerder schichtig dan dankbaar. Zo reageren kinderen op mensen die hen voor onbepaalde tijd bij hun familie weghalen, en bij wie het leven (de dood) misschien niet slecht zal zijn maar helemaal anders, ontdaan van de orde, de vertrouwde gebeurtenissen en de zinswendingen van vroeger. Bij het weggaan kijken ze voortdurend om, en in hun ogen vol tranen ziet de familie zichzelf verschrikt weerspiegeld.

.xviij.

Arseni kwam bij toen het donker werd. Zijn hand lag tegen de afhangende hand van Oestina. Die hand was koud. Ze gaf niet mee. De kolen in de haard waren allang afgekoeld, maar er flakkerde iets nauw merkbaar in het lampje onder de ikoon van de Heiland. Arseni bracht een kaars bij het lampje. Hij hield de kaars voorzichtig vast om het laatste vuur dat in huis over was niet te doven. De kaars begon (niet meteen) te branden en verlichtte de kamer. Arseni blikte om zich heen. Hij keek aandachtig rond en nam elke kleinigheid in zich op. De kleren die overal rondslingerden. De gebroken potjes met artsenijen. Hij liet zich geen enkel detail ontgaan, want zo hoefde hij nog even niet te kijken naar Oestina. En toen keek hij naar haar.

Oestina lag in dezelfde houding als gisteren, maar was helemaal anders. Haar neus was scherper geworden, het wit van haar geopende ogen weggezakt. Haar gezicht was van albast, de uiteinden van haar oren loodachtig rood. Arseni stond over Oestina heen, bang om haar aan te raken. Hij voelde geen afkeer, zijn angst was van andere aard. In het voor hem uitgestrekte lichaam was niets van Oestina. Hij strekte zijn hand uit naar haar half gebogen been en raakte het voorzichtig aan. Hij liet een vinger langs de huid gaan: die voelde koud en stroef aan. Dat was bij haar leven nooit zo geweest. Hij probeerde Oestina's been te strekken, maar wat hij ook deed, het lukte niet, zo min als het lukte om haar de ogen te sluiten. Hij was bang om kracht te zetten. Wat hij aanraakte kon heel breekbaar zijn. Hij bedekte Oestina met een sprei – alles, behalve haar gezicht.

Arseni begon de gebeden voor de overledenen te lezen. Hij vroeg God om Oestina te verlossen vanden stricke der jaeghers, ende van dat scerpe woort, opdat zij niet zou vreesen voor den grouwel des nachts, noch vanden ghescutte dat des daghes vliecht. Van tijd tot tijd draaide hij zich om en keek naar haar gezicht. Zijn eigen stemde hoorde hij van ver. Soms klonken er tranen in door. De stem deelde dof mede dat de Heer zijn engelen beval Oestina te bewaren op al haar wegen. Arseni dacht eraan hoe Oestina was weggegaan, aan de hand van de Dood, hoe haar omtrekken kleiner werden totdat ze veranderden in een stip. Toen was de Dood bij haar, geen engelen. Arseni keek op van het blad.

Nu moet je in de armen der engelen zijn, wendde hij zich aarzelend tot Oestina. Si sullen u in die handen dragen, dat ghi uwen voet aen gheen steenen messcien en verstuyct.

Hij keek nogmaals om en meende te zien dat er een siddering door Oestina's gezicht ging. Hij geloofde zijn ogen niet. Zich bijlichtend met de kaars liep hij op haar af. De schaduw van Oestina's neus verplaatste zich over haar gezicht. Niet alleen de schaduw bewoog: met de schaduw veranderde haar gezicht. Deze verandering zag er onnatuurlijk uit en beantwoordde niet aan de mimiek van Oestina bij haar leven, maar er was iets in dat je niet bij een dode verwachtte. Als Oestina al niet meer echt levend was, dan was ze ook niet helemaal dood.

Arseni was bang dat hij de levenskiemen die hij in Oestina had opgemerkt zou laten schieten. Hij kon ze bijvoorbeeld laten bevriezen. Nu pas werd hij gewaar dat de hut in de afgelopen vierentwintig uur was afgekoeld. Hij stoof naar de haard en stookte het vuur op. Zijn handen beefden van opwinding. Opeens was in hem opgekomen dat alles ervan afhing hoe snel hij nu het vuur aan de praat kreeg. Een paar minuten later begon het hout al te knapperen. Arseni blikte nog steeds niet om naar Oestina, om haar tijd te geven zichzelf bij elkaar te rapen. Maar Oestina stond niet op.

Om de levenskiemen in Oestina niet af te schrikken besloot Arseni te doen alsof hij ze niet had opgemerkt. Hij ging door met de gebeden voor de overledenen te lezen. Daarna begon hij aan de psalmen. Hij las ze in alle rust, woord voor woord articulerend. Hij bereikte het eind van het Psalter en verviel in gepeins. Toen begon hij weer van voren af aan. Tegen de ochtend was hij klaar. Hij voelde onverwachts honger en at een korst brood.

Het eten opende als het ware zijn neus, en hij snoof de lucht op. Hij voelde de geur van rottend vlees. Arseni dacht dat die reuk afkomstig was van de baby. Inderdaad waren de tekenen van ontbinding in het kleine lichaam evident. Bij zonsopgang droeg Arseni het dichter naar het raam.

Jij hebt nooit de zonnestralen gezien, zei hij tegen de baby, en het zou onrechtvaardig zijn om je zelfs dit kleine beetje nog te ontzeggen.

Heimelijk had Arseni natuurlijk gehoopt dat Oestina zich in dit gesprek met zijn zoon zou mengen. Maar dat deed ze niet. Zelfs de houding waarin Oestina lag bleef uiterlijk dezelfde.

Hij besloot om een derde keer het Psalter boven Oestina te lezen. Bij het tiende kathisma ving Arseni een beweging op de bank op. Hij bleef de bank in zijn ooghoek houden, maar de beweging herhaalde zich niet. Toen hij het Psalter uitgelezen had was hij ten einde raad. Hij wist niet wat hij boven Oestina, in de wankele staat tussen leven en dood waarin zij zich alles in aanmerking genomen bevond, nog lezen kon. Het schoot hem te binnen dat zij altijd graag naar de *Alexandriade* had geluisterd, en hij begon aan de *Alexandriade*. Ze had altijd sterk gereageerd op de roman over Alexander en naar Arseni's mening kon dat nu een positieve rol spelen.

Tot de ochtend van de volgende dag las hij boven Oestina de *Alexandriade*. Na een korte overdenking las hij boven haar de *Openbaring aan Abraham*, het *Epos van het Indische rijk* en de verhalen over Salomo en Kitovras. Arseni koos met opzet interessante en aanstekelijke teksten. Toen de nacht begon te vallen nam hij zijn toevlucht tot die manuscripten van Christofor waarin geen huishoudelijke instructies en recepten voorkwamen. Bij zonsopgang las Arseni het laatste manuscript: 't en zij met water, laat zich een ontwijd gewaad niet schoonwasschen, en anders dan met tranen laat zich de bevlekking en onkuisheid der ziele niet afwasscen noch reinigen.

Zijn tranen waren in de voorgaande dagen opgeraakt. Zijn stem had hij niet meer – de laatste handschriften las hij fluisterend. Zijn krachten waren uitgeput. Hij zat op de grond tegen de opgestookte haard geleund. Zonder het te merken was hij ingedommeld. Hij werd wakker van geritsel bij het raam. Dicht bij de baby zat een rat. Arseni bewoog een arm en het beest rende weg. Hij begreep dat hij niet mocht slapen als hij het lichaam van zijn zoon wilde behouden. Hij keek naar Oestina. Haar gelaatstrekken waren pafferig geworden.

Met moeite stond hij op en liep op haar toe. Toen hij de sprei optilde trof een scherpe geur zijn neus. Oestina's buik was enorm groot. Veel groter dan tijdens haar zwangerschap.

Als je echt dood bent, zei Arseni tegen Oestina, moet ik je lichaam zien te behouden. Ik had verwacht dat je het nodig zou hebben in de nabije toekomst, maar nu dat niet zo blijkt te zijn zullen we ons tot het uiterste inspannen om het te bewaren voor de aanstaande algemene opstanding. Allereerst stoppen wij vanzelfsprekend met stoken, want daarmee bespoedigen wij de ontbinding der weefsels. Sowieso zijn er nu al vliegen, wat in november niet gebruikelijk is, en hun verschijnen verbaast me, eerlijk gezegd. In het bijzonder ons beider zoon baart mij zorgen, hij ziet er zeer slecht uit. In wezen is onze opgave niet zo ingewikkeld als op het eerste gezicht lijkt. Zoals mijn opa Christofor zei, is het zeer wel mogelijk dat we in het jaar 7000 sedert de Schepping het einde van de wereld zien. Als we ervan uitgaan dat het inmiddels 6964 is, moeten onze lichamen het nog zesendertig jaar uitzingen. Je zult het me eens zijn dat dit in vergelijking met de tijd die sedert het begin van het heelal is verlopen niet zo lang meer is. Er zit kou aan te komen en we zullen allemaal lichtjes bevriezen. Daarna krijgen we natuurlijk nog zesendertig keer zomer (die kan zelfs in onze streken heet zijn), maar tegen de tijd dat het warm wordt hebben we ons vast al wel in onze nieuwe situatie geschikt, want de eerste maanden zijn niet alleen moeilijk maar ook beslissend.

Vanaf die dag stopte Arseni met stoken. Hij stopte zelfs met eten, want de eetlust was hem vergaan. Af en toe dronk hij water uit de schepemmer. De schepemmer stond bij de deur en 's ochtends merkte hij dat het water erin bedekt was met dunne plaatjes ijs. Een keer, toen hij aan het drinken was, kreeg hij de indruk dat Oestina bewoog. Hij draaide zich om en zag dat haar weggedraaide en opgetrokken been nu op de bank lag. Hij liep op Oestina toe. Wat hij zag was geen gezichtsbedrog. Oestina's been was werkelijk gezakt. Arseni pakte het been beet en ontdekte dat het zich weer liet buigen. Hij nam Oestina's afhangende hand en legde die voorzichtig op de bank. Arseni begreep dat de lijkstijfheid voorbij was, maar hij verbood zijn hart sneller te kloppen. Een blik op de buik van Oestina ontnam hem iedere hoop. De buik was nog verder opgeblazen en had uit de schoot weggeduwd wat op de dag van haar overlijden nog niet naar buiten was gekomen.

Arseni stopte met lezen. Aan Oestina's toestand kon hij zien dat de lectuur niet meer aan haar besteed was. Hij praatte ook steeds minder met haar, omdat hij vooralsnog niets hoopgevends te melden had.

Ik vrees het ergste voor onze jongen, zei hij op een dag, vandaag zag ik witte maden in zijn neusgaten.

Hij zei het en had meteen spijt, want wat kon Oestina er immers aan doen, ze had het zelf moeilijk genoeg. Haar neus en lippen waren opgezet, haar oogleden opgezwollen. Oestina's witte huid was vleesrood geworden, hier en daar was ze opengebarsten en sijpelde er pus uit. Onder de huid waren, onnatuurlijk scherp, groene aders te zien. Alleen de verkleefde haren hadden hun rossige kleur behouden.

Met zijn armen rond zijn knieën zat Arseni tegen de haard, de blik onafgebroken op Oestina gericht. Nu stond hij zelfs niet meer op om water te drinken. Soms hoorde hij hoe er op de deur werd geklopt, dan was hij stiekem blij dat hij die had afgesloten voordat hij in onbeweeglijkheid was vervallen. Op de kreten reageerde hij niet en hij sloeg geen acht op de stappen over het erf. Toen die ophielden zakte Arseni opnieuw weg in zijn doffe apathie. Een steeds dieper en voller gevoel van rust kreeg hem in zijn greep. En ergens vanuit de diepste kern van die rust, bedeesd als een bloem van onder de sneeuw, ontkiemde de hoop op een spoedig weerzien met Oestina.

Op een keer zag hij beweging bij het raam. De ossenblaas waarmee het was bespannen scheurde met een knal open en er verscheen een hand met een mes. Daarachter een gezicht. Maar de hand schoot meteen naar de neus en het gezicht verdween. Arseni voelde de lucht bewegen en hoorde geschreeuw. Dat was voor hem bedoeld. Hij draaide zich opnieuw om naar Oestina en keek niet langer naar het raam. Na een korte tijd dreunden er slagen op de deur. Arseni zag hoe die trilde. Hij voelde spijt dat hij niet was gestorven vóór deze klop.

De bovendeur bezweek en klapte over de hoge drempel. Maar er kwam niemand binnenstormen. De indringers maakten geen enkele haast en waren overduidelijk bang. Arseni bekeek de voorste twee. Dat waren de wever Nikola Tkatsj en Demid Stro, uit het dorp, ze waren meermalen bij hem langs geweest voor een behandeling. Ze stonden op de gevallen deur en voerden fluisterend overleg. Ze hielden de kraag van hun kiel voor mond en neus.

Toen Demid op Oestina af liep sprak Arseni:

Afblijven.

Arseni raapte zijn al zijn kracht bij elkaar en stond op. Hij wilde Demid beletten dichter bij Oestina te komen, maar Demid duwde hem met zijn hand zachtjes tegen zijn borst. Arseni viel en bewoog niet meer. Nikola goot uit de schepemmer water over hem heen. Arseni opende zijn ogen.

Die leeft nog, deelde Nikola mee.

Hij pakte Arseni onder zijn armen, tilde hem op en zette hem met zijn rug tegen de haard. Arseni's hoofd zakte op zijn schouder, maar zijn ogen bleven open. Demid zei dat de ontdekte lichamen naar het pottenbakkersveld dienden te worden overgebracht. Nikola zei dat ze daarvoor uit het dorp een wagen moesten laten komen. Ze stuurden een van de anderen, die geen woord hadden gezegd, om de wagen te gaan halen.

.xix.

Het pottenbakkersveld was een deprimerende plek. Zelfs het kerkhof bij het hek waarvan Arseni en Christofor hadden gewoond maakte een plezieriger indruk. Het veld met zijn naamloze graven lag op een heuvel twee werst van Christofors huis. Er lagen mensen die waren omgekomen tijdens de plaag, pelgrims, gehangenen, ongedoopte zuigelingen en zelfmoordenaars. Die verdroncken waren inden wateren, verslonden vanden crijch, ghedoodt van mordenaren, ten prooye aent vuyr. Onversiens gherovet, door blixeme besenget, ghevelt van coude ende velertieren wonde. Deze ongelukkigen hadden heel verschillend geleefd en wat hen verenigde was niet het leven, want hun overeenkomst bestond in de dood. Het was een dood zonder boetedoening.

Degenen die een dergelijke dood waren gestorven kregen geen uitvaartdienst en geen begrafenis op de algemene begraafplaatsen. Ze werden afgevoerd naar het pottenbakkersveld. Daar werden de lichamen neergelaten op de bodem van een diepe kuil en afgedekt met pijnboomtakken. Zo werden de overledenen gezamenlijk ter aarde besteld. Ze lagen in een massagraf, versmachtend zonder zielerust. Hun grijze, met zand bestrooide gezichten piepten nu en dan onder de takken vandaan. Dat schouwspel was vooral triest in de lente, wanneer onder de smeltende sneeuw de takken van hun plaats schoven. Dan lieten de gezamenlijk begravenen zich van hun minst aantrekkelijke kant zien: beroofd van ogen en neuzen, met armen en benen die over de aanpalende lichamen waren gekropen, als in innige omhelzing.

Maar door de grenzeloze genade van onze Heer en Heiland Jezus Christus was ook hun lot niet hopeloos. Op de donderdag van de zevende week na Pasen kwam de priester van het Kirillo-Belozerski-klooster voor de gezamenlijk begravenen een uitvaartdienst celebreren. Die dag heette de Semik, naar het getal *sem'*, zeven. De kuil werd opengelegd en er werd een nieuwe gegraven. De nieuwe bleef open liggen tot de volgende Semik.

Overigens was zelfs met deze uitvaartdienst de bemoeienis met de gezamenlijk begravenen niet altijd afgelopen. Er werd aan ze gedacht op dagen van misoogst. Voor eenieder met respect voor de overlevering was het geen geheim dat de oorzaak van onheilen doorgaans was terug te voeren tot gezamenlijk begravenen. Er bestond een bijgeloof dat degenen wier leven voortijdig werd afgebroken niet onmiddellijk stierven. De klamme Moeder Aarde nam hen niet op en stiet ze weer uit, waarmee ze hen dwong bovengronds emplooi te vinden.

In hun andere bestaan leefden deze doden als het ware de hun afgenomen tijd uit, maar ze deden dat zeer ten detrimente van de mensen in hun omgeving. Op zoek naar een uitweg voor hun niet-ingeboete kracht vernielden zij oogsten en organiseerden ze zomerse droogten. Welingelichte kringen wisten dit zo uit te leggen dat de overledenen (in het bijzonder als ze waren gestorven aan overmatig drankgebruik) leden aan een bovenmenselijke dorst en het vocht uit de aarde zogen.

In zware tijden werden reeds gezamenlijk begravenen weleens opgedolven uit de grond en, protesten van de geestelijkheid ten spijt, weggesleept naar woeste gronden en moerassen. Het kwam natuurlijk ook voor dat ze op hun plaats werden gelaten, maar niet dan nadat ze waren opgegraven en met hun gezicht naar beneden waren gelegd. Vanzelfsprekend was er altijd wel iemand die dat een halve maatregel vond, maar zelfs dit achtte men beter dan openlijk niets te doen.

De toestand van de levenden was op de keper beschouwd ook niet echt gemakkelijk. Als ze mensen begroeven die geen boete hadden gedaan riepen ze de toorn van de klamme Moeder Aarde over zich af, en die antwoordde met vrieskou in het voorjaar. Als ze deze mensen niet begroeven riepen ze de toorn van de overledenen zelf over zich af, en die deden in de zomertijd onbarmhartig de oogst teniet. In deze ingewikkelde situatie was de Semik dan ook in wezen een salomonsoordeel. Door de gestorvenen tot het eind van het voorjaar niet ter aarde te bestellen, kwamen de landbouwers zonder schade voor zichzelf de vorstperiode door. Maar door de uitvaartdienst en de begrafenis in de zevende week na Pasen af te ronden, mochten ze hopen dat de rancuneuze overledenen de gerijpte oogst niet zouden vernietigen.

Tussen deze overledenen zou nu ook Oestina een plaats krijgen. Men was van plan om haar, de oneindig door Arseni beminde Oestina, op het pottenbakkersveld te werpen. Samen met haar zoon, die nog geen naam had gekregen. Demid en Nikola wikkelden lappen om hun handen, droegen Oestina de hut uit en legden haar op de naderbij gereden kar. Een minuut later droeg Nikola op zijn uitgestrekte armen de half in ontbinding verkerende baby naar buiten. Met de kar waren zoetjesaan dorpelingen meegekomen. Ze gingen het huis niet binnen en stonden zwijgend op de weg.

Arseni, die tot dat moment afwezig op de grond had gezeten, pakte het mes van de haard en liep naar buiten. Hij bewoog zich langzaam voort, maar wel gelijkmatig, alsof hij niet al die uren in een halfbewuste toestand had doorgebracht. In de stilte werd hoorbaar hoe zijn blote voeten over de aarde sjokten. Zijn ogen waren droog. De menigte bij de kar week uiteen, want ze voelde dat zijn kracht welhaast bovenmenselijk was.

Hij legde een hand op de kar:

Afblijven.

Hij schreeuwde:

Afblijven!

Het paard brieste.

Hij schreeuwde:

Laat me alleen, maak dat je wegkomt, allemaal. Dit is mijn vrouw, dit is mijn zoon, jullie gezinnen zijn in het dorp, ga terug naar jullie gezinnen.

De mensen durfden niet dichter bij hem te komen. Ze zagen zijn marmeren vingers op het heft van het mes. Ze zagen hoe de wind het dons op zijn wangen beroerde. Ze waren niet bang voor het mes, ze waren bang voor hemzelf. Ze herkenden hem niet.

Dat ding is scherp, geef hier alsjeblieft.

Vanuit het hart van de menigte was starets Nikandr opgedoken. Met uitgestoken hand, een been achter zich aan slepend, liep hij op Arseni af. De menigte week voor hem uiteen zoals de golven van de zee voor Mozes. In zijn kielzog de monnik die hem altijd begeleidde.

Ik moet zeggen dat ik momenteel niet in topvorm steek, maar het leek me zaak mij hier te vertonen en jou dat mes afhandig te maken.

Ze willen Oestina en het kind naar het pottenbakkersveld brengen, zei Arseni. Ze begrijpen totaal niet dat mensen die zijn doodgegaan elk moment kunnen opstaan.

Het mes viel uit zijn hand in de uitgestrekte hand van de starets.

Geef ze die lichamen toch, daar gaat het immers niet om, zei de starets. Als je ze in een gewoon graf legt, dan zullen die daar – hij wees met het mes naar de menigte – ze bij de eerste de beste droogte weer opgraven. Dat is toch zo, stelletje heidenen, vroeg hij aan de omstanders, die de ogen neersloegen. Daar kun je vergif op innemen. En wat betreft de opstanding en de redding der zielen van de ontslapen dienstknechten Gods, die informatie kan ik je, zoals dat heet, *tête-à-tête* ter hand stellen.

De starets gaf de monnik een teken dat die buiten moest wachten. Hij nam Arseni bij de hand en Arseni verslapte meteen. Toen ze het bordes op stapten, gleed een voet van de starets een paar keer van de tree. De omstanders zagen dat en moesten huilen. Hun werd duidelijk dat de geestkracht van de starets in onverzoenlijke tegenspraak was gekomen met de breekbaarheid van zijn lichaam. Ze wisten hoe zoiets doorgaans afliep. De kar kwam geluidloos in beweging. Starets Nikandr en Arseni verdwenen achter de deur.

Laat ik beginnen over de dood, zei de starets, en dan, als het ervan komt, over het leven.

Hij zette zich op een bankje en wees vlak naast zich. Toen Arseni was gaan zitten leunde de starets met zijn armen op het bankje en liet zijn hoofd zakken. Hij sprak zonder Arseni aan te kijken.

Ik weet dat je droomt van de dood. Je denkt: alles wat jou dierbaar is geworden, is nu een prooi van de dood. Maar je hebt het mis. Oestina is niet ten prooi gevallen aan de dood. De dood brengt haar slechts bij Degene Die over haar zal richten. En bovendien, zelfs als je besluit om je heden aan de dood over te geven zul je niet met Oestina worden verenigd. Nu over het leven. Je meent dat er in jouw leven niets substantieels meer over is en ziet er de zin niet van. Maar juist nu heeft zich in jouw leven een geweldige zin geopenbaard, die het eerst niet had.

De starets keerde zich om naar Arseni. Arseni keek star voor zich uit. Zijn handen lagen in zijn schoot. Over zijn wang kroop een vlieg. De starets joeg de vlieg weg, nam Arseni bij de kin en draaide diens gezicht naar zich toe.

Met jou heb ik niet te doen: haar lijfelijke dood is jouw schuld. En dat haar ziel verloren kan gaan is ook jouw schuld. Ik zou je moeten zeggen dat het al te laat is om haar ziel over het graf heen te redden, maar dat doe ik toch maar niet. Omdat daar waar ze nu is geen *al* bestaat. En geen *nog*. Daar is geen tijd, maar alleen de oneindige genade Gods, waarin we ons aanbevelen. Maar de genade moet de beloning voor een inspanning zijn. (De starets begon te hoesten. Hij sloeg een hand voor zijn mond en de hoest blies zijn wangen op in een poging los te breken.) Waar het op neerkomt is dat de ziel die het lichaam heeft verlaten hulpeloos is. Ze kan alleen lichamelijk iets uitrichten. Mensen kunnen zichzelf uitsluitend in dit aardse leven redden.

Arseni's ogen waren nog steeds droog:

Maar ik heb haar het aardse leven ontnomen.

De starets keek Arseni onvervaard aan:

Dus moet jij haar het jouwe geven.

Kan ik dan soms in haar plaats leven?

Als je de zaak serieus bekijkt wel. De liefde heeft jou en Oestina tot één geheel gemaakt, dus is een deel van Oestina nog steeds hier. Dat ben jij.

De monnik klopte aan, kwam binnen en gaf de starets een schaal met brandende kolen. De starets strooide ze in het vuur. Hij gooide er sprokkelhout overheen. Daarop legde hij weer een paar stammetjes. Een ogenblik later lekte het vuur al rond de stammetjes. Het bleke gezicht van de starets kreeg kleur.

Christofor heeft je aangeraden in het klooster te gaan. Ik vraag me af waarom je niet naar hem geluisterd hebt, en kan geen antwoord vinden... (Hij liep op Arseni af.) Oké, vaarwel dan maar, want we gaan elkaar niet meer zien. De omstandigheden zijn zodanig dat op afzienbare termijn mijn leven een einde zal nemen. Als ik me niet vergis gebeurt dat op 27 december. Op het middaguur of daaromtrent.

De starets omhelsde Arseni en begaf zich naar de uitgang. Op de drempel keerde hij zich om.

Jouw weg is moeilijk, de geschiedenis van jouw liefde is immers pas net begonnen. Arseni, vanaf nu hangt alles af van de kracht van jouw liefde. En natuurlijk van de kracht van jouw gebed.

.XX.

De winter pakte dat jaar anders uit dan andere jaren. Deze winter kende vrieskou noch sneeuw. Hij was mistig en nevelig – zelfs geen winter maar een late herfst. Als er al sneeuw viel, dan met regen erbij. De mensen zagen meteen dat zulke sneeuw geen blijvertje was. De sneeuw smolt voordat ze de aarde bereikte en gaf niemand vreugde. Men was de winter al moe voordat hij goed en wel begonnen was. Wat er in de natuur gaande was zag men als een slecht voorteken. En dat werd bewaarheid.

Een dag na Kerst ontsliep starets Nikandr. Na afloop van de Kerstvigilie deelde hij de kloosterlingen mee dat hij voornemens was zijn geboortedag te vieren op de zevenentwintigste van de wintermaent. De starets had zijn verjaardag nooit gevierd en te bestemder tijd verzamelde zich de geïntrigeerde monnikerij bij zijn kluis.

Het betreft de dag van mijn geboorte voor de eeuwigheid, lichtte hij toe vanaf zijn houten ligbank in de hoek. Zijn armen lagen gekruist op zijn borst.

De broeders begrepen hem en zetten het op een grienen.

Ick segge ulieden: en weent niet mynentweghen, want hedeneer sal ik dat aenschijn Godes aenschouwen. Ook zeg ik U, o Heer: in Uwe handen beveel ik mijn geest, erbarm U mijner en schenk mij het eeuwige leven. Amen.

Amen, herhaalden de verzamelden, terwijl ze toekeken hoe de ziel van starets Nikandr zijn lichaam verliet.

Hun tranen droogden op, hun gezichten begonnen te stralen. Het klooster stroomde vol met mensen uit de omstreken die wonderen verwachtten, want een zojuist ontslapen heilige beschikt over bijzondere krachten. En zij ontvingen naar hun geloof.

Ondertussen was de winter nog steeds niet begonnen. De wegen waren compleet onbegaanbaar en de rivieren vroren niet dicht.

Verplaatsing van A naar B, jammerden ze in het dorp, is volstrekt onmogelijk of wordt ernstig bemoeilijkt. We zijn feitelijk beroofd van wegen, die er in de werkelijke zin des woords toch al nooit zijn geweest.

Maar zelfs de afwezigheid van wegen belette niet de verspreiding van de grootste rampspoed van die tijd – de plaag. De ziekte werd voor het eerst vastgesteld in Belozersk, de belangrijkste stad van het vorstendom. Vandaar bewoog ze zich langzaam naar het zuidoosten. Als een vijandig leger veroverde ze dorp na dorp, om in de bezette plaatsen meedogenloos huis te houden.

Iedereen bleef waar hij was, want er was geen ontkomen aan de ziekte. Immers, zelfs als je de zompige wegen wist te bedwingen, betekende dat nog niet meteen je redding. Volgens geruchten die de mensen in Belozersk bereikten was het overal in Rusland waterkoud, en dat betekende dat de pesthaard op iedere willekeurige plek kon oplaaien. De ziekte was, zoals zo vaak, begonnen in de herfst en kon nu niet in de winter doodvriezen, doordat de winter niet intrad.

De plaag had Roekina nog niet bereikt, maar de inwoners begonnen zich al zorgen te maken. Omdat ze de komst van de plaag voorzagen besloten ze Arseni om raad te vragen. De veranderingen die hij had ondergaan schrikten de dorpelingen af; aanvankelijk hadden ze geen lust om Arseni op te zoeken. Met het oog op het dreigende gevaar bleef hun echter geen andere keuze. Maar toen ze bij Christofors huis kwamen, troffen ze dat leeg aan.

De deur was niet gesloten en ze konden ongehinderd binnenkomen. Ondanks de volmaakte orde was het evident dat er niemand meer in het huis woonde. Of liever, juist die orde wees daarop. De dorpelingen bevoelden de haard: die was helemaal koud. Zelfs de herinnering aan de warmte, die feilloos voelbaar is in haarden waarin pas nog is gestookt, ontbrak. De dorpelingen gingen op zoek naar eventuele briefjes van Arseni. Maar die waren er evenmin. Het ergste vrezend blikten ze onder bankjes, kamden alle optrekjes rond het erf uit en keken zelfs op het aangrenzende kerkhof. De dorpelingen vonden geen spoor van Arseni, levend of dood. Wie weet is hij gesmolten, ghelijck dat wasch versmilt vanden viere, dachten ze. Beter gezegd, ze wisten domweg niet wat ze ervan moesten denken.

HET BOEK DER VERZAKING

.i.

Maar Arseni was niet gesmolten. Op de dag dat ze hem zochten in Christofors huis bevond hij zich al op een tiental werst afstand. Twee dagen tevoren had hij een linnen zak over zijn schouder gegooid en het gehucht verlaten.

In de zak had hij een bescheiden hoeveelheid artsenijen en medische instrumenten gestopt. De handschriften van Christofor namen de rest van de zak in beslag. Het ging om een onbeduidend deel van de manuscripten van de overledene; diens schriftelijke nalatenschap was omvangrijk en zou zelfs niet hebben gepast in een grote zak. En Arseni's zak was niet groot. Tot zijn spijt moest hij veel prachtige manuscripten achterlaten.

Arseni verliet het huis in de richting van Kosjtsjejevo. Vanuit Kosjtsjejevo ging het naar Pavlovo, van Pavlovo naar Panjkovo. Zijn voeten slipten over de natte klei, hij gleed uit in diepe plassen en zijn laarzen waren al snel volgelopen met water. Arseni volgde geen lijnrechte route, want hij had geen strikt omschreven geografisch doel. Hij had ook geen haast. Wanneer hij in het zoveelste dorp kwam vroeg hij of daar de plaag heerste. In de eerste dorpen die hij zag was dat niet het geval. Daar kenden ze Arseni nog en lieten ze hem dan ook binnen en gaven hem zelfs te eten.

Het werd vroeg donker en daarom moest Arseni overnachten in Panjkovo. Maar toen hij 's ochtends opnieuw op weg was gegaan en aankwam in Nikolskoje werd hij daar niet toegelaten. Niemand werd Nikolskoje binnengelaten, opdat de vliegende plaag niet het dorp in zou worden gebracht. Arseni werd ook niet binnengelaten in Koeznetsovoje, dat op een werst van Nikolskoje lag. Arseni vertrok naar Maloje Zakozje, maar de weg naar Maloje Zakozje bleek te zijn geblokkeerd met boomstammen. Hij wilde toen naar Bolsjoje Zakozje, maar daar lagen net zulke boomstammen.

Het volgende punt op Arseni's route was het dorp Velikoje. Daar was de toegang vrij, maar de geest van onheil die boven deze plaats zweefde werd Arseni in één oogopslag duidelijk.

Hier hangt een kwade reuk, zei Arseni tegen Oestina. In dit dorp is onze hulp nodig.

Dit was de eerste keer na Oestina's dood dat hij haar aansprak, en hij voelde een zekere huiver. Arseni verontschuldigde zich niet voor haar, omdat hij zich haar vergeving onwaardig achtte. Hij vroeg haar alleen om deel te nemen in een belangrijke aangelegenheid en hoopte dat ze niet zou weigeren. Maar Oestina zweeg. Hij voelde twijfel in haar zwijgen.

Geloof me, mijn lief, ik zoek de dood niet, zei Arseni. Integendeel: in mijn leven ligt ons beider hoop. Kan ik soms nu de dood zoeken?

Bij de eerste hut werd hem niet opengedaan. Hij kreeg te horen dat de pest in het dorp was. Arseni vroeg waar precies de zieken waren, en men wees hem de hut van Jegor Koeznets, de smid. Daar klopte hij aan. Er kwam geen antwoord. Arseni haalde een linnen lap uit zijn zak en bond die voor zijn mond. Hij bekruiste zich en stapte naar binnen.

Jegor Koeznets lag op de bank. Zijn enorme arm hing omlaag. Van tijd tot tijd kneep de hand zich samen tot een vuist; daaraan was te zien dat Jegor nog leefde. Arseni pakte Jegors pols om te bepalen of zijn bloed krachtig stroomde. Maar er was bijna geen bloedsomloop te voelen. Door de aanraking opende Jegor onverwachts de ogen.

Drinken.

Er was geen water in de hut. Vlak bij Jegors hand was een oos op de grond gevallen, waarin de laatste vochtdruppels glansden. Jegor moest de lepel hebben losgelaten, niet meer bij machte om water uit de put te halen.

Arseni liep de hut uit naar de put. De putboom zag eruit als een dode kraanvogel. De houten nek, met een klamp vastgezet op de balk die de romp vormde, schommelde knerpend in de wind.

Arseni liet de emmer in de put zakken. Het grondwater, niet door de vorst bevangen, stond hoog. Arseni zag zijn eigen spiegelbeeld en herkende het niet. Zijn gezicht was veranderd.

Mijn gezicht is anders dan het was, zei hij tegen Oestina. De veranderingen zijn lastig vast te stellen, maar, mijn lief, ze zijn zonneklaar.

Terug in de hut gaf hij Jegor Koeznets van het water te drinken. Arseni ondersteunde het hoofd van de smid met een hand en Jegor dronk blindelings. Hij slokte en proestte. Het water stroomde langs zijn baard en liep onder zijn hemd. Hij kon er maar geen genoeg van krijgen. Hij hield met een hand Arseni's hand vast en Arseni kon het gewicht ternauwernood houden. Wat was deze man sterk, dacht Arseni, en hoe zwak is hij nu. In een paar dagen heeft de ziekte hem veranderd in een krachteloze hoop vlees. Die over een paar dagen tot ontbinding overgaat. Hij voelde dat er al geen leven meer in dit lichaam was.

Plotseling opende Jegor zijn ogen.

Zijt gij mijn dodesengel?

Neen ik, ontkende Arseni.

Geef mij, o engel, te kennen wat mijn deel is.

Arseni zag hoe Jegors oogleden zich langzaam sloten.

Ghi moet haest sterven, zei Arseni, maar Jegor hoorde hem al niet meer.

Hij ademde zwaar, zweetdruppels rolden over zijn voorhoofd en verdwenen in de dichte haarbos. Arseni zat naast hem en dacht eraan hoe hij bijwijlen naar de slapende Oestina had gekeken. Onder de deken ging haar borst nauw merkbaar op en neer. Soms haalde ze luidruchtig haar neus op en draaide zich op haar andere zij. Ze wreef langs haar wang. Haar lippen bewogen. Ook Arseni's lippen bewogen. Hij reciteerde het gebed voor de stervenden. Zijn blik won gaandeweg aan scherpte en achter de trekken van Oestina zag hij Jegor. Jegor was dood.

Arseni ging de buurhuizen binnen. Daar lagen levenden en doden. De doden sleepte hij naar buiten en bedekte hij met lappen en rijshout. Trekkend aan een van de lichamen voelde Arseni dat het tekenen van leven vertoonde. Hij merkte dat de ziel zich nog aan dit lichaam vastklampte. Het was het lichaam van een jonge vrouw.

Iets zegt mij, sprak hij tegen Oestina, dat hier nog niet alles verloren is.

Arseni droeg de vrouw weer naar binnen. Daar was het warm, want die ochtend waren de bewoners nog op de been geweest en hadden gestookt. Arseni legde de zieke op haar buik en inspecteerde haar nek. Om haar nek hingen opgezwollen builen in een koord van enorme loodgrijze en rode kralen. Arseni blies de kolen in de haard aan en gooide er brandhout op. Hij haalde zijn gereedschap uit zijn tas en stalde het uit op de bank. Hij dacht na. Hij koos een lemmet en bracht het bij het vuur. Toen het lemmet helemaal gloeide liep hij naar de zieke. Met zijn vrije hand betastte hij de builen. Hij koos de grootste en zachtste uit, stak zijn lancet erin en drukte haar met twee vingers samen. Uit de buil stroomde een troebele, onwelriekende prut. Arseni voelde hoe de kledder langs zijn vingers liep, maar dat boezemde hem geen afkeer in. Met de etter die langs de hals van de vrouw stroomde zag hij de ziekte uit haar lichaam trekken. Hij voelde blijdschap. Met zijn vingertoppen knobbel na knobbel aflopend perste hij de pest uit de zieke.

Van de hals ging Arseni naar de oksels, van de oksels naar de liezen. Behalve de lucht van pus rook hij daar ook andere geuren, en die wonden hem op. Hoeveel dierlijks heb ik toch in mij, dacht Arseni. Hoeveel toch. Toen hij klaar was met zijn bewerking, ging hij over tot aderlatingen op de plaatsen waar de meeste builen hadden gezeten. Daar was het bloed slecht en moest het worden afgevoerd. Toen Arseni de eerste ader opende, kwam de vrouw met een kreun bij.

Vrou, ghi sult volherden, fluisterde Arseni haar toe, en ze verloor opnieuw het bewustzijn.

Hij opende haar aderen op verschillende plaatsen en elke keer kreunde ze, maar haar ogen bleven nu gesloten. Toen Arseni klaar was legde hij een deken over haar heen.

En nu moet je vooral heel lang slapen en op krachten komen. En wakker worden, niet voor de dood, maar voor het leven. Je prognose is gunstig.

Met deze woorden ging Arseni naar buiten. Tot het eind van de dag was hij nog in enkele andere huizen doende met levenden en doden en zag hoe levenden veranderden in doden. In een van de huizen ontdekte hij dat de doek van zijn gezicht was gegleden. Tijd om een nieuwe lap te zoeken had hij niet en hij bad tot zijn Beschermengel dat die vanaf zijn rechterschouder de vliegende pest al klapwiekend zou verjagen. Van tijd tot tijd voelde Arseni de vleugelslag van de engel, en dat stelde hem gerust. Nu kon hij zich volledig concentreren op de behandeling van de zieken.

Arseni pakte de zieken bij de pols en nam hun hartslag op. Soms liet hij zijn hand langs hun borst of schedel gaan. Dat openbaarde hem welke weg zich als de meest waarschijnlijke voor de patiënt aftekende. Als de zieke genezing te wachten stond, glimlachte Arseni en kuste hem op het voorhoofd. Als hij sterven moest, huilde Arseni geluidloos. Soms was het beeld niet duidelijk en dan bad Arseni vurig om genezing voor de lijdende. Hij hield een hand vast om levenskrachten door te geven en liet pas los wanneer hij voelde dat de strijd tussen leven en dood was beslist in het voordeel van het leven.

Op die dag werd veel kracht aan hem onttrokken, omdat nog nooit zo veel mensen tegelijk zijn hulp nodig hadden gehad. In het laatste huis dat hij bezocht viel Arseni naast een zieke in slaap. Hij sliep en droomde van zijn Beschermengel, die de vliegende pest van hem verjoeg. Zelfs 's nachts vouwde die zijn vleugels niet in. Arseni verbaasde zich over de onvermoeibaarheid van de Engel en vroeg hem hoe het kwam dat hij niet moe werd.

Engelen worden niet moe, antwoordde de Engel, omdat ze hun krachten niet sparen. Als jij niet denkt aan de eindigheid van je krachten, zul ook jij niet moe worden. Je moet weten, Arseni, dat je alleen over het water kunt lopen wanneer je niet bang bent om te verdrinken.

's Ochtends werden Arseni en de patiënt op hetzelfde moment wakker. En de patiënt begreep dat hij genezen was.

.ij.

Arseni bleef twee weken in Velikoje. Hij behandelde en verzorgde de zieken. Hij gaf hun te drinken en te eten; in de eerste plaats te drinken. Hij leerde de herstelden hoe ze voor de zieken moesten zorgen.

Nu zijn jullie niet meer vatbaar voor de pest, zei Arseni tegen de herstelden. Wie zich uit haar klauwen hebben weten los te rukken kan ze niet meer te pakken nemen.

Niet iedereen geloofde hem. Sommigen vreesden de terugkeer van het onheil, verlieten stilletjes het dorp en gingen naar een oord waar de pest niet was. Al snel kwamen ze erachter dat dat een fout was. Hun door de ziekte krachteloos geworden lichamen hadden geen weerstand tegen de ongemakken van de reis, en wat de pest niet had kunnen doen volbrachten het slijk en de mist onderweg. Degenen die achterbleven (dat was de meerderheid) hadden vertrouwen in Arseni en in zichzelf. Hij was hun redder en hun genezing bevestigde in hun ogen de juistheid van zijn woorden. Samen met Arseni gingen ze getroffen huizen binnen, maar niemand van hen ondervond daar enige schade van.

Zodra Arseni genoeg helpers had om de levenden te ondersteunen, ging hij zich bezighouden met de doden. Die konden evenmin wachten. Zelfs als de doden vanuit de huizen naar buiten waren gedragen was hun ontbinding niet te stuiten. De beschaamde grimassen van de overledenen toonden duidelijk dat ze zichzelf niet meer in de hand hadden. Ze hadden met spoed hulp nodig. Er werd een kar gevonden, waarop de lichamen werden gelegd. Ze werden naar het dichtstbijzijnde pottenbakkersveld gereden, op drie werst afstand, om daar de Semik af te wachten. De mensen die met de overledenen in de weer waren huilden niet. Er waren gewoon geen tranen meer.

Toen Arseni begreep dat het leven in Velikoje weer op gang kwam, besloot hij het dorp te verlaten. Op een mooie januariochtend nam hij afscheid van de inwoners en liet ze hem niet verder dan tot aan de rand van het dorp uitgeleide doen. Maar de grote faam van Arseni, waarvan de bronnen te vinden zijn in Velikoje, liet zich al niet meer inperken tot deze plaats. Onafhankelijk van Arseni's wil stroomde zij door stad en land, waarbij ze zich niets gelegen liet liggen aan klamme waterkou en onbegaanbare wegen. Arseni trok naar het dorp Loekinskaja, en zijn roem verwelkomde hem al bij het eerste huis. Tegen het houtsnijwerk van de raamlijsten geleund stond ze daar in de gedaante van een dorpse vrouw met een brood onder de arm.

Zijt gij Arseni, vroeg het vrouwmens.

Ja ik, antwoordde Arseni.

De vrouw stak hem het brood toe en hij scheurde er machinaal een stuk vanaf. Het brood was hard, doordat (begreep Arseni) het al even geleden was gebakken.

Comt ons te hulpe, Arseni, want wi sterven die doot.

Zo het Gode gevalt, zal ik helpen, bromde Arseni zonder de vrouw aan te kijken.

Hij begreep niet waar ze hem van kende en volgde haar zwijgend het dorp door. Onder hun voeten smakte de modder, dwars door de uitwaaierende berkentakken dwarrelden grote natte sneeuwvlokken op hen neer. Tegen de achtergrond van de witte sneeuwhopen waren de vlokken niet te zien, maar ze waren goed te voelen op de gezichtshuid. Ze smolten meteen op hun wangen en bleven kort hangen aan hun wimpers.

Waar kent ze me van, vroeg Arseni aan Oestina, maar Oestina zei niets.

Ik ben bang dat ze mij voor iemand anders houdt, zei Arseni na een pauze. En dat ze hoge verwachtingen heeft.

Soms haalde hij de vrouw in om haar in de ogen te kijken. Die weerspiegelden een grijze hemel zonder één wak. Hij pakte de vrouw bij de schouder en liet haar abrupt stoppen. Ze draaide haar hoofd maar keek langs hem heen.

Je weet toch dat je kleinzoon dood is, waarom breng je mij dan naar hem toe, zei Arseni.

Waar leef ik anders nog voor, vraag ik me af, vroeg de vrouw onverschillig.

Arseni wist niet wat te antwoorden, het was dan ook geen vraag. Of in elk geen vraag aan hem. Hij keek zwijgend toe hoe de vrouw achter de sneeuwvlokken verdween. Toen ze niet langer zichtbaar was liep hij naar de dichtstbijzijnde hut. Daar wachtte het werk al op hem.

In Loekinskaja werd Arseni langer opgehouden dan in Velikoje. Er waren meer zieken. Er waren ook meer doden. In Loekinskaja heerste apathie en het bleek hier veel moeilijker om de onderlinge hulp op te zetten. Maar ook dit kreeg Arseni voor elkaar.

Hij bond de boeren op het hart dat hun genezing in veel opzichten van henzelf afhing. In zijn pogingen de levenskracht in hen op te wekken liet Arseni hun zien dat de hulpe Gods niet zelden in de weg van handelende mensen tot ons komt. De boeren knikten, omdat ze onder die handelende mensen Arseni verstonden. Zelf wilden ze geen handelende mensen worden. Of dat konden ze niet. Maar toen een paar zieken die ze al hadden beweend alsnog waren genezen, ontwaakte in hen de hoop.

De genezen zieken begonnen de mensen te helpen die ziek waren geworden en de overledenen te verzamelen. Ze brachten brood rond bij verweesde kinderen, ze maakten huizen schoon en rookten die uit, ze reinigden erven en straten die tijdens de plaag leeg waren komen te staan. Toen hij dat zag liet Arseni het dorp Loekinskaja achter om verder te trekken.

De volgende plaats die Arseni op zijn tocht aandeed was het dorp Gory. Na een kort verblijf in Gory trok hij het Kisjemskoje-meer rond en kwam, een werst of tien verderop, in het dorp Sjortino. Vanuit Sjortino liep zijn route naar Koeligi, van Koeligi naar Dobrilovo, vandaar naar Zagorje. En overal werd er op Arseni gewacht en wisten de bewoners al waaruit hun hulp aan de heelmeester moest bestaan. Net als zijn faam gingen zijn woorden hem vooruit, en allemaal wisten ze nu wat Arseni hun bij zijn komst zou zeggen, daarom hoefde hij steeds minder te spreken. Dat was voor Arseni een behoorlijke opluchting, want het moeilijkst van alles wat hij ondernam vond hij het uitspreken van woorden.

Tijdens Arseni's verblijf in Zagorje sloeg eindelijk de vrieskou toe. De vorst was streng. Er was nog geen week voorbij of de Sjeksna was bedekt met een dunne, maar stevige laag ijs. Vanaf nu trok Arseni verder over het bevroren oppervlak van de Sjeksna. Zijn voeten gleden soms weg, soms bleven ze haken aan de stenen die in het ijs waren vastgevroren, maar toch was het een stuk makkelijker om over het ijs te lopen dan over de niet-bestaande wegen.

Zo kwam hij aan in Ivatsjovo. Dit was een groot en rijk dorp, dat leefde van de visvangst. In Ivatsjovo stond een stenen kerk gewijd aan de heilige apostel Andreas, die voordat hij geroepen werd visser was geweest. In de hutten van Ivatsjovo mengde de geur van ontbindende lichamen zich met de geur van netten en gezouten vis. De pest ging hier al langer tekeer, net als in andere dorpen aan de rivier waar veel scheepsvolk en reizigers kwamen.

Arseni, die ver van watervlakten was opgegroeid, voelde de nabijheid van de rivier voortdurend. De Sjeksna was niet breed, maar de massa van het samengeperste water, zelfs nu het zich onder het ijs bevond, straalde een bijzondere bewegingsenergie uit. Deze kracht was nieuw in Arseni's leven en wond hem op. Ze wakkerde in hem de zwerflust aan.

.iij.

Terwijl Arseni in Ivatsjovo verbleef werd het lente. De vrieskou, die het woeden van de pest enigszins aan banden had gelegd, maakte plaats voor de dooi. Arseni spande zich tot het uiterste in om een tweede uitbraak van de plaag te voorkomen. Hij schreef de inwoners voor gemalen zwavel in eigeel te gebruiken, aan te lengen met een extract uit rozenbottelsap. Op de dag dat ze deze artsenij innamen mochten ze geen varkensvlees eten of melk of wijn drinken. Overdag ging Arseni de huizen van de zieken langs, 's nachts bad hij voor hen om de gave der gezondheid en dat de ziekte zich niet zou vermenigvuldigen.

Als hij aan de oever van de Sjeksna was bedacht Arseni dat het ijs spoedig zou gaan smelten. Voordat de warme dagen zouden aanbreken moest hij over de rivier bij het volgende dorp zien te komen. Hij wilde zich al opmaken voor de tocht toen op een ochtend over het ijs van de Sjeksna een slee in Ivatsjovo aankwam. Het was een fraaie slee en iemand van de bewoners zei dat-ie van de vorst moest zijn. Dat bleek te kloppen. De slede kwam uit Belozersk en was gestuurd door vorst Michail. Om Arseni te halen.

Om mij te halen, vroeg Arseni verbaasd, toen hem werd verteld dat er een slee was gekomen.

Jou ja, konden de mensen uit Belozersk bevestigen. De vorstinne ende hare dochter sijn gheslaghen vande pestilencie. Jouw faam, Arseni, is groot in het land van Belozersk. Vertoon uwe artsenijkunsten en ge zult geëerd zijn bij den vorst.

Ik wacht mijnen loon slechts van onze Heiland Jezus Christus, antwoordde Arseni, wat nut mij de verering van den vorst?

Hij wendde zich af en zei tegen Oestina:

Ik zal zien, mijn lief, wat ik voor deze mensen doen kan. Dat ze familie van de vorst zijn maakt de ziekte er niet minder ernstig op. Ook niet ernstiger, trouwens.

Met deze woorden nam Arseni plaats in de beschilderde slee. De zitting was bedekt met donskussens en bood het lichaam haar zachtheid met de nadrukkelijke bereidwilligheid van iets dat veel geld had gekost. Arseni werd in een deken gewikkeld, hij voelde zich ongemakkelijk voor de dorpsbewoners die hem aangaapten. Nog nooit had hij in zo'n slee gereden. En hij kon zich niet voorstellen dat reizen zo comfortabel kon zijn. En zo snel kon gaan.

De ijzers gleden over het ijs met een zacht metalig geluid en de watermassa antwoordde vanuit de diepten als een zware klok. Boven het sleespoor achter de glijders wervelde een sneeuwjacht. Onder het ijs stoven de vissen geschrokken alle kanten op. De Sjeksna kronkelde en dorpen wisselden de wouden af.

Er bestond een kortere weg naar Belozersk. Die was niet zo comfortabel als die over de rivier en liep door de dorpen die één voor één langsflitsten. Maar de gezanten wisten niet of die weg wel begaanbaar was gemaakt. Ze hadden haast en besloten geen risico te nemen, wetend dat de route over de rivier betrouwbaar en snel was. Misschien wilden ze niet door die dorpen heen omdat daar de pest woedde. En (de voerman keek grimmig naar Arseni) ze hadden genoeg aan de pest in Belozersk.

Toen de zon aan helderheid inboette, begon de ijsvlakte zich te verbreden. Met een blik om zich heen stelde Arseni vast dat ze nu alleen links een oever naast zich hadden. In plaats van de rechteroever strekten zich, zo ver het oog reikte, eindeloze wersten ijs uit. Dit was het Belo-Ozero, het Witte Meer. Het ijs bleek hier egaler dan op de rivier en de rit verliep sneller. Toen het al helemaal donker was, ging het meer vloeiend over in de stad. Belozersk, de belangrijkste plaats in het vorstendom, heette hun welkom.

De slee gleed door duistere straten. Arseni had nog nooit zulke lange straten en zulke hoge huizen gezien. Van die hoogte kreeg hij een indruk door het schijnsel uit de bovenste ramen. Toen ze bij het woonverblijf van de vorst aankwamen werd daar al op hen gewacht. Ze trokken Arseni uit de slee en sleurden hem over de trap naar de eerste verdieping. Ze renden twee halfdonkere kamers door en stonden opeens in een derde. Die was hel verlicht en er stond een man. Dat was vorst Michail.

Ick heb vernomen dat ghi sijt een constich arts, sprak de vorst. Hij liep op Arseni af en begon zacht te praten, bijna in zijn oor. Hij was lang en moest zich vooroverbuigen. Luister, mijn vrouw en dochter zijn gisteravond ziek geworden. De dokters hier kunnen niets uitrichten. Niets. Zelfs niet tegen kiespijn…

Dat merk ik, zei Arseni. Je hebt een slechte adem.

Help mijn dierbaren, Arseni. Ik denk dat jij dat kunt.

Waarom denk je dat, vroeg Arseni. Van de mensen die ik heb behandeld is een flink deel gestorven.

De vorst ging zitten op een massieve, bewerkte stoel. Nu hij zat werd zijn kale kruin zichtbaar. Hij keek naar Arseni, zijn hoofd onnatuurlijk weggedraaid.

Omdat je zelf niet bent gestorven. Ze hebben me verteld dat jij een groot aantal pestdorpen langsgegaan bent en niet bent gestorven. Daaraan zie ik dat je gezegend bent.

Arseni zweeg.

De vorst bracht hem naar de vrouwenvertrekken. Toen ze bij de kamer kwamen waar de zieken lagen hield Arseni de vorst tegen:

Vanaf hier ga ik alleen.

Hij boog het hoofd en ging naar binnen.

Twee bedden stonden naast elkaar. Op het ene lag een jonge vrouw (ze was aanzienlijk jonger dan de vorst) en op het andere een meisje van een jaar of zes. Het meisje was buiten bewustzijn. De vorstin knikte Arseni zwakjes toe.

Eerst stapte hij op het kind af en pakte het bij de pols. Daarna voelde hij het voorhoofd.

Wat ist dat u dunckt, Arseni, vroeg de vorstin.

Ghi kent mynen naem, zei Arseni verbaasd.

Hij kwam bij haar op bed zitten. Zelfs in het halfduister van de kamer was te zien dat de vorstin blauwe ogen had. In de zon, dacht Arseni, moeten haar ogen vonkelen met de kleur van de hemel. De kleur van de Heer.

Voorzichtig tilde hij haar hoofd van het kussen en betastte de hals.

Wat ist dat u dunckt, herhaalde ze.

Bid, vorstin, en de Heer zal zijn barmhartigheid tonen.

Arseni ging naar buiten en sloot de deur achter zich.

De vorst kwam zwijgend op hem af. Hij keek hem niet aan.

Gezien?

Ja, zei Arseni. Zware gevallen, maar het leven zal ze niet verlaten. Met 's Heren hulp zal het tegen de ochtend beter gaan, denk ik.

De vorst liet zijn hoofd op Arseni's schouder zakken. Arseni voelde tranen in zijn hals.

Hij ging terug naar de zieken en bleef bij ze tot de ochtend. Hij zag hoe het leven worstelde met de dood en begreep dat hij het leven moest helpen. Hij behandelde de zweren van moeder en kind. Hij gaf ze veel te drinken, want water wast alle onreinheid uit het lichaam weg. Hij hield hun hoofd boven de tobbe wanneer ze moesten overgeven. En vooral: hij bracht zijn levenskrachten op ze over wanneer hij voelde dat zij daar zelf niet voldoende van hadden.

Arseni was vooral bang om het meisje, aangezien kinderen de pest slechter verdragen dan volwassenen. Wanneer hij maar kon, hield hij haar hand vast zonder los te laten. Aan de hand van haar polsslag onderkende hij veranderingen in haar toestand en leidde hij haar strijd voor het leven. Arseni voelde wanneer hij daadkrachtig moest ingrijpen. Op dergelijke ogenblikken pakte hij zich restloos samen om het kind alles door te geven wat hij in zichzelf aan leven kon vinden. Hij was alleen bang dat zijn eigen krachten uitgeput zouden raken.

Toen ze 's ochtends de kamer binnenkwamen zat Arseni bewegingloos op de grond en hield de hand van het kind vast. Ze dachten dat hij dood was. Dat ook de vorstin en haar dochter dood waren. Maar Arseni leefde. De vorstin en haar dochter waren weliswaar nog heel zwak, maar gezond.

.iiij.

Met deze wending begon Arseni's opgang. Op de vorst, die zijn gezin boven alles liefhad, maakte de genezing van zijn dierbaren een diepe indruk. Hij schonk Arseni een jas van sabelbont. Ondanks de zachte winter was de waarde van dit geschenk evident. De vorst besloot Arseni hofarts te maken en hem in zijn eigen paleis te huisvesten.

Het dient gezegd dat vorstelijke vertrekken in die voor altijd vervlogen tijd niet geheel beantwoordden aan de huidige voorstellingen van paleizen. De verblijven van de Russische adel waren gewoonlijk van hout. Ze onderscheidden zich van de huizen van de gewone poorters bovenal in hun maatvoering: ze waren hoger en breder. De bouw ervan was nooit voltooid. Hij kon worden onderbroken en bij de eerste de beste aanleiding worden hervat. Bij nieuwe huwelijken in de familie werden tegen het hoofdgebouw nieuwe delen opgericht. Er verschenen aanbouwen in verband met de uitbreiding van de keuken, kamers voor het personeel en dienstruimten. De constructies werden groter, maar niet mooier. Ze deden denken aan bijenraten of weekdierenkolonies. Hun voornaamste waarde bestond erin dat ze het gemak van hun eigenaars dienden.

Toen Arseni een paar weken bij de vorst had gewoond, wendde hij zich tot hem met het verzoek hem te laten gaan. Nee, Arseni wilde niet weg uit Belozersk – daar waren nog veel mensen die zijn behandeling nodig hadden; hij verzocht alleen hem een andere woning ter beschikking te stellen. Dit verzoek bevreemdde de vorst aanvankelijk, maar Arseni legde uit dat hij andere zieken bezocht en bang was de plaag de vorstelijke verblijven binnen te brengen. Dit was de waarheid, maar niet de hele waarheid. Het leven in het paleis benauwde Arseni.

Badend in weelde voel ik mij zwakker, bekende hij in tranen aan Oestina. En de zaak waarvoor ik nu leef kan ik daar onmogelijk volbrengen.

De vorst legde Arseni niets in de weg, want Arseni's woord betekende veel voor hem. Voor de vorst telde vooral dat Arseni Belozersk niet zou verlaten. Hij gaf hem een huis niet ver van het paleis en stelde hem in staat te leven zoals hijzelf wilde. En Arseni wilde het onheil dat de stad in zijn greep hield de baas worden. In korte tijd wist hij ook in Belozersk hulp van genezenen aan zieken op te zetten. In zijn eentje zou hij de zieken van een hele stad niet hebben kunnen bedienen.

Bij het krieken van de dag verliet Arseni zijn huis om de hutten met pestlijders langs te gaan. Hij onderzocht ze en stelde hun toestand en levensvooruitzichten vast. Daar waar zijn hulp beslissend kon zijn bleef hij urenlang en probeerde hij de terneergeslagen doodsengelen over te halen hun tijd te beiden. Bijwijlen, wanneer hij het gevoel had dat zijn krachten hem geheel en al in de steek hadden gelaten, ging hij naar het Witte Meer.

Het was al eind mei en het meer was nog steeds bedekt met ijs. De eindeloze loden vlakte contrasteerde schril met de groene oevers. Arseni liep over het ijs en voelde de kou van de diepten. De adem van deze kou kwam hem voor als de adem des doods, alsof de bodemloosheid van het meer in zichzelf alle inwoners van Belozersk besloot die ooit dit leven hadden verlaten. Uren kon hij naar het ijs staren, in zich opnemend wat er in de winter in vastgevroren was: potscherven, verkoold brandhout, een verdronken wolf, resten van bastschoenen en van allerlei, dat door het lange liggen zijn oorspronkelijke uiterlijk had verloren en was veranderd in zuivere materie.

Arseni dacht dat hij zich in afzondering bevond, maar dat was niet zo. Nooit kon hij zich onttrekken aan zijn roem. Onzichtbaar voor Arseni observeerde Belozersk hem vanaf de oever. De stad begreep dat de spanning waaraan Arseni blootstond voor een gewoon mens onhoudbaar was en stoorde hem niet als hij in eenzaamheid op krachten wilde komen.

Maar op een keer maakte zich van de oever een stip los die snel in Arseni's richting kwam. Arseni begon erop te letten toen duidelijk werd dat de stip naar hem op weg was. Arseni dacht eerst dat de man nog ver was, maar dat leek maar zo doordat hij zo klein was. Toen hij dichterbij was gekomen, zag Arseni dat het een jongen van een jaar of zeven was.

Ick ben Silvestr, zei de jongen. Ick ben alhier gecomen, omme dat mijne moeder cranck is. Ghi dan, Arseni, comt ons te hulpe.

Hij pakte Arseni bij de hand en begon hem naar de oever te trekken. Silvestrs hand was koud. Arseni ging zwijgend achter hem aan. Silvestr gleed een paar keer uit op het ijs en bleef koddig aan Arseni's hand hangen. Geen van beiden kon erom lachen, want hun beweging had niets vrolijks.

De beweging ging gepaard met gekraak van ijs onder hun voeten. Boven hun hoofd schreeuwden vogels, teruggekeerd uit warmer streken. Van tijd tot tijd werden de twee omspoeld door een golf lauwe lucht vanaf de oever, die de ijzige vlakte opwarmde.

Mijn vader is twee jaar geleden gestorven, zei Silvestr. Ook aan de pest. Mijn moeder heet Ksenia.

Toen Arseni zag dat Silvestr naar hem keek, knikte hij.

Het huis van Silvestr stond bij een zompige poel bijna aan de rand van de stad. Anders dan Arseni had verwacht was het een goed huis. Het had niets verweesds of vervallens. Alvorens de drempel over te stappen vroeg Arseni:

Wanneer is ze ziek geworden?

Gisteren, antwoordde de jongen.

Arseni ging naar binnen. Ondanks zijn waarschuwende gebaar stiefelde Silvestr achter hem aan.

Dit is mijn mama, fluisterde Silvestr. Wat van haar komt kan nooit slecht voor me zijn.

Nu is ze niet van zichzelf maar van de ziekte, zei Arseni eveneens fluisterend, en hij leidde de jongen naar buiten.

Ksenia lag met gesloten ogen. Een paar minuten lang onderzocht Arseni haar zonder een woord. Zelfs de ziekelijke zwelling had haar regelmatige gelaatstrekken niet vervormd. Arseni raakte met een hand haar voorhoofd aan, verbaasd over zijn eigen schroom. Om zijn besluiteloosheid af te werpen drukte hij zijn handpalm op het voorhoofd. Ksenia opende haar ogen. Die waren uitdrukkingsloos en sloten zich langzaam weer. Ksenia was niet bij machte zich tegen de slaap teweer te stellen. Arseni voelde haar pols. Hij liet zijn hand langs haar halsslagader gaan. Een paar keer drukte hij op de plaats waaronder haar hart klopte. Hij voelde in haar niets, alleen dat het leven aan het vertrekken was.

Op de deel keek Silvestr hem vragend aan. Arseni kende deze oogopslag maar al te goed, maar had hem nog nooit gezien bij een kind. Hij had geen idee wat hij moest zeggen tegen een kind dat zo keek.

Luister, het staat er slecht voor (Arseni wendde zich af). Het valt me zwaar, maar ik kan haar niet redden.

Maar je hebt toch ook de vorstin gered, zei de jongen. Nu mama nog.

Alles is in Godes hand.

Joh, voor God is dat toch een peuleschil, haar beter maken. Dat stelt niks voor, Arseni. Laten we samen tot Hem bidden.

Dat doen we. Maar ik wil niet dat je Hem de schuld geeft als ze toch doodgaat. Bedenk dat ze waarschijnlijk doodgaat.

Wil je dat we Hem iets vragen zonder te geloven dat Hij ons dat geeft?

Arseni kuste de jongen op zijn voorhoofd.

Nee. Natuurlijk niet.

Hij maakte voor Silvestr een bed op de deel:

Jij slaapt hier.

Ja, maar eerst gaan we bidden, zei Silvestr.

Arseni bracht uit de kamer de ikonen van de Heiland, Diens Reine Moeder en de heilige grootmartelaar en genezer Panteleimon. Hij pakte het vaatwerk van het schap en zette de ikonen ervoor in de plaats. Samen met de jongen knielde hij neer. Ze baden lang. Toen Arseni klaar was met het lezen van het gebed aan de Heiland, trok Silvestr hem aan zijn mouw.

Wacht even. Ik wil het in mijn eigen woorden zeggen. (Hij drukte zijn voorhoofd tegen de grond en zijn stem kreeg een doffere klank.) Heer, laat haar leven. Ik heb verder helemaal niets nodig. Echt niets. Ik zal U eeuwig dankbaar zijn. U weet toch dat ik alleen overblijf als ze doodgaat. (Van onder zijn arm keek hij de Heiland aan.) Helemaal zonder hulp.

De jongen deed de Heiland de mogelijke gevolgen niet uit de doeken omdat hij bang was om zichzelf. Hij dacht aan zijn moeder en koos de zwaarstwegende argumenten ten gunste van haar genezing uit. Hij hoopte dat niemand hem die dan zou weigeren.

Arseni zag dit. En hij geloofde dat de Heiland dit zag.

Vervolgens baden ze tot de Moeder Gods. Toen Arseni op een gegeven moment Silvestrs stem niet meer hoorde, keek hij opzij. Silvestr sliep, geknield en wel. Leunend tegen de dekenkist. Arseni bracht hem voorzichtig over naar zijn bed. Arseni bad verder alleen tot de heilige Panteleimon. Rond middernacht ging hij naar de kamer om voor Ksenia te zorgen.

.V.

Gedurende enkele dagen ging Ksenia er niet op vooruit. Maar ze ging ook niet dood. Daarin zag Arseni een bewijs van de grenzeloze barmhartigheid Gods en een aanmoediging om voor haar leven te vechten. Hij ging daarmee door. Ksenia's hoofd optillend goot hij in haar mond niet alleen artsenijen tegen de pest, maar ook aftreksels die het lichaam konden sterken in zijn verzet tegen de dood. Een gebed prevelend hield hij Ksenia's hand vast en voelde hoe door hem heen kracht in de zieke stroomde, de kracht van Hem tot Wie hij zich richtte.

Wanneer hij de kamer uitging kwam Silvestr hem op de deel tegemoet. Na een gebed om gezondheid voor Ksenia gingen ze kort naar het meer. De dagen in Belozersk werden warm en de koelte van het meer was aangenaam. Het ijs gingen ze niet op, omdat het al onbetrouwbaar was. Kolken onder water hadden wakken en scheuren in het ijs laten ontstaan. Dat werd zwart in plaats van blauw en breekbaar in plaats van stevig.

Jij gaat toch met mijn mama trouwen, vroeg Silvestr, toen ze langs de oever liepen.

Arseni stond verrast stil.

Ik wil dat we altijd bij elkaar blijven, zei Silvestr.

Hoor eens, Silvestr…

De jongen wilde doorlopen maar draaide zich langzaam naar Arseni om.

Heb je iemand anders?

Je stelt wel heel volwassen vragen.

Dus dat is zo?

Dat zou je kunnen zeggen.

Arseni zag hoe de ogen van de jongen zich vulden met tranen. Silvestr wist zich te beheersen en de tranen rolden niet over zijn wangen.

Hoe heet ze?

Oestina.

Woont ze in het dorp waar jij vandaan komt?

Nee.

In Belozersk?

Ze woont niet op deze wereld.

De jongen pakte hem bij de hand en ze liepen zwijgend verder.

Op de vijfde dag begon Ksenia vooruit te gaan. Ze had totaal geen kracht, maar de dood bedreigde haar niet meer. Dankbaar keek ze naar Arseni, die haar te drinken gaf, met een lepel kasja voerde en haar hielp op de pot te gaan.

Voor jou geneer ik me niet, zei ze op een keer. Dat verbaast me zelf ook.

Bij ziekte verliest het vlees zijn zondigheid, antwoordde Arseni na enig nadenken. Dan wordt duidelijk dat het maar een omhulsel is. Dat je je er niet voor hoeft te schamen.

Voor jou geneer ik me niet, zei Ksenia een andere keer, omdat je me zo na bent komen te staan.

Het ging beter met Ksenia. Op een avond kort daarna stond ze op om knolraap te koken. Ze sneed de raap in gelijke rondjes en verdeelde die over de kommen. Met een verzaligde blik bekeek ze de mannen. Arseni keek naar Silvestr: de jongen at bijna niet. De hele dag was hij hangerig geweest en Arseni begon zich daar ongerust over te maken.

Na het eten voelde Arseni Silvestrs pols. Toen hij op de jongen af liep wist hij al dat het er slecht voorstond, maar hoe slecht, dat begreep hij pas toen hij diens hartslag had opgenomen. Arseni had het gevoel dat zijn eigen bloed de andere kant op begon te stromen. Dat het nu uit zijn neusgaten, oren en keel naar buiten zou slaan. Ksenia was blijven praten, maar hij kon zijn lippen niet meer verroeren. Hij voelde heel sterk zijn onvermogen om te helpen. Hij keek naar het kind en opnieuw had hij willen sterven.

Die nacht sliep Silvestr niet. Hij raakte in een staat van onrust, onduidelijk waardoor, en lag te woelen in zijn bed. Hij bleef zich maar omdraaien zonder een gemakkelijke houding te kunnen vinden. De spieren in zijn armen en benen deden pijn. Zodra hij in slaap viel werd hij meteen weer wakker en vroeg naar Ksenia en Arseni. Hij dacht dat ze weg waren. Maar ze waren bij hem. Ze zaten aan zijn bed en keken onafgebroken naar hem. Ksenia zei niets. Tranen liepen over haar wangen. Tegen de ochtend verloor Silvestr het bewustzijn.

Ksenia keek op.

Red hem, Arseni. Hij is mijn leven.

Arseni liet zich naast haar op de grond zakken, begroef zijn hoofd in haar schoot en barstte in snikken uit. Hij huilde van angst om Silvestr te verliezen en uit onmacht om hem te helpen. Hij huilde om iedereen die hij niet had kunnen redden. Hij voelde voor hen een verantwoordelijkheid die hij met niemand kon delen. Hij huilde om zijn eigen eenzaamheid, waarvan hij de gloeiende pijn nu onverwacht scherp voelde.

In zijn pogingen Silvestr van de pest te genezen nam hij alle middelen te baat die hij ooit van Christofor had geleerd. Hij paste enkele artsenijen toe waarvan hij de werkzaamheid op grond van eigen observaties had kunnen vaststellen. Hij nam het kind op schoot en hield het daar zonder het los te laten. Hij was bang dat de engel des doods Silvestr kon komen halen als hijzelf er even niet was. Arseni wist dat hij hem op het beslissende moment tegen zich aan moest drukken, om van hart tot hart de levensgolven in hem te stoten. Angst beving hem toen Silvestr begon te hoesten. Terwijl hij het bloederige slijm van de lippen van de jongen veegde, vreesde Arseni dat samen met deze verschrikkelijke hoest de ziel naar buiten zou vliegen, want haar positie in het lichaam was niet stabiel.

Indachtig hetgeen Silvestr had gezegd wendde Arseni zich tot de Heer:

Help hem, voor U stelt dat toch niets voor. Ik snap dat het brutaal is om dit zo te vragen. En ik kan zelfs mijn leven niet aanbieden voor de jongen, omdat mijn leven al is vergeven aan Oestina, bij wie ik voor eeuwig in het krijt sta. Maar toch doe ik een beroep op Uw oneindige barmhartigheid en vraag ik U: bewaar het leven van Uw dienstknecht Silvestr.

Vijf dagen en nachten sliep Arseni niet. Hij liet Silvestr niet los, ook al niet omdat hij diens lichaam in een half zittende toestand moest houden. Wanneer de jongen ging liggen vulden zijn longen zich alras met vocht, dat hij krampachtig begon op te hoesten. Op de zesde dag voelde Arseni iets veranderen. Van buiten was dat nog niet zichtbaar, maar voor Arseni kon het niet verborgen blijven.

Zonder iets uit te leggen beval hij Ksenia om haar gebeden op te voeren. Dat deed ze, al viel ze om van vermoeidheid en slaapgebrek. Urenlang bleef ze geknield voor de ikonen in de rode hoek. Haar hees geworden stem klonk nu onophoudelijk. Haar vlechten piepten onder haar hoofddoek vandaan, maar ze had niet de kracht om ze te verschikken. Haar tranen waren opgeraakt en stroomden niet meer langs haar wangen. Op de zevende dag opende de jongen zijn ogen.

Arseni had zijn dankgebed nog niet uitgesproken of hij stortte op de bank neer. Hij sliep twee dagen en twee nachten en nog was dat niet genoeg. Hij begreep dat hij moest opstaan en hij droomde dat hij opstond. Hij wilde Silvestr onderzoeken en hij droomde dat hij hem onderzocht. Het onderzoek wees uit dat met Silvestr alles in orde was. Arseni wist dat hij dit droomde, maar hij wist ook dat hij de ware stand van zaken droomde. Anders had hij wel iets anders gedroomd.

Hij werd wakker doordat iets koels zijn hand aanraakte. Het waren de lippen van Ksenia. Toen Ksenia zag dat Arseni zijn ogen opende, drukte ze zijn hand tegen haar voorhoofd. Achter haar stond Silvestr. Na de doorstane ziekte was de jongen bleek en vermagerd. Doorzichtig, bijna spookachtig. Als de vleugel van een engel stak achter zijn rug een plooi van zijn hemd vandaan. Hij glimlachte naar Arseni maar maakte geen aanstalten om dichterbij te komen. Hij liet zijn moeder voorgaan.

.vi.

Het ijs op het meer was gesmolten en in de stad werd het meteen warmer. Nu de hete dagen aanbraken begon de plaag af te nemen. In Belozersk hernam het leven zijn normale loop en de onrust onder de inwoners sijpelde langzaam weg.

Wat niet wegsijpelde: de grote faam van Arseni, die al door het hele vorstendom schalde. Men kwam bij Arseni niet alleen voor allerlei medische zaken, maar zelfs zonder aanleiding. De poorters ondervonden de omgang met hem als een evidente zegen. Arseni zei niet veel, maar zijn aandacht, glimlach of aanraking op zich al vervulde hen met vreugde en kracht.

Van tijd tot tijd noodde vorst Michail hem bij zich aan tafel. Hij vroeg Arseni opnieuw om in het paleis te komen wonen, maar Arseni weigerde dat meermalen op milde toon. De vorst had bij zijn verblijven voor hem een groot huis willen bouwen, maar Arseni sloeg ook dat af. Arseni had liever ook afgezien van de maaltijden, maar dergelijk gedrag zou de vorst opvatten als een persoonlijke belediging.

De vorst was een verstandig man en wist maat te houden in zijn strevingen om Arseni aan zich te binden. Hij begreep dat Arseni een zekere onafhankelijkheid nodig had en drong zijn gezelschap niet op. Onder een *zekere* onafhankelijkheid verstond vorst Michail een onafhankelijkheid waarvan bij voorkeur hijzelf de grenzen bepaalde. Hij stelde Arseni in staat om in de stad te wonen zoals dat hem goeddocht, en beperkte hem slechts op één punt: het recht om de stad te verlaten. Dit gaf hij Arseni beleefd doch strikt te verstaan.

Maar voor Arseni hielden de problemen niet op met de maaltijden bij de vorst. Veel frequenter en pijnlijker waren de maaltijden bij Ksenia. Bijna dagelijks kwam Silvestr langs om hem mee te tronen naar zijn moeders huis. Het viel Arseni nog zwaarder zich aan deze maaltijden te onttrekken dan aan die van de vorst. Wat hem vooral verontrustte was dat hij zich er niet aan wílde onttrekken.

Hij kwam bij Ksenia en keek toe hoe zij de dis bereidde. Hij bewonderde haar beheerste en precieze bewegingen. Hij praatte bijna niet met haar. Zwijgen met haar was niet moeilijk, en ook dat beviel hem. Soms was Silvestr aan het woord, maar vaker probeerde hij hen alleen te laten. Na de maaltijd liep hij met

Arseni mee naar huis. Arseni vond ook dat aangenaam. Soms had hij het gevoel dat Silvestr bang was dat hij misschien naar een ander huis terugging.

Oestina kan jouw vrouw niet zijn, zei Silvestr op een keer toen hij met Arseni opliep.

Waarom niet, vroeg Arseni.

Omdat ze niet op deze wereld leeft.

Silvestr, mijn jongen, ik sta overal voor haar in.

Arseni sloeg zijn arm om Silvestrs schouder, maar Silvestr keerde zich af.

Silvestr was niet de enige die ongelukkig was. Ook Arseni had moeite zijn plaats te vinden. Hij moest Ksenia wel bezoeken, want er waren geen aannemelijke redenen om dat niet te doen. Bovendien begon hij te merken dat hij naar deze bezoekjes uitzag als naar een feest, en zich beschaamd te voelen. Arseni schaamde zich ook omdat hij in Belozersk niet kon ontkomen aan zijn roem. Terwijl het hem verboden was de stad te verlaten.

Nu kwamen de inwoners eigener beweging naar hem toe. Hij hielp ze van dezelfde ongemakken af als destijds de dorpelingen in Roekina. Hij vroeg aan niemand enige betaling, maar slechts een enkeling was bereid zich te laten behandelen om niet. Anders dan de mensen uit het dorp betaalden de stedelingen zelden in natura; ze schonken liever geld. En ze betaalden flink meer. Ook vorst Michail voorzag hem geregeld van gulle gaven.

Voor dat geld kocht Arseni als dat zo uitkwam een paar kleine boeken waarin de geneeskrachtige eigenschappen van kruiden en stenen waren beschreven. Een daarvan was een buitenlandse artsenvraagbaak, en Arseni betaalde de koopman Afanasi de Vlo, die op de Duitse landen reisde, voor een vertaling. De vertaling van de Vlo was nattevingerwerk, wat de gebruiksmogelijkheden van het boekje danig beperkte. De verkregen recepten paste Arseni slechts toe wanneer ze overeenkwamen met wat hij wist van Christofor.

Toen hij zag hoe de koopman onbekende schrifttekens las en de daaruit samengestelde woorden vertaalde, begon Arseni zich te interesseren voor de verhoudingen tussen talen. Het bestaan van tweeënzeventig wereldtalen was Arseni bekend uit het verhaal van de Babylonische spraakverwarring, maar behalve Russisch had hij er van zijn leven nog nooit een gehoord. Hij bewoog zijn lippen in navolging van de Vlo om voor zichzelf de ongewone klank- en woordcombinaties te imiteren. Terwijl hij de betekenis ervan bestudeerde verbaasde het hem dat je vertrouwde dingen kon uitdrukken op zo'n ongebruikelijke en vooral ongemakkelijke manier. Ondertussen gingen er van de variatie in expressiemogelijkheden grote bekoring en aantrekkingskracht uit. Hij probeerde zich zowel de relatie tussen Russische en Duitse woorden in te prenten, als de dictie van de Vlo, die waarschijnlijk amper beantwoordde aan de echte Duitse uitspraak.

De ondernemende Vlo merkte Arseni's belangstelling onmiddellijk op en stelde voor om hem Duitse les te geven. Arseni stemde gretig in. Eenmaal begonnen hadden de lessen eigenlijk amper iets weg van wat men gewoonlijk onder onderwijs verstaat, omdat Afanasi de Vlo over taal als zodanig niets zinnigs te melden had. Hij had nooit nagedacht over de structuur ervan en kende de regels al helemaal niet. De eerste tijd kwamen de lessen erop neer dat de koopman doorging het artsenijboekje hardop voor te lezen en te vertalen. Het verschil tussen deze lessen en de vertaling van voorheen bestond er alleen uit dat de Vlo na afloop van ieder hoofdstukje vroeg:

Duidelijk?

Dat gaf de koopman de mogelijkheid bij Arseni dubbel te vangen: voor de vertaling en voor de lessen. Arseni morde niet, want het geld kon hem niet deren. Hij waardeerde Afanasi als de enige man in Belozersk die in meer of mindere mate bekend was met een vreemde taal. Omdat Arseni begreep dat hij maar weinig zou bereiken als hij het hield bij de lezing van dit ene artsenijboekje, besloot hij gebruik te maken van het enige waarin zijn instructeur ontegenzeggelijk uitblonk: de man beschikte over een uitstekend gehoor en een dito geheugen.

Tijdens zijn langdurige reizen in het Duitsche land had de Vlo zich combinaties van woorden eigen gemaakt die in deze of gene omstandigheden werden geuit, en als hij vragen kreeg die daartoe aanleiding gaven kon hij deze woorden herhalen. Arseni omschreef aan de Vlo deze omstandigheden en vroeg wat men in zulke gevallen precies placht te zeggen. De koopman maakte verbaasd een wegwerpend handgebaar (da's zo simpel als wat!) en liet Arseni delen in alle varianten die hij had horen gebruiken. Arseni noteerde wat de Vlo zei. Eenmaal weer alleen ordende hij zijn aantekeningen. Uit de uitdrukkingen die hij van de Vlo had gehoord selecteerde hij de onbekende woorden en die schreef hij over in een speciaal glossarium.

Eens, toen de spullen werden geveild van een buitenlandse koopman die in de stad was gestorven, schafte Arseni zich een Duitse kroniek aan. Het was een dik en behoorlijk beduimeld manuscript. Arseni en de Vlo openden het lukraak en konden het meteen niet meer wegleggen.

Ze lazen over mensen, satyrs genaamd, die zo hard konden rennen dat ze zich door niemand lieten inhalen. Ze liepen naakt, leefden met de dieren en hadden een vacht. Satyrs spraken niet, ze stieten slechts kreten uit. Arseni en de Vlo lazen over doodlozen die in het noorden van de Grote Oceaan leefden. Hun oren waren zo groot dat ze daarmee moeiteloos hun hele lichaam konden bedekken. Ze lazen over sjtsjirieten, die juist helemaal geen oren hebben, maar in plaats daarvan gaten. Ze lazen over manticoren, die leven in de Indische streken: ze hebben drie rijen tanden, het hoofd van een mens en het lijf van een leeuw.

Wat is de wereld toch veelvormig, dacht Arseni; hij herinnerde zich vergelijkbare omschrijvingen uit de *Alexandriade* en vroeg zich af welke plaats de opgesomde verschijnselen innamen in de algehele orde der dingen. Want hun bestaan kon (vroeg hij zich af) toch geen misverstand zijn in een rationeel gestructureerde wereld?

Het grootste deel van het geld dat Arseni verdiende ging echter niet op aan boeken en zelfs niet aan lessen. Hij kocht voornamelijk wortels, kruiden en mineralen die hij nodig had om artsenijen te kunnen samenstellen. De kostbare artsenijen gaf Arseni weg aan degenen die geen mogelijkheid hadden ze te kopen. Het duurst waren geneesmiddelen die werden meegebracht uit andere landen. Daar zaten er ook tussen waarover Arseni slechts had gehoord van Christofor of had gelezen in het Duitse boekje. Nu kreeg Arseni dankzij de vrijgevigheid van de burgers van Belozersk de mogelijkheid om ook die uit te proberen.

Allereerst kocht hij enkele parels en wreef die fijn. Daarna mengde hij ze met suiker die hij had verkregen uit rozenbottel en gaf ze te eten aan iemand die was verzwakt na aan de pest te hebben geleden. Volgens Christofor bracht deze artsenij de krachten terug. Inderdaad kreeg de patiënt zijn krachten terug, net als overigens andere overlevenden van de ziekte. Welke rol de fijngestampte parels hierbij speelden bleef Arseni onduidelijk. Het enige wat hij met zekerheid kon zeggen was dat de parels een zieke niet schaadden.

Arseni kocht ook een verbazingwekkende smaragd, afkomstig uit Britannië. Wie vaak genoeg naar een smaragd keek, zei Christofor, diens gezichtsvermogen wordt beter. Gemalen en met water versneden smaragd helpt ook tegen dodelijk gif. Als tegengif had Arseni de steen nog nooit gebruikt, maar hij was werkelijk een genot om naar te kijken.

Hij beproefde ook onbekende oliën. Voor de heling van verse wonden paste Arseni terpentijnolie toe, en die leek hem werkzaam. Bij gewrichtspijn wreef hij de zeurende plekken in met zwarte aardolie. De zieken voelden dat aanraking door Arseni hun verlichting bracht. Per saldo maakte het hun niet uit welke olie Arseni inwreef. Hun ging het erom dat juist hij dit deed, omdat, wanneer ze die aardolie zelf aanbrachten, de heilzame werking aanzienlijk zwakker leek. Dat de olie een positieve rol speelde ontkenden ze echter niet.

De experimenten met voorheen voor hem ontoegankelijke middelen gaven Arseni rust. Niet dat hij zijn geloof erin compleet verloor; al was het maar omdat Christofor erop had vertrouwd. Arseni gaf zich er wel rekenschap van dat ook Christofor veel medicijnen niet uit eigen ervaring had kunnen beoordelen. Dat gaf hem de ruimte om ze nu zelf aan proeven te onderwerpen en zijn eigen vonnissen uit te spreken. Alles bij elkaar werd Arseni gestijfd in de veronderstelling die hij al langer koesterde: dat geneesmiddelen per saldo een ondergeschikt belang hebben. De voornaamste rol is weggelegd voor de genezer en diens heelkundige kracht.

Daarmee liep de korte noordelijke zomer ten einde. De knusheid van avonden aan de haard en toortslicht keerde terug. Er was zelfs alweer sprake van nachtvorst. Arseni bleef tot laat bij Silvestr en Ksenia en las hun voor uit de manuscripten van Christofor.

Basilius de Grote zeide: eersaemheit inden ouderdoem en is gheen eersaemheit, doch ommacht toter wellust. Alexander, ziende een zekere ghenamene vreesachtich te wesen, zeide: jongeling, wijzig ofwel uw naam, ofwel uw gedrag. Toen een of andere kaalkop Diogenes uitschold, zei de cynicus: ik zal je jouw gescheld niet met gescheld vergelden maar prijs liever de haren op je hoofd, die bij het zien van deszelfs hersenloosheid de benen hebben genomen. Een jongeling vertelde trots op het marktplein rond dat hij wijs was omdat hij met vele wijzen sprak, maar Demokritos diende hem van repliek: ik praat met vele rijken, maar rijk ben ik daar niet van geworden. Toen ze Diogenes vroegen hoe men in waarheid kon leven, antwoordde hij: gelijk bij 't vuur: kom niet te na, dat het u niet verzenge, wijk niet te ver, dat kou u niet bevange.

.vij.

Onderwijl was de kou al nakende. De wind rukte in Belozersk de bladeren van de bomen en smeet ze in het meer. De windvlagen werden steeds sterker en de binding tussen bladeren en takken was al heel zwak. In hun vlucht over het wateroppervlak leken de bladeren op zwermen kleine vogels die het plotseling in hun kop hadden gekregen dat ze naar het noorden moesten.

Arseni bleef zijn genezende werk doen bij de inwoners van Belozersk, maar niet alleen bij hen. Inmiddels stroomden mensen uit het hele vorstendom toe, aangetrokken door de berichten over de Arts. Aanvankelijk bracht Arseni ze onder op de deel. Toen er op de deel geen ruimte meer was, gaf hij opdracht op het erf een paar kleine barakken neer te zetten. Toen de bezoekers ook daar niet langer in pasten, begon Arseni zijn consulten te beperken. Hij ontving alleen degenen die een ligplaats had kunnen bemachtigen. De anderen gingen echter niet weg. Ze zwierven over het erf en wachtten geduldig des Artsen genade af. Ze wisten dat hij je altijd onderzocht, als je maar lang genoeg bleef.

Er waren veel zieken, en ze waren heel verschillend.

Er werden mensen gebracht die botten hadden gebroken. Arseni zette de botten recht en verbond de kwetsuren met linnen, gedrenkt in geneeskrachtige zalf. Hiervoor kookte hij bloesem van de *heemst* in Frankische wijn. Te drinken gaf hij sap van de sleedoorn met fijngewreven *grote centaurie*. De lijders droegen hun verband geduldig en dronken acht dagen lang des ochtends hun artsenij. En hun botten groeiden aan elkaar.

Er werden mensen gebracht met brandwonden veroorzaakt door vuur of kokend water. Arseni legde doeken met gemalen koolbladeren en eigeel op de wonden. Wanneer hij de doeken verwisselde, bestrooide hij de brandwonden met vermiljoen. Deze slachtoffers gaf hij een aftreksel van het kruid *jefilia* te drinken. Na korte tijd begonnen hun wonden dicht te trekken en kwam er een korst op.

Er kwamen er die last hadden van spoelwormen. Zulke patiënten schreef hij wilde rammenas voor, fijngestampt in verse honing. Hij schreef amandelen voor. Jonge brandnetel, gekookt in azijn met zout. En als hierna toch wormen van deze of gene soort achterbleven, gaf Arseni op de volle maag een snufje vitriool, zodat ze het definitief voor gezien hielden. In de middeleeuwen waren er veel wormen.

Mensen met aambeien lieten zich door hem behandelen. Arseni beval ze de pijnlijke plaatsen te bestrooien met gemalen dillezaad of *antimoon*. Er kwamen mensen bij hem met jeuk op hun borst. Hun schreef hij voor bij kooplieden haring te halen, een zeevis waarvan bekend is dat hij in scholen zwemt en dat de ogen ervan 's nachts oplichten. Men diende de haring overlangs open te snijden en op de borst te leggen. Ook kwamen er bij Arseni mensen met pijnlijk tandvlees. Hij ried hun aan geregeld een amandelpit in de mond te nemen om het tandvlees sterker te maken.

Silvestr kwam nog altijd langs om Arseni mee te nemen naar zijn moeder. De jongen wist dat Arseni de hele dag met de zieken in de weer was en verscheen pas laat in de avond. Arseni begon, zonder dat hij er zelf erg in had, tegen het eind van de dag voort te maken en deed er alles aan om vrij te zijn op het moment dat Silvestr kwam. Arseni's patiënten merkten dit en probeerden 's avonds niet te komen. Ten slotte kreeg hij het ook zelf in de gaten. Op de dag dat hij deze ontdekking deed kromp zijn hart ineen. Tot zonsondergang zei hij geen woord, maar tegen de avond legde hij voor de zoveelste keer wat manuscripten klaar.

Toen Silvestr kwam weifelde Arseni. De jongen keek hem zwijgend aan en Arseni kon deze blik niet verdragen.

We gaan, o Silvestr.

Onderweg spraken ze niet met elkaar. De jongen voelde dat er in Arseni's geest iets veranderd moest zijn, maar was bang ernaar te vragen. Ksenia had de tafel al gedekt. Arseni had geen trek. Om Ksenia een plezier te doen at hij wat. De manuscripten van Christofor had hij niet meegenomen en het gesprek wilde niet vlotten. Toen Silvestr zich had teruggetrokken op de deel sprak Arseni:

Ik dien hier niet te verkeren, Ksenia.

Ksenia's gezichtsuitdrukking veranderde niet. Ze had deze woorden verwacht en was erop voorbereid. Deze woorden deden haar pijn.

Ik weet dat je trouw bent aan Oestina, zei Ksenia, en dat is iets waarom ik van je houd. Maar ik hoef de plaats van Oestina niet.

Ik vind het erg fijn bij jou, zei Arseni. Maar Oestina is mijn eeuwige bruid.

Als je het fijn vindt bij mij, wees dan mijn broer. Laat me bij jou wonen in volmaakte liefde. Zolang ik je maar zie, Arseni.

Ik kan niet met jou samenwonen in volmaakte liefde, want ik ben zwak. Vergeef me, om Godswil.

God zal het vergeven, zei Ksenia. Jij maakt je dienstbaar aan je gedachtenis en legt een bovenmatige toewijding aan de dag, maar Arseni, ik zeg je dat je uit naam van de doden de levenden in het verderf stort.

Het punt is, riep Arseni uit, dat ook Oestina leeft, en het kind leeft, en ze smachten ernaar dat voor hen vergiffenis wordt afgebeden. En wie bidt er voor hen als ik dat niet doe, zondaar die ik ben?

Wij. Wij met ons drieën, Silvestr zal gelukkig zijn als hij met jou samen kan bidden. En als hij jou weer rust kan geven. Zijn gebed is de Heer welgevallig. Met ons drieën zullen we bidden tot de Heer, telkendage: van de ochtend tot de avond. Als je ons maar niet verlaat, mijn broeder Arseni.

Ksenia was bleek en daardoor onzegbaar mooi. Arseni voelde een brok in zijn keel. Hij liep naar buiten en zag Silvestr op de deel, de jongen zag er verweesd uit. Arseni moest ervan huilen. Met zijn handen voor zijn gezicht stormde hij de straat op. Hij liep langs de grenen palissade en huilde zonder zich in te houden. Niemand zag hem, want het was al nacht in Belozersk. De inwoners hoorden alleen hoe hij huilde en vroegen zich af wie dat kon zijn, want zo kenden ze Arseni niet.

Weer thuis veegde Arseni zijn tranen af en zei tegen Oestina:

Je ziet toch, mijn lief, wat er aan de hand is. Mijn lief, ik heb een paar maanden niet met je gepraat, en daar heb ik geen rechtvaardiging voor. In plaats dat ik mijn vreselijke zonde afkoop, raak ik er steeds dieper in verstrikt. Hoe kan ik, mijn arme meisje, om vergeving voor jou bidden bij de Heer, wanneer ik zelf wegzink in een poel van zonde? Als ik in mijn eentje verloren ging, zou ik daar echt niet rouwig om zijn, maar wie bidt dan voor jou en je vrucht? Ik ben jullie enige voorbidder hier, en alleen daardoor ben ik nog niet ten prooi aan de wanhoop.

Dat was wat Arseni tegen Oestina zei. Hij pakte Christofors handschriften bij elkaar in een zak, liet die zien aan Oestina en vervolgde:

Hier is de zak met Christofors manuscripten, in feite het kostbaarste dat ik heb. Wat had ik die graag meegenomen, maakt niet uit waarheen, maar zo ver mogelijk weg van mijn roem. Mijn roem is groter geworden dan ikzelf, ze drukt mij neer en belemmert me met Hem te praten. Ik was allang weggeweest hier, mijn lief, maar de vorst dezer stede laat mij niet gaan, en vooral: Ksenia en Silvestr niet. Zij zouden blij zijn als ze met mij konden bidden voor jou en de baby, maar ze begrijpen niet dat alleen ik dat kan. Ik ben de enige met wie jij op deze aarde nog verenigd bent, en in mij leef jij als het ware voort. Terwijl Ksenia meent dat ik uit naam van de doden de levenden in het verderf stort, en voor jou wil bidden als voor een dode, ook al weet ik dat jij leeft, alleen anders.

Arseni dacht na. Hij streelde de zak met manuscripten en de berkenschors antwoordde hem met een zacht knisperen.

Weet je wat, ik ga naar de stadspoort. Die is te dezen tijde gesloten, maar zo daar nood aan is zal een engel mij uit deze stede weg geleiden.

Zijn blik viel op de bontjas die de vorst hem had geschonken. Hij had het kledingstuk nog nooit aangehad. Ondanks al zijn pracht was de jas niet zwaar of volumineus. Arseni trok hem aan en liep door de kamer. Het was een fijne jas. De gedachte dat hij prijs begon te stellen op comfort en luxe gaf hem een ongemakkelijk gevoel. Even bleef hij staan, toen besloot hij de jas toch maar niet uit te doen. Als hij inderdaad op het punt stond op reis te gaan, kon hij zo'n bontjas goed gebruiken. Op het schap bij de deur zag hij nog een paar van Christofors manuscripten liggen. De netjes gepakte zak wilde hij niet meer openmaken. Arseni stopte de manuscripten in een van de jaszakken en liep naar buiten.

Over straat joeg de sneeuw in vlagen. Arseni zag niets in het donker maar voelde zijn wangen tintelen. Achter de ramen brandde nergens licht, en dat was een goed teken: nachtelijk vuur was in zijn leven altijd de begeleider geweest van ziekte en dood. De duisternis hinderde hem niet. De weg naar de poort had hij ook met gesloten ogen wel kunnen vinden.

Op de open plaats bij de poort was het een tikje lichter. In een van de hoeken van het plein zag Arseni iets bewegen. Aarzelend liep hij die kant op. Tegen de achtergrond van de splinternieuwe palissade stak een ruiter te paard af. Arseni wist niet of engelen paardreden. Ernaast stond nog een paard.

Klaar, vroeg de ruiter zacht.

Klaar, antwoordde Arseni even zacht.

De ruiter wees zonder een woord naar het tweede paard en Arseni sprong in het zadel. De ruiter reed weg in de richting van de poort. Arseni volgde hem. Bij de poort steeg de ruiter af en klopte op het wachthokje. Er klonk een slaperig antwoord. De ruiter ging naar binnen. Vanuit het hokje was gedempt een gesprek te horen, begeleid door het gerinkel van munten. Na een minuut kwamen er een paar mannen uit het hokje, onder wie de ruiter. Hij nam weer plaats in het zadel. Twee mannen staken de sleutel in het slot en draaiden hem om met een geknars dat onverwacht luid door de verstilde stad rolde. Twee anderen duwden tegen de poort. Die ging – ook al piepend – precies zo ver open dat er een paard naar buiten kon. Door deze kier verdwenen de vagebonden in de nacht.

.viij.

Die wacht is veil, zei Arseni's metgezel toen ze ver van de poort waren.

Arseni knikte, hoewel niemand hem kon zien. Meer zei de man niet tegen hem. Al snel kwamen ze in een bos. Pas daar werd duidelijk wat echte duisternis was. Ze moesten langzaam rijden, de paarden zetten hun voeten op gevoel. Een keer sloeg er een tak in het gezicht van de onbekende, en hij vloekte hartgrondig. Nu wist Arseni dat zijn begeleider geen engel was. Dat vermoeden had hij gehad vanaf de eerste minuut.

Na een kwartier volgde een tweede tak, die de ruiter uit het zadel wipte. Bij zijn val kwam hij ongelukkig op zijn been terecht.

Hij probeerde meteen weer op te staan, maar bij de eerste stap met het gekwetste been zakte hij kreunend op de grond.

Kut! Dat gejacht ook...

Arseni sprong van zijn paard en liep op de man toe. Aandachtig bevoelde hij het been.

Niks aan de hand, verstuikt. Gelukkig niet gebroken.

Toen hij Arseni's stem hoorde, was de onbekende meteen op zijn hoede. Arseni voelde een schok door het been gaan.

Dat komt vanzelf goed, probeerde Arseni hem op te monteren.

Zonder iets te zeggen trok de man Arseni aan diens haren naar zich toe. Arseni voelde een mes op zijn keel.

Wie ben jij, zei de onbekende hees.

Ik? Arseni.

Ik steek je overhoop, schoelje.

Waarom, vroeg Arseni.

De vraag kwam hemzelf onzinnig voor.

Omdat niet jij hier had moeten zijn, maar mijn makker Zjila. De man gaf Arseni een por en het mes sneed lichtjes in de huid van zijn hals. Of ben jij Zjila soms?

Nee, zei Arseni.

Wat moet jij hier, kankerlijer?

Je vroeg zelf of ik klaar was.

Nou?

En ik was klaar.

Godskolere... Zjila maakt me koud als hij me ziet. Sodeju, ik zit hier niet alleen met jou, ik heb de hele poet bij me... Hij denkt natuurlijk dat ik 'm ben gesmeerd, nou ben ik goed de lul. Ik ben de lul, klootzak!

Opnieuw gaf hij Arseni een por, maar het mes kwam al niet meer in aanraking met de keel.

Je kunt hem toch uitleggen dat het mijn schuld is, zei Arseni.

Haha, alsof hij daarop zit te wachten. Ik krijg niet eens de kans m'n bek open te doen. Maar voor het zo ver is heb ik jou al lekgeprikt.

In deze bittere woorden klonk echter iets geruststellends door. De intonatie voorzag in de mogelijkheid dat hij zich zou neerleggen bij de omstandigheden. Arseni ontnam zijn metgezel vriendelijk het mes en richtte zich op het verstuikte been. De man slaakte een korte kreet toen Arseni het been met een ruk rechtzette.

Had je niet even kunnen waarschuwen, foeterde de patiënt.

Zo gaat het beter.

Met Arseni's hulp richtte hij zich op en ging voorzichtig op het been staan:

Wat beter, ja.

Voorlopig alleen paardrijden, niet lopen, zei Arseni. Over een paar dagen merk je er niets meer van.

In het bos was het al niet meer zo donker. Dit was nog niet het ochtendgloren, maar de voorbode daarvan. De ruiter nam Arseni belangstellend op.

Misschien moest het wel zo gaan, met Zjila daar nog steeds in Belozersk, zei hij bedachtzaam. Misschien is dat wel zo goed.

Hij greep beide paarden bij de teugel en begon dieper het woud in te lopen.

En jij kunt eigenlijk ook beter wieberen. Ik voel me verdomme niet op m'n gemak met iemand om me heen. Ik blaas wat uit, een eindje van de weg, dan rij ik vannacht op m'n gemak verder. Maar eerst geef je die jas hier, broer, die is me veuls te mooi.

Wat, vroeg Arseni niet-begrijpend.

Uit die jas en wegwezen. Jij hebt m'n poot rechtgezet, ik laat je levend gaan. Wat kijk je nou of je een kip ziet wateren?

In zijn hand flitste opnieuw het mes op. Arseni deed de bontjas uit en reikte hem de onbekende aan. Die trok zijn kaftan uit en smeet hem naar Arseni:

Hier, krijg jij deze.

Hij trok de bontjas aan en voelde of die in de schouders niet te krap zat. Kluchtig draaide hij wat rond voor Arseni. Na enig nadenken liep hij op het paard af waarop Arseni had gereden en begon uitgebreid een leren zakje los te knopen van het zadel. De bandjes wilden niet los. Hij haalde zijn mes erlangs en het zakje viel rinkelend op de grond. Hij raapte het op en knipoogde.

Dit is mijn, en dit (hij wierp Arseni de leidsels toe) is dijn. Dat tweede paard heb ik niet nodig. Zie maar waar je naar toe wilt, van mijn part naar Belozersk. Kun je onderweg uitslapen. Die knol komt ervandaan, hij brengt je er zo naartoe. En denk erom, mij heb je nooit gezien.

Arseni reed niet naar Belozersk. De poort van die stad was achter hem gesloten. Hij wist dat hij er niet meer door naar binnen zou gaan. In Belozersk had hij het goed gehad, juist daarom vluchtte hij eruit weg. Deze stad vervreemdde hem van Oestina. Arseni reed de weg op en nam de richting tegenovergesteld aan Belozersk.

Hij reed in mistroostige gemoedstoestand. In weerwil van de eis van zijn vroegere metgezel kon Arseni hem niet uit zijn hoofd zetten. Hoe de man hem had behandeld zat hem niet dwars. Zelfs het feit dat het geen engel was die hem uit de stad had geleid, wat eerlijk gezegd zijn droom was geweest, verdroot hem niet. Zich langzaam voortbewegend in een onbekende richting voelde Arseni onrust. Het was een onbepaalde, ongegronde verontrusting, maar met de minuut werd duidelijker dat ze zich samenbalde om de man die hij had achtergelaten. Arseni wist dat hij niet terug moest. Die man had hem weggejaagd en voelde zich in zijn eentje duidelijk meer op zijn gemak.

Na een uur rijden schoot het Arseni te binnen dat er in de jas nog een paar manuscripten van Christofor zaten; die had hij op het laatste moment bij zich gestoken. Spijtig, voor de nieuwe eigenaar zouden ze vast geen waarde hebben. Hij zou ze kunnen teruggeven. Arseni begreep dat hij nu een aanleiding had om zijn reisgenoot nog een keer te zien. Hij keerde zijn paard. Terugrijdend voelde hij zijn onrust groeien.

Op het punt waar hij van de weg af moest, steeg Arseni af. Hij bond zijn paard aan een boom en liep het bos in. Al van ver kon hij achter de kale bomen iets zien bewegen. Daar, tussen twee paarden die er stonden, liep in zíjn bontjas een man waarin Arseni niet degene herkende met wie hij 's nachts samen opgereden was. Hij herkende Zjila, al had hij die nooit eerder gezien. In zijn linkerhand hield Zjila een knuppel. Kennelijk was hij linkshandig. Na nog een paar stappen zag Arseni ook zijn metgezel.

Die lag op de grond achter een van de paarden, in een onnatuurlijke houding. Met zijn gezicht naar boven gedraaid hield hij één arm vreemd achter zijn rug, terwijl zijn voeten krampachtig over de grond veegden. Onder een van zijn hielen was een ondiepe geul ontstaan, omzoomd door dennennaalden. Zijn ogen keken nietsziend naar Arseni, die er moeiteloos in lezen kon wat de man te wachten stond.

Zonder op Zjila te letten boog Arseni zich over de stervende heen. Die roerde zich al niet meer. Zjila dacht even na en liet de knuppel neerkomen op Arseni's hoofd.

.ix.

In het bos heerste schemer. Zonsondergang of ochtendgloren, dat was moeilijk uit te maken. Pas toen het een beetje lichter werd, werd duidelijk dat het ochtend was. Arseni raapte al zijn kracht bijeen en kreeg zijn hoofd omhoog, los van iets hards waarop het had gelegen. Dat was het lichaam van zijn metgezel. Het was al even koud als de grond.

Maar ik ben warm, zei Arseni tegen Oestina. Ik, die schuldig ben aan zijn dood, ben warm en leef. Ik ben gered, alleen omwille van jou, maar nu heb ik hem net als jou op mijn geweten. Ik heb hem te gronde gericht met een uitgesproken woord. Als ik hem niet had gezegd dat ik klaar was, zou hij nu niet hier zo koud liggen. Inderdaad, Arsenius de Grote had meermalen spijt van woorden die synen mont had uitgesproken, maar nooit van zijn zwijgen. Vanaf nu wil ik met niemand meer praten dan met jou, mijn lief.

Arseni hield zich vast aan een boom en stond op. De paarden waren weg. Zjila moest ze hebben meegenomen. Arseni sleepte zich naar de weg. Het paard dat hij daar had vastgebonden stond nog op zijn plaats. Hij knoopte het los en leidde het, zich vastklampend aan de manen om niet te vallen, het bos in. Hij waggelde.

Arseni ging bij het dode lichaam zitten om bij te komen. Weer op krachten sleepte hij de vermoorde man naar het paard en probeerde hem overdwars op het zadel te leggen. De dode, die zich al niet meer liet buigen, gleed er een paar keer vanaf. Hij viel met een stugge, doffe plof op de grond. In een uiterste wilsinspanning wierp Arseni de armen op het zadel, uit alle macht drukte hij zijn hoofd tegen de benen en gaf hem een zet omhoog. De dode schommelde in het zadel in een onverschillig evenwicht. De blik in zijn geopende ogen drukte eveneens onverschilligheid uit. Hij zag eruit als iemand die met rust wilde worden gelaten.

Het lukte Arseni om het lijk met het gezicht naar voren te draaien en in het zadel te laten zitten. Toen hij niets vond waarmee hij hem aan het paard zou kunnen binden, controleerde hij de laarzen. In een ervan zat het mes waarmee de man hem gisteren had bedreigd. Arseni trok de kaftan die hij had gekregen uit en begon hem in smalle stroken te snijden. Die bond hij aan elkaar, zodat hij een redelijk lang koord kreeg. Met dit koord wikkelde hij de benen van de dode vast aan het zadel.

Arseni voerde het paard naar de weg.

Volgens hem kom jij uit Belozersk. Draag hem daarheen, dan zullen ze hem daar ter aarde bestellen.

Het paard keek Arseni nadrukkelijk aan en verzette geen voet.

Ik ga niet, zei Arseni. Hij heeft jou harder nodig. Hij gaf het paard een licht klopje op het kruis.

Het paard kwam in beweging en begon te lopen in de richting van Belozersk. Zich vastgrijpend aan de manen reed de dode ruiter heen. Arseni keek ze na, en ze werden steeds doorzichtiger. Ze veranderden in een grote cirkel, die uiteenviel in kleine. De cirkels zweefden zonder te botsen. Als ze elkaar tegenkwamen schoten ze simpelweg dwars door elkaar heen. Arseni moest overgeven. Zijn benen hielden hem niet meer.

....
....

....
....

....
....

....
....

....
....

....
....

.... dachten: dood, doordat hij er niet levend uitzag ....

....
....

....
....

....
....

....
....

....

Tien dagen later kwam Zjila naar Novgorod gereden. Op het ene paard zat hijzelf, het tweede sukkelde zonder ruiter een eindje achter hem aan. Over de bevroren aarde klepperden de vier paar hoeven overdreven luid. Hij reed zonder haast, want hij hoefde nergens heen. Zjila had zijn hand in de zak van zijn bontjas gestoken en er Christofors manuscripten aangetroffen. Die las hij, waarbij hij zijn lippen bewoog.

David zeide: de dood der zondaars is zeer kwaad. Salomo zeide: laat uwen naaste u prijzen, niet uwen eigenen mond. Kirik vroeg aan metropoliet Nifont: mag ik mijn gebed voltrekken boven een ontwijd vat van aardewerk, of alleen boven een van hout, en moet ik de andere stukslaan? – Zowel boven een vat van hout als boven een van aardewerk, en tevens boven een van koper, van glas en van zilver, antwoordde Nifont, boven alles wordt het gebed voltrokken. Al dat deuchtsaemheit besit, en can niet sonder vele vianden sijn. Niet de rijkdom brengt de vriend, maar de vriend de rijkdom aan. Vrienden die er niet zijn moet je gedenken vóór degenen die er wel zijn, opdat deze, als ze dit horen, weten dat je ook gene niet vergeet. Alle vrienden van Zjila waren er niet, en hij moest ze gedenken in zijn eentje.

.x.

Hij doet zijn ogen open, klonk het boven Arseni.

Zo wist hij dat hij zijn ogen had geopend. De takken die zich boven hem kruisten kwamen hem voor als een droom. Er verscheen een gezicht voor zijn neus. Het was zo groot dat het dat verbluffende gewelf, daar zwevend boven hem, geheel afdekte. Arseni kon elke rimpel in het gezicht zien, en de baard die het omlijstte. In de baard begon een mond te bewegen, die vroeg:

Hoe heet je?

Dus zo vormen zich klanken, dacht Arseni.

Hoe heet je, vroeg de mond opnieuw.

Hij sprak de drie woorden afzonderlijk uit, alsof hij het gehoor van de liggende man niet vertrouwde.

Oestin, zei Arseni nauwelijks hoorbaar.

Oestin. Het gezicht keerde zich naar iemand anders. Hij heet Oestin. Wat is u overkomen, o Oestin?

Arseni was moe van het kijken naar dat gezicht en sloot zijn ogen. Onder zijn hele lichaam voelde hij zacht hooi. Zijn hand betastte het houten boord van een kar.

Laat hem maar, zei een andere stem. We brengen hem naar het dichtstbijzijnde dorp, daar zien ze wel verder.

Arseni opende weer zijn ogen, maar nu voelde hij het schudden van de kar niet meer. Het was koud. Hij lag op iets hards. Het leek op brandhout. Hij trok een stammetje onder zich vandaan en keek er lang naar. Licht door de kier van een deur. Licht en geknerp. Een houtopslag.

Zich oprichtend op een elleboog zag Arseni dat hij geheel ontkleed was. Naast hem lagen zijn zak en wat onduidelijke todden. Arseni stak aarzelend een hand uit naar de vodden maar trok haar meteen weer terug. Hij werd opeens niet goed. De vodden wekten niet alleen zijn afkeer doordat ze zo vies waren. Onverdraaglijk was de gedachte dat ze waarschijnlijk waren gedragen door degene die hem had uitgekleed. En die – dat was zelfs kwetsend – de zak met Christofors manuscripten niet had meegenomen. Zijn walging onderdrukkend strekte Arseni een hand uit naar de lappenhoop, die bleek te bestaan uit een hemd, broek en gordel.

Arseni moest niet alleen kleren hebben, maar ook schoeisel, want zijn laarzen waren hem eveneens uitgetrokken. Na enig nadenken ontdeed hij twee stammetjes van hun bast en paste de stukken daarvan aan zijn voeten. Met hulp van zijn tanden gaf hij de bast de gewenste vorm. Daarna trok hij de gordel uit de lappenhoop en begon hem langs de deurpost te schuren. Toen het oude leer in tweeën was geschaafd maakte Arseni er de bast om zijn voeten mee vast. Eenmaal geschoeid betrapte hij zich erop dat hij het moment van aankleden voor zich uitschoof. Ook al rilde hij van de kou, met aankleden talmde hij.

Maar hij kon niet in zijn blootje de schuur uit. Arseni pakte wat ooit een hemd was geweest en hield het voor zijn borst. Na de nodige aarzeling stak hij zijn armen door de mouwen en zijn hoofd door de hals – een kraag zat er niet meer aan. Het hemd hing rond zijn lichaam als een vormeloze lap. De kleurloosheid ervan werd verlevendigd door inzetstukken.

Het was lastiger om de broek aan te krijgen. Daar was iets meer van heel dan van het hemd, maar dat maakte het er niet beter op. Toen hij het kledingstuk aan had, moest Arseni eraan denken dat dit vod beroerd was door de schemelicke vede van de onverlaat. Deze broek was een vorm van lichamelijke intimiteit, en Arseni's maag draaide in hem om. De beroving was zo deprimerend, niet doordat hij zijn eigen kleren kwijt was, maar doordat hij nu die van een ander aan moest. Arseni realiseerde zich met een schok dat hij van nu aan zou gruwen van zijn eigen lichaam, en hij moest huilen. Maar toen het hem daagde dat hij van nu aan zou gruwen van zijn eigen lichaam, moest hij lachen.

Opgewekt kwam Arseni de schuur uit. Hij zette een paar passen in zijn nieuwe plunje en zei tegen Oestina:

Mijn lief, dit zijn eigenlijk mijn eerste schreden in de goede richting sinds mijn aankomst in Belozersk.

De schuur stond aan de rand van het dorp. Arseni liep naar de dichtstbijzijnde hut en klopte op de deur. In de hut woonde Andrej Ekster met zijn gezin.

Wie mag jij wel zijn, vroeg Ekster aan Arseni.

Oestin, antwoordde Arseni.

Oestin, je bent niet naar m'n zin, kraaide Ekster en gooide de deur dicht.

Toen klopte Arseni aan bij Timofej Stapel.

Timofej bekeek Arseni eens goed en zei:

Jij brengt alleen maar luizen, want in jouw toestand móet je gewoon wel luizen hebben. Of anders vlooien. Volgens mij heb jij daar een hele zak vol van.

In de zak zaten alleen de manuscripten van Christofor, maar Arseni maakte hem maar niet open voor Timofej.

De volgende hut was die van Ivan Schraalmans. Indachtig de gastvrijheid van Abraham wilde Ivan de zwerver niet wegjagen. Maar hij wilde hem ook niet binnenlaten. Hij nam hem mee naar het andere eind van het dorp, naar opoe Jevdokia, die niet bang was voor luizen of vlooien of vreemde types.

Toen ze binnenkwamen zat Jevdokia op een stuk brood zonder korst te kauwen. Ze had geen tanden, het kruim kauwde ze met haar tandvlees en daardoor bewoog haar hele gezicht. Het danste helemaal, vouwde zich open en weer dicht en deed denken aan een oude leren beurs.

Nadat hij zich zatgekeken had aan Jevdokia's gezicht zei Ivan:

Hier opoe, ik heb iemand voor je, hij zegt geen stom woord, alleen dat hij Oestin heet. Geef toe dat er mensen zijn die minder weten.

Als je 't mij vraagt is het niet niks, knikte Jevdokia.

Ze scheurde de helft van de homp brood af en stak die Arseni toe:

Eet, Oestin.

Ivan en Jevdokia keken zwijgend toe hoe Arseni at.

Die heeft trek, merkte Ivan op.

Dat kun je wel stellen, bevestigde Jevdokia. Hij mag blijven.

Eenmaal een beetje opgewarmd voelde Arseni hoe zijn hoofd begon te jeuken. De kleren die hij nu had zaten vol luizen. In de warmte waren ze tot leven gekomen en begonnen over te lopen naar Arseni's haar. Hij zat en voelde de luizen in zijn hals: van beneden naar boven. Arseni wist dat het moeilijk was luizen weg te krijgen en kreeg medelijden met Jevdokia. Hij wilde de problemen in haar leven niet vermeerderen. Hij besloot dat hij hier niet kon blijven. Hij stond op en maakte een diepe buiging voor Jevdokia. Jevdokia ging door met kauwen. Hij ging naar buiten en sloot de deur achter zich.

Arseni raakte bevangen door de kou. Hij hield de deurring nog vast. Het verlangen kwam op om daaraan te trekken en weer de warme hut in te gaan. Maar toen hij van het bordes was gestapt begreep hij dat hij niet meer terugging. De vroege schemering zette in. Arseni liep, de kou en de honger voelde hij nu goed. Zelf snapte hij ook niet waarom hij de warmte had verlaten. Het was hem alleen duidelijk dat hem een moeilijke, zo niet onvolbrengbare tocht wachtte. Hij wist niet eens waarheen die tocht zou leiden.

Arseni liep langs de bosweg, waarboven het steeds donkerder werd. Hij liep als op stelten, want zijn benen wilden door de kou niet buigen. Bovendien begon er sneeuw te vallen. Het was de eerste sneeuw dit jaar, en ze vloog nog wat onzeker rond. Aanvankelijk verschenen afzonderlijke vlokken, sporadisch, maar wel grote. Doordat ze er zo pluizig uitzagen leek het een beetje warmer te worden. De vlokken vielen steeds dichter, totdat ze overgingen in een wervelende blinde muur. Toen de sneeuwstorm ophield verscheen de maan en werd het licht. De weg was zichtbaar met al zijn kronkels.

Nu de maan was doorgekomen leek de vrieskou in hevigheid toe te nemen.

Arseni had het idee dat het de maan was waarvan de zilveren kou uitging die zich over de aarde verbreidde. Hij wilde zijn verkleumde lijf betreuren maar bedacht meteen dat zijn lichaam was ontwijd door andermans kleren en luizen, en zijn meegevoel verliet hem. Dit was al niet meer zijn lichaam. Het behoorde toe aan de luizen, aan degene die vroeger zijn kleren had gedragen, en ten slotte aan de kou. Niet aan hem.

Alsof ik verblijve in vreemden lijve, dacht Arseni.

Bij alle medelijden met dat vreemde lichaam kon hij de pijn ervan onmogelijk ervaren als die van hemzelf. Arseni, die de onmachtige lichamen der mensen tot hulp was geweest, wist dat. Zelfs als hij zich inleefde in andermans pijn om die te verlichten, kon hij nooit de diepte daarvan geheel doorgronden. Maar nu was er sprake van een lichaam waarmee hij niet eens zo veel medelijden had. Dat hij per saldo haatte.

Arseni had het niet koud meer, want iemand die verblijft in een vreemd lichaam kan het niet koud hebben. Integendeel, hij voelde duidelijk dat (niet) zijn lichaam vervuld werd met kracht en zelfverzekerd het ochtendrood tegemoet ging. Het verbaasde hem hoe vast zijn tred was en hoe ferm zijn armen zwaaiden. De warmte kwam in golven ergens van onder naar boven en steeg hem naar het hoofd. Arseni viel in de sneeuw en merkte zelfs niet hoe zijn onververvaarde beweging stokte.

....
....

....
....

....
....

....
....

....
....

....

.xi.

....
....

....
....

....
....

....

Wil ik, dacht Arseni, alles vergeten en voortaan leven alsof er in mijn leven nooit iets geweest is, alsof ik zojuist ter wereld ben gekomen – alleen niet meer klein, maar meteen al groot? Of wil ik van wat ik heb meegemaakt alleen het goede onthouden, omdat het geheugen de hebbelijkheid heeft zich van het smartelijke te ontdoen? Mijn geheugen laat mij telkens weer in de steek, en als ik even niet uitkijk voor altijd. Maar is de bevrijding van de herinnering mijn vergiffenis en redding geworden? Ik weet dat dat niet zo is, en stel de vraag zelfs niet zo. Immers, hoe kan er voor mij van redding sprake zijn zonder de redding van Oestina, die het grootste geluk en de grootste smart in mijn leven heeft gebracht? Daarom bid ik U: ontneem mij niet mijn geheugen, waarin Oestina's hoop ligt. En als U mij tot U roept, wees dan genadig: beoordeel haar niet op onze daden, maar op mijn begeerte haar te redden. En het geringe goede dat ik heb verricht, schrijf dat toe aan haar.

....
....
....
....
....
....

De tong van een koe is zacht en versmaadt een luizenkop niet. De schurende streling ervan vervangt deels menselijke warmte. Het valt mensen niet makkelijk om voor luizenkoppen en etterbakken te zorgen. Ze kunnen langskomen en voor de zieke een korstje brood en een kroes water achterlaten, maar op een echte knuffel zonder innerlijke afschuw kan men alleen rekenen van de kant van een koe. De koe was snel gewend aan Arseni en beschouwde hem als eigen volk. Met haar lange tong likte ze de ingedroogde klompjes bloed en pus uit zijn haar.

Arseni observeerde urenlang het schommelen van haar uiers en viel er soms met zijn lippen op aan. De koe had daar niets op tegen (Jantje zag eens prammen hangen), al nam ze slechts de ochtendlijke en avondlijke melkbeurten serieus (alleen de vrouw melkt mij zo zalig). De handen van de boerin brachten haar pas echte opluchting. Ze bezaten, anders dan de lippen van Arseni, kracht. En de vastberadenheid om alle melk restloos uit te persen in de strak gevlochten korf van berkenbast. De melk brak los uit de uiers met een luid geraas – dat dun, haast zoemend begon, maar naarmate de korf zich vulde won aan volheid en omvang. Een deel van de melk liep weg langs de vingers van de bazin. Arseni, die ze twee keer per dag observeerde, kende ze beter dan haar gezicht. Hij wist hoe iedere vinger afzonderlijk eruitzag, maar hun aanraking had hij nog nooit gevoeld.

Af en toe stond de koe stokstijf stil, ze tilde haar staart iets op (hij begon te trillen) en onder het kwastje kletterde een warme vlaai op de vloer van de stal. Soms spetterde die vlaai onder de krachtige straal alle kanten op. Arseni veegde de druppels uit zijn gezicht weg met een plukje hooi.

....
....

....
....

....
....

....
....

De wond op zijn kruin was bijna geheeld, maar hij had last gekregen van hoofdpijnaanvallen. De pijn kwam niet van de wond, maar van ergens diep binnen in zijn hoofd. Arseni had het gevoel dat zich daar een worm had genesteld, waarvan de bewegingen een schier ondraaglijke marteling veroorzaakten. Tijdens de aanvallen omvatte hij zijn hoofd met zijn handen of stak hij zijn gezicht tussen zijn knieën. Hij wreef zijn hoofd als een razende en de opkomende pijn aan de buitenkant nam voor een ogenblik de pijn van binnen weg. Maar vervolgens zette die pijn van binnen, alsof ze even op adem was gekomen, meteen met nieuwe kracht in. Arseni wilde dan zijn schedel in tweeën splijten en samen met zijn hersenen de worm eruit rukken. Hij hakte in op zijn voorhoofd en zijn kruin, maar de worm die daarbinnen zat, begreep heel goed dat Arseni hem niet kon bereiken. De onkwetsbaarheid van de worm gaf hem dronkemansovermoed en bracht Arseni tot waanzin.

....

....

.... Ze vroegen Arseni wie hij was, maar hij zweeg. En tot zijn verbazing ontdekte hij dat de koe niet meer bij hem was.

Waar is de koe, vroeg Arseni aan de dichtstbijzijnde van de aanwezigen. Ze was een geweldige kameraad en heeft me heilzame barmhartigheid betoond.

Niemand gaf antwoord, want degenen die aanwezig leken, waren afwezig. De man het dichtst bij Arseni – klein, gebocheld, grijs – bleek bij nadere beschouwing het handvat van de ploeg. Ook de anderen waren gebogen en knokig. Hamen van gigantische afmetingen (waar rijden ze hier eigenlijk op?). Slee-ijzers. Lamoenen en jukken. Het was ook een heel andere ruimte.

Grappig, zei Arseni, terwijl hij het karrenwiel onder zich betastte. Grappig dat de tijd doorloopt en ik lig op een karrenwiel zonder ook maar in het minst te denken aan het sleutelthema van mijn bestaan.

Arseni stond met moeite op en liep met onvaste tred de deur uit. Met daken als donzige mutsjes stonden de hutten van een onbekend dorp voor hem opgesteld. Uit elk ervan verhief zich in volkomen windstilte een rookpluim. Het leek of iemand alle hutten op gelijke hoogte aan hun rookpluim tegen de hemel had gehangen. De bevestigingsdraden waren de beweeglijkheid kwijt die rook eigen is en hadden een ongewone stugheid verkregen. Daar waar ze iets te kort waren uitgevallen, hielden ze de huizen een paar vadem opgetild. Soms slingerden ze licht. Dat had iets onnatuurlijks en Arseni begon het te duizelen. Hij klemde zich vast aan de deurpost en zei:

De band van de hemel met de aarde is niet zo simpel als ze in dit dorp kennelijk gewend zijn te denken. Een dergelijke kijk op de zaak lijkt me overmatig mechanistisch.

Knerpend door de vers gevallen sneeuw liep Arseni weg uit het dorp. Na enige tijd trok dat geluid zijn aandacht en hij bekeek zijn knerpende voeten: ze waren gehuld in bastschoenen. Maar daarnet was dat nog berkenschors, herinnerde Arseni zich. Wat een veranderingen.

Op zijn rug bungelde de zak met manuscripten van Christofor.

.xij.

Arseni liep van dorp naar dorp, en zijn geheugen liet hem niet meer in de steek. Zijn hoofd deed minder zeer, soms zelfs helemaal niet. Op eender welke vraag antwoordde hij dat hij Oestin was, want dat leek hem op dit moment het enige dat van belang was. Maar ook zo was voor iedereen wel duidelijk wat voor iemand hij was en waarmee hij geholpen kon worden. Arseni was al niet meer de Arseni van vroeger. Tijdens zijn omzwervingen had hij een uiterlijk verworven dat alle uitleg overbodig maakte. Zonder een woord gaven ze hem een plaatsje in de schuur (de *stij*) – of niet. Vanuit warme hutten kwamen ze hem een stuk brood brengen – of niet. Meestal wel. En hij begreep dat een leven zonder woorden mogelijk was.

Arseni wist niet in welke richting hij liep – en of hij überhaupt in een richting liep. Strikt genomen had hij geen richting van node, omdat hij niet per se ergens naar toe wilde. Hij wist evenmin hoeveel tijd er was voorbijgegaan sinds hij Belozersk achter zich had gelaten. Te oordelen naar de afzwakkende vorst liep het tegen de lente. Trouwens, ook dat hield hem niet bijzonder bezig. Sinds hij als het ware verbleef in een ander lichaam was Arseni aan de vrieskou gewend geraakt. Toen hij in Krasnoje, Rooddorp, een mottige, maar warme kaftan cadeau kreeg, was hij er al niet meer zo zeker van dat hij dat kledingstuk echt nodig had. In Voznesenskoje, Hemelvaartsdorp, liet hij de kaftan in een van de hutten achter, waarbij hij tegen Oestina zei:

Ik geloof niet dat we met heel die voddenboel achter onze opgevaren Heiland ten hemel gaan. Mijn lief, een mens heeft een hoop onnodige spullen waaraan hij gehecht is, die hem omlaag trekken. En mocht je je druk maken om mijn gezondheid, dan kan ik je tot mijn vreugde meedelen dat de verwarmende – zij het vooralsnog wat frisse – lente al in aantocht is.

Voortgaand over de verweekte, maar nog niet volledig ontdooide wegen herkende Arseni feilloos de komst van het voorjaar. Hij herinnerde zich de blijdschap die hem in zijn vorig leven doorstroomde als de lucht veranderde. Als de zonnestralen volliepen met kracht en hij voelde hoe ze op zijn gezicht vielen.

Op een keer zag hij zijn eigen gezicht in een lenteplas en moest huilen. Zijn verwarde haren hadden geen kleur meer. Uit zijn ingevallen wangen groeide een vlokkige baard. Het was zelfs geen baard maar wat afhangend dons, dat hier tegen de huid plakte en er daar van afhing als ijspegels. Arseni huilde niet om zichzelf maar om de vervlogen tijd. Hij begreep dat die niet meer terug zou komen. Arseni was er zelfs niet zeker van dat de aarde die hij in vroegere lentes had meegemaakt nog bestond. Ze stond echter nog onwrikbaar op haar vroegere plaats.

Huilend kwam Arseni aan in de stad Pskov. Dat was de grootste van alle steden die hij had gezien. En de mooiste. Arseni wist niet hoe de stad heette, want hij vroeg niemand iets. De inwoners van die grote stad vroegen ook niets aan Arseni, en Arseni was daar blij om. Hij had het idee dat je hier jezelf kon verliezen.

Hij liep langs de muren van het kremlin (de *Krom*) en verbaasde zich over de grootsheid ervan. Achter zo'n muur, dacht Arseni, heb je vast een rustig en ongestoord leventje. Je hoeft niet te verwachten dat een vijand van buiten over die muur heen komt. Ik kan me geen ladders voorstellen die daarvoor hoog genoeg zijn. Of bijvoorbeeld wapentuig dat erdoorheen komt. Maar (Arseni gooide zijn hoofd achterover en kreeg het gevoel dat de muur langzaam naar hem begon over te hellen) zelfs zo'n muur doet het gevaar van een innerlijke vijand niet teniet als die achter de muur opduikt. Je zou kunnen zeggen dat dat het allerergste is: dan is de toestand echt wat je noemt kritiek.

Langs de muur kwam Arseni uit op de Velikaja, de Grote Rivier. Daar dreven nog losse schotsen op, maar het oppervlak als geheel was vrij van ijs. Op de oever waren veerlui mensen bij elkaar aan het halen. Arseni voelde zich aangetrokken tot de oever aan de overkant en stapte ook op de veerboot.

Hee, heb jij wel betaald? vroeg een van de veerlieden aan Arseni.

Arseni antwoordde niet.

Hem moet je maar geen geld vragen, zeiden ze tegen de veerman, want dat is een man Gods, zie je dat dan niet?

Jawel, bevestigde de veerman, maar ik dacht, je weet maar nooit.

Hij zette zich met zijn vaarboom af tegen de oever en de veerboot stak, de bodem knarsend over het zand, van wal. Midden op de rivier hief Arseni zijn hoofd op. Vanachter de muur van het kremlin waren koepels verschenen die tevoren nog niet zichtbaar waren geweest. De ondergaande zon verdubbelde hun gouden glans. Toen de hoofdklok sloeg werd duidelijk dat ze vanuit het water klonk, want de koepels in het water waren werkelijker dan de koepels in de lucht. Hun fijne trilling weerspiegelde de kracht van het voortgebrachte geluid.

Arseni stapte van het veer en keek een tijdlang zijn ogen uit aan het beeld dat zich had geopend.

Mijn lief, ik ben duidelijk niet meer gewend aan de mooie dingen in het leven, zei hij tegen Oestina. Maar ze laten zich zo onverwacht zien nu ik oversteek, dat ik er zelfs geen woorden voor heb. Aan de ene kant van de rivier sta ik, bevuild, onder de korsten en de luizen, en aan de andere kant dat daar, die schoonheid. Ik ben blij dat ik met mijn misère de grootsheid daarvan des te beter doe uitkomen, want op een dergelijke manier heb ik als het ware deel aan de totstandkoming ervan.

Toen het donker was geworden begon Arseni langs de oever te slenteren. Uiteindelijk stuitte hij op een muur. Hij volgde de muur en ontdekte een smalle bres. Daarin was de duisternis nog dikker dan in de omgeving. Arseni bevoelde de randen van de bres en kroop erdoorheen. Vóór hem brandden zwakjes enkele olielampjes. In hun doffe licht lieten zich met moeite de contouren van kruizen onderscheiden. Het was een kerkhof. Wat is dit toch een prachtige plek, dacht Arseni. Beter kun je het niet verzinnen. Precies wat ik op dit moment nodig heb. Hij nam een van de lampjes en hield zijn handen erboven. De warmte doorstroomde zijn hele lichaam. Arseni legde zijn zak onder zijn hoofd en viel in slaap. In zijn slaap kromp hij af en toe ineen en dan ritselden onder zijn wang de manuscripten van Christofor.

.xiij.

Hij werd wakker van de zang van vogels. Het was echte lentezang, al was het nog niet evident dat de lente was gekomen. Op enkele graven lag sneeuw. De vogels zorgden ervoor dat de sneeuw smolt. Onder hun zang veranderde de sneeuw in water, dat doorsijpelde naar de doden om hun de blijde tijding van de lente te brengen. Het voorjaar trad in Pskov eerder in dan in Belozersk. De inwoners van Belozersk beschouwden die van Pskov altijd als zuiderlingen. En dat geldt tot op de huidige dag.

Het kerkhof waarop Arseni de nacht had doorgebracht behoorde toe aan een klooster. Dat begreep hij toen hij nonnen over het kerkhof zag lopen. Toen de zusters hem vroegen wie hij was noemde Arseni zich, zoals hij gewoon was, Oestin. Meer zei hij hun natuurlijk niet. De zusters deelden hem mee dat hij zich bevond op het grondgebied van het Maagdenklooster van Johannes de Doper. Ze waren er niet zeker van dat Arseni hen begreep. Na enig gedelibereer brachten ze Arseni een kom vissoep. Toen Arseni de soep ophad namen ze hem bij de arm en leidden hem buiten de omheining.

De hele dag zwierf Arseni langs de oever van de Velikaja. Toen hij het veer naderbij zag komen besloot hij de rivier in omgekeerde richting over te steken. Deze keer vroeg de veerman geen geld van hem. Hij zei:

Vaar mee zo gij wenst, man Gods. Uw bezoek meen ik tot heil te zijn.

Op de andere oever werd Arseni opgewacht door de dwaas in Christus Fomá.

Aha, riep Foma uit. Ik zie dat jij pas echt een dwaas in Christus bent. Een hele echte. Je mag wel zeggen dat ik wat dat aangaat een eersteklas neus heb. Maar vriend, weet je wel dat elk stukje van het land van Pskov maar één dwaze in Christus kan dragen?

Arseni zweeg. Toen greep de dwaas in Christus Foma hem bij de arm en sleurde hem achter zich aan. Ze renden haast langs de kremlinmuur, en Arseni zag geen mogelijkheid om deze beweging te stoppen: Foma bleek uiterst vasthoudend. Voor hen verscheen een andere rivier. Dat was de Pskova, die uitmondde in de Velikaja.

Daar, achter de Pskova, zei de dwaas in Christus Foma, woont de dwaas in Christus Karp. Hij zegt bijna niks en er is helemaal niks van te begrijpen. Nu en dan maakt hij slechts zijn eigen naam kenbaar in een spraakwaterval: Karp, Karp, Karp. Een zeer waardig man. Desalniettemin moet ik hem gemiddeld eens per maand voor z'n kanis slaan. Dit geschiedt op de dagen dat hij de rivier oversteekt en naar de stad komt. Ik probeer de dwaas in Christus Karp, door hem bloedige wonden toe te brengen, te bewegen om zijn kant van de Pskova niet te verlaten. Jouw erfdeel, zo onderricht ik hem, is Zapskovje. Denk erom, zonder jou raakt dat verweesd, terwijl zich in mijn deel van de stad een overschot aan ons soort mensen vormt. Overdaad is een ondeugd en leidt tot geestelijke ledigheid... Maar als je 't over de duvel hebt...!

De dwaas in Christus Foma deed zijn armen over elkaar en keek naar de tegenoverliggende oever. Vandaar zwaaide de dwaas in Christus Karp hem dreigend met zijn vuist toe.

Dreig maar, schijtluis, dreig maar, riep de dwaas in Christus Foma zonder boosaardigheid. Indien dat ick u slechtes tenenmale alhier can betrapen, zo breek ik je ongenadig je botten. Vlieg op, gelijk rook vervliegt.

Ze houden mij voor een dwaze om Christus' wil, zei Arseni tegen Oestina.

Wat moeten ze anders van je denken, zei Foma verbaasd. Bekijk jezelf eens goed, Arseni. Je bént ook een dwaas in Christus, omdat ge uzelven een onstuimig en van de mensen versmaad leven hebt verkoren.

En mijn doopnaam kent-ie ook al.

Foma begon te lachen:

Hoe kun je die nou niet weten, als hij bij iedere gedoopte op het voorhoofd geschreven staat? Oké, Oestin is natuurlijk wat lastiger te raden, maar die naam verkondig je iedereen zelf. Dus mijn beste, gedraag je als een dwaze in Christus, geneer je niet, ze nemen je met al hun achting uiteindelijk toch wel te grazen. Hun verering is onverenigbaar met jouw eigen doelen. Denk eens terug aan hoe het was aan Belozersk. Is dat wat je wilt?

Wie is deze mens, die mijn geheimenissen kent? Arseni keerde zich naar Foma:

Wie ben jij?

Een lul in pij, antwoordde Foma. Je vraagt naar onbenulligheden. Wat ík je zeg, dát gaat ergens over. Ga terug naar de andere kant van de Velikaja, waar op het toekomstige Komsomolplein het klooster van Johannes de Doper staat. Je hebt vandaag al op het kerkhof van het klooster overnacht, heb ik zo het vermoeden. Blijf daar en geloof me: in dat klooster zou Oestina kunnen zijn. Ik veronderstel dat ze het gewoon niet heeft gehaald. Daarom ben jij dan ook gekomen. Bid – voor haar en voor jezelf. Wees haar en jezelf tegelijk. Hang de beest uit. Godvruchtig zijn is lekker makkelijk, wees jij maar verwerpelijk. Gun de mensen hier in Pskov hun nachtrust niet: ze zijn lui en niet nieuwsgierig. Amen.

Foma haalde uit en stompte Arseni in het gezicht. Arseni keek hem zwijgend aan en voelde hoe langs zijn kin en wang het bloed uit zijn neus droop. Foma omhelsde Arseni en zijn gezicht kwam ook onder het bloed te zitten. Foma zei:

Ik weet dat je, door jezelf aan Oestina te geven, je eigen lichaam verteert, maar afstand doen van het lichaam is nog niet alles. Juist dat, vrindelijke vrind, kan leiden tot hovaardij.

Wat kan ik anders, dacht Arseni.

Ga nog een stap verder, fluisterde Foma hem in zijn oor. Doe afstand van je persoonlijkheid. De eerste stap heb je al gedaan door jezelf Oestin te noemen. Doe nu helemaal afstand van jezelf.

.xiiij.

Diezelfde dag nog vestigde Arseni zich op het kerkhof. Bij een van de muren zag hij twee samengegroeide eiken, en die werden de eerste wand van zijn nieuwe huis. De kerkhofmuur werd de tweede. De derde wand bouwde Arseni zelf. Banjerend langs de rivier verzamelde hij wat daar zoal rondslingerde: stammetjes, bakstenen van ingestorte muren, stukken visnet en andere voorwerpen die voor de bouw onmisbaar waren. Een vierde wand had Arseni niet nodig: daar was de ingang.

Bij zijn werkzaamheden werd Arseni gevolgd door de monialen, maar die zeiden niets tegen hem. Van zijn kant hoorden zij ook geen woord. De bouw vond plaats met wederzijdse stilzwijgende instemming. Zodra de werkzaamheden waren afgerond, kwam onder begeleiding van enkele zusters de moeder-overste van het klooster naar Arseni's huis. Toen zij Arseni zag liggen in het gele gras van het vorige jaar, zei ze:

Die alhier woont heeft de aarde tot zijn leger en de hemel tot zijn deken.

Inderdaad, een dergelijk bouwsel kun je bezwaarlijk volwaardig noemen, beaamden de zusters.

Hij bouwt gewoon zijn voornaamste huis in de hemelen, zei de moeder-overste. Bid tot de Heer voor ons, o man Gods.

Op orders van de moeder-overste kwamen ze Arseni een kom kasja brengen. Arseni had de warmte van de kom nog niet gevoeld of zijn handen ontspanden. De kom viel met een doffe klap op de grond, maar brak niet. Het gras slokte langzaam de kasja op. Door de gele plukken heen werd het eerste uitbottende groen zichtbaar.

Dat groen, zei Arseni tegen Oestina, heeft ook voedsel nodig. Laat het groeien en zo onze jongeling verheerlijken.

Ook daarna kwamen ze hem nog meermalen kasja brengen, en elke keer gebeurde hetzelfde. Arseni at alleen wat het gras voor hem overliet. Hij haalde voorzichtig de resten van het eten tussen de sprieten vandaan door zijn vingers er als een hark doorheen te halen. Soms kwamen er door de bres heen honden het kerkhof op gerend die de kasja met hun lange rode tongen oplikten. Arseni joeg de honden niet weg, omdat hij begreep dat ook zij moesten eten. Bovendien deden ze hem denken aan de Wolf uit zijn kindertijd. Door ze te voeren voerde hij in zekere zin ook die Wolf. De herinnering eraan. De honden aten nu op wat destijds de Wolf niet had kunnen opeten. Wanneer ze weggingen riep Arseni ze afscheidswoorden achterna en vroeg ze om de Wolf de groeten te doen.

Jullie zijn één soort, riep Arseni, en ik denk dat jullie wel weten hoe dat moet.

De tafelmanieren van Arseni ontgingen de zusters niet en ze gingen ertoe over zijn eten op het gras neer te zetten. Hij boog zonder zich naar ze om te draaien en keek ze bij het weggaan niet na. Hij was bang dat hij in hun gezichten de trekken van Oestina zou ontwaren.

De eerste weken van zijn leven in Pskov stond Arseni op bij het ochtendkrieken om een wandeling te maken door Zavelitsje, het stadsdeel aan deze kant van de Velikaja. Hij bekeek de mensen die er woonden goed. Hij stond stil en wierp op hen die speciale blik van iemand wiens geestestoestand verschilt van wat algemeen aanvaardbaar wordt geacht. Hij loerde achter omheiningen. Hij drukte zijn voorhoofd tegen ramen en observeerde het intieme leven van de stedelingen. Grosso modo kon het hem geen vreugde inboezemen.

De huizen van Zavelitsje stonden vol rook, vermengd met damp. Er droogden kleren, er stond koolsoep te koken. Er werden kinderen geslagen en ouderen uitgefoeterd, er werd gecopuleerd waar iedereen bij was. Er werd gebeden voor het eten en het slapengaan. Soms werd er in slaap gedonderd zonder gebed – als er gewerkt was tot erbij werd neergevallen. Of gedronken. Voeten werden met de laarzen nog aan op een door moeder de vrouw neergelegde lap gegooid. Kwijlslierten al slapend weggeveegd, vliegen verjaagd. Handen met een raspend geluid over gezichten gehaald. Er werd luid gesnurkt. Gevloekt dat het een aard had. Knallend geveest. En dat alles in volcontinubedrijf.

Als hij door de straten van Zavelitsje liep, wierp Arseni stenen naar de huizen der godvruchtigen. De stenen kaatsten van de balken met een doffe, houten klap. De bewoners kwamen naar buiten en Arseni boog voor hen en bekruiste zich. Bij mensen die zich liederlijk of onbetamelijk gedroegen ging hij tegen het huis aan staan. Dan zakte hij op zijn knieën, kuste de muren en zei zachtjes iets. Toen velen zich verbaasden over wat Arseni deed, zei de dwaas in Christus Foma:

Wat is hier nou welbeschouwd zo gek aan. Onze broeder Oestin heeft volledig gelijk, want hij gooit alleen stenen naar de huizen van de godvruchtigen. Uit die huizen zijn de demonen verjaagd door de engelen. Nu zijn ze bang om weer binnen te komen en houden zich vast, zo blijkt uit de praktijk, aan de hoeken van de huizen. De dwaas in Christus Foma wees naar een van de huizen. Zien jullie de talrijke demonen op de hoeken?

Nee, antwoordden de samengestroomde mensen.

Hij dus wel. En hij bekogelt ze met stenen. Maar bij de onrechtvaardigen zitten de demonen binnen in huis, aangezien de engelen die zijn gegeven ter bescherming van de menselijke geest daar niet kunnen wonen. De engelen staan bij het huis en wenen om de gevallen zielen. Onze broeder Oestin nu wendt zich tot de engelen en verzoekt hen hun gebed niet te staken, opdat de zielen niet onherroepelijk verloren gaan. En jullie, stelletje kuttenkoppen, denken dat hij met de muren praat...

De dwaas in Christus Foma ontdekte onder zijn toehoorders de dwaas in Christus Karp. Karp hield zijn gezicht naar de zon gekeerd. Hij luisterde naar Foma en glimlachte gedachteloos. Hij genoot van een warme lentedag en van zijn aanwezigheid in dit deel van de stad. Toen Karp de toornige blik van Foma opving, schoot hem het geschonden verbod te binnen. Hij probeerde er stilletjes tussenuit te knijpen, al begreep hij dat dit geen eenvoudige opgave was. In een poging de brug over de Pskova te bereiken begon Karp zich met zijwaartse passen om de menigte heen te bewegen. Hij dacht dat hij op deze manier zijn werkelijke bedoelingen kon verheimelijken. Reeds na enkele ogenblikken merkte hij dat Foma hem had afgesneden van de brug.

Karp, Karp, Karp, jengelde de dwaas in Christus Karp, en met zijwaartse passen bewoog hij de andere kant op.

Maar de dwaas in Christus Foma bleek sneller dan de dwaas in Christus Karp. Met een onnatuurlijk luide pets kwam zijn hand neer in de nek van de overtreder.

Alsof ik iets anders van hem mocht verwachten, kreet Karp, en hij stoof in de richting van de brug.

Schoppend en trappend joeg Foma hem op. Midden op de brug stond Karp stil. Toen zijn achtervolger hem was genaderd, haalde de vluchter uit voor een oplawaai. De dwaas in Christus Foma nam die lankmoedig in ontvangst, want dit was reeds het grondgebied van de dwaas in Christus Karp.

.XV.

U bent mijn trouwe vrienden in de strijd tegen het vlees, sprak Arseni tot de muggen. U zorgt ervoor dat het vlees mij niet zijn voorwaarden kan dicteren.

Aan de oever van de Velikaja, waar het klooster stond, waren de muggen talrijk. En achter de kerkhofmuur, waar de oeverbries niet komen kon, waren er zelfs meer muggen dan direct bij het water. In zulke grote hoeveelheden had niemand ze ooit gezien. De bloedzuigers waren het voortbrengsel van een ongewoon warm voorjaar.

Bij de middeleeuwer waren alleen het gezicht en de handen onbedekt, maar dat bleek voldoende om de inwoners van Pskov hun geduld te laten verliezen. Ze krabden zich en spogen zich in de handen om het speeksel in hun huid te wrijven, in de veronderstelling zo hun lijden, veroorzaakt door de muggenbeten, te verlichten. De tierende insecten stelden zich niet tevreden met de blootgegeven lichaamsdelen en beten zelfs door dikke lagen kleding heen.

Arseni konden de muggen niet deren. In de warme klamme nachten, wanneer de lucht veranderde in een zoemende brij, kleedde hij zich helemaal uit en ging staan op de grafsteen voor zijn huis. Als hij zijn hand over zijn lichaam liet gaan kreeg hij een ongewone gewaarwording. Hij had het gevoel dat zijn huid bedekt was met een begroeiing zo dicht als Esau die had gehad. Bij aanraking veranderde die begroeiing in bloed. In de duisternis zag Arseni het bloed niet, maar hij rook de geur en hoorde hoe de vermorzelde insecten knisperden. Meer aandacht besteedde hij er niet aan, want tijdens zijn nachtwake bad hij vurig voor Oestina.

Zo stond hij alleen tijdens de donkere uren van de dag; weliswaar kort, maar lang genoeg voor volledige ontbloeding. Arseni raakte echter niet ontbloed. Misschien waren de muggen zijn bloed snel zat, misschien hadden de bloedzuigers met het oog op Arseni's buitengewone gulheid besloten terughoudendheid te betrachten – hoe het ook zij, de nachtwake benam hem niet het leven. Meer dan eens werd hij in de ochtend levenloos aangetroffen, maar elke keer kwam hij uiteindelijk weer bij.

Hij heeft zijn vergankelijke kleed afgelegd en zich gehuld in de mantel der onverderflijkheid, placht op zulke dagen de moeder-overste te zeggen, nadat ze zich van zijn naaktheid had afgewend.

Met het verstrijken van de tijd namen de muggen in aantal af, maar aan Arseni's vigiliën kwam geen eind. Dat kon ook niet, aangezien de nacht voor Arseni nog de enige tijdsspanne vormde waarin hij ongestoord kon bidden. De dag was vol zorgen en onrust. Arseni deed zijn ronde door Zavelitsje en hield in het oog hoe het leven daar verliep. Hij bekogelde de boze geesten met stenen en voerde gesprekken met de engelen. Van elke doop, bruiloft en uitvaart was hij op de hoogte. Hij wist wanneer er in Zavelitsje nieuwe zielen ter wereld kwamen. Staand bij het huis van de pasgeborene voorzag hij zijn of haar lot. Als er een lang leven in het verschiet lag, lachte hij. Als er een spoedige dood te verwachten viel, huilde hij. In die dagen was er nog niemand, behalve de dwaas in Christus Foma, die begreep waarom Arseni lachte en huilde. En Foma deed geen moeite om het aan iemand uit te leggen; hij liet zich überhaupt zelden in Zavelitsje zien.

Op een keer kwam de dwaas in Christus Foma in Zavelitsje en eiste dat Arseni met hem mee de rivier over zou gaan.

Ik kom je consulteren, zei hij tegen Arseni. Het gaat om een ingewikkelde kwestie, alleen moet je wel mee naar mijn eigen stadsdeel.

De honderdman Perezjoga had een baby die ziek was geworden. De kleine Anfim lag in zijn wieg en keek stom omhoog. Op de maat van zijn sprakeloze geschommel gingen tien paar ogen heen en weer. De wieg werd omringd door zijn naaste verwanten. Toen Arseni het kind bij de armen pakte, begon het erbarmelijk te krijsen. Arseni's ogen vulden zich met tranen en hij legde Anfim terug in de wieg. Hij ging op de grond liggen. Kruiste de armen voor de borst. Sloot de ogen.

Onze broeder Oestin ziet dat de koter doodgaat, zei de dwaas in Christus Foma. De geneeskunde staat hier machteloos.

Anfim hield op met ademen bij het avondrood. Toen de dwaas in Christus Foma bij de pont van Arseni afscheid nam, gaf hij hem een oplawaai.

Die is voor het betreden van mijn territorium. Maar ook jou lucht 't op, toch?

Arseni, midden op de rivier, knikte. Natuurlijk luchtte het op. In de schemer was te zien hoe op de rimpeling van de rivier doffe vonkjes opflikkerden. De grootste bundel bewoog zich langzaam over de kam van een golf, en Arseni zag er de ziel van het ontslapen kind in. Met het oog op morgen uit het kleine lichaam getreden.

Je hebt hier nog drie dagen door te brengen, zei Arseni tegen de ziel. Men neemt doorgaans aan dat de zielen de eerste drie dagen daar doorbrengen waar ze geleefd hebben. Pskov is best een toffe stad, dus waarom zou je de wereld niet juist hiervandaan verlaten? Moet je kijken: in de huizen op de oever zijn de lichten ontstoken, men maakt zich klaar om naar bed te gaan. Maar de hemel in het westen licht nog op. Daar zijn wolken verstard, met ongelijkmatige purperen randen. Ze zijn niet van plan zich tot de ochtend nog te bewegen. In de afgekoelde avondwind staan de linden te trillen. Kortom, het is een zwoele zomeravond. Jij laat dit alles voor wat het is, en misschien ben je bang. Toen je me zag moest je toch huilen van angst, waar of niet? Toen je mij zag wist je dat de dood nabij was. Maar wees niet bang. Je hoeft je niet alleen te voelen, want die drie dagen breng ik samen met jou door, is dat wat je wilt? Ik woon op het kerkhof van het klooster, daar is het heel rustig.

En Arseni nam de ziel van Anfim mee naar het kerkhof.

Drie dagen en drie nachten zegde hij gebeden. Aan het einde van de derde dag bewogen Arseni's lippen niet meer, maar het gevoel van liefde voor het kind was niet afgestompt. Dit gevoel zei Arseni: wees waakzaam. Het zei: als je op de grond gaat zitten val je in slaap. Arseni ging niet zitten maar stond zichzelf toe tegen de samengegroeide eiken te leunen, die een wand van zijn huis vormden. Hij wilde het kind niet alleen laten met zijn dood.

Arseni nam afscheid van Anfims ziel en fluisterde:

Zeg, ik moet je wat vragen. Als je daar een jongen tegenkomt, hij is nog kleiner dan jij... Je herkent hem gemakkelijk, hij heeft zelfs geen naam. Dat is mijn zoon. Geef hem... Arseni drukte zijn voorhoofd tegen de eik en voelde hoe de boomheid in hem overvloeide. Geef hem een kus van mij. Gewoon, een kus.

.xvi.

De ochtenden van de dwaas in Christus Karp begonnen zo. Met zijn handen op zijn rug stond hij bij het huis van bakker Samson.

Karp, Karp, Karp, zei de dwaas in Christus Karp tegen de voorbijgangers.

Wanneer Samson met zijn mars aan zijn riem naar buiten kwam, greep Karp met zijn tanden een kalatsj van een halve denga en vloog ervandoor. Voor iemand met een kalatsj tussen zijn tanden rende hij erg snel. En noodgedwongen zwijgend. Zonder zijn handen van zijn rug te halen. Achter de dwaas in Christus renden arme mensen aan die wisten dat de kalatsj een keer moest vallen. Wanneer de kalatsj viel raapten ze hem op. Wat bij de dwaas in Christus in de mond achterbleef vormde zijn dagelijks brood.

Bakker Samson ging zelf niet achter de dwaas in Christus Karp aan. Zelfs als hij dat had gewild was dat met zijn zware mars niet mogelijk geweest. Maar de bakker wilde niet. Hij was niet boos op de dwaas in Christus Karp. Omdat hij na de ontmoeting met de dwaas in Christus altijd goede zaken deed en zijn kalatsji als warme broodjes weggingen. En wanneer de dwaas in Christus uit hoofde van zijn bezigheden verlaat was, wachtte bakker Samson geduldig voor zijn huis in Zapskovje.

Hoe anders was bakker Prochor uit Zavelitsje. Die stond te boek als een gramstorig man die niet genegen was zijn kalatsji cadeau te doen. Aangezien Zavelitsje zich bevond in de verantwoordelijkheidssfeer van Arseni, had deze te maken met bakker Prochor. Het gebeurde aan het eind van de zomer.

Bij het zien van Prochor en diens kalatsji raakte Arseni geestelijk in de war. Hij keek Prochor strak aan en zijn blik werd steeds zwaarmoediger.

Wat gij, dwaze in Christus, vroeg Prochor.

Zonder een woord gaf Arseni een klap tegen de onderkant van de mars. De kalatsji sprongen uit de mars en ploften in het augustusstof. Passanten hadden de kalatsji wat graag schoongeklopt en meegenomen, maar dat liet Arseni niet gebeuren. Hij begon de fabricaten van bakker Prochor in kleine stukjes te breken, weg te schoppen en in het stof te trappen. Toen de kalatsji waren veranderd in klompjes vuil leek Prochor bij zinnen te komen. Hij kwam langzaam op Arseni af, elk van zijn vuisten als een kalatsj. Zonder echt uit te halen stompte hij Arseni in het gezicht. Arseni stortte ter aarde en de bakker gaf hem een trap.

Raak hem niet aan, hij is een man Godes, begonnen de voorbijgangers te roepen.

En mijn kalatsji in het rond smijten, is dat soms des Godes? En ze vertrappen, is dat soms des Godes?

Met elke vraag bracht Prochor Arseni een nieuwe hengst toe. Door deze schoppen vloog de liggende man weg als een voddenbaal. Misschien was hij ook wel een voddenbaal, want er was bijna geen lichaam meer aan hem overgebleven. Een luide kreet slakend sprong de bakker met beide benen op Arseni's rug, en iedereen hoorde het gekraak van ribben. Toen wierpen de mannen zich op bakker Prochor en draaiden zijn armen op zijn rug. Iemand bond ze bij elkaar met z'n eigen riem. Prochor was sterk, probeerde zijn belagers af te schudden en stortte zich opnieuw op Arseni.

Wegwezen, man Gods, zeiden de omstanders tegen Arseni.

Maar Arseni ging niet weg. Hij bewoog niet. Hij lag met uitgespreide armen en van onder zijn haren was een bruinrode plas weggevloeid. Iedereen keek naar bakker Prochor, die enigszins was gekalmeerd. Van de kant van de veerpont kwam de dwaas in Christus Foma aangelopen.

Voortaan zal uw naam niet bakker, maar hakker zijn, schreeuwde Foma Prochor toe. En jullie, strontzakken bij mekaar (hij liet zijn ogen de kring rond gaan), zal ik de volgende feiten bekend maken. Afgelopen nacht heeft deze eikel hier gecopuleerd met zijn gade. Daarna heeft hij zonder zich te wassen zijn deeg gekneed en zijn kalatsji gekleid. Vanochtend wilde hij zijn onreine product verkopen aan rechtgelovigen, en je kunt er vergif op innemen dat, ware onze broeder Oestin er niet geweest, hij dat gedaan had ook.

Is dat waar, vroegen de aanwezigen.

Bakker Prochor antwoordde niet, maar zijn zwijgen sprak boekdelen. Iedereen wist dat de dwaas in Christus Foma niets dan de waarheid sprak. Men besloot Prochor af te voeren naar de onderaardse gevangenis. Zijn straf werd opgeschort tot er meer duidelijkheid was over het lot van Arseni. Ze zeiden:

Indien de man Gods doodgaat, komt deze zonde op jou.

Arseni legden ze op een bastmat, en zo ging het naar het Johannesklooster.

Bij de poort van het klooster ontvingen de zusters hen met geweeklaag, omdat ze aan Arseni gehecht waren geraakt. Ze wisten al van het onheil dat was geschied. De zusters pakten de bastmat aan de randen beet en droegen Arseni voorzichtig door het klooster om hem niet onnodig pijn te doen. Maar Arseni had geen pijn: hij voelde niets. De zusters probeerden met zo klein mogelijke stapjes en in de pas te lopen; Arseni's hoofd schommelde lichtjes heen en weer.

De moeder-overste zei:

Als vreemde onder eigen volk heb jij alles om Christuswil met vreugde verdragen, strevend naar het oude, teloorgegane vaderland.

Het gezicht van de moeder-overste ging schuil achter haar handen en haar stem klonk dof, maar duidelijk.

Ze maakten voor Arseni een van de afgelegen cellen vrij, waar mannelijke aanwezigheid geen van de vrouwelijke pelgrims in verlegenheid kon brengen. De nonnen zelf raakten niet in verlegenheid, aangezien de heilige Oestin in hun ogen geslachtloos en tot op zekere hoogte lichaamloos was. Ze droegen de gewonde de kluis binnen in de hoop op zijn genezing en voorbereid op zijn levenseinde.

Wij moeten met droefenis constateren, sprak de moederoverste, dat de toegebrachte kwetsuren nauwelijks met het leven verenigbaar zijn. Overigens vormt de dood voor onze broeder Oestin zeker geen volledig onbekend gegeven: onze broeder Oestin was reeds in levenden lijve dood. De gezegende dwaze in Christus Oestin is onze bewening des te meer waardig, hoewel de innerlijke mens in hem vernieuwd is. Na een leven zonder huis heeft deze broeder zich een woning in den hemelen opgericht.

Met het oog op een eventuele dodelijke afloop reserveerden de zusters voor Arseni de plek op het kerkhof waar hij zich al in het voorjaar had gevestigd. Het woonverblijf van Arseni leek hun een vrijwel kant-en-klare crypte. Een knus en decent onderkomen.

.xvij.

Maar Arseni bleef in leven. Na een paar dagen kwam hij bij bewustzijn en zijn botten begonnen stukje bij beetje samen te groeien. Dat ze samengroeiden voelde Arseni net zo duidelijk als hij eerder had gevoeld dat ze gebroken waren. Het proces verliep geluidloos maar evident.

De zusters voerden Arseni met een lepeltje. Hij opende zwijgend zijn mond, terwijl de tranen langs zijn wangen liepen. Ook langs de wangen van de zusters liepen tranen. Ze nodigden Vlas de timmerman uit om Arseni te komen wassen.

Op één september kwam de dwaas in Christus Foma bij Arseni langs om hem een gelukkig nieuwjaar te wensen. Hij had een cadeautje meegenomen, een dooie rat. Foma hield hem bij de staart en de rat schommelde stemmig heen en weer.

De dwaas in Christus legde de rat aan Arseni's hoofdeinde, drukte de voorpootjes tegen de snuit en richtte zich tot de zieke:

Het doet mij deugd, waarde collega, dat je dit vreugdeloze voorbeeld niet gevolgd bent. Daar leek het toch wel op. Ik feliciteer je met het nieuwe jaar 6967, dat wij oudergewoonte vieren op deze heuglijke septemberdag, drieëndertig jaar vóór het jaar zevenduizend.

De rat kon de goedkeuring van de zusters niet wegdragen, maar tegen Foma durfden ze niets te ondernemen. En nadat ze

Arseni's glimlach hadden opgemerkt, konden ze niet meer boos zijn. Dit was zijn eerste glimlach in vele maanden. Toen de dwaas in Christus Foma hem met het puntje van de rattenstaart onder de neus kriebelde, moest Arseni niezen.

Een zieke heeft frisheid nodig, riep Foma uit, maar met alle respect, het stinkt hier als het aarsgat van de duivel. Breng hem naar de rivier. Daar is stromend water, een lekker windje. Dat bevordert de genezing.

De moeder-overste wendde zich met rollende ogen af maar gaf de zusters een teken de orders van de dwaas in Christus op te volgen. Ze (Arseni kreunde) legden de zieke op een laken en (hij kreunde nogmaals) tilden dat voorzichtig op.

Knerp maar, knerp maar, klerebezem, bromde de dwaas in Christus Foma, en de moeder-overste keerde zich opnieuw af.

De zusters droegen Arseni naar de rivier. Foma wees de plek waar de patiënt moest komen te liggen. Met alle omzichtigheid werd Arseni in het gras gelegd.

En nu opgehoepeld, huppelkutjes, zei de dwaas in Christus Foma tegen de zusters.

Zonder een woord te zeggen namen de zusters de wijk naar het klooster. Hun gewaden klapperden in de wind, Arseni en Foma keken hun na. Aan de manier waarop de zusters zich verwijderden was te zien dat ze de dwaas in Christus Foma ten diepste niets kwalijk namen. Bijna niets.

Toen de zusters door de poort waren verdwenen zei de dwaas in Christus Foma:

Ik zal jouw verzoek aangaande Prochor inwilligen. Als ik je van over de rivier goed heb begrepen wil je niet dat de autoriteiten hem bestraffen.

Ik heb gewoon voor hem gebeden, zei Arseni tegen Oestina. Ik heb gevraagd: Heer, reken hem zulks niet tot zonde, hij beseft immers niet wat hij doet. Bid ook jij voor hem, mijn lief.

De dwaas in Christus Foma knikte:

Wat jouw gebed betreft zijn ze in Zavelitsje al op de hoogte, dat heb ik ze verteld. (Hij wees met zijn hand naar de buurtbewoners die zich inmiddels om hen heen hadden verzameld, en zij bevestigden wat hij had gezegd.) Ik ben alleen bang dat dit niet je laatste gebed met een dergelijke strekking zal zijn. Ze zullen je bek nog wel een paar keer komen verbouwen, vrund.

Dat is niet gezegd, wierpen de buurtbewoners tegen. Iedereen in Roes weet dat je heilige dwazen niet in elkaar tremt, zogezegd.

Foma begon hard te lachen:

Om mijn gedachte toe te lichten zal ik mijn toevlucht nemen tot een paradox. Heilige dwazen worden afgerost omdat je van ze af moet blijven. Het is immers bekend dat iedereen die een dwaze in Christus slaat een booswicht is.

Uiteraard, beaamden de buurtbewoners.

Juist, zei de dwaas in Christus Foma. De Rus is godvruchtig. Hij weet dat de dwaze in Christus elk lijden geduldig moet ondergaan, en is bereid te zondigen om hem dit lijden te verschaffen. Iemand moet de kwaaie pier zijn, toch? Iemand moet toch in staat zijn de dwaze in Christus een klap te verkopen of, laten we zeggen, hem dood te meppen, denken jullie niet?

Tja, dat is de vraag, reageerden de buurtbewoners, niet helemaal meer op hun gemak. Slaan, dat is nog tot daaraantoe, maar doodslaan, is dat soms godsvrucht? Dat is, als we ons zo mogen uitdrukken, een doodzonde.

Stelletje uitvinders, schreeuwde Foma verhit. De Rus is immers niet alleen maar godvruchtig. Ik hoef jullie niet te vertellen dat hij ook onnadenkend en meedogenloos is, en wat hij ook doet, het kan zó omslaan in een doodzonde. De grens daartussen is zo subtiel dat jullie, schorem bij mekaar, daar geen notie van hebben.

De buurtbewoners wisten niet wat te antwoorden. Dat wist ook de dwaas in Christus Karp niet, die in de menigte stond. Met open mond en volkomen onbegrip luisterde hij naar de dwaas in Christus Foma.

Aha, ben jij er ook, zondaar, riep de dwaas in Christus Foma uit, en de dwaas in Christus Karp barstte in gejammer uit. Jou heb ik al een poosje niet meer op je murf getimmerd.

Foma begon zich een weg te banen naar Karp, maar die deinsde al terug, de kant van het klooster op, en de mensenmassa week voor zijn rug opzij.

O, rampspoed over mij, kreet Karp.

Eenmaal los uit de massa stormde hij naar de kloosterpoort. De poort bleek gesloten. Karp trommelde erop uit alle macht en volgde met ontzetting hoe Foma dichterbij kwam. Karp wachtte niet af tot de poort zou opengaan, sloeg zijn armen achter zijn rug en schoot weg naar de rivier. De poort ging open op het moment dat Foma voorbij kwam rennen. Foma stak zijn tong uit naar de zusters die uit de poort naar buiten blikten en rende verder. De zusters keken elkaar aan alsof ze gewend waren zich nergens over te verbazen.

Heb ik je niet gezegd: blijf in Zapskovje, schreeuwde de dwaas in Christus Foma naar de dwaas in Christus Karp.

Karp verborg zijn gezicht in zijn handen en bleef doorrennen. Zijn blote voeten ploften luid op het gras. Pal aan de rivier bleef hij staan. Hij liet zijn handen zakken en zag dat Foma hem inhaalde.

Karp, Karp, Karp, riep de dwaas in Christus Karp.

Hij stapte op het wateroppervlak en begon behoedzaam te lopen. Ondanks de waaiende wind waren de golven op de Velikaja die dag niet hoog. In het begin liep Karp langzaam en leek hij niet zeker van zichzelf, maar hij versnelde gaandeweg zijn pas.

Foma had de rivier bereikt en stak zijn grote teen in het water. Spijtig schudde hij zijn hoofd en stapte toen ook op het water. Arseni en de buurtbewoners keken zwijgend toe hoe de heilige dwazen achter elkaar aan gingen. Ze huppelden lichtjes over de golven en wapperden potsierlijk met hun armen om hun evenwicht te bewaren.

Ze kunnen kennelijk alleen lopen over het water, zeiden de buurtbewoners. Rennen hebben ze nog niet geleerd.

Midden op de rivier hield de dwaas in Christus Karp halt. Hij wachtte de dwaas in Christus Foma op, haalde uit en gaf hem een oorvijg. De klap vloog over het water heen en bereikte de oever.

Groot gelijk, zeiden de buurtbewoners, met hun armen in de lucht. Dat is al zijn territorium.

Zonder een woord te zeggen draaide de dwaas in Christus Foma zich om, om zich naar zijn deel van de stad te begeven. In de stralen van de laagstaande najaarszon tekende zich de onregelmatigheid van de stroom af. Het spiegelgladde oppervlak werd onderbroken door rimpels en golven. Als je lang naar het water keek kreeg je de indruk dat de rivier de andere kant op stroomde. Misschien doordat ze de vlucht van de wolken weerspiegelde. In de maat met de algemene beweging gleden over het rivieroppervlak, elk een eigen kant op, twee kleine gestalten. Alleen Arseni en de bewoners van Zavelitsje om hem heen bleven op hun plaats.

.xviij.

Tegen de winter kon Arseni alweer goed lopen. Zijn botten waren samengegroeid en alleen een bij tijd en wijle toeslaande zwakte herinnerde nog aan zijn ziekte. Omdat Arseni zich beter voelde keerde hij terug naar zijn huis op het kerkhof. De zusters probeerden hem ertoe over te halen in zijn verre kluis te blijven, maar hij was onvermurwbaar.

Wees gezegend, gij zwervende en thuisloze, zei de moeder-overste en liet Arseni gaan naar de woonplaats die hij zich had uitverkoren.

Terug onder de samengegroeide eiken begreep Arseni al snel dat hij het harde leven ontwend was. De weken die hij in de kluis had doorgebracht beweende hij als verloren tijd, want ze hadden hem gedwongen aandacht aan zijn lichaam te besteden. Ze hadden Arseni in wezen afgekoeld, en de eerste dagen na zijn terugkeer kon hij zich met geen mogelijkheid warmen. Onvermoeibaar bleef hij zichzelf influisteren dat hij als het ware in een vreemd lichaam verkeerde, maar dat hielp niet meteen. Het hielp na vier dagen.

Op de zevende dag kwam bakker Prochor op bezoek. Zwijgend trok hij uit zijn boezem een kalatsj en viel voor Arseni op de knieën. Arseni, die bij zijn woning stond, liep op bakker Prochor toe. Hij knielde naast hem neer en omhelsde hem. En nam de kalatsj uit zijn hand.

Ik heb zeven dagen gevast, zei Prochor.

Arseni knikte, want dat had hij begrepen aan de vorm van de kalatsj en aan de welriekende reuk ervan.

Vergeef mij, onnozele Oestin. Bakker Prochor begon te snotteren.

Arseni raakte Prochors wang aan en op zijn wijsvinger bleef een traan van Prochor zitten. Die veegde hij af aan de rand van de kalatsj. Op de plaats waar de kalatsj Prochors traan had opgenomen nam Arseni er een hap uit. Al kauwend stond hij op en trok de bakker omhoog. Hij bekruiste hem en liet hem zijns weegs gaan. Zodra bakker Prochor door de bres was verdwenen, pakte Arseni de kalatsj en begaf zich naar buiten. Aan de kloostermuur stonden arme mensen. Arseni brak de kalatsj in stukken en deelde die uit.

Van die dag af kwam bakker Prochor vaker bij Arseni langs. Iedere keer bracht hij een kalatsj mee, soms meer dan één. Arseni nam de kalatsji dankbaar aan. Wanneer Prochor was vertrokken bracht hij ze naar de kloostermuur om ze weg te geven aan de armen.

Na een tijdje waren dat echter niet meer de enigen die van Arseni kalatsji verwachtten. Er kwamen mensen uit de stad en uit Zapskovje, en velen daarvan golden als welgesteld. Dezen werden niet geplaagd door honger, maar wisten dat de kalatsji uit de handen van Arseni buitengewoon smakelijk en heilzaam waren. Volgens hun observaties gaven deze broden kracht, stelpten bloedingen en verbeterden de stofwisseling.

De brooduitdeling kwam ter ore van stadvoogd Gavriil, die daarop bij Arseni langsging. Hij kreeg een halve kalatsj en keerde daarmee naar huis terug. Van het gekregen brood aten hij, zijn gemalin en hun vier kinderen van verschillende leeftijd. Ze vonden het lekker en gingen zich beter voelen, al voelden ze zich op de keper beschouwd ook daarvoor tamelijk goed.

Dit is een fenomeen dat alle mogelijke vormen van ondersteuning verdient, zei stadvoogd Gavriil.

Hij reed naar Arseni en overhandigde hem in tegenwoordigheid van de zusters een beurs met zilverstukken. Tot verbazing van stadvoogd Gavriil nam Arseni de beurs aan. Toen de stadvoogd wegging liet hij bij het klooster iemand achter die in de gaten moest houden hoe de dwaas in Christus over de hem ter hand gestelde geldelijke middelen zou beschikken. Op de avond van dezelfde dag verscheen deze man bij stadvoogd Gavriil om hem te melden dat de dwaas in Christus Oestin zich onverwijld had begeven naar de koopman Negoda. In het bijzonder werd opgemerkt dat de dwaas in Christus bij de koopman naar binnen ging met de beurs in zijn handen, maar zonder beurs wegging.

Toen reed de stadvoogd opnieuw naar Arseni en vroeg hem waarom hij het geld niet had gegeven aan bedelaars maar aan een koopman. Arseni keek de stadvoogd zwijgend aan.

Wat is daar nou voor onbegrijpelijks aan, vroeg de dwaas in Christus Foma verbaasd, die in de bres in de muur stond. Koopman Negoda is failliet gegaan en zijn gezin hongert. Maar hij schaamt zich om aalmoezen te vragen vanwege hun doorluchte gewaden. Die lamlul houdt z'n poot stijf tot hij de pijp uitgaat, met z'n gezin erbij. En daarom heeft Oestin hem geld gegeven. Bedelaars kunnen zichzelf wel bedruipen, vragen is min of meer hun professie.

Stadvoogd Gavriil stond versteld van Arseni's wijsheid en vroeg:

Wat is u, o broeder Oestin, voor uw leven van node? Vraag het mij en ik schenk het u.

Arseni zweeg, en toen zei de dwaas in Christus Foma:

Soo ick selve kiese, in plaetse van hem, schenkt ge dan ook?

De stadvoogd antwoordde:

Zeker.

Schenk hem de heerlijke stad Pskov, zei de dwaas in Christus Foma. Die zal hem dan tot levensonderhoud strekken.

De stadvoogd sprak geen woord meer, want hij kon niet de hele stad aan Arseni weggeven. Toen de dwaas in Christus Foma de beteuterde blik van stadvoogd Gavriil zag, barstte hij in lachen uit:

Goeie genade, kijk toch niet zo benauwd. Kun je hem de stad niet cadeau doen, dan niet. Hij krijgt 'r zonder jou ook wel.

.xix.

De winter die intrad was verschrikkelijk. Winters zoals deze konden de inwoners van Pskov zich niet heugen, laat staan Arseni. Arseni kon zich trouwens ook niet herinneren hoeveel winters er waren voorbijgegaan sinds zijn aankomst in Pskov. Misschien één. Of misschien waren alle winters samengesmolten tot één en hadden ze verder geen relatie meer tot de tijd. Waren ze de winter als zodanig geworden.

Eerst raakte de stad overdekt door sneeuw. De sneeuw viel dag en nacht en maakte zich groot in de lucht en op de grond, ze veranderde Gods wereld in een eenvormig melkstremsel. De sneeuw bedolf stallen, huizen en zelfs de kleinere kerken. Die veranderden in reusachtige witte duinen waarboven soms de kruizen nog uitstaken. De sneeuw verpletterde de daken van oude huizen, die het met een droog gekraak begaven. De mensen bevonden zich opeens onder de blote hemel, waaruit onophoudelijk de sneeuw neerdaalde, die de getroffen huizen binnen een dag had opgevuld. Het sneeuwde drie weken, en daarna viel de vorst in.

De vorst was meedogenloos. De kracht ervan werd verdrievoudigd door een wind waar geen ontkomen aan was. De wind blies voorbijgangers van de sokken, drong door deurspleten heen en floot tussen kierende balken door. Vogels stierven in volle vlucht, vissen in ondiepe rivieren vroren dood, dieren in de bossen vielen erbij neer. Zelfs mensen die zich warmden bij het vuur konden door de zwakheid huns vlezes deze bittere vrieskou niet uithouden. In de stad, in de omringende dorpen en op de wegen vond veel volk en vee de vriesdood. Bedelaars en zwervers om Christus' wil die deze grote catastrofe te doorstaan kregen, zuchtten uit de diepte huns harten en weenden bitter en beefden zonder ophouden en vroren dood.

Op aanwijzing van de moeder-overste werd Arseni overgeplaatst naar zijn vroegere kluis, waar hij orders had de gruwelijke kou uit te zitten. Maar nadat drie dagen waren verstreken verliet Arseni de kluis om terug te keren naar zijn huis op het kerkhof. Alle pogingen hem te overreden om te blijven beantwoordde hij met stilzwijgen.

Kijk, zei hij tegen Oestina, in die kluis warmt mijn vlees op en begint het zo zijn eisen naar voren te brengen. Mijn lief, dan is het eind zoek. Geef het een vinger en het pakt je hele hand. Het is toch beter, mijn lief, als ik in de frisse buitenlucht ben. Om niet dood te vriezen kan ik prima een blokje om gaan, hier in Zavelitsje. Kan ik meteen zien wat er zoal voorvalt in de wijde wereld – ik mag wel zeggen: de wijde witte wereld.

En Arseni begon door Zavelitsje te dwalen. Wanneer hij mensen tegenkwam die verkleumd of dronken waren of in een berg sneeuw in slaap dreigden te vallen, bracht hij ze naar huis. Als ze geen eigen huis hadden bracht hij ze naar het armenhuis, dat voor de koudste tijd was ingericht in een oude schuur aan de muur van het Johannesklooster.

Op een keer liep Arseni langs de dichtgevroren rivier en zag daar de dwaas in Christus Foma, die hem vanaf het ijs toesprak:

Mijn dierbare vriend, de grens tussen de stadsdelen is momenteel langs natuurlijke weg uitgewist geraakt. De constatering is gewettigd dat de barrière die ons placht te scheiden voorlopig bedekt zal blijven onder een ongekend dikke laag ijs. Als je ook op mijn grondgebied koukleumende elementen wenst op te halen, zal ik mijn stem daartegen niet verheffen.

Dit door de dwaas in Christus Foma gezegd zijnde, beperkte Arseni zich niet langer tot Zavelitsje. Hij ging de stad in en zelfs naar Zapskovje, waar de dwaas in Christus Karp domicilie hield. Hiervan getuigden de sporen van blote voeten, die straalsgewijs van het Johannesklooster wegliepen. Iedere ochtend kwamen er nieuwe sporen aan het licht, waaruit de inwoners van Pskov konden aflezen in welk deel van de stad Arseni de voorgaande nacht was geweest.

Eens bracht Arseni een nachtelijke zwerver thuis. De man kwam uit de kroeg en zijn krachten waren uitgeput. Voortdurend ging hij op de straat zitten, waarbij hij Arseni bezwoer hem met rust te laten. Zoals gebruikelijk in dergelijke gevallen was Arseni genoodzaakt de onbekende met geweld door de sneeuw te slepen. Dat gesleep pakte slecht uit, doordat het eerste deel van de route de onbekende lachend met de neus van zijn laars door de sneeuw ploegde. Na een uur was hij verkleumd en had zijn vrolijkheid hem in de steek gelaten. Hij sjokte geluidloos achter Arseni aan, aanzienlijk ontnuchterd en boos.

Op zoek naar zijn woning liepen ze rondjes door de buurtschappen rond de stad. Het liep al tegen middernacht toen de maan aan de hemel verscheen, en dat gaf de doorslag. Toen de man in een van de opgeworpen sneeuwhopen zijn hut herkende, stiefelde hij vastberaden op het bordes af. Even vastberaden beklom hij het en sloeg hij de deur achter zich dicht.

Arseni keek om zich heen. De langdurige dwaaltocht had hem gedesoriënteerd en nu kon hij niet meer vaststellen welke kant op de stad lag. De maan was weer achter wolken verdwenen. Arseni begreep dat hij maar een paar stappen van de hut vandaan hoefde te zetten om ook dat baken kwijt te raken. Hij voelde dat hij ook zelf niet meer zonder warmte kon.

Dit is nu zo'n moment, mijn lief, dat ik even, een uurtje maar, in de warmte moet zijn, zei Arseni tegen Oestina. Je hoeft je over mij geen zorgen te maken, je ziet dat er niks ergs met me aan de hand is. Ik moet alleen even op adem komen, mijn lief, dan kan ik terug.

Arseni deed een poging tot een glimlach maar merkte dat hij noch zijn lippen, noch zijn wangen voelde. Na enige aarzeling liep hij weer naar de hut en stapte het verijsde bordes op. Hij klopte op de deur. Niemand deed open, en hij klopte nogmaals. De deur ging open. Op de drempel stond zijn metgezel. Die stapte achteruit als om ruimte voor Arseni te maken. Arseni kreeg spijt toen hij begreep dat de ander in werkelijkheid een aanloop nam. Met een kreet sprong de man op Arseni af om hem met beide handen van het bordes te stoten.

Toen Arseni bijkwam scheen opnieuw de maan. Hij nam een handje sneeuw en wreef daarmee over zijn verstijfde gezicht. De sneeuw die hij weggooide zat onder het bloed. Bij het licht van de maan zag Arseni de omtrekken van huizen in de verte. Weifelend liep hij eropaf. Het waren wrakkige huizen en Arseni begreep dat er arme mensen woonden. Op zijn kloppen kwamen de mensen met stokken naar buiten. Ze zeiden:

Ga weg, val dood, dwaze in Christus, want van uwen aensichte en sal ons gene toevlucht sijn.

Nu Arseni bij deze mensen geen mededogen vond, verliet hij hen. Hij liep langs de huizen en ontdekte aan het eind van de straat een scheefgezakte schuur. Toen zijn ogen gewend waren aan de duisternis merkte hij in een hoek meerdere paren ogen op. De ogen weerspiegelden het maanlicht, dat door de kieren in het dak drong. Grote honden keken Arseni aan. Hij liet zich op handen en knieën zakken en kroop op de honden af. De honden begonnen dof te grommen maar deden Arseni geen kwaad. Hij ging tussen hen in liggen en dommelde in. Bij zijn ontwaken waren de honden verdwenen.

Zo weerzinwekkend ben ik dus, zei Arseni tegen Oestina. Ik ben van God en mensen verlaten. Zelfs de honden vluchten van me weg en willen niks met mij te maken hebben. Zelf walg ik ook van mijn gore, blauw aangelopen lichaam. Alles wijst erop dat mijn lichamelijke bestaan zinloos is en ten einde loopt. Zodoende zul jij, mijn lief, niet door mijn gebeden begenadigd worden.

Arseni hurkte neer, greep zijn hoofd met beide handen beet en verstopte het tussen zijn knieën. Hij werd zich ervan bewust dat hij zijn hoofd, zijn handen en zijn knieën niet langer voelde. Slechts zijn hart liet zich zwakjes horen. Alleen zijn hart was nog niet in de greep van de vrieskou geraakt, doordat het zich diep binnen in zijn lichaam bevond. De gedachte kwam in hem op: goed dat ik al van een deel van mijn lichaam afscheid heb genomen. Zo te oordelen wordt het een stuk eenvoudiger afscheid te nemen van wat nog niet is bevroren.

En terwijl Arseni dat zo dacht, voelde hij hoe de warmte hem gaandeweg van binnen vervulde. Hij opende zijn ogen en zag voor zich een jongeman die er prachtig uitzag. Zijn gezicht lichtte op als een zonnestraal en in zijn hand hield hij een tak die was bezaaid met purperen en witte bloemen. Die tak leek niet op de takken uit de vergankelijke wereld en was van een onaardse schoonheid.

De schone jongeling met de tak in zijn hand vroeg:

Arseni, waar verblijft ge heden?

Ik zit in duisternis, in ijzer gekluisterd, onder de schaduw des doods, antwoordde Arseni.

Toen sloeg de jongeling Arseni met de tak in het gezicht en zei:

Arseni, aanvaard het onverwinb're leven met heel je lichaam, de verlossing en beëindiging van 't lijden dat deze macht'ge koude jou bezorgt.

En met deze woorden bereikten de welriekende geur van de bloemen en het leven, hem ten tweeden male geschonken, Arseni's hart. Toen hij de ogen opsloeg ontdekte hij dat de jongeling niet meer te zien was. En hij begreep wie die jongeling was geweest. Hij moest denken aan het leven scheppende woord van het gezang: zo het de Heer behaagt, wordt d' orde der natuur bedwongen. Omdat Arseni volgens de orde der natuur moest sterven. Maar terwijl hij de dood al tegemoet zweefde, was hij gegrepen en teruggebracht naar het leven.

.XX.

Sedertdien verliep Arseni's tijd definitief anders. Of preciezer, de tijd stopte met bewegen en bleef in rust. Arseni zag de dingen die op aarde gebeurden, maar merkte ook dat ze op een vreemde manier losraakten van de tijd en niet langer van de tijd afhingen. Soms bewogen ze zich achter elkaar, zoals vroeger, soms namen ze een omgekeerde volgorde aan. Minder vaak traden ze op zonder enige structuur, zich schaamteloos in hun volgordelijkheid vergissend. En de tijd kon ze niet meer aan. De tijd weigerde nog langer zulke gebeurtenissen bij de hand te nemen.

Het is nu duidelijk dat gebeurtenissen niet altijd volgens de tijd verlopen, zei Arseni tegen Oestina. Soms verlopen ze op zichzelf. Uit de tijd getrokken. Jou is dat gevoeglijk bekend, mijn lief, maar voor mij is het de eerste keer dat ik hiermee te maken krijg.

Arseni observeert hoe de lentesneeuw smelt en de troebele wateren langs de door de zusters uitgehakte geul in de Velikaja stromen. Elk voorjaar maken de zusters deze geul schoon, omdat ze in het najaar verstopt raakt door de bladeren van eiken en esdoorns. De wind blaast deze bladeren ook Arseni's huis binnen, en Arseni is niet afkerig van die zachte sponde, omdat hij zo'n bed beschouwt als niet door mensenhand gemaakt.

Arseni ziet hoe na de nachtelijke regen de vroege junizon tevoorschijn komt. Het water trilt nog op de bladeren. In wolkjes maakt de damp zich los van de koepel van de Johannes de Doper en verdwijnt in een onwaarschijnlijk blauwe hemel. Leunend op haar bezem volgt zuster Pulcheria hoe het water verdampt. Een warme wind beroert de witblonde haarlok die onder haar hoofddoek uit piept. Zuster Pulcheria krabt bedachtzaam aan een moedervlek en sterft aan bloedvergiftiging. Ze ligt in een vers graf op een paar vadem van Arseni's huis. Haar graf raakt ondergesneeuwd.

Hartje herfst komt de moeder-overste bij Arseni. Ze zegt:

De ure is gekomen dat ik deze ijdele wereld ontstijg tot onvergankelijk eeuwig verblijf. Zegen mij, o Oestin.

De bladeren glijden ritselend langs haar gewaad. Arseni zegent de moeder-overste.

Ik heb daar het recht niet toe, zegenen, zegt hij daarbij tegen Oestina. Dus, mijn lief, ik doe dit niet rechtens, maar uit overmoed, omdat deze vrouwe mij erom verzoekt. Trouwens, ze heeft werkelijk de lange weg te gaan en dat weet ze.

De moeder-overste sterft.

Op een hete zomerdag staat bij de kerk van Johannes de Doper zuster Agafja op haar bezem geleund. Ze kijkt naar de koepel van de kerk en haar hand beweegt zich naar de moedervlek op haar gezicht. Halverwege wordt de hand van zuster Agafja tegengehouden door de hand van Arseni. Hij is net op tijd.

Die blijft leven, denkt Arseni, terwijl hij wegloopt.

Met ferme tred gaat hij naar het huis van priester Ioann. Met een ruk trekt hij de deur open. Achter Arseni aan stormt de ruwe tong van de vrieskou naar binnen. Priester Ioann zit met zijn gezin aan tafel. De vrouw van de priester maakt aanstalten om het eten op te dienen. Ze kijkt door het beslagen raam, waarachter niets dan sneeuw is. Priester Ioann kijkt voor zich, alsof hij probeert zijn naderende lot te doorschouwen. De vrouw van de pope noodt Arseni met een geluidloos gebaar om het maal met hen te delen.

Het gebaar maakt zich los van de popadja en vliedt weg door de geopende deur. Arseni bemerkt het niet. De kinderen persen zich tegen elkaar op het bankje en richten hun blik op hun handen, die in hun schoot liggen. Hun vingers frunniken aan de grove stof van hun hemd. Arseni is voor hen zoiets als de bolbliksem die hun vader een keer heeft gezien. Vader heeft hun geleerd dat je wanneer de bolbliksem naar binnen vliegt beter niet kunt bewegen en jezelf niet moet verraden. Uitademen en stokstijf stilzitten. Ze zitten stokstijf stil. Arseni pakt een mes van tafel en gooit het naar priester Ioann. Priester Ioann blijft voor zich uit kijken en lijkt Arseni niet op te merken. In werkelijkheid ziet hij alles, maar hij acht het niet nodig zich tegen zijn lot te verzetten. Arseni zwaait met het mes pal in het gezicht van priester Ioann. De priester beweegt zich nog steeds niet en denkt misschien aan de bolbliksem. Dat die hem nu toch heeft opgemerkt. Arseni gooit het mes op de grond en rent de hut uit. Priester Ioann bespeurt geen opluchting. Hij begrijpt dat het gebeurde een aanzegging is. Dit is slechts het weerlicht, en hij wacht de komst van de bliksem af. En hij heeft geraden dat de ontmoeting deze keer niet met een sisser zal aflopen.

Arseni loopt door Zapskovje en wordt door jongetjes belaagd. Ze gooien hem omver op het plankier van de straat. Ettelijke paren handen drukken hem tegen het hout, ook al verzet hij zich niet. Iemand die de handen nog vrij heeft timmert de zomen van Arseni's hemd vast op het plaveisel. Arseni kijkt toe hoe de jongens lachen en hij lacht ook. Iedere keer als die jochies zijn hemd aan het plaveisel nagelen lacht hij samen met hen. En hij vraagt geluidloos aan God om hun dit niet aan te rekenen. Hij zou zijn hemd voorzichtig kunnen lostrekken van de spijkers, maar dat doet hij niet. Arseni doet de jongens graag een plezier. Hij staat abrupt op en de zoom van zijn hemd scheurt krakend los. De jongens rollen over de grond van het lachen. De rest van de dag zoekt Arseni tussen het vuilnis naar lapjes, om die aan te naaien waar de zoom is afgescheurd. Wanneer de jongens de lapjes op zijn hemd zien, lachen ze nog harder.

Als ze wegrennen wordt het stil. Eén jongen blijft achter, die op Arseni af loopt en hem omhelst. Hij huilt. Arseni weet dat deze jongen met hem te doen heeft maar zich voor de anderen schaamt, en Arseni's hart krimpt ineen. Hij wil graag dat deze jongen blij is, want in zijn trekken herkent hij de trekken van een ander kind. Arseni huilt ook. Hij kust de jongen op diens voorhoofd en rent weg, want zijn hart staat op het punt te ontploffen. Arseni verslikt zich in zijn tranen. Hij rent en schokt van zijn snikken en de tranen vliegen van zijn wangen alle kanten op, in de berm ontspruitend als diverse onopvallende planten.

In het voorjaar wast de Velikaja en stroomt hier en daar over de houten plankieren. Zapskovje is een en al modder. Priester Ioann ploegt erdoorheen op weg naar huis. Achter zich hoort hij het vette smakken van de modder. Hij draait zich langzaam om. Voor hem staat een man met een mes, onder de blubber. Priester Ioann drukt zwijgend een hand tegen de borst. In zijn hoofd flitst een herinnering op: Arseni heeft dit voorzien. In zijn hart klinkt een gebed op dat hij al niet meer kan uitspreken. De man brengt hem drieëntwintig steken toe. Bij elke uithaal kreunt en steunt hij van inspanning. Priester Ioann blijft in de modder liggen. De sporen van de man vervliegen ter plekke. Men zegt dat er geen man is geweest, er was alleen een eruptie van blubber. Die schoot op achter de rug van priester Ioann en is meteen langs de straat weggestroomd. Na korte tijd klinkt een onmenselijke kreet op. De schreeuw vliegt de Velikaja en de Pskova over en verspreidt zich over de hele stad Pskov. Het is de popadja die schreeuwt.

Er komen mannen van stadvoogd Gavriil langs. Die zeggen:

Oestin, je bent een bijzonder mens, en jouw bezoeken zijn heilzaam. De vrouw van de stedevoogd heeft al ruim twee weken tandpijn, kun je haar niet helpen? Er is een hele stoet artsen langs geweest, maar in feite heeft dat helemaal niets geholpen. De stedevoogd vraagt of je komt, hij hoopt dat je wilt helpen.

Arseni kijkt de mannen van stadvoogd Gavriil aan. Ze blijven wachten. Ze zeggen dat de vrouw van de stadvoogd ook zelf naar hem toe had kunnen komen, op het kerkhof, maar ze komt nou net liever niet op het kerkhof. Arseni schudt zijn hoofd. Hij steekt zijn hand in zijn mond, trekt een verstandskies uit zijn tandvlees en overhandigt haar aan de mannen. Die begrijpen dat dit het antwoord van de heilige dwaas op hun verzoek is. Met uiterste behoedzaamheid brengen ze Arseni's tand naar de vrouw van de stadvoogd. Zij stopt de tand in haar mond en haar pijn verdwijnt.

Stadvoogd Gavriil rijdt met zijn gevolg naar Arseni. Hij brengt hem dure kleren en vraagt Arseni om die aan te trekken. Arseni doet ze aan. Iemand reikt hem en stadvoogd Gavriil elk een beker Frankische wijn aan. De stadvoogd drinkt, maar Arseni maakt een buiging, draait zich naar het noordoosten en giet zijn beker langzaam leeg op de grond. De straal wijn, die bij het vallen een spiraal vormt, glinstert op met gepolijste facetten. Gulzig zuigt het gras het kostbare vocht in zich op. De zon staat in het zenit. Stadvoogd Gavriil fronst.

Begrijp je soms niet, vraagt de dwaas in Christus Foma aan de stadvoogd, waarom de dienstknecht Gods Oestin die wijn van jou naar het noordoosten heeft uitgegoten?

De stadvoogd begrijpt het niet en voelt zelfs geen behoefte dat te verbergen.

Mensch, zegt de dwaas in Christus Foma, jij bent er gewoon niet van op de hoogte dat er nu in Veliki Novgorod brand is, en de dienstknecht Gods Oestin probeert die te blussen met de middelen die voorhanden zijn.

Stadvoogd Gavriil stuurt zijn mannen naar Veliki Novgorod voor een betrouwbaar verslag van wat er gebeurd is. De mannen komen terug en melden stadvoogd Gavriil dat op de ochtend van de bewuste dag in Novgorod werkelijk een zeer hevige brand is uitgebroken, die omstreeks het middaguur is gedoofd door een aan de inwoners onbekend kracht. De stadvoogd heeft hier niets op te zeggen. Hij geeft de mannen een teken dat ze kunnen gaan, en na een buiging gaan ze weg. De stadvoogd steekt een olielampje aan. De mensen achter de deur kunnen horen hoe hij dof zijn gebeden zegt.

Arseni gaat in de kleren die hij heeft gekregen naar de kroeg. De stamgasten kleden Arseni uit en zijn van plan om voor het geld dat de kleren opbrengen drie dagen en drie nachten te drinken. Arseni heeft zijn oude kleren in een bundeltje meegenomen en trekt ze meteen aan. Opgelucht haalt hij adem. De stamgasten bestellen hun eerste rondje. Als Arseni dat ziet slaat hij hun de kroezen uit de handen. De kroezen rollen met een tinnen gerinkel over de vloer, de inhoud loopt weg. De gasten bestellen een tweede rondje, maar Arseni laat ze opnieuw niet drinken. Een van hen wil Arseni in het gezicht stompen, maar de kastelein belet het hem. De kastelein weet dat hij ervoor opdraait als het tot een matpartij komt, en schopt zijn gasten eruit. De gasten gaan elk voor zich naar huis, nuchter en met hun centen op zak. Hun verwanten thuis kunnen niet redelijkerwijs verklaren waar ze vandaan komen en maken hun het geld afhandig. Ze blijven met stomheid geslagen.

Zeg, vraagt de dwaas in Christus Foma aan Arseni, weet je wel hoeveel jaren zijn verstreken sinds je hier bent opgedoken?

Arseni haalt zijn schouders op.

Ach, dat hoef jij ook niet te weten, zegt de dwaas in Christus Foma. Leef jij zolang maar buiten de tijd.

Arseni bekogelt enkele notabelen uit Zapskovje met kluiten modder. Achter hun rug onderkent hij feilloos grote en kleine boze geesten. De notabelen zijn hier niet blij mee.

Het is een schrale troost, deelt Arseni aan Oestina mee, dat de boze geesten nog minder blij zijn.

Soms gooit hij stenen naar de deuren van kerken. Daar hopen zich ook behoorlijke aantallen boze geesten op. Ze wagen het niet de kerk binnen te gaan en scholen samen bij de ingang.

Als de nieuwe moeder-overste ziet hoe Arseni 's nachts zijn gebeden doet, zegt ze:

De dienstknecht Gods Oestin belacht de wereld des daags en beweent haar des nachts.

Jevpraksia, de dochter van timmerman Artjomi, wordt het klooster binnengebracht. Twee maanden geleden is er in de voorraadschuur een balk van de zoldering op haar gevallen, en sindsdien ligt ze bewegingloos. Haar verwondingen laten haar niet terugkeren naar het leven, maar ook niet doodgaan. De mensen om Jevpraksia heen is het niet duidelijk welke van deze twee toestanden ze het meest nabij is.

Men brengt Jevpraksia onder in de gastencel en leest voor haar gebeden. Op mooie dagen draagt men haar de kloosterpoort uit en leest men de gebeden in de open lucht. De wind laat de haren van Jevpraksia bewegen, maar zelf blijft ze onbeweeglijk. Arseni loopt naar haar bed op de binnenplaats. Hij pakt haar hand.

Het leven heeft haar niet geheel verlaten, zegt Arseni tegen Oestina. Ik voel dat ze wakker kan worden. Ze heeft daar alleen hulp bij nodig.

Arseni legt een hand op Jevpraksia's voorhoofd. Zijn lippen bewegen. Jevpraksia opent haar ogen. Ze ziet Arseni en de zusters die haar omringen. Het is een warme zomerdag. De schaduwen van de bomen tekenen zich scherp af. Ze verplaatsen zich in de beweging van de zon. De lindebladeren zijn plakkerig en trillen nauw merkbaar op de wind.

Wij vieren de terugkeer van Jevpraksia, zegt de nieuwe moeder-overste, maar beseffen dat die tijdelijk is, want alles op deze aarde is tijdelijk.

Toch wilde ik haar zo graag weer spreken, al was het maar even, zegt timmerman Artjomi. En nu zal ik de hele tijd met haar praten. In die zin, natuurlijk, dat het tijdelijk is. Ik moet huilen bij de gedachte aan de grenzeloze genade Gods en de zegen die is neergedaald op de dienstknecht Gods Oestin. En wij allen die hier staan (zonder uitzondering) zijn in staat de geuren van een warme zomerdag in te ademen en het gekwetter van de vogels te horen. Zonder uitzondering omdat, als Arseni er niet was geweest, die uitzondering mijn dochter Jevpraksia had kunnen zijn.

Timmerman Artjomi knielt neer voor Arseni en kust hem de hand. Arseni trekt zijn hand weg en steekt de Velikaja via het ijs over, zodat hij Zapskovje bereikt. Vroeg in de ochtend komt bakker Samson met zijn waar naar buiten. Hij wacht op de dwaas in Christus Karp, die een kalatsj moet komen wegpikken. De dwaas in Christus Karp verschijnt, grijpt een kalatsj van een halve denga en raast henen, de armen op de rug. Bakker Samson glimlacht zijn goeiige bakkersglimlach. De damp uit zijn mond slaat als rijp neer op zijn baard. Hij haalt een hand door zijn baard en zegt:

't Is per slot een man Gods. Een onnozele.

De bakker heeft (als altijd) geen woorden genoeg om zijn gevoelens volledig uit de drukken. De dwaas in Christus Karp laat (als altijd) de kalatsj vallen en de armen rapen die op. Karp propt de rest in zijn mond.

Als hij zijn mond leeg heeft roept hij:

Wie zal mij tot metgezel zijn tot Jeruzalem?

De mensen die de kalatsj hebben opgeraapt, weten niet hoe ze het hebben. Ze zeggen:

Onze Karp is nu eenmaal een dwaze in Christus. Wie loopt er nou van Pskov naar Jeruzalem?

Wie zal mij tot metgezel zijn tot Jeruzalem? roept de dwaas in Christus Karp de omstanders toe.

De omstanders antwoorden:

Jeruzalem, toe maar, da's best een end weg. Hoe kom je daar?

De dwaas in Christus Karp kijkt Arseni zonder knipperen aan. Arseni zwijgt maar keert zich niet af. Hij heeft een brok in de keel. Hij is alleen maar naar de dwaas in Christus Karp komen kijken. Karp trekt opgelaten zijn hoofd tussen zijn schouders en gaat weg.

Karp, Karp, Karp, zegt hij bedachtzaam.

De verlamde David wordt het klooster binnengebracht. David is ziek sinds zijn jongelingsjaren. Hij is niet in staat zich te bewegen en kan zelfs zijn hoofd niet overeind houden. Om David te voeren tillen ze zijn hoofd op. Soms valt de kasja uit zijn mond. Dan schrapen ze de kasja met de lepel van zijn kin en gaat de lepel weer naar de mond. Ze dragen David het kloosterkerkhof op. Voorzichtig leggen ze hem op de grafheuvel naast het huis van Arseni. Ze zeggen:

Comt ons te hulpe, Oestin, indien dat ghi cont.

Arseni geeft geen antwoord. Met blote handen plukt hij van de graven brandnetels, waarvan hij een bosje maakt. Als het bosje klaar is slaat hij de mensen ermee in het gezicht en op de handen. Ze voelen dat hun aanwezigheid hier ongewenst is. Ze gaan weg en laten David op het graf liggen. Arseni denkt even na en slaat dan ook hem met de brandnetels. David schrompelt ineen maar blijft liggen, omdat hij geen andere mogelijkheid heeft. De zon gaat sneller onder dan gebruikelijk. Aan de hemel verschijnt de maan.

Arseni knielt naast David en raakt zijn hand aan. Hij bestudeert de witte, haast doodse huid van David. Die huid is geschapen voor het maanlicht. Arseni streelt haar met zijn vingers en begint haar krachtig te kneden. Hij gaat over op de andere hand. Hij draait de verlamde op diens buik. Uit alle macht kneedt hij het verstorven vlees, alsof hij de levenskrachten erin wil persen. Hij masseert Davids rug, langs de wervelkolom. Hij kneedt Davids benen, waardoor Davids armen, die afhangen van de grafheuvel, beginnen te trillen. De zieke lijkt een grote pop. Die nacht komt de nieuwe moeder-overste twee keer op het kerkhof kijken en twee keer ziet ze hoe Arseni onafgebroken doorwerkt. Bij de eerste stralen van het ochtendgloren gaat David langzaam op zijn benen staan. Hij zet een paar houterige passen in de richting van de kerk, waar zijn dierbaren op hem wachten. Zijn krachten laten David in de steek, want zijn spieren zijn nog niet gewend om te lopen. De familie stormt op David af en pakt hem bij de oksels.

Ze begrijpen dat de eerste stappen de belangrijkste zijn. Maar ook de moeilijkste.

Wat heeft dit te beduiden, vraagt de nieuwe moeder-overste aan de aanwezigen, maar allereerst aan zichzelf. Het resultaat van de therapeutische maatregelen van onze broeder Oestin, of een wonder des Heren, betoond buiten menselijke invloed om? In wezen, geeft de moeder-overste zelf het antwoord, is het een niet in tegenspraak met het ander, want een wonder kan het product zijn van werk vermenigvuldigd met geloof.

Bij de Velikaja en in de bossen van Pskov verzamelt Arseni kruiden. Het land van Pskov ligt zuidelijker dan dat van Belozersk en brengt een grotere hoeveelheid kruiden voort. Er zijn hier zelfs soorten die Christofor destijds niet heeft beschreven. Arseni kan hun werking raden dankzij de geur en de vorm van de bladeren. Zulke kruiden droogt hij in de kloosterschuur en probeert hij op zichzelf uit. Hij droogt ook andere kruiden.

Enkele toegewijde christenen vangen in de Velikaja een grote vis en schenken die aan priester Konstantin. Zijn vrouw Marfa maakt de vis klaar. Ze waarschuwt haar man dat een grote vis grote graten heeft en maant hem voorzichtig te zijn. Priester Konstantin is een onachtzaam man en eet verstrooid zijn vis, zonder te denken aan de graten. Hij denkt aan de parochiekerk die in aanbouw is. Hij loopt voor de zoveelste keer het ingeslagen materiaal na en is bang dat het niet toereikend is. Priester Konstantin merkt niet meteen dat uit het malse vissenvlees een boogvormige graat met een stukje wervel in zijn keel komt. Hij moet hoesten en uit zijn mond vliegen de stukken vis – alles, behalve de graat.

De graat heeft zich op drie punten in de keel vastgehaakt. Ze wil niet verder omlaag maar ook niet terug omhoog. Ze zit te diep om er met de vingers bij te kunnen. Marfa klopt haar man op de rug, de graat blijft zitten waar ze zit. Priester Konstantin gaat op zijn buik op tafel liggen en probeert, met zijn hoofd afhangend tot bijna op de grond, de graat op te hoesten. Uit zijn mond stroomt speeksel vermengd met bloed, maar de graat wijkt geen duimbreed.

Ze halen dokter Terenti erbij. Terenti verzoekt de patiënt zijn mond open te doen en brengt een kaars bij de mond. Ook bij het licht van de kaars is de graat niet te zien. Terenti probeert zijn lange vingers in de keel van de patiënt te krijgen, maar ze zijn zelfs niet in staat de graat te voelen. Priester Konstantin zit zwijgend te schokken en te kokhalzen en rukt zich ten slotte los uit de handen van de dokter. Marfa zet Terenti de hut uit.

Ze weigeren medische hulp, zegt dokter Terenti aan de mensen die zich op straat hebben verzameld. En met de hand op mijn hart, ze hebben gelijk, want de diepte waarop de graat zich heeft vastgezet gaat de mogelijkheden van de moderne geneeskunde te boven.

Na een lange lijdensnacht wordt priester Konstantin de rivier overgebracht, naar Zapskovje. Bij aankomst op het kerkhof van het Johannesklooster wordt hij voor Arseni neergezet. Maar de patiënt kan niet staan, hij gaat zitten op een grafsteen. Zijn keel is opgezwollen en hij is aan het stikken. Zijn ogen zijn vol lijden en smart: hij gelooft dat ze hem al aan het begraven zijn. Hij is bang dat de pijn ook na zijn dood niet overgaat.

Arseni gaat naast priester Konstantin op zijn hurken zitten. Hij bevoelt de hals met beide handen. De priester kreunt zachtjes. Opeens grijpt Arseni hem bij de benen en tilt hem op. Hij schudt hem onverwacht krachtig en woest door elkaar. Arseni's woede is gericht tegen de kwaal. Uit de keel van de patiënt komen een kreet, rood slijm en de graat.

De priester ligt zwaar ademend op de grond. Met half geloken ogen bekijkt hij de oorzaak van zijn lijden. Enkele belangstellenden willen hem overeind helpen, maar hij weert ze af: hij moet uithijgen. Marfa knielt voor Arseni neer. Arseni buigt zich voorover en grijpt de priestervrouw bij de benen in een poging ook haar op te tillen. De vrouw gilt. Ze is te zwaar en Arseni heeft zo veel kracht niet meer.

Die krijg je amper omhoog, fluisteren de aanwezigen hoofdschuddend.

Arseni laat Marfa alleen en verlaat het kerkhof. De priestervrouw wikkelt de graat in een doek, ter dankbare nagedachtenis voor het hele gezin.

Stadvoogd Gavriil heeft een dochter Anna, die om het leven komt. In haar zestiende levensjaar. Anna glijdt uit op de veerpont, valt in het water en gaat als een steen naar de kelder. Een paar mannen springen haar achterna. Ze duiken in verschillende richtingen in een poging erachter te komen waarheen de stroming het lichaam van het meisje heeft meegenomen. Ze komen proestend boven, pompen hun longen vol lucht en gaan weer de diepte in. Met moeite halen ze de bodem van de Velikaja, maar ook daar treffen ze de dochter van de stadvoogd niet aan. Het water is troebel. Het stroomt snel en zit vol draaikolken. Een van de mannen verdrinkt bijna, de inspanningen van de duikers zijn vergeefs. Het lichaam van de drenkelinge wordt een paar uur later stroomafwaarts gevonden, als het in het riet is gedreven.

Stadvoogd Gavriil is gek van verdriet. Hij wil zijn dochter begraven in het Johannesklooster en rijdt naar de moeder-overste. De moeder-overste zegt hem dat Anna beter kan worden begraven op het pottenbakkersveld. Stadvoogd Gavriil pakt de moeder-overste bij de schouders en schudt haar een tijdje door elkaar. De moeder-overste kijkt de stadvoogd onbevreesd en vreugdeloos aan. Ze geeft hem toestemming zijn dochter in het klooster te begraven. Hij geeft bevel Anna te tooien met gouden en zilveren sieraden, opdat ze ook in de dood haar schoonheid niet verliest. De veerpont met het lichaam wordt opgewacht door bewoners van Zavelitsje en andere delen van Pskov. Allen zijn ze in tranen. Rouwbeklag bedrijvend bestellen ze Anna ter aarde. Iedereen gaat weg, behalve de stadvoogd. Hij blijft en ligt een paar uur lang op het verse graf. Als de nacht valt, wordt de stadvoogd weggeleid. De enige die achterblijft op het kerkhof, tegen de samengegroeide eiken geleund, is Arseni. Het lijkt alsof hij ermee is versmolten en de kleur van hun schors en hun onbeweeglijkheid heeft aangenomen.

Die indruk is verraderlijk, aangezien Arseni's wezen niet bomig is, maar menselijk en gebedelijk. In hem bonst een hart en zijn lippen bewegen. Hij vraagt om hemelse gaven voor de pas ontslapen Anna. Zijn ogen zijn wijdopen. Er spiegelt zich een vlammetje in, van een kaars die onzeker het kerkhof oversteekt. Het vlammetje laveert om de kruizen en over de heuveltjes heen. Als het Anna's graf heeft bereikt, houdt het halt. Een onzichtbare hand bevestigt het op een boomstronk dicht bij het graf. Een andere hand breekt een espentakje af en dekt het vlammetje daarmee aan de kant van het klooster af. In de flakkerende lichtkring verschijnt een spade. Die coupeert de grafheuvel moeiteloos. De verse aarde vergt geen inspanning. De gravende staat al kniediep in het graf. Dan tot het middel. Zijn gezicht is nu ter hoogte van de kaars. Arseni herkent het.

Zjila, zegt hij zacht.

Zjila siddert en kijkt op. Hij ziet niemand.

Zjila, als je tot je borst dit graf in gaat, kom je er nooit meer uit, zegt Arseni. Staat er niet geschreven in de handschriften die je hebt gestolen: zondaars sterven een wrede dood?

Zjila beeft. Hij kijkt naar de donkere hemel.

Sijt ghi een engel?

Is het soms van belang wie ik ben, antwoordt Arseni, een engel of een mens. Vroeger beroofde je de levenden, nu ben je een grafrover geworden. Zo blijkt maar weer dat je al bij leven aardse eigenschappen krijgt en daardoor in een oogwenk aarde kunt worden.

Wat staat me dan te doen, vraagt Zjila, als ik mezelf tot last ben?

Bid zonder ophouden, en gooi om te beginnen het graf dicht.

Zjila gooit het graf dicht.

Als je geen engel was, had je niet geweten hoe ik heet, zegt hij tegen de onbekende daarboven. Ik ben vandaag voor het eerst in Pskov.

Stukje bij beetje verspreidt de faam van Arseni's geneeskundige gaven zich door heel Pskov. Er komen mensen met de meest uiteenlopende ziekten bij hem om verlichting vragen. Ze kijken in de blauwe ogen van de dwaas in Christus en vertellen hem van zichzelf. Ze voelen hoe hun kwalen in die ogen verdrinken. Arseni zegt niets en knikt zelfs niet. Hij hoort ze aandachtig aan. Ze denken dat zijn aandacht bijzonder is, want wie zich de spraak ontzegt drukt zich uit via het gehoor.

Soms geeft Arseni ze kruiden. Zuster Agafja rommelt in zijn zak, vindt een passend handschrift van Christofor en leest het de patiënt hardop voor. Wie het kruid *bolderik* krijgt voorgeschreven, moet dit koken in water met wortel en al: het trekt de pus uit de oren. Wie gestoken is door een bij, krijgt *kweek* en moet zich daarmee inwrijven. Arseni neemt de lectuur van zuster Agafja zwijgend in zich op, al is hij niet geneigd het belang van de gesuggereerde kruiden te overschatten. Zijn ervaring als arts zegt hem dat medicamenten niet het voornaamste bestanddeel van de behandeling vormen.

Arseni helpt niet iedereen. Als hij zijn eigen onmacht om te helpen voelt, hoort hij de patiënt aan en wendt zich van hem af. Soms drukt hij zijn voorhoofd tegen dat van de patiënt, en uit zijn ogen stromen tranen. Hij deelt met de zieke diens smart en tot op zekere hoogte de dood. Arseni beseft dat met het verscheiden van de zieke de wereld niet blijft zoals ze was, en zijn hart vult zich met pijn.

Als ik licht in me had, zou ik hem genezen, zegt Arseni over zo'n patiënt tegen Oestina. Maar ik kan hem niet genezen vanwege de last mijner zonden. Het zijn de zonden die me beletten me te verheffen tot de hoogte waar de redding van deze mens ligt. Mijn lief, ik ben schuldig aan zijn dood en daarom ween ik om zijn verscheiden en om mijn eigen zonden.

Maar ook de zieken die Arseni niet kan genezen ondervinden hoe heilzaam de omgang met hem is. Nadat Arseni ze heeft gezien hebben ze de indruk dat hun pijn minder wordt, en daarmee neemt ook hun angst af. De ongeneeslijken zien in hem iemand die in staat is de diepte van het lijden te doorgronden, want in zijn onderzoek naar de pijn daalt hij af tot op de bodem ervan.

Tot Arseni komen niet alleen zieken. Op het kerkhof verschijnen zwangeren. Hij kijkt ze door zijn tranen heen aan en legt een hand op hun buik. Na het consult van de dwaas in Christus voelen ze zich beter en verloopt de bevalling soepel. Er komen er die borstvoeding geven, bij wie de melk is opgedroogd. Arseni geeft hun *gewoon speenkruid*. Als het kruid niet helpt, brengt Arseni de vrouwen naar een van de stallen in Zavelitsje en draagt ze op een koe te melken. Hij kijkt toe hoe het witte vocht tussen de van inspanning rood aangelopen vingers door sijpelt. Hoe de strak gespannen uiers heen en weer schommelen. Achter hen bij de deur staan de eigenaars. Zij kijken ook toe. Ze weten dat de komst van de dwaas in Christus en de vrouwen een heilzame werking heeft. Arseni geeft met een teken te kennen dat de zogende vrouw de melk moet opdrinken. Ze drinkt en voelt hoe haar eigen tepels opzwellen. En ze spoedt zich naar haar kindeke.

Arseni steekt de Velikaja over. Hij merkt tijdens zijn route op dat het ijs verdwenen maar het water nog steeds koud is. Een onopgewarmde rivierwind waait al de hele dag in de richting van Zapskovje, zodat dit deel van de stad afkoelt. De dwaas in Christus Foma kijkt met samengeknepen ogen in de verte. De wind trekt zijn baard uit elkaar. De dwaas in Christus Karp staat met zijn gezicht in zijn handen. Half naar de dwaas in Christus Foma gekeerd. Bakker Samson laat niet lang op zich wachten en verschijnt met zijn mars vol kalatsji. Met een goedmoedige glimlach om de lippen. De dwaas in Christus Karp neemt vermoeid zijn handen van zijn gezicht en slaat ze achter zijn rug vastbesloten ineen. Aan zijn slaap klopt een blauw adertje. Hij is in feite al niet meer de jongste. Zijn gelaatstrekken zijn delicaat. Met een lichtvoetige balletpas loopt de dwaas in Christus Karp op bakker Samson af en neemt met zijn tanden de dichtstbijzijnde kalatsj. De dwaas in Christus Karp doet een stap weg van de mars en draait zich om. Hij kijkt Samson smekend aan. Samson vertrekt geen spier, tilt de mars van zijn schouders en zet hem zorgvuldig op de grond. Hij doet een paar stappen in de richting van de dwaas in Christus Karp. De goedgebouwde gestalte van de bakker breekt. Zijn hand zakt tot de schacht van zijn laars. Daar glinstert iets kouds en scherps. De bakker loopt pal op Karp af. Karp rekt zich uit als een snaar. Hij is langer dan de bakker en voelt diens adem in zijn hals. Het mes verdwijnt langzaam in het lichaam van de dwaas in Christus. Godallemachtig, fluistert bakker Samson, wat heb ik lang gewacht op deze dag.

HET BOEK VAN DE WEG

.i.

Ambrogio Flecchia werd geboren in het plaatsje Magnano. Ten oosten van Magnano lag op een dag rijden Milaan, de stad van de heilige Ambrosius. Naar die heilige was de jongen vernoemd. Ambrogio. Zo klonk de naam in de taal van zijn ouders. Hij deed ze waarschijnlijk denken aan ambrozijn, de drank der onsterfelijken. De ouders van de jongen waren wijnmakers.

Bij het opgroeien begon Ambrogio ze te helpen. Hij voerde gehoorzaam alles uit wat hem werd voorgeschreven, maar vond geen vreugde in de arbeid. Flecchia senior, die zijn zoon meermalen observeerde, raakte daar steeds meer van overtuigd. Zelfs als Ambrogio op blote voeten in de pers de druiven stond te pletten (en waar kan een kind meer plezier aan beleven?) bleef de jongen ernstig.

Als geboren wijnmaker was Flecchia senior zelf ook geen liefhebber van excessieve frivoliteit. Hij wist dat de fermentatie van wijn een traag, zelfs melancholisch proces is en stond daarom de wijnmaker een bepaalde mate van bedachtzaamheid toe. Maar de afstandelijkheid waarmee zijn zoon de wijnproductie benaderde was van een andere orde: in de ogen van de vader grensde die aan onverschilligheid. Echte wijn (Flecchia senior schudde met een zucht de pulp van zijn vingers) kan echter alleen maar worden gemaakt door een verschillig mens.

De jongen hielp het familiebedrijf op onverwachte wijze. Vijf dagen voor de grote wijnoogst liet Ambrogio weten dat de druiven onverwijld dienden te worden geplukt. Hij zei dat hij die ochtend, toen hij zijn ogen opende zonder al helemaal wakker te zijn, een noodweersvisioen had gekregen. Het was een verschrikkelijk noodweer en Ambrogio beschreef het in detail. De beschrijving bevatte een plotseling invallende schemer, een jankende wind en fluitend rondvliegende hagelstenen zo groot als kippeneieren. De jongen vertelde hoe de rijpe trossen als sponzen tegen de wijnstokken sloegen en hoe de ronde ijskogeltjes de wild klapperende bladeren doorzeefden om zich als een genadesalvo in de op de grond gevallen druiven te boren. Als klap op de vuurpijl daalde vanuit de hemel een knetterende blauwe koude neer en werd de rampplek overdekt door een dunne laag sneeuw.

Een dergelijk noodweer had Flecchia senior slechts éénmaal in zijn leven meegemaakt, en de jongen nog nooit. Maar de details van het relaas kwamen precies overeen met wat de vader destijds had zien gebeuren. Flecchia senior, die geen aanleg had voor mystiek, besloot na enig aarzelen naar Ambrogio te luisteren en ging over tot de druivenpluk. Hij zei niets tegen zijn buren, omdat hij bang was te worden uitgelachen. Maar vijf dagen later barstte boven Magnano inderdaad een gruwelijk noodweer los, en dat jaar waren de Flecchia's de enige familie die de oogst binnenhaalde.

De getinte knaap kreeg nog meer visioenen. Ze betroffen de meest uiteenlopende levenssferen en hadden met de wijnmakerij weinig meer uitstaande. Zo voorspelde Ambrogio de oorlog die in 1494 op het grondgebied van Piëmont zou uitbreken tussen de Franse koningen en het Heilige Roomse Rijk. De zoon van de wijnmaker zag de Franse voorhoede vanuit het zuiden langs Magnano opmarcheren naar het oosten. De Fransen deden de plaatselijke bevolking zo goed als niets, alleen confisqueerden ze ter aanvulling op hun foerage kleinvee alsmede twintig vaten Piëmontese wijn, die ze zo slecht niet vonden. Deze informatie bereikte Flecchia senior in 1457, dat wil zeggen zó tijdig dat hij er in feite niet zo heel veel zinnigs mee kon aanvangen. Hij was de voorspelde krijgsverrichtingen een week later al vergeten.

Ambrogio voorspelde eveneens de ontdekking van Amerika door Christoffel Columbus in 1492. Ook deze gebeurtenis kon zich niet in vaders aandacht verheugen, aangezien ze geen substantiële invloed uitoefende op de wijnmakerij in Piëmont. De jongen zelf was behoorlijk ondersteboven van het visioen, want het ging gepaard met een onheilspellend oplichten van de contouren van alle drie de karvelen van Columbus. Het boosaardige licht raakte zelfs aan het adelaarsprofiel van de ontdekkingsreiziger. De Genuees Columbus, die wegens omstandigheden was overgegaan in Spaanse dienst, was in wezen een landgenoot van Ambrogio. Het kind moest er niet aan denken dat zo iemand zich op 12 oktober 1492 bezighield met onbetamelijke zaken, en was daarom geneigd om de lichteffecten toe te schrijven aan een bovenmatige elektrische geladenheid van de Atlantische atmosfeer.

Toen Ambrogio ouder werd gaf hij de wens te kennen in Florence te gaan studeren aan de universiteit aldaar. Flecchia senior legde hem geen strobreed in de weg. Tegen die tijd had hij zich er definitief van overtuigd dat zijn zoon niet in de wieg was gelegd voor de wijnmakerij. In feite was het iedereen in Magnano wel duidelijk dat Flecchia junior een vreemde eend in de bijt was, zodat men verwachtte dat hij elk moment uit het plaatsje kon vertrekken. Het vertrek werd echter uitgesteld op initiatief van Ambrogio zelf, die had weten te voorzien dat de komende twee jaren in Florence de pest zou woeden.

Uiteindelijk kwam de jongeman toch in Florence terecht. In deze stad was alles anders: ze leek in niets op Magnano. Ambrogio trof haar aan terwijl ze zich herstelde van de plaag, de grootsheid was er nog vermengd met verwarring. Aan de universiteit bestudeerde Ambrogio de zeven vrije kunsten. Nadat hij zich de vakken van het trivium (grammatica, dialectica, rethorica) had eigengemaakt, ging hij over tot het quadrivium, dat bestond uit arithmetica, geometrie, muziek en astronomie.

Zoals dat in vroeger tijden dikwijls ging op universiteiten bleek het leerproces van lange duur. Het omvatte enkele jaren van nauwgezette studie, gevolgd door jaren van even nauwgezette overdenking van het bestudeerde, waarin de bezoeken aan de universiteit werden opgeschort en Ambrogio op reis ging door Italië. In feite werd de band van de student met de *alma mater* nooit doorgesneden, zelfs niet tijdens zijn reizen naar de meest afgelegen hoeken van zijn vaderland – dat gelukkig zo heel groot ook niet was.

Van alles waarmee Ambrogio tijdens zijn studie mocht kennismaken raakte hij het meest verknocht aan geschiedenis. Aan de universiteit werd geschiedenis niet als afzonderlijk vak beschouwd: ze werd bestudeerd in het kader van het trivium, als onderdeel van de rethorica. De jongeman was in staat om urenlang te werken aan geschiedkundige opstellen. Ze waren gericht op het verleden (wat ze verwant maakte aan de visioenen die waren gericht op de toekomst) en boden hem zo een ontsnapping aan het heden. Ambrogio had er de grootste behoefte aan zich te bewegen ter weerszij van het heden, want daarmee kon hij zich onttrekken aan de eendimensionaliteit van de tijd, die hij als verstikkend ervoer.

Ambrogio las antieke en middeleeuwse historici. Hij las annalen, kronieken, chronologieën, geschiedenissen van steden, landen en oorlogen. Hij verdiepte zich in de opkomst en ondergang van rijken, in aardbevingen, vallende sterren en rivieren die buiten hun oevers traden. Hij besteedde bijzondere aandacht aan de vervulling van profetieën en aan de verschijning en uitkomst van voortekenen. In een dergelijke overwinning van de tijd meende hij bevestigd te zien dat niets wat er op aarde gebeurde toevallig was. Mensen treffen elkaar (dacht Ambrogio), ze botsen tegen elkaar als atomen. Ze hebben geen eigen baan en daardoor zijn hun daden toevallig. Maar het totaal van deze toevalligheden (dacht Ambrogio) heeft zo zijn wetmatigheid, die in deze of gene delen voorzienbaar is. Volledig is ze slechts bekend bij Degene Die alles heeft geschapen.

Op een dag kwam er in Florence een koopman uit Pskov. De koopman heette Ferapont. Hij viel op tussen de plaatselijke bevolking door zijn lange, in twee punten uitlopende baard en zijn enorme, pokdalige neus. Naast bundels sabelbont bracht Ferapont het nieuws mee dat in Roes in 1492 het einde van de wereld werd verwacht. Deze inlichtingen ontving men in Florence over het algemeen met kalmte. Ten eerste hadden de Florentijnen hun handen vol aan een hele massa lopende zaken en domweg geen tijd om te denken aan dingen waarvan geen onmiddellijke dreiging uitging. Ten tweede kon lang niet iedereen in Florence zich voorstellen waar dat Roes zich mocht bevinden. In het licht van de ongewone verschijning van Ferapont zelf (het was onduidelijk of iedereen in zijn vaderland zulke baarden en neuzen bezat) was het zeer wel mogelijk dat Roes zich buiten de bewoonde wereld bevond. Dat gaf de bevolking de hoop dat het gesuggereerde einde van de wereld zich slechts tot dat ene Roes zou beperken.

Van alle mensen die in Florence woonden was er maar één die werkelijk belang hechtte aan de boodschap van koopman

Ferapont: Ambrogio. De jongeling zocht Ferapont op en vroeg hem op basis waarvan hij de conclusie had getrokken dat de wereld uitgerekend in 1492 zou ophouden te bestaan. Ferapont antwoordde dat hij die conclusie niet zelf had getrokken maar had vernomen van competente lieden in Pskov. Niet in staat om de fatale datering ook maar enigszins te funderen, suggereerde Ferapont voor de grap dat Ambrogio maar naar Pskov moest gaan om een en ander op te helderen. Ambrogio kon er niet om lachen. Hij knikte bedachtzaam, want een dergelijke mogelijkheid sloot hij niet uit.

Na dit gesprek begon hij bij de koopman lessen (oud-)Russisch te nemen. Flecchia senior had zelfs geen flauw idee waaraan zijn goeie geld werd besteed. Ambrogio was op zijn beurt zo verstandig om zijn vader niets te vertellen: het bestaan van Roes zou Flecchia senior als nóg twijfelachtiger zijn voorgekomen dan de details van de oorlog van 1494 die zijn zoon hem ooit had beschreven.

In dezelfde periode viel de kennismaking van Ambrogio Flecchia met de toekomstige zeevaarder Amerigo Vespucci. Ambrogio kon moeiteloos aan Vespucci's ogen zien op welke koers de man lag. Het was evident dat Amerigo in 1490 naar Sevilla zou vertrekken om daar, werkzaam in het handelshuis van Juanoto Berardi, te participeren in de financiering van Columbus' expeditie. Vanaf 1499 zou de Florentijn, geïnspireerd door Columbus' successen, ook zelf de nodige reizen ondernemen, en wel met zoveel welslagen dat het nieuw ontdekte continent zijn naam en niet die van Columbus zou gaan dragen. (In datzelfde jaar 1499 – en dat kon Ambrogio niet aan koopman Ferapont vertellen – zou aartsbisschop Gennadi van Novgorod Roes' eerste volledige Heilige Schrift samenstellen, die voortaan de Gennadi-Bijbel zou worden genoemd.)

Ambrogio maakte Amerigo Vespucci attent op de merkwaardige samenloop van veronderstelde gebeurtenissen in 1492. Aan de ene kant de ontdekking van een nieuw continent, aan de andere kant het in Roes verwachte einde van de wereld. In hoeverre (bevreemding bij Ambrogio) houden deze gebeurtenissen verband met elkaar, en als ze met elkaar verbonden zijn, hoe dan? Kan (gok van Ambrogio) de ontdekking van het nieuwe continent het begin zijn van een in de tijd uitgerekt einde van de wereld? En als dat zo is (Ambrogio pakt Amerigo bij de schouders en kijkt hem in de ogen), moet je zo'n continent dan wel je eigen naam willen geven?

Intussen gingen de lessen bij koopman Ferapont door. Ambrogio las het Slavische Psalter dat de koopman bij zich had en, dat moet gezegd, begreep er het nodige van, doordat hij de Latijnse tekst van de psalmen uit zijn hoofd kende. Met niet minder belangstelling luisterde hij hoe Ferapont voorlas. Op zijn verzoek werd elke psalm meermalen gereciteerd. Dit stelde Ambrogio in staat niet alleen de woorden te memoriseren (die had hij al tijdens zijn eigen lectuur geleerd), maar ook de bijzonderheden van hun uitspraak. Tot verbazing van Ferapont werd de jongeman stukje bij beetje zijn talig evenbeeld. In enkele van de door Ambrogio uitgesproken woorden lieten de Russische originelen zich niet meteen raden, maar bij tijd en wijle – en dat kwam steeds vaker voor – huiverde Ferapont onwillekeurig: wat de lippen van de Italiaan verliet volgde zo zuiver als maar kon de stembuigingen van de koopman uit Pskov.

De dag brak aan waarop Ambrogio begreep dat hij klaar was om naar Roes te vertrekken. Het laatste wat de Florentijnen van hem hoorden was de voorspelling van een vreselijke overstroming die de stad zou moeten overvallen op 4 november 1966. Ambrogio riep de stedelingen op tot waakzaamheid door erop te wijzen dat de Arno buiten haar oevers zou treden en dat er een watermassa met een volume van 350.000.000 kubieke meter door de straten zou gutsen. Florence vergat deze voorspelling meteen weer, zoals de stad ook de voorspeller zelf zou vergeten.

Ambrogio vertrok naar Magnano en deelde zijn vader zijn plannen mee.

Maar daar eindigt toch de ruimte, daar is de grens van de bewoonde wereld, zei Flecchia senior. Wat heb je daar te zoeken?

Op de grenzen van de ruimte, antwoordde Ambrogio, kom ik misschien iets te weten over de grenzen van de tijd.

.ij.

Ambrogio verliet Florence niet zonder spijt. In die jaren was de stad het domicilie van niet weinig achtenswaardige lieden (Sandro Botticelli, Leonardo da Vinci, Rafaello Sanzio en Michelangelo Buonarroti), wier rol in de cultuurgeschiedenis hem toen globaal al duidelijk was. Geen van hen kon echter ook maar de geringste duidelijkheid scheppen in de kwestie rond het einde van de wereld – de enige waar Ambrogio belang in stelde. Ze liggen er niet wakker van, merkte Ambrogio bij zichzelf op, want ze scheppen voor de eeuwigheid.

In de laatste dagen van zijn leven in Florence oogstte Ambrogio enkele – grote en kleine – visioenen. De visioenen waren hem niet volledig duidelijk en hij vertelde er niemand over. Ze betroffen niet de algemene geschiedenis. De gebeurtenissen die hij zag betroffen de geschiedenis van afzonderlijke personen, waaruit, bedacht Ambrogio, per slot van rekening de algemene geschiedenis bestaat. Een van de visioenen – voor hem het minst begrijpelijke – betrof dat grote land in het noorden waar hij naartoe wilde. Uit verschillende overwegingen besloot Ambrogio het te vertellen aan koopman Ferapont. In het kort ging het om het volgende.

In 1977 werd Joeri Aleksandrovitsj Strojev, op een haar na doctor in de geschiedwetenschappen, door de Zjdanov Universiteit van Leningrad op een archeologische expeditie naar Pskov gestuurd. Het proefschrift van Joeri Aleksandrovitsj, gewijd aan de vroege Russische kroniekschrijving, was bijna afgerond. Wat ontbrak was alleen de inhoud van zijn afsluitende conclusies, die de promovendus om de een of andere reden niet voor elkaar kreeg. Zodra hij aan die conclusies toekwam begon hij de indruk te krijgen dat ze onvolledig waren, zijn werk versimpelden en het in zekere zin tenietdeden. Misschien was de promovendus gewoon wat overspannen geraakt. Dat was tenminste de mening van professor Ivan Michajlovitsj Netsjiporoek, zijn wetenschappelijk begeleider. Overigens ook degene die Strojev had opgenomen in het team voor de archeologische expeditie. De professor veronderstelde dat de promovendus enige ontspanning nodig had, dan zouden zijn conclusies zich vanzelf aandienen. De hoogleraar had grote leidinggevende ervaring.

In Pskov werden de deelnemers aan de expeditie ondergebracht bij particulieren. De woning van Strojev bevond zich in Zapskovje, aan de 1 Meistraat, niet ver van de Kerk van het Kleed van Edessa, gebouwd tijdens de grote plaag van 1487. De woning bestond uit twee kamers. In de grote woonde een jonge vrouw met haar zoontje van vijf, in de kleine werd Strojev ingekwartierd. Men vertelde hem dat de vrouw Aleksandra Müller heette, ze was Russisch-Duits.

De Duitse stelde zich aan Strojev voor als Sasja. Zo heette ook haar zoon, die de gast samen met haar welkom heette. De jongen sloeg zijn armen om haar benen en Aleksandra's sitsen jurk veranderde in een strakke broek. In gedachten geheel bij zijn dissertatie merkte Strojev toch op dat Aleksandra ranke benen had.

Het huis beviel Strojev. Het was een oud koopmanshuis uit rode baksteen. De ramen ervan lichtten 's avonds op in een gelig elektrisch licht. Toen Strojev de eerste keer terugkwam van de opgravingen, bleef hij staan bij het bordes om dit schijnsel in zich op te nemen. Het werd weerspiegeld in de auto die naast het huis stond, een *Pobeda*. En in de ronde kinderkopjes van het plaveisel.

Bij binnenkomst zag Strojev dat Aleksandra thee dronk met haar zoontje. Hij kwam bij ze zitten.

Wat doet die expeditie van jullie, vroeg Aleksandra.

Achter de muur begon iemand viool te spelen.

Wij onderzoeken de fundamenten van de kathedraal van Johannes de Doper. Die is in de afgelopen eeuwen behoorlijk verzakt. Strojev bracht zijn handen langzaam dichter bij de tafel.

Ook de handen van de jongen raakten bijna de tafel. Toen hij Strojevs blik opmerkte begon hij met zijn vingers de patronen op het tafelzeil te volgen. Het waren ingewikkelde, priegelige patronen, maar de vingers van de jongen waren nog fijner. Ze konden met deze geometrie uitstekend overweg.

Bij het Johannesklooster woonde de dwaas in Christus Arseni, die zichzelf Oestin noemde, zei Aleksandra. Aan de kerkhofmuur.

Daar is geen muur meer.

En zelfs geen kerkhof. Aleksandra schonk Strojev bij. Het kerkhof is nu het Komsomolplein.

En die doden dan, vroeg de jongen. Zitten die nu bij de komsomol?

Strojev boog zich voorover tot bij het oor van het kind:

Dat zullen de opgravingen uitwijzen.

De avond erna gingen ze uit wandelen. Ze staken de Straat van de Arbeid over, liepen tot aan de Dondertoren en zaten daar een tijdje aan de oever van de Pskova. De jongen gooide steentjes in de rivier. Strojev vond een paar tegelscherven en liet die over het wateroppervlak ketsen. De grootste sprong vijf keer op.

Een andere keer trokken ze naar Zavelitsje. Ze staken via de Brug van het Sovjetleger de Velikaja over en liepen in de richting van het Johannesklooster. Bij de kathedraal bleven ze lang staan aan de rand van de opgraving. Voorzichtig daalden ze af langs het laddertje. Ze streelden de oude stenen, die zich warmden in de augustusavond. Zich warmden voor het eerst in vele eeuwen. En voor het eerst in vele eeuwen was er iemand die ze streelde. Dat dacht Aleksandra. Ze stelde zich bij deze stenen de oude dwaas in Christus voor en bleef zich afvragen of ze werkelijk geloofde wat ze over hem had gelezen. Was er überhaupt wel een dwaas in Christus geweest? En had zijn liefde eigenlijk wel bestaan? En zo ja, wat was ervan geworden in de honderden jaren die waren voorbijgegaan? En wie zou haar voelen, als de minnenden van destijds allang waren weggerot?

Ik heb het naar mijn zin met die twee, zei Strojev in zijn hart, omdat ik met allebei iets van verwantschap voel. Een zekere harmonie, om zo te zeggen, ondanks haar Duitse afkomst. Ze is rustig, donkerblond, en heeft regelmatige gelaatstrekken. Waarom is ze alleen met haar zoontje, waar is haar man? Wat doet ze hier in de Russische provincie, tussen kippige, in de grond gezakte ramen, antieke auto's, uit broeken hangende linnen hemden (met opgenaaide zakken) en door de regen verwassen, bestofte personages met gerimpelde gele gezichten op eretableaus (de wind laat het steppegras eronder nauw merkbaar deinen)? Ik weet niet wat ze hier doet, antwoordde hij zelf, want ze past niet organisch in deze wereld. En hij stelde zich Aleksandra Müller voor op een overvolle straat in Leningrad of bijvoorbeeld in het Kirovtheater, blozend, voor de derde gong, en zijn hart sidderde omdat het in zijn macht lag haar daarnaartoe over te brengen.

Weer thuis dronken ze thee en achter de muur klonk opnieuw de viool op.

Dat is Parchomenko, zei de jongen. We luisteren graag naar hem.

Aleksandra haalde haar schouders op.

Strojev probeerde te zien hoe ze daar zaten – alle drie, achter het raam, in het gele elektrische licht – met een denkbeeldige blik vanaf de straat. Misschien zelfs met een blik vanuit Leningrad. Hij wist nu al dat hij zou terugverlangen naar deze keuken, naar de *Pobeda* bij het raam, de kinderkopjes in het plaveisel en de onzichtbare viool van Parchomenko. Hij bekeek hen drieën, zoals ze daar zaten, als een dure foto, en het raam was de fotolijst, en het licht van de luchter goot er de vergeling door de tijd overheen.

Waarom (dacht Strojev) verlang ik bij voorbaat terug, loop ik vooruit op de gebeurtenissen en haal ik de tijd in? En hoe weet ik altijd van tevoren dat ik terug zal verlangen? Waarom komt dit beklemmende gevoel toch bij me op?

Ik geef op school Russisch en literatuur, zei Aleksandra, maar daar hebben ze hier amper belangstelling voor.

Strojev pakte een koekje van de schaal en drukte het tegen zijn onderlip.

Waar hebben ze dan wel belangstelling voor?

Geen idee. Ze zweeg even en vroeg toen:

Waarom hebt u eigenlijk middeleeuwse geschiedenis gekozen?

Goeie vraag... Misschien omdat de middeleeuwse historici niet leken op die van nu. Voor de verklaring van historische gebeurtenissen zochten ze altijd naar zedelijke oorzaken. En het directe verband tussen gebeurtenissen leken ze niet op te merken. Of ze hechtten er geen grote betekenis aan.

Hoe kun je de wereld nou verklaren als je geen verbanden ziet, vroeg Aleksandra verbaasd.

Ze keken over het alledaagse heen en zagen hogere verbanden. En bovendien, alle gebeurtenissen werden verbonden door de tijd, ook al beschouwden die mensen zo'n verband als niet erg solide.

De jongen hield een koekje bij zijn onderlip. Aleksandra glimlachte:

Sasja kopieert uw gebaren.

Na twee weken ging Strojev terug naar huis. Het semester begon en tegen de verwachtingen in voelde hij de eerste tijd geen nostalgie. Die voelde hij ook later niet, omdat hij het hele najaar druk was met de afronding van zijn proefschrift en de voorbereiding van zijn promotie. Aan het eind van het jaar kreeg Strojev zijn bul. Iedereen was tevreden met zijn dissertatie, in het bijzonder professor Netsjiporoek, die ervan overtuigd was dat zijn beslissing om de promovendus naar de opgravingen te sturen de enige juiste was geweest. Strojev ging het nieuwe jaar in, verlost van een last die lange tijd op hem had gedrukt en in feite zijn bestaan behoorlijk had vergiftigd. Hij voelde zich licht. In deze gewichtloze, haast dampvormige toestand werd hij de afwezigheid van Aleksandra Müller gewaar.

Dit betekent niet dat Strojev zoetjesaan voortdurend aan Aleksandra dacht. Laat staan dat hij iets ondernam om haar te zien, want daadkracht was niet zijn sterkste kant. Maar voor het slapengaan, op dat flakkerende ogenblik wanneer de dagelijkse beslommeringen al zijn geweken maar de dromen nog niet zijn genaderd, kwam de herinnering aan Aleksandra bij hem op. Voor zijn geestesoog verscheen haar keuken, de stoffen lampenkap boven de tafel en de met blaadjes beschilderde theepot. Liggend in zijn bed ademde Strojev de geur in van dat oude huis in Pskov. Hij hoorde de stappen van de voorbijgangers achter het raam en brokstukken van hun gesprekken. Hij zag de gebaren van de jongen, die zijn eigen gebaren bleken te zijn. Strojev werd dan rustig en sliep in.

Een keer vertelde hij zijn vriend en collega Ilja Borisovitsj Oetkin over Aleksandra.

Dat zou wel eens liefde kunnen zijn, zei Oetkin aarzelend.

Maar liefde (Strojev gooide zijn armen in de lucht) is zo'n allesverslindend gevoel, dat je, als ik het goed begrijp, gewoonweg doet rillen van de koorts. Je bent dan praktisch door het dolle heen. Maar dat is niet wat ik voel. Ik mis haar, zeker. Ik wil bij haar zijn, zeker. Haar stem horen, zeker. Maar die waanzin is niets voor me.

Jij praat over een passie die inderdaad een soort waanzin is. Maar ik heb het over een liefde die weloverwogen en, zo je wilt, voorbestemd is. Omdat wanneer je iemand mist er sprake is van een ontbrekend deel van jezelf. En jij zoekt de hereniging met dat deel.

Klinkt heel romantisch, dacht Strojev, maar hoe zit het met dergelijke begrippen in het echte leven? Kijk, Aleksandra heeft bijvoorbeeld een zoon, een hele lieve jongen. Maar dat is niet mijn zoon. Van zijn vader weet ik niets. Strojev beet op zijn lip. Strikt genomen wil ik ook niks van hem weten. Ik sluit niet uit dat er allerlei vervelende verhalen aan die man vastzitten. En voor hetzelfde geld allerlei bodemloze putten in het leven van Alexandra zelf. Maar uiteindelijk gaat het helemaal niet om hem. Ik ben gewoon bang dat ik met die jongen zelf niet kan opschieten.

Ongeveer een maand later zei hij tegen Oetkin:

Ik loop nog steeds aan dat kind te denken. Zal hij niet tussen mij en Aleksandra in komen te staan?

Heeft ze soms al ja gezegd?

Denk je dan dat ze geen ja zal zeggen?

Dat weet ik niet. Bel haar op en vraag het.

Zoiets regel je niet over de telefoon.

Dan moet je naar haar toe.

Maar wat zeg jij, Ilja... Ik ben er nog niet klaar voor.

Ik weet niet wat ik wil, bekende Strojev zichzelf. Ik heb veel verschillende gedachten en gevoelens, maar ik kan alweer geen conclusies trekken.

In maart vroeg Oetkin zelf Strojev naar Aleksandra.

Ik ben bang, zei Strojev, dat ze misschien alleen met me trouwt om weg te komen uit dat gat. Of om dat joch een vader te geven.

Wil jij dan niet dat ze uit dat gat wegkomt en die knul een vader krijgt?

Waarom vraag je me dat?

Omdat je nog niet met haar ogen naar de zaak hebt gekeken. Als dat je lukt betekent dat dat je van haar houdt en dat je naar haar toe moet.

Eind maart zei Strojev tegen Oetkin:

Ilja, weet je wat, ik ga gewoon.

Strojev nam de trein naar Pskov. Door het raam van de wagon drong populierendons naar binnen. Onderweg dacht Strojev dat hij Aleksandra daar al niet meer zou aantreffen. Hij zou aanbellen en niemand deed open. Hij drukte zijn voorhoofd tegen het glas van het keukenraam. Hij legde zijn handen tegen zijn slapen om geen last te hebben van de weerspiegeling en zag de resten van zijn vroegere geluk. De lampenkamp, de tafel. De tafel was leeg. Zijn hart kromp ineen. Uit de deur van de buren kwam verwijtend Parchomenko tevoorschijn (ik was degene die voor u speelde, ziet u), breedgeschouderd, kortbenig. Dat zat er dus achter die muziek. Ze zijn er niet, zei Parchomenko, ze zijn voor altijd vertrokken. Voor. Al. Tijd. U hebt veel te lang zitten talmen. Eigenlijk gaat het hier helemaal niet om tijd, want echte liefde staat buiten de tijd. Als het moet wacht ze een leven lang. (Parchomenko ademde diep in.) De oorzaak van de huidige loop der gebeurtenissen ligt in de afwezigheid van een inwendig vuur. Uw probleem is, als ik zo vrij mag zijn, dat het niet in uw aard ligt tot afsluitende conclusies te komen. U bent bang dat een genomen beslissing u berooft van verdere keuzes, en dat verlamt uw wil. U weet ook nu niet waarom u bent gekomen. Ondertussen hebt u het beste wat het leven voor u in petto had laten schieten. Ik kan u vertellen dat u alle randvoorwaarden in uw zak had waarvan de natuur een mens maar kan voorzien: een woning aan een rustige straat in Pskov, oude linden voor uw raam en goede muziek achter de muur. Een mooi lijstje, maar niets daarvan hebt u weten te verzilveren, en dat u nu hier bent gekomen is, net als de vorige keer trouwens, tijdverspilling.

Tijdverspilling, zei Ambrogio nadenkend.

Tijdverspilling, herhaalde koopman Ferapont.

.iij.

Ambrogio Flecchia verscheen in Roes ofwel in 1477, ofwel in 1478. In Pskov, waar koopman Ferapont hem naartoe had gestuurd, ontvingen ze de Italiaan weinig toeschietelijk, maar niet vijandig. Ze beschouwden hem als iemand wiens doelen niet geheel duidelijk waren. Zodra ze zeker wisten dat het hem alleen begonnen was om het einde van de wereld, werden de betrekkingen wat warmer. Uitzoeken wanneer het einde van de wereld zou plaatsvinden gold bij velen als een respectabele bezigheid, want in Roes waren ze dol op grootschalige projecten.

Laat hij dat uitzoeken, zei stadvoogd Gavriil. Mijn ervaring zegt me dat de voortekenen van het einde van de wereld hier duidelijker zijn dan waar ook.

Toen stadvoogd Gavriil de Italiaan wat beter had leren kennen, werd hij diens beschermheer. Zonder deze bescherming had Ambrogio het niet makkelijk gekregen, want hij produceerde of verhandelde niets. Zijn in wezen niet slechte leventje in Pskov had hij geheel en al te danken aan de gulheid van de stadvoogd.

Gavriil voerde graag gesprekken met Ambrogio. De Italiaan vertelde hem over wondertekenen uit de geschiedenis, over voortekenen van het einde van de wereld, over befaamde veldslagen en over Italië als zodanig. Al vertellend over zijn geboortestreek betreurde Ambrogio het dat hij het golvende blauw van de bergen, de vochtige ziltheid van de lucht en al die andere dingen die van Italië de prachtigste plek op aarde maakten niet kon weergeven.

Vond je het niet jammer om zo'n land te verlaten, vroeg stadvoogd Gavriil op een keer.

Natuurlijk wel, antwoordde Ambrogio, maar door de schoonheid van mijn land kon ik me niet concentreren op de hoofdzaak.

Ambrogio besteedde al zijn tijd aan de lectuur van Russische boeken, waarin hij poogde een antwoord te vinden op de vraag die hem bezighield. Veel mensen die wisten van zijn onderzoek vroegen hem naar het tijdstip van het einde van de wereld.

Ik meen dat dit alleen Gode bekend is, antwoordde Ambrogio ontwijkend. In de van mij gelezen boeken is er dikwerf sprake van, nochtans bestaat er over de cijfers geen consensus.

De tegenstrijdigheden in zijn bronnen brachten Ambrogio in verwarring, maar hij gaf zijn pogingen om de datum van het einde van de wereld vast te stellen niet op. Het verbaasde hem dat ondanks de aanwijzing van het jaar zevenduizend als meest waarschijnlijke jaar van het einde van de wereld de nadering van een dreigende gebeurtenis niet voelbaar was. Integendeel: de grote en kleine visioenen van Ambrogio betroffen jaren die veel verder weg lagen. In wezen was hij daar zelfs blij om, al werd zijn onbegrip er bepaald niet kleiner op.

In de zomer van 6967 (las Ambrogio) wacht ons de geboorte des Antichristen, en bij zijne geboorte zal er een aardschok zijn zoals er voor deze verdoemde en boze tijd nimmer is geweest, en dan zal er luid geween zijn over de gehele aarde.

Ja (dacht Ambrogio), de Antichrist moet verschijnen drieëndertig jaar vóór het einde van de wereld. Maar het jaar 6967 sedert de Schepping (oftewel 1459 sedert de Geboorte van Christus) is allang voorbij, terwijl de tekenen van de komst des Antichristen nog steeds niet voelbaar zijn. Volgt daaruit dat het einde van de wereld voor onbepaalde tijd is uitgesteld?

Op een dag zei stadvoogd Gavriil tegen hem:

Ik heb iemand nodig die naar Jeruzalem kan. Ik wil dat hij ter nagedachtenis aan mijn omgekomen dochter Anna in de kerk van het Heilige Graf een olielampje ophangt. En die iemand zou jij kunnen zijn.

Wel, antwoordde Ambrogio, die iemand zou ik kunnen zijn. Jij hebt veel voor mij gedaan en ik zal dat lampje wegbrengen ter nagedachtenis aan je omgekomen dochter.

Stadvoogd Gavriil omhelsde Ambrogio.

Ik weet dat je hier bent om het einde van de wereld af te wachten. Ik denk dat je tegen die tijd wel weer terug bent.

Wees gerust, heer stedevoogd, zei Ambrogio, want als gebeurt wat ik verwacht is het overal te merken. En bezoek aan Jeruzalem is zegenrijk.

Op straat werd bakker Samson geketend afgevoerd.

Mijn prachtige, heerlijke baksels, jammerde de bakker. Ik heb u liefgehad, meer dan mijn en andermans leven, want ik wist hoe ik u moest koesteren, beter dan wie ook in de gehele stad Pskov. Maar de dwaze in Christus Karp placht u met zijn onreine mond te grijpen en op de grond te werpen, hij deelde u uit aan mensen die zelfs uw korst niet waardig zijn, en iedereen lachte, in de mening dat hij het goede deed. Ik lachte ook, want wat restte mij anders, wanneer iedereen mij voor een goed mens hield, en dat was ik ook, welbeschouwd. De maat van hetgeen van mij werd verwacht, overtrof eenvoudigweg de maat mijner goedheid, dat kan gebeuren, daar is niets verbazingwekkends aan. Aldus, zo verklaar ik u, vulde zich in mij de kloof tussen het verwachte en het bezetene simpel gezegd met een machteloze woede. De kloof werd groter en de woede werd groter, terwijl om mijn lippen een glimlach speelde die voor mij, of u dit nu gelooft of niet, een soort stuiptrekking was.

Weet jij hoelang je al hier in Pskov bent, vroeg de dwaas in Christus Foma aan Arseni.

Arseni haalde zijn schouders op.

Ik wel, riep de dwaas in Christus Foma uit. Je hebt al genoeg gediend voor Lea en voor Rachel en voor nog een derde.

Alleen niet voor Oestina, zei Arseni in zijn hart.

Foma wees naar bakker Samson die onder escorte werd weggeleid, en schreeuwde:

Met het heengaan van Karp heeft jouw zwijgen geen zin meer. Jij kon zwijgen omdat Karp sprak. Nu heb je die mogelijkheid niet meer.

Wat moet ik nu dan doen, vroeg Arseni.

Karp riep jou naar het Hemels Jeruzalem, maar jij hebt hem niet vergezeld. En dat is te begrijpen: jij gaat daar niet heen zonder Oestina. Maar vertrek naar het aards Jeruzalem om voor haar bij de Allerhoogste je verzoek te doen.

Hoe kom ik dan in Jeruzalem, vroeg Arseni.

Ik heb een idee, antwoordde de dwaas in Christus Foma. Maar vriend, geef mij zolang de zak met handschriften van Christofor. Die heb je niet meer nodig.

Arseni gaf de dwaas in Christus Foma de zak met handschriften van Christofor, maar inwendig was hij bedroefd. Terwijl hij de zak afstond, dacht Arseni dat hij blijkbaar nog altijd gehecht was aan bezit, en hij schaamde zich voor zijn gevoelens. De dwaas in Christus Foma begreep wat er in Arseni omging en zei tegen hem:

Wees niet bedroefd, Arseni, aangezien de door Christofor verzamelde wijsheid in jou overgaat langs niet-schriftelijke weg. En wat die beschrijvingen van kruiden betreft, dat heb je volgens mij allang gehad. Genees de lijdenden door hun zonden op je te nemen. Je begrijpt hoop ik wel dat je voor zo'n behandeling geen kruiden nodig hebt. En nog iets: vanaf nu ben je niet Oestin, maar zoals vroeger Arseni. Kameraad, maak je klaar voor de reis.

.iiij.

Al snel was het in heel Pskov bekend dat Oestin was gaan praten. Dat zijn naam niet Oestin was maar Arseni. En iedereen kwam naar hem kijken, maar ze kregen hem niet te zien, doordat hij niet meer op het kerkhof woonde maar in de gastencel van het Johannesklooster.

Wat moet dat, is het hier soms een circus, vroeg de moeder-overste aan de belangstellenden. De beste man heeft veertien jaar in de buitenlucht gewoond, laat hem op adem komen.

Op een dag kwam Ambrogio bij Arseni.

Stedevoogd Gavriil heeft me gestuurd, zei Ambrogio. Hij wil dat jij met mij meegaat op reis naar Jeruzalem. Ik ga ervan uit dat het einde van de wereld niet eerder aanbreekt dan in 7000, het jaar 1492 sedert de Geboorte van Christus. Dus als het goed is zijn we op tijd terug.

Waar baseer jij je berekeningen op, vroeg Arseni hem.

Het is heel simpel. Ik stel dagen gelijk aan millennia, aangezien in de negenentachtigste psalm wordt gezegd: Want duysent iaren zijn voor uwen ooch, o Heer, als eenen dach, die ghisteren voorbi gegaen is. Aangezien er zeven dagen in een week gaan, krijgen we zeven millennia voor het leven der mensheid. Het is nu het jaar 6988: we hebben nog twaalf jaar ter beschikking. Niet bepaald weinig voor een boetedoening, dacht ik zo.

Weet je zeker, vroeg Arseni, dat het nu echt dit jaar is, ik bedoel, weet je zeker dat sinds de Schepping tot op vandaag precies 6988 jaren zijn voorbijgegaan?

Als ik dat niet zeker wist, antwoordde Ambrogio, had ik je waarschijnlijk niet meegevraagd naar Jeruzalem. Oordeel zelf:

vanaf het jaar 5500, toen onze Heiland Jezus Christus werd geboren, zijn alle regeringsperioden vastgelegd in Helleense en Romeinse kronieken. Tel de regeringsjaren van de Romeinse en Byzantijnse keizers bij elkaar op en je krijgt de gezochte datum.

Maar waarom – vergeef me, vreemdeling – denk je dat er sinds de Schepping tot aan de geboorte van onze Heiland Jezus Christus exact 5500 jaren zijn voorbijgegaan, niet meer en niet minder? Wat heeft als bron gediend voor een dergelijke gevolgtrekking?

Ik lees slechts aandachtig de Heilige Schrift, antwoordde Ambrogio, en die vormt mijn voornaamste bron. Het boek Genesis bijvoorbeeld geeft de leeftijd van ieder van de aartsvaders ten tijde van de geboorte van hun oudste zoon. Bovendien staat er het aantal jaren in vermeld dat iedere aartsvader leefde na de geboorte van zijn oudste zoon, evenals de som van zijn levensjaren. Zoals je ziet, broeder Arseni, zijn die twee laatste cijfers voor mijn berekening zelfs overbodig. Om het totaal aantal voorbijgegane jaren te weten te komen is het voldoende de jaren van de aartsvaders ten tijde van de geboorte van hun oudste zoon bij elkaar op te tellen.

Maar de letters die de getallen weergeven zijn toch aan bederf onderhevig, wierp Arseni tegen. Hetgeen voor de verre toekomst is neergeschreven, raakt uitgewist en wordt onherkenbaar. Zo valt, wanneer in de **P(ais)** een enkel lijnstukje wordt weggeveegd, niet uit te maken of er een **P(ais)** heeft gestaan dan wel een **F(iere)**, waardoor *tsestich* zich als *sesse* kan voordoen. Zeg eens, Ambrogio, hoe kun je aantonen dat je berekeningen geen fouten bevatten en de geboorte van onze Heiland Jezus Christus werkelijk plaatsvond in het jaar 5500? Aan welke harmonie vertrouw jij heel die rekenarij toe, vraag ik me af?

Arseni, getallen hebben een hogere betekenis, want ze weerspiegelen de hemelse harmonie waarnaar jij vraagt. Luister nu goed naar wat ik zeg. Het lijden van Christus viel op het zesde uur van de zesde dag van de week, en dat duidt erop dat de Heiland werd geboren in het midden van het zesde millennium, dus in het jaar 5500 na de Schepping. Daarop wijst ook de som van de afmetingen van de ark van Mozes, die volgens het vijfentwintigste hoofdstuk van het boek Exodus vijfenhalve el bedroeg. Daarom moest ook Christus, als de ware Ark, komen in het jaar 5500.

Deze man beschikt over een gezond redeneervermogen, zei Arseni tegen Oestina. Met zo iemand kun je inderdaad op reis naar Jeruzalem. Als ik zijn berekeningen moet geloven (en daar ben ik toe geneigd), hebben we voor de reis ten minste tien jaar. Dus, mijn lief, ga ik naar het centrum van de wereld. Ik ga naar het punt waarop ze het dichtst bij de Hemel is. Als het mijn woorden vergund is op te stijgen tot in de Hemel, dan zal dat precies daar gebeuren. En al mijn woorden betreffen jou.

.V.

Op die dag begonnen Arseni en Ambrogio zich voor te bereiden op hun reis naar Jeruzalem. Stadvoogd Gavriil wees hun voor de tocht ieder een beurs met Hongaarse gouden dukaten toe. Dukaten werden overal tussen Pskov en Jeruzalem geaccepteerd en de pelgrims namen ze maar wat graag aan. De stadvoogd had er nog meer kunnen geven, maar hij wist dat in de middeleeuwen munten zich zelden lang bij reizigers ophielden. Zowel geld als goed legde met moeite afstanden af. De eigenaren ervan kwamen vaak terug zonder het een en zonder het ander. Nog vaker kwamen ze niet terug.

Voor mensen op doortocht waren aanbevelingsbrieven en persoonlijke contacten menigmaal belangrijker dan geld. In die moeilijke tijd was het zaak dat iemand op een bepaald punt iemand opwachtte of omgekeerd iemand ergens naartoe stuurde, voor iemand instond en om ondersteuning vroeg. In zekere zin was dat een bevestiging dat iemand ook tevoren zijn plaats in het leven had gehad, dat hij niet uit het niets kwam maar zich eerzaam verplaatste door de ruimte. In dezelfde algemene zin bevestigden reizen voor de wereld de continuïteit van de ruimte, die nog altijd bepaalde twijfels opriep.

Arseni en Ambrogio kregen aanbevelingsbrieven mee voor enkele steden. Het waren brieven aan bekleders van vorstelijke waardigheid, geestelijken en vertegenwoordigers van de koopmansstand: ieder van hen kon in voorkomende gevallen hulp verschaffen. Ze kregen beiden twee paarden en twee reiskaftans. De pelgrims naaiden de dukaten in de zomen van hun kaftans. Ze bekleedden ze met reepjes leer, zodat de munten niet konden rinkelen en niet voelbaar waren. Er werd gedroogd vlees en vis ingeslagen, zoveel als de twee paarden konden dragen die ongezadeld zouden blijven. De leiding over de voorbereidingen was in handen van Ambrogio, die ervaring had met verre tochten.

Ze namen niet te veel kleding en proviand mee. In het land rond Pskov was het jaargetijde warm, in het Palestijnse land was het altijd warm. Warm en rijk aan voedsel, want de waterstromen van dat land en de bronnen uit de diepte omspoelen weiden en bergen, overdekt met druiven, vijgen en dadels, dit land is van olie en honing vloeiende, want het is waarlijk gezegend en nabij Gods Paradijs gelegen.

Op de avond voor hun vertrek riep stadvoogd Gavriil Arseni en Ambrogio bij zich en overhandigde hun een zeskantig zilveren olielampje. Het lampje was niet groot, om geen onnodige aandacht te trekken. Om diezelfde reden overhandigde de stadvoogd hun los van het lampje zes adamanten. Bij aankomst dienden ze ter plekke de adamanten te plaatsen in de daarvoor bestemde uitsparingen op elk van de zijden van het lampje. Plaatsen en vastklemmen met tappen die zich eenvoudig lieten verbuigen. De stadvoogd deed voor hoe dat moest:

Niets moeilijks aan.

Hij zweeg even.

Ik heb lang nagedacht wie ik naar Jeruzalem zou sturen, en heb jullie gekozen. Jullie hebben verschillende geloven, maar beide zijn authentiek. En jullie richten je tot de ene Heer. Jullie zullen gaan door orthodoxe en niet-orthodoxe landen, en het zal jullie helpen dat jullie verschillend zijn.

Stadvoogd Gavriil kuste het olielampje. Hij omhelsde Arseni en Ambrogio.

Dit is belangrijk voor me. Erg belangrijk.

Ze bogen voor stadvoogd Gavriil.

.vi.

De paarden draalden aan de oever, bang om op de boot te stappen. Het was niet de tocht door het water die hun angst inboezemde: in hun leven hadden ze meermalen rivieren overgezwommen en doorwaad. Wat hen afschrikte was de tocht *over* het water. Die kwam hun als onnatuurlijk voor. De paarden werden aan hun leidsels over de loopplank gesleurd. Ze hinnikten en trapten met hun hoeven tegen het hout van het dek. Arseni keek naar de paarden en merkte niet hoe ze van wal staken.

Ook de menigte op de oever verwijderde zich. Terwijl de roeiers hun riemen uitsloegen begon ze kleiner te worden, in afmetingen en geluiden. De menigte ziedde en veranderde in een draaikolk. Ze wentelde zich rond de stadvoogd, die in het centrum stond. Hij zwaaide zelfs niet. Hij stond onbeweeglijk. Naast hem flakkerde het gewaad van de moeder-overste van het Johannesklooster. Soms kwam het zwarte laken tegen het gezicht van de stadvoogd aan, maar die gaf geen krimp. De wind maakte de moeder-overste veel breder dan gewoonlijk. Ze leek een beetje opgeblazen. Ze zegende de wegvarende boot met langzame, wijde kruisgebaren.

De oevers bewogen in de maat met de uitslaande riemen. Ze probeerden de wolken in te halen die langs de hemel gleden, maar hadden duidelijk niet genoeg snelheid. Arseni ademde met welbehagen de rivierwind in, beseffend dat dit een wind was van omzwervingen.

Hoevele jaren, zei hij tegen Oestina, hoevele jaren heb ik hier gezeten zonder me te verroeren, maar nu vaar ik onverbiddelijk naar het zuiden. Ik voel, mijn lief, dat dit een heilzame tocht is. Hij brengt me dichter bij jou en verwijdert me van mensen wier aandacht mij, om je de waarheid te zeggen, al begon te benauwen. Mijn lief, ik heb een uitstekende reisgenoot, een ontwikkelde jongeman met een brede belangstelling. Lichtgetint. Krullerig. Baardeloos, want in zijn streken pleegt men zich te scheren. Hij probeert het tijdstip van het einde van de wereld te bepalen, en al ben ik er niet zeker van dat dit in zijn competentie ligt, aandacht voor eschatologie lijkt mij op zich iets aanmoedigenswaardigs. Er gaan varensgezellen uit Pskov met ons mee. Zij brengen ons over de Velikaja tot aan de grenzen van hun land. De rivier is breed. De bewoners van de voorbijdrijvende oevers begeleiden ons met hun blikken, als ze ons opmerken. Soms zwaaien ze ons na. Wij zwaaien ook naar hen. Wat staat ons te wachten? Ik voel een onzegbare vreugde en ben nergens bang voor.

Tegen de avond meerden ze aan en stookten een kampvuur op de oever. De paarden haalden ze niet van de boot, nu de dieren daar al gewend waren. De late nacht van die streken brak aan.

Hier bij ons, zeiden de varensgezellen, hoef je geen gekke dingen te verwachten. Maar daar verderop kom je naar verluidt mensen tegen met hondenkoppen. We weten niet of het waar is, maar dat wordt gezegd.

Jullie hoeven je niet op de borst te kloppen, antwoordde Ambrogio, want ook hier vind je wel het een en ander. Ga voor de grap eens in jullie kremlin kijken, dan kun je je hart ophalen.

Van tijd tot tijd liep een van de varensgezellen naar het nabijgelegen bos om afgebroken takken te halen. Arseni zorgde ervoor dat het vuur bleef branden. Hij legde er bedachtzaam de ene tak na de andere in en bouwde daar een piramide mee. Het vuur likte er eerst omheen. Alvorens de takken helemaal te omhullen leek het ze op zijn tong te proeven. Enkele twijgjes knapperden terwijl ze verbrandden.

Die zijn vochtig, zeiden de varensgezellen. In het bos is het nog nat.

Rond het vuur zwermden muggen en knijten. Ze vlogen in een half doorzichtige wolk, bijna als rook. Binnen hun zwerm beschreven ze cirkels en ellipsen, zodat het leek of iemand met ze jongleerde. Maar dat was niet zo. Wanneer de rook hun kant op draaide stoven ze uit elkaar. Arseni merkte tot zijn verbazing dat de vlucht van de muggen hem blij maakte.

Moet je zien, zei hij tegen Oestina, ik ben een watje geworden, bang voor bloedzuigers. Levend gelijc in eens anders lichame was ik nergens bang voor. Mijn lief, ik ben er niet gerust op. Heb ik soms in een oogwenk verloren wat ik in al die jaren voor jou had vergaard?

We hebben gehoord, zeiden de varensgezellen, dat het vuur dat met Pasen op het Heilige Graf neerdaalt niet schroeit. U bent na Pasen vertrokken en nu zult u de buitengewone eigenschappen van dat vuur niet zien.

Moet het niet iedere dag des Heren voor ons Pasen worden, vroeg Arseni.

Hij strekte zijn hand uit tot vlak boven het vuur. De vlammentongen gingen tussen de uitgespreide vingers door en beschenen ze met hun rosse licht. Te midden van de ingevallen nacht scheen Arseni's hand feller dan het vuur. Ambrogio keek naar Arseni en kon zijn ogen niet van hem afhouden. De schepelingen sloegen een kruis.

.vij.

De volgende dag bereikten ze de zuidelijke grens van het land van Pskov. De orders luidden dat de pelgrims tot aan deze grens moesten worden gebracht. De Velikaja was hier zo groot niet meer en boog af naar het oosten.

De rivier nadert haar bronnen, zeiden de varensgezellen, we stuiten steeds vaker op zandbanken en het is een crime om daar langs te komen. Eerlijk gezegd vinden we het jammer afscheid van jullie te moeten nemen, maar het is een schrale troost dat we op de terugweg de stroom mee hebben.

Het is al eerder opgemerkt, bevestigde Ambrogio, dat het veel gemakkelijker is met de stroom mee te varen. Ga dus in vrede.

De paarden werden aan land geleid en Ambrogio en Arseni omhelsden de varensgezellen ten afscheid. Terwijl ze toekeken hoe de boot zich verwijderde bespeurden ze enige onrust. Voortaan waren de reizigers aangewezen op zichzelf en de Heer. Er lag een zware weg op hen te wachten.

Ze trokken naar het zuiden. Ze reden zonder haast – Arseni en Ambrogio voorop, achter hen de twee pakpaarden, verbonden door de leidsels. De weg was smal, het terrein heuvelachtig. Ze stegen af als ze wilden eten. Dan sneden ze van hun gedroogde vlees repen af, die ze wegspoelden met water. De paarden beten tijdens deze rustpauzes vluchtig in het gras. Bij het oversteken van beekjes staken ze hun lippen in het water en dronken briesend.

Tegen het eind van de dag kwamen ze aan in het stadje Sebezj. Bij het binnenrijden vroegen ze waar ze die nacht konden slapen. Men wees hun de dorpsherberg. In de herberg stonk het, naar gemorst bier of naar pis. De kastelein was dronken. Hij liet zijn gasten op een bankje plaatsnemen en ging zelf op een ander zitten. Hij bekeek ze lang en zonder met zijn ogen te knipperen. Hij zat wijdbeens, de handen op de knieën. Op hun vragen gaf hij geen antwoord. Arseni raakte de kastelein bij de schouder aan en begreep dat hij sliep. Hij sliep met zijn ogen open.

De vrouw van de kastelein verscheen en bracht de paarden naar de stal. Ze wees de gasten hun kamer.

Hé, Nap, riep ze naar haar man, maar die bewoog niet. Nap! De vrouw maakte een wegwerpgebaar. Laat maar pitten.

Doe tenminste zijn ogen dicht, verzocht Ambrogio. Slapen met je ogen dicht is veel beter.

Niks van, dit is beter zo, zei de kasteleinse. Zodra je door de tent gaat banjeren ziet hij je vanzelf.

De kastelein liet een boer en sprak:

Nap slaapt, Nap waakt. Aan mijn lijf geen polonaise. Waag het vooral niet een poot naar mijn vrouw uit te steken, want dan steekt ze zelf een poot naar jullie uit.

Hij gooide zijn benen op de bank en trok een bastmat over zich heen.

Jullie hebben geen idee waarvoor ik zoal mijn ogen moet sluiten.

Midden in de nacht voelde Arseni dat er iets warms over zijn buik bewoog. Hij dacht dat het een rat was en probeerde die af te schudden.

Psst, fluisterde de vrouw van de kastelein. Maak vooral geen lawaai, ik vraag niet veel, een symbolisch bedrag zogezegd, ik had het gratis gedaan maar mijn man, je hebt dat beest zelf gezien, hij vindt dat er in elk geval een economische component moet zijn en je brengt die ploert niet op andere gedachten, en jij hebt er toch zin in, jij wilt toch zeker…

Ga weg, fluisterde hij amper hoorbaar.

Ze bleef Arseni over zijn buik strelen, en hij voelde hoe hij onder de hand van deze vrouw, die niet eens jong en mooi was, iedere wilskracht verloor.

Hij wilde tegen Oestina zeggen dat nu kapot dreigde te gaan wat in al die jaren was ontstaan, maar de kasteleinse zei hees, doch vrijwel hardop:

Die broer van je ken ik trouwens ook van binnen en van buiten…

Haar hand gleed naar zijn onderbuik, Arseni veerde op en stootte zijn hoofd tegen iets zwaars en metaligs, dat van de muur schoot, begon te rollen, wegsprong en de kamer uit vloog, samen met de vrouw van de kastelein.

In de aanpalende kamer smeulde het vuur op.

Moet je zien, moet je nou toch zien, krijste de kasteleinse, wijzend naar Arseni. Hij werd handtastelijk.

Gebruikmakend van een moment dat mijn aandacht verslapte, zei de kastelein. Hij was bijna nuchter en daarom boos.

Nap, hij maakte avances! Een deel van mijn kleding is in zijn handen achtergebleven. Ik heb me losgerukt.

Arseni stak zijn handen uit, ze waren leeg:

Ik heb niemands kleren.

De kasteleinse keek Arseni aan en riep, al enigszins inbindend:

Handen thuis jij, je bent hier niet op je eigen in Pskov. Je moet met goud betalen voor de schande.

Dit is het grootvorstendom Litouwen, zei de kastelein, en ik sta dus niemand toe…

Arseni brak in snikken uit.

Nap, luister, zei Ambrogio, ik heb een oorkonde, die ik zal overhandigen aan jullie autoriteiten. Maar mondeling (Ambrogio kwam heel dicht op de kastelein staan) zal ik ze vertellen hoe ze in Sebezj gasten ontvangen. Ik denk niet dat ze blij zullen zijn.

Hoezo, zei de kastelein. Ik heb immers alleen haar woorden. Als je niet wilt, hoef je van mij niet te betalen voor de schande.

Zijn vrouw wierp hem een strenge blik toe:

Kom nou toch, Nap. Dit heerschap hier sprak tot mij: dat ik mij in uwe schoonheid verlustige. Ik echter ontzegde hem dat. Als je geen goud geeft, dan tenminste wat anders.

Moeten we soms voor je schoonheid betalen, vroeg Ambrogio.

Laten we haar betalen omdat ze me heeft afgewezen, zei Arseni. Want als ze me afwijst in woorden, is ze in staat om dat ook in daden te volbrengen. En het is helemaal mijn schuld, ik ben hier gevallen. Vergeef mij, goede vrouw, en vergeef ook jij mij, Oestina.

Zonder een woord te zeggen pakte Ambrogio een dukaat en stak die uit naar de kasteleinse. De vrouw stond met neergeslagen ogen. De kastelein haalde zijn schouders op. Ze keek naar haar man en nam de dukaat gegeneerd aan. Achter het raam werd het licht.

Zwijgend ging het van Sebezj naar Polotsk. Arseni reed een stukje vooruit en Ambrogio haalde hem niet in.

Na zoveel jaren van zwijgen, zei Ambrogio, valt het je zwaar om weer aan praten te wennen.

Arseni knikte.

Toen ze voor de zoveelste keer afstegen zei Ambrogio:

Ik begrijp wel waarom je de schuld op je nam. Wie de wereld in zich sluit, is voor alles verantwoordelijk. Maar je hebt er niet aan gedacht dat je die vrouw van haar schuldgevoel hebt beroofd. Dankzij jou weet ze nu zeker dat ze alles kan maken.

Je vergist je, zei Arseni. Hier, dit vond ik in mijn zak.

Hij haalde zijn hand uit zijn zak en opende zijn vuist. In zijn handpalm lag een dukaat.

.viij.

In Polotsk stegen ze af bij het klooster van de Transfiguratie en de heilige Jevfrosinia. Ambrogio bond de paarden aan een oude olm. Arseni drukte zijn voorhoofd tegen de kloostermuur en zei:

Goedendag, heilige zuster Jevfrosinia. Zoals je waarschijnlijk wel weet, zijn mijn metgezel Ambrogio (Ambrogio boog het hoofd) en ik op reis naar Jeruzalem. We hoeven je niet te vertellen hoe moeilijk de weg daarheen is, want jij hebt die afgelegd en wij staan nog maar aan het begin. Eens te meer zou het misplaatst zijn te vertellen hoe moeilijk de terugweg is: daar zijn we zelfs nog niet aan begonnen. Terwijl jij, heilige zuster, er helemaal van hebt afgezien en bij de gratie Gods tot rust hebt mogen komen in het Heilige Land. Wij gaan daarheen om voor twee vrouwen te bidden en rekenen helemaal op jouw hulp. Zegen ons, heilige zuster Jevfrosinia.

De pelgrims maakten een buiging en reden weg.

Aan de rand van Polotsk sprak Ambrogio een voorbijganger aan:

Wij zoeken de weg naar Orsja.

Orsja ligt aan de Dnjepr, zei de voorbijganger. De Dnjepr is een grote rivier en dat opent navenant grote mogelijkheden.

Hij wees de route naar Orsja en ging zijns weegs.

Het valt me op, zei Ambrogio, terwijl hij de man nakeek, dat wegens de ondeugdelijkheid van de wegen de mensen in het Oude Roes er de voorkeur aan geven over water te reizen. Ze weten trouwens nog niet dat Roes Oud is, maar mettertijd komen ze daar wel achter. Bepaalde voorspellende vaardigheden stellen mij in staat dat te beweren. Evengoed, trouwens, dat de toestand van de wegen niet zal veranderen. Over het algemeen zal de geschiedenis van jouw land zich tamelijk merkwaardig ontrollen.

Is de geschiedenis van mijn land soms een boekrol, dat ze zich zal ontrollen, vroeg Arseni.

Iedere geschiedenis is tot op zekere hoogte een boekrol in de handen des Allerhoogsten. Sommigen (mij bijvoorbeeld) is het gegeven er af en toe een blik op te werpen en te zien wat in het verschiet ligt. Alleen één ding weet ik niet: of die boekrol niet plotseling zal worden weggegooid.

Je doelt op het einde van de wereld, vroeg Arseni.

Ja, het einde van de wereld, van het licht. En tegelijk het einde van de duisternis. Weet je, die gebeurtenis heeft zo haar symmetrie.

Ze reden enkele uren zonder een woord te zeggen. De weg liep langs de Dvina. De weg volgde de rivier, kronkelde, verzandde en was er soms helemaal niet meer. Maar onveranderlijk liet ze zich dan ergens verderop terugvinden. Ze reden een bos binnen en het geluid van de hoeven werd luider.

Arseni vroeg:

Als de geschiedenis een boekrol is in de handen van de Schepper, betekent dat dan dat alles wat ik denk en doe niet ikzelf denk en doe, maar mijn Schepper?

Nee, dat betekent het niet, omdat de Schepper goed is, en jij denkt en doet niet alleen het goede. Jij bent geschapen naar het beeld en de gelijkenis van God, en die gelijkenis bestaat onder meer in je vrijheid.

Maar dat mensen vrij zijn in hun gedachten en daden, betekent dat dat de geschiedenis door hen vrijelijk geschapen wordt.

Mensen zijn vrij, antwoordde Ambrogio, maar de geschiedenis is onvrij. Er zijn in de geschiedenis, zoals jij zegt, zo veel intenties en woorden, dat zij die niet tot één geheel kan maken en alleen omvat wordt door God. Ik zou zelfs zeggen dat niet de mensen vrij zijn, maar de mens. De kruising van menselijke willen vergelijk ik met vlooien in een vat: hun beweging is zonneklaar, maar heeft die soms één gezamenlijke richting? Daarom heeft de geschiedenis geen doel, zoals ook de mensheid die niet heeft. Alleen de mens heeft een doel. En dat niet eens altijd.

.ix.

Ze reden al ruim een dag langs de rivier. Toen ze het bos door waren, zagen ze een veld dat afliep naar het water. Ambrogio steeg af om zijn paard te drenken. Vlak bij de rivier gleed hij uit in de klei en viel in het water. Dat bleek onverwachts diep te zijn, het kwam bijna tot zijn nek. Wier spuwend stond Ambrogio te lachen. Zijn lange donkere haren leken ook wel slierten wier. Ze stroomden langs zijn lachende gezicht. Ambrogio's lach klaterde als lichtglinsteringen over het wateroppervlak.

Het is warm vandaag, heet bijna, zei Arseni. We kunnen wat van onze kleren wassen, dat is vanavond wel weer droog.

Hij sprokkelde berkenbast en takjes bij elkaar en begon een vuur aan te leggen. Uit zijn zak haalde hij een vuurslag en een vuursteen. Hij pakte tondel, die hij uit een tondelzwam had gemaakt en in een afzonderlijke doek had gewikkeld. Hij streek de vuurslag langs de vuursteen tot een van de vonken de tondel deed ontbranden. Dat zag hij aan het minieme spoortje rook. Daarna verscheen op de tondel een nauwelijks te onderscheiden gloeipuntje, dat zich begon uit te breiden. Arseni legde daar zijn dunste berkenschilletje en droge dennennaalden op. Met een breed stuk bast begon hij de vlam aan te wakkeren. Toen die opflakkerde, legde Arseni er dunne twijgjes over heen. Daarna wat dikkere takjes.

Nu is het afwachten tot het hout in as is veranderd, zei Arseni. De as hebben we nodig voor de was.

Ambrogio stond nog steeds in het water. Met zijn armen trok hij twee spetterende halve cirkels.

Spring er ook in, riep hij tegen Arseni.

Arseni aarzelde even, kleedde zich toen uit en sprong in de rivier. Het water voelde alsof iemand hem aanraakte. Het was een tedere, koele aanraking, over zijn hele lichaam ineens. Arseni ervoer een geluksgevoel en schaamde zich daar meteen voor, want Oestina kon niet met hem het water van de Dvina in. Hij klom op de kant. Zich generend voor zijn naaktheid bond hij zijn brede lendendoek om, die hij niet van plan was te wassen.

Toen een deel van de takjes was verbrand, harkte Arseni de as opzij en goot er water over. Hij spreidde een lap op de grond uit en legde de as erop. De hoeken van de lap bond hij bij elkaar. Hij testte de knoop: die zat goed vast. Hij zag een steen uit het water steken en droeg daar alles heen wat hij gewassen wilde hebben. Ambrogio kwam uit het water en trok met moeite zijn natte kaftan uit. Samen met een paar andere kleren legde hij de kaftan op de stapel die Arseni apart had gelegd.

Arseni bevochtigde de kleren en het ondergoed en wreef er op de steen met het asbundeltje overheen. Hij zat op zijn hurken. De in de kaftans genaaide dukaten klopten dof tegen de steen. Ambrogio spoelde uit wat gewassen was en hing het op aan de onderste takken van de bomen. Hij hing ze aan rozenbottelstruiken en jonge dennen, die doorbogen onder de last van de natte middeleeuwse kleren.

Arseni ging dicht bij het water liggen. Op zijn rug voelde hij de warmte van de zon, tegen zijn buik de zachtheid van het gras. Beide waren heilzaam voor zijn lichaam. Hij werd zelf gras. Over zijn armen kropen kleine, naamloze wezentjes. Ze namen de barrières die de haren op zijn huid vormden, wiesen hun pootjes en vlogen bedachtzaam op. Op het water sloegen eenden met hun vleugels. De wind bracht de toppen van de eiken in beweging en keerde hun bladeren binnenstebuiten. Arseni viel in slaap.

Toen hij wakker werd merkte hij dat hij al in de schaduw lag. De zon was achter hem langs gegaan en had zich verstopt achter de bomen. Soms verscheen ze bij een windvlaag in de gaten van de kronen. De wind graaide in de as van het kampvuur, waarop Ambrogio kruislings twee gedroogde berkenstammen had gelegd. De stammen brandden langzaam, niet fel, maar wel intens: de wind kreeg ze niet gedoofd. Ambrogio had het wasgoed al van de takken gehaald en bevoelde nu de kaftans. Ze waren nog steeds vochtig.

Ik denk dat we hier maar blijven overnachten, zei Ambrogio.

Denk ik ook, knikte Arseni.

Hij had zin hier voor altijd te blijven, maar wist dat dat onmogelijk was.

In de schemering werd het koeler. Ze haalden droge takken uit het bos en legden die bij het vuur. Aan de hemel verschenen donderwolken, en toen werd het helemaal donker. Maan en sterren waren niet meer. Bos en rivier waren niet meer. Gebleven waren het kampvuur en het weinige dat het bescheen. De ongelijkmatige piramide van stammetjes. Twee zittende pelgrims. Veelarmige schaduwen tegen de bomen.

Is het waar dat er veelarmige monsters bestaan, vroeg Arseni.

Daar heb ik nooit van gehoord, antwoordde Ambrogio, maar een landgenoot van mij heeft op zijn reizen ten oosten van Roes monsters gezien die maar één arm hadden, en wel midden op hun borst. En één been. Gezien deze eigenschappen schoten ze met z'n tweeën met één boog. En ze bewogen zich zo snel voort dat paarden ze niet konden inhalen, ook al hinkten ze op één been.

Als ze moe werden, liepen ze op hun arm en hun been, rondjes draaiend. Stel je voor!

Ambrogio zat met zijn hoofd voorover en zijn gezicht was niet te zien. Aan de stem van de Italiaan meende Arseni te horen dat hij lachte. Arseni was ernstig. Hij was onder de indruk van die enorme zwarte wereld die zich achter hun ruggen uitstrekte. Die wereld omsloot veel onbekends, verborg gevaren, ruiste op de nachtwind door het lover en liet de takken smartelijk kraken. Arseni wist al niet meer of die wereld überhaupt wel bestond, of in elk geval nu, op dit wankele ogenblik dat ze in de schemer verkeerde. Waren de bossen, rivieren en steden misschien in de donkere tijd van de dag opgeheven? Blies de natuur soms uit van haar dagelijkse ordentelijkheid om 's ochtends, weer op krachten gekomen, van chaos opnieuw in kosmos te veranderen? De enige die in deze vreemde tijd zichzelf niet verried was Ambrogio, en Arseni voelde jegens hem een vurige erkentelijkheid.

.x.

Een paar dagen later bereikten ze Orsja. Ze constateerden dat hun reserves tijdens de reis sterk waren geslonken en dat ze de pakpaarden nu niet meer nodig hadden. Beide werden in Orsja verkocht. Met de twee overgebleven paarden was de route over water gemakkelijker te overwegen. Na een paar dagen vonden ze een boot die naar Kiev zou varen, en ze scheepten zichin.

De Dnjepr was in Orsja nog niet zo breed. Niet breder dan de Velikaja. Maar Arseni en Ambrogio konden wel raden dat de stroom zich zou verbreden, want ze hadden gehoord dat de Dnjepr, anders dan de rivier in Pskov, werkelijk *velik*, groot was. Ambrogio was graag wat meer over deze rivier te weten gekomen, maar de varensgezellen waren geen opgewekte types en moeilijk aan de praat te krijgen. Ze beseften maar al te goed dat ze werden betaald voor het vervoer van mensen en vracht. En ze hadden kennelijk in de gaten dat gesprekken niks in het laatje brachten. Ze zeiden zelfs niets wanneer ze 's avonds, in een krappe kring bij elkaar zittend, een onduidelijke, troebele drank aan elkaar doorgaven. Arseni noch Ambrosio kreeg er hoogte van wat die lui nou precies dronken; vrolijker werden ze er in elk geval niet van. Hun ruggen kromden zich eens te meer. Zoals ze daar zaten, deden ze denken aan een grote, onaantrekkelijke bloem die zich sloot voor de nacht. Af en toe begonnen ze binnensmonds iets te zingen. Hun liederen waren al net zo vreugdeloos en brak als het goedje dat ze innamen.

Somber volk, die Russen, deelde Ambrogio zijn observaties.

Klimaat, knikte Arseni.

Drie dagen later meerden ze aan in Mogiljov. De stad, en al helemaal haar naam, maakte de stemming onder de varensgezellen er niet beter op. Die avond dronken ze meer dan gebruikelijk maar gingen ze niet slapen. Rond middernacht kwam er een vrachtkar naar de steiger gereden. Iemand floot. De varensgezellen wisselden blikken en liepen de wal op. Ze kwamen terug met stijf dichtgeknoopte zakken. De mensen van de kar hielpen de zakken de boot op te sjouwen. Met de nieuwsgierigheid en de onbevangenheid van de vreemdeling had Ambrogio willen vragen wat erin zat, maar Arseni legde zijn vinger op zijn mond.

Toen de boot vertrok, stapte Arseni op een van de varensgezellen af. Hij pakte hem met twee handen bij de hals en vroeg:

Wat is uwen naem, schipman?

Prokopi, antwoordde de man.

Prokopi, jij hebt een gezwel in je luchtwegen. Je toestand is kritiek, maar niet hopeloos. Als je besluit de hulp des Heren in te roepen, bevrijd je dan eerst van wat je bezwaart.

Schipper Prokopi antwoordde Arseni niet, maar uit zijn ogen liepen tranen.

In Rogatsjov werd de rivier aanzienlijk breder.

In Ljoebetsj kwam Prokopi op Arseni af en zei:

Niemand weet van mijn ziekte, maar ik begin al kortademig te worden.

Dat komt door je zonden, antwoordde Arseni.

Bij de nadering van Kiev zei schipper Prokopi tegen Arseni:

Ik heb mij overlegd wat gij gezegd hebt en zal doen naar uw woord.

Toen schipper Prokopi aan stuurboord de heuvels van Kiev zag, riep hij uit:

Heilig Holenklooster, bid tot God voor ons!

Prokopi's kameraden wierpen hem een nurkse blik toe. Zijn plotselinge godsvrucht kon hen maar matig bekoren. Toen de boot de rivier de Potsjajna op voer om aan te meren bij het stadsdeel Podol, zei Prokopi hun:

Vlucht van dit schip heen, want ik wens boete te doen voor mijn zonden en mij over te leveren aan de machthebbers dezer wereld.

Als de boot niet aan een drukke Kievse steiger had gelegen en als er aan boord geen twee passagiers waren geweest, was het schipper Prokopi waarschijnlijk niet zo makkelijk gelukt van boord te gaan. Hoogstwaarschijnlijk was het hem in het geheel niet gelukt. Maar de omstandigheden waren op Prokopi's hand.

Hij stapte de wal op en gaf zijn gewezen kameraden vandaar de laatste instructies. Hij ried hun aan niet te verzinken in de zonde maar boete te doen en dan de Dnjepr stroomopwaarts te volgen tot aan Orsja om zich daar een eerzame nering te zoeken. De varensgezellen luisterden zwijgend, want wat hadden ze kunnen inbrengen tegen de rechtvaardige woorden van Prokopi? Ze volgden hoe zijn lippen bewogen en betreurden het enigszins dat ze hem niet ergens in de buurt van Ljoebetsj de nek hadden omgedraaid om hem in de waterrijke Dnjepr te gooien.

De havenautoriteiten kwamen bij het schip kijken. Schipper Prolopi vertelde uit vrije wil dat de boot, behalve pelgrims en hun paarden, linnen hemden en aardewerk, ook roversbuit uit Mogiljov naar Kiev had vervoerd. Hij vertelde dat drie weken geleden in Mogiljov de koopman Savva Tsjigir was vermoord. Savva's bezit, dat vanwege het identificatierisico niet kon worden verkocht in Mogiljov, was naar Kiev verscheept. Op die manier was al eerder het bezit van andere kooplui uit Mogiljov opgestuurd, maar daar wist schipper Prokopi, die zonder specifieke toelichtingen was ingehuurd, niets vanaf. Natuurlijk had het hem wel verbaasd dat de bevrachting in het holst van de nacht gebeurde, met een omzichtigheid die voor hemden en vaatwerk niet gebruikelijk was. En toen hij deze keer in een van de zakken geen vaatwerk maar kostbaarheden aantrof, evenals de bokaal van de vermoorde Savva (in het zilver was diens naam gegraveerd), begreep Prokopi direct dat er iets niet in de haak was. Dat zijn gezondheid achteruit was gegaan kon niet toevallig zijn, in de woorden van de pelgrim Arseni zag hij een vingerwijzing Gods en daarom deed hij nu boete ten overstaan van iedereen. Prokopi slaakte een zucht.

En de volgende ademteug ging hem al makkelijker af dan de voorgaande.

De havenautoriteiten hoorden de bekentenis van de schipper aan en gingen aan boord, maar troffen daar al niemand meer. Ze vonden een paar zakken propvol waardevolle spullen. Toen begonnen ze Prokopi te ondervragen over zijn kameraden en hij vertelde alles wat hij wist. Hij sprak met gedempte stem, omdat hij niet genoeg lucht kreeg.

Arseni stapte op Prokopi af en legde opnieuw zijn handen in diens hals. Hij voelde en drukte met zijn vingers op het strottenhoofd. De schipper kreeg een hoestbui. Hij vouwde dubbel en uit zijn mond kwam bloederig slijm. Het bleef plakken aan Prokopi's baard en hing als een dunne, roze pegel af tot op de grond.

Het oprechte berouw van de schipper en het feit dat hij niet bij de zaak betrokken was, alsmede zijn beklagenswaardige gezondheidstoestand in aanmerking nemend, lieten de autoriteiten hem gaan.

Ga nu ter communie en je zult beter worden, zei Arseni. Geloof me, broeder Prokopi, hier ben je heel gladjes mee weggekomen.

.xi.

Arseni en Ambrogio hadden een brief bij zich van de stadvoogd van Pskov, Gavriil, aan de woiwode van Kiev, Sergi. Daarin verzocht Gavriil Sergi om de pelgrims te ondersteunen en ze zo mogelijk in contact te brengen met een van de handelskaravanen die op gezette tijden uit Kiev vertrokken. Toen de pelgrims begonnen rond te vragen waar ze de woiwode konden vinden, wezen de plaatselijke bewoners hun de Burcht. Dat was de naam van een stadsdeel, gelegen op een compact plateau en omgeven door een muur.

De Burcht was overal vandaan te zien. Arseni en Ambrogio namen hun paarden bij de teugel en begonnen langzaam aan de klim omhoog langs een van de straten. De straat was bochtig maar de reizigers wisten dat ze niet zouden verdwalen. De Burcht hing met de half verkoolde balken van zijn muren over hen heen.

De horde, zei een voorbijganger tegen hen, wijzend naar de geblakerde muur. Ik zie dat jullie niet van hier zijn, dus leg ik even uit waardoor hij zo verkoold is: de horde van Meñli I Giray. Wat je noemt een hoofdpijndossier.

Hij glimlachte breed en tandeloos en ging zijns weegs.

Niet alle Russen zijn zo somber als je denkt, zei Arseni tegen Ambrogio. Soms verkeren ze in een opgeruimde stemming. Bijvoorbeeld na het vertrek van de horde.

Bij de ingang van de Burcht stond een wachter. Toen ze hun naam noemden liet hij ze door. In de Burcht lagen de huizen van de Kievse notabelen en enkele kerken. Ze liepen naar het huis van woiwode Sergi en stelden zich voor aan andere wachters. Na hen te hebben aangehoord verdween een van de wachters in het huis. Een paar minuten later kwam hij terug en gebaarde de vreemdelingen te fouilleren. Na kortstondige beklopping van hun kleren mochten Arseni en Ambrogio naar binnen.

Woiwode Sergi was kaal en had zware wenkbrauwen. Die maakten zijn oninteressante gezicht expressief. De kleinste gemoedsbeweging, die bij ieder ander onopgemerkt voorbij zou zijn gegaan, werd bij woiwode Sergi dankzij die wenkbrauwen tot een gelaatsuitdrukking. De woiwode ontving de pelgrims (wenkbrauwen omlaag) gestreng en nam van hen de brief van stadvoogd Gavriil aan. Naarmate hij zich meer in de brief verdiepte werd zijn gezicht gladder, tot de wenkbrauwen zich hadden uitgerekt tot één gelijkmatige, dikke streng. Toen hij de brief had uitgelezen legde hij hem op tafel en plaatste er zijn hand op. De vingers van de andere hand waren onder het linkerboord van de kaftan geschoven. Ze bewogen.

Ik ken de stedevoogd en zal u helpen, zei woiwode Sergi. Ik stuur u mee met de eerstvolgende handelskaravaan. In afwachting daarvan verblijft u in het gasthuis.

Moeten we lang wachten, vroeg Ambrogio.

Misschien een week, antwoordde woiwode Sergi. Misschien een maand. Wie zal het zeggen. Hij nipte aan een zwanenhalskaraf en veegde met zijn hand over zijn voorhoofd. Warm.

Het was duidelijk dat de audiëntie was afgelopen. Arseni stond al bij de deur toen hij opmerkte:

Woiwode, ik kan u vertellen, het is echt niet uw hart. Het is uw wervelkolom. Sowieso hangt daar erg veel vanaf. Veel meer dan wij soms geneigd zijn te denken.

De wenkbrauwen schoten omhoog.

Jij weet dat ik last heb van mijn hart?

Nogmaals, het is niet uw hart, maar uw wervelkolom, antwoordde Arseni. Een van de hartzenuwen is bij u bekneld geraakt, en nou denkt u dat het uw hart is. Kleed u uit, woiwode, dan zal ik kijken wat ik kan doen.

Na enige aarzeling begon woiwode Sergi zich te ontdoen van zijn kleren. Zijn schouders en borstkas waren behaard. Voorovergebogen, met zijn grote buik, leek hij op de karaf waaruit hij dronk. Arseni wees naar de bank:

Woiwode, ga maar liggen, op uw buik.

Sergi ging liggen op zijn buik als op iets dat losstond van hemzelf. De bank begon modulerend te piepen.

Arseni's vingers begroeven zich in de ruigharige rug van de woiwode. Ze gingen van boven naar beneden en betastten wervel na wervel. Op een ervan hielden ze stil. Ze frommelden wat. Ze maakten plaats voor de muis van de hand. Arseni legde zijn andere hand op de eerste en begon krachtig en ritmisch op de ruggengraat te drukken. Ambrogio keek toe hoe de vette nekplooi van de patiënt trilde. Er klonk een zachte kraak en de woiwode slaakte een kreet.

Alles kits, zei Arseni. Vanaf nu zijn uw hartklachten en andere pijntjes verleden tijd.

Woiwode Sergi stond op van de bank en wreef over zijn rug. Hij ging rechtop staan. Nergens pijn. Hij vroeg:

Wat ist dat ghi vraeght voor uwe hulpe, arsediere?

Arseni dacht even na en antwoordde:

Eén ding maar – mijd tocht en zwaar tilwerk. Die zijn voor u geen pretje.

.xij.

Woiwode Sergi liet ze niet naar het gasthuis vertrekken en bracht ze onder in zijn eigen paleis. De volgende drie dagen hadden ze veel aanloop.

Zo kwam de schoonvader van woiwode langs, Feognost, die al tijden krom liep. Hij verkeerde als het ware voortdurend in een lichte buiging en leunde op een korte stok. Arseni legde de patiënt op de bank. Hij ging de ruggengraat wervel na wervel langs en vond zo de oorzaak van 's mans onbuigzaamheid. Feognost ging zonder stok bij Arseni vandaan.

De zwangere echtgenote van de woiwode, Fotinja, kwam met klachten over de onrust van het kind in haar schoot. Arseni legde zijn hand op haar buik.

Je bent in de achtste maand, zei hij tegen haar, en het wordt een jongen. Wat die onrust aangaat, hij is toch de zoon van een woiwode, hoe kan hij zich dan gedeisd houden?

De schoonmoeder van de woiwode, Agafja, kwam met een gebroken pols, die sinds een val in de winter niet was geheeld. Arseni verbond de pols strak in linnen en hield hem nog even vast.

Wees niet langer bedroefd, Agafja, immers, vóór de geboorte van uw kleinzoon zult ge gezond zijn.

Arseni kreeg ook bezoek van baljuw Jeremej, die tandpijn had, van popadja Serafima, wier hoofd trilde, van kleinburger Michalko met een zwerende wond aan zijn heup en van menig ander die had gehoord van de verbluffende consulten van de man uit Pskov. De mensen die hem opzochten genas hij van hun kwalen of hij gaf verlichting door ze te sterken in hun weerstand als hun ziekte de overhand kreeg, want de omgang met hem alleen al werkte heilzaam. Sommigen probeerden zijn handen aan te raken, omdat ze voelden dat daarvan levenskracht uitging. En toen kwam op onverklaarbare wijze uit Belozerje zijn eerste bijnaam overgevlogen: Roekinets, de Handman. Iedereen die bij Arseni kwam, wist dat hij de Handman was. En pas daarna kreeg men zijn voornaamste bijnaam te weten: Vratsj, de Arts.

In de nacht van de derde op de vierde dag van hun verblijf in Kiev gingen Arseni en Ambrogio de stad uit, op weg naar het Holenklooster. Ze liepen over de met bos begroeide berg, beneden lag als een duistere kolos de Dnjepr. De rivier was niet zichtbaar maar ademde en deed zich voelen zoals de zee en iedere watermassa zich doet voelen. Toen Arseni en Ambrogio bij het klooster kwamen begon het licht te worden. Vanaf de bergtop konden ze de vlakke linkeroever overzien. De blik naar het oosten werd door niets belemmerd, zweefde over het ravijn en reikte tot in de verste verten van Roes. Vandaar verhief zich voelbaar en haast schoksgewijs een reusachtige rode zon.

Bij de poort van het klooster moesten ze uitgebreid vertellen wie ze waren. Toen bleek dat Ambrogio katholiek was, aarzelde men om hem binnen te laten. Iemand moest naar de hegoemen.

De hegoemen besloot dat bezoek aan het klooster de vreemdeling tot nut kon zijn en gaf zijn zegen.

Ze kregen ieder een kaars en een monnik bracht hen naar de grot van Antoni en de grot van Feodosi. Ze aanschouwden de relieken van de heilige monniken Antoni en Feodosi. Er waren daar ook veel andere heiligen, die Arseni soms wel en soms niet kende. De monnik die hen begeleidde liep voor hen uit. In een van de bochten draaide hij zich om; in elk van zijn ogen flakkerde een kaars op.

Jevfrosinia van Polotsk (de monnik wees naar een van de schrijnen). Ze is teruggekeerd van waar u naar op weg bent. Tijdens de onlusten in het Heilige Land zijn haar relieken hierheen overgebracht.

Vrede zij u, Jevfrosinia, zei Arseni. We zijn langs geweest in Polotsk, maar jou troffen we daar natuurlijk niet.

Ze zal naar Polotsk terugkeren in 1910, suggereerde Ambrogio. Tot aan Orsja zullen haar relieken worden vervoerd over de Dnjepr, van Orsja tot Polotsk worden ze op handen gedragen.

De monnik zei niets en liep verder. Arseni en Ambrogio liepen achter hem aan, met hun voeten de ongelijkmatige grond aftastend. Daarboven fonkelden de zonsopgang en de zomer, hier spleten slechts drie kaarsen de duisternis. De duisternis week terug van de kaarsen, maar ietwat onzeker en niet ver. Ze verstarde onder de lage gewelven op een armlengte afstand en balde zich daar samen, klaar om zich opnieuw te sluiten. Op dit uur was het boven al warm, hier heerste de koelte.

Is het hier altijd zo koel, vroeg Ambrogio.

Hier is het nooit koud of warm, dat zijn extreme verschijnselen, antwoordde de monnik. De eeuwigheid is vredig, haar is de koelte eigen.

Arseni bracht zijn kaars naar een opschrift bij een van de schrijnen.

Gegroet, geliefde Agapit, sprak Arseni zacht. Ik heb er zo naar uitgekeken u te zien.

Tegen wie heb je het, vroeg Ambrogio.

Dat is de heilige monnik Agapit, onbaatzuchtig arts. Arseni knielde neer en drukte zijn lippen tegen Agapits hand. Agapit, die genezingen van mij zijn eigenlijk een vreemde zaak... Ik kan je niet goed uitleggen hoe het daarmee zit. Zolang ik kruiden gebruikte was het allemaal wel min of meer duidelijk. Ik behandelde mensen en wist dat Gods hulp via de kruiden kwam. Oké. Maar nu komt de hulp Gods door mijzelf heen, begrijp je? Terwijl ik minder ben dan mijn genezingen, veel minder, ik ben ze zelf niet waard en ik ben er bang voor, voel me er ongemakkelijk bij.

Wil je beweren dat je slechter bent dan kruiden, vroeg de monnik.

Arseni sloeg zijn ogen op naar de monnik.

In zekere zin wel, want die kruiden zijn zonder zonde.

Maar ze zijn toch zonder zonde doordat ze geen bewustzijn hebben, zei Ambrogio. Is dat soms hun verdienste?

Men moet zich dus bewust van zijn zonden ontdoen, merkte de monnik schouderophalend op. Makkelijk zat. Men dient niet te oordelen, weet u, maar te aanbidden.

De drie mannen liepen verder en stuitten op steeds weer nieuwe heiligen. De heiligen bewogen niet zo zeer, en zeiden zelfs niets, maar het zwijgen en de onbeweeglijkheid van de doden waren niet onvoorwaardelijk. Hier, onder de aarde, vond een niet geheel gewone beweging plaats en klonken eigenaardige stemmen, die de strengheid en de rust niet doorbraken. De heiligen spraken in de woorden van de psalmen en met regels uit hun levensbeschrijvingen, die Arseni zich nog heugde van zijn kindertijd. De schaduwen van de opgetilde kaarsen bewogen over de uitgedroogde gezichten en gekromde, bruine handen. Het leek of de heiligen hun hoofden half oprichtten, glimlachten en nauw merkbaar met hun armen wenkten.

Een stad van heiligen, fluisterde Ambrogio, die opging in het schaduwspel. Ze suggereren ons de illusie van leven.

Nee, bracht Arseni, ook fluisterend, daartegenin. Ze logenstraffen de illusie van de dood.

.xiij.

Een week later vertrok uit Kiev een handelskaravaan naar Venetië, en Arseni en Ambrogio sloten zich daarbij aan. Woiwode Sergi liet ze op reis gaan met een gevoel van droefenis dat hij niet verheelde. De woiwode nam niet graag afscheid van zo'n opmerkelijke arts. Hij nam niet graag afscheid van mensen met wie hij een goed gesprek kon voeren. In de korte tijd dat de pelgrims bij hem hadden vertoefd was hij veel te weten gekomen over het leven in

Pskov en in Italië, over de wereldgeschiedenis en over manieren om het tijdstip van het einde van de wereld te berekenen. Woiwode Sergi ondernam zwakke pogingen om zijn gasten vast te houden, maar probeerde niet serieus hun vertrek te beletten. Hij wist waarvoor Arseni en Ambrogio aan deze reis waren begonnen.

Voor de karavaan verzamelden zich veertig kooplieden, twee gezanten uit Novgorod en dertig man beveiliging. Het geld voor de beveiliging werd ingebracht door alle reizigers, met inbegrip van Arseni en Ambrogio, van wie – omdat zij vrijwel geen vracht hadden – vier dukaten werden geïnd. Ieder van de kooplieden kwam met enkele bepakte lastpaarden, velen ook met een vracht op karren, bespannen met ossen. De verzamelde karavaan vulde het hele plein voor de kerk van de Heilige Sofia. Overal weerklonk geknerp van wagens, gehinnik van paarden, geloei van ossen en getier van de bewakers die de karavaan moesten beveiligen. Dat waren kwaaie lui, zoals het bewakers betaamt.

Na twee uur van opstellen en geld inzamelen vertrok de karavaan. Ze bereikte de Gouden Poort en drukte zich daar samen om zich moeizaam als door een flessenhals naar buiten te persen. Om met goederen de stad uit te mogen diende men te betalen. Arseni en Ambrogio hadden geen goederen bij zich, zij hoefden niets te geven. Qua kostbaarheden hadden ze alleen het zilveren olielampje, maar daar wist niemand van.

De kooplieden vervoerden bont, mutsen, gordels, messen, zwaarden, sloten, ploegijzers, doek, zadels, lansen, bogen, pijlen en sieraden. Naar de mening van de mannen die bij de Gouden Poort stonden moesten de kooplieden dus betalen. Het geld werd niet geïnd voor afzonderlijke goederen, maar per kar. Omdat op elke kar zo veel was geladen als ze kon dragen, soms zelfs meer. In zulke gevallen bezweken de karren en werd de vracht erop, conform de wet, eigendom van de woiwode van Kiev. Alles wat op de grond viel (van de wagen? weggedragen!) werd eveneens genadeloos geconfisqueerd. De weg door de poort was één en al kuil. Als mettertijd de kuilen aan diepte inboetten, werden ze zorgzaam weer uitgediept. In de middeleeuwen wisten douaniers, net als in later tijden, wel hoe ze moesten omgaan met reizigers.

Op korte afstand van de stadsmuur hield de karavaan halt. Hier werd ze opgewacht door een tiental karren, waarop een deel van de naar buiten gebrachte vracht moest worden overgeladen. In de vorm waarin de goederen door de poort waren gekomen zouden ze Venetië nooit halen, dat begrepen de kooplui heel goed. De herschikking van de goederen nam enkele uren in beslag. Toen de karavaan eindelijk op weg kon stond de zon al laag.

Er werd overnacht niet ver van Kiev. De karavaan was zo omvangrijk dat men een pleisterplaats moest zoeken in enkele dorpen tegelijk. Terwijl ze zich verdeelden over de dorpen kwam bewaker Vlasi op Ambrogio en Arseni af. In zijn handen droeg hij een goedendag, aan zijn gordel een strijdbijl.

Uit Pskov, vroeg bewaker Vlasi.

Uit Pskov, antwoordden de reizigers.

Daar kom ik ook vandaan, maar ik verdien wat in de beveiliging. Kom mee, dan bezorg ik jullie een goed plekje.

Arseni en Ambrogio werden ondergebracht in dezelfde hut als de Poolse koopman Vladislav, die op weg was naar Krakau. Hij had zeven bundels sabelbont bij zich, die hij had gekocht in Novgorod. Alle zeven bundels legde koopman Vladislav neer bij de bank waarop zijn bed was klaargemaakt.

De huiden waren vers en gaven een penetrante geur af. Terwijl de koopman over zijn waar vertelde, hield hij de vachten bij de punten van hun grote oren – ieder op haar beurt. Zijn eigen oren gloeiden van de warmte in de hut, zodat hun ongewone afmetingen nog meer in het oog sprongen. Aan zijn dikke vingers flonkerden enkele ringen. Van tijd tot tijd begroef hij zijn vingers in het sabelbont als was het gras, en de edelstenen glansden daartussen op als grote, oneetbare aardbeien.

Puike vachten, concludeerde Vladislav.

Heb je die niet in Krakau, vroeg Ambrogio uit beleefdheid.

Hoezo, jawel hoor, zei de koopman gepikeerd. Alleen niet voor zulke prijzen. In het Poolse koninkrijk hebben we alles.

Hij sprak met een merkbaar accent en soms was hij met moeite te verstaan.

Wat de mensen zeggen is al niet meer zo goed te volgen als bij het begin van onze reis, zei Arseni tegen Oestina, terwijl hij ging liggen op zijn bank. De woorden worden nu steeds wankeler. Soms glijden ze uit voordat ze zijn herkend. Eerlijk gezegd, mijn lief, stelt mij dat niet geheel gerust.

Een ogenblik later was Arseni in slaap.

.xiiij.

Bij het krieken van de dag ging de karavaan opnieuw op weg. De opstelling deed denken aan die van gisteren, maar was daar geen precieze herhaling van. Pas voorbij het laatste dorp dat de reizigers verlieten kreeg de stoet zijn uiteindelijke vorm. De karavaan bewoog zich langzaam. Bepalend was de snelheid van de ossen, dieren die naar hun aard geen haast maakten. De ossen zagen er nadenkend uit, al dachten ze in werkelijkheid nergens aan. De karavaan trok voort zonder sporen achter te laten, want het had allang niet geregend. Ze liet slechts stofwolken achter, die in de droge lucht bleven hangen.

Arseni en Ambrogio zagen iets verder naar voren Vlasi, de bewaker. Gisteren leek hij ouder, nu oogde hij bijna als een jochie. Hij was middenblond en had grijze ogen. Hij wenkte hun toe en zei iets. Door het lawaai van de karavaan konden ze het niet horen. Ambrogio wees naar zijn oor.

Ik heb in Zapskovje gewoond, riep bewaker Vlasi. In Za-psko-vje. Hij lachte. Kennen jullie dat?

Jazeker, ze knikten: duidelijk, in Zapskovje.

De weg was smal en Arseni's paard kwam af en toe tegen dat van Ambrogio aan. Arseni pakte het rijdier van zijn metgezel bij de teugel en zei:

Ik probeer al vele jaren te dienen tot redding van Oestina, die ik heb vermoord. En ik begrijp nog steeds niet of mijn arbeid gezegend is. Ik wacht nog altijd op een of ander teken, dat mij moet vertellen dat ik het in de goede richting zoek, maar in al die jaren heb ik geen enkel teken gezien.

Het is gemakkelijk om tekens te volgen, daar heb je geen moed voor nodig, antwoordde Ambrogio.

Als het om mijn redding zou gaan, zou ik geen ongeduld tonen. Ik zou almaar doorgaan, zolang als mij voeten mij konden dragen, want ik ben niet bang om te trekken en me in te spannen. Ik ben alleen bang dat ik de verkeerde kant op ga.

De grootste moeilijkheid zit hem volgens mij toch niet in de voortbeweging (Ambrogio ontmoette Arseni's blik), maar in de keuze van de route.

De karavaan trok door het bos. Arseni schommelde zwijgend in het zadel, en het was niet duidelijk of hij knikte ten teken dat hij het eens was met Ambrogio, dan wel zijn hoofd heen en weer bewoog in de maat van de tred van zijn paard. Toen ze een veld op reden, zei Arseni:

Ik ben gewoon bang, Ambrogio, dat alles wat ik doe Oestina niet helpt, en dat mijn tocht me niet naar haar toe brengt maar van haar weg. Gezien het nabije einde van de wereld zie jij toch ook in dat ik niet het recht heb te verdwalen. Want als ik de verkeerde route blijk te hebben genomen, kan ik al niet meer op tijd de juiste te pakken krijgen.

Ambrogio knoopte de bovenste knopen van zijn kaftan los.

Ik ga iets raars zeggen. Ik heb steeds sterker het idee dat de tijd niet bestaat. Alles op de wereld bestaat buiten de tijd, hoe zou ik anders de toekomst kunnen kennen die nog niet geweest is? Ik denk dat de tijd ons gegeven is bij Gods genade, opdat we niet in verwarring raken, want het bewustzijn van de mens kan niet alle gebeurtenissen gelijktijdig in zich opnemen. Wij zijn opgesloten in de tijd vanwege onze zwakheid.

Dus volgens jou bestaat het einde van de wereld al, vroeg Arseni.

Dat sluit ik niet uit. De dood van afzonderlijke mensen bestaat immers ook – en is dat soms niet het persoonlijke einde van de wereld? Per slot van rekening is de algemene geschiedenis slechts een deel van de persoonlijke geschiedenis.

Of andersom, merkte Arseni na enig nadenken op.

Of andersom: die twee geschiedenissen kunnen niet zonder elkaar. Arseni, hier is van belang dat voor elke afzonderlijke mens het einde van de wereld intreedt enkele decennia na zijn geboorte – zoveel als eenieder vergund is. (Ambrogio boog zich voorover naar de hals van zijn paard en zuchtte in de manen.) Het algemene einde van de wereld houdt me bezig, zoals je weet, maar ik ben er niet bang voor. Dat wil zeggen, ik ben er niet méér bang voor dan voor mijn eigen dood.

De weg werd breder, en koopman Vladislav kwam met hen oprijden.

Ik hoor hier over de dood praten, zei de koopman. Jullie Russen doen niets liever. Vandaar dat jullie je leven zo slecht weten te organiseren.

Ambrogio haalde zijn schouders op.

Gaan ze in Polen dan niet dood, vroeg Arseni.

Koopman Vladislav krabde zich achter zijn oor. Zijn gezicht drukte twijfel uit.

Natuurlijk wel, maar steeds minder vaak.

Hij gaf zijn paard de sporen en galoppeerde naar de kop van de karavaan. Arseni en Ambrogio keken hem zwijgend na.

Ik denk nog steeds aan wat je zei over de tijd, zei Arseni. Weet je nog hoe lang de aartsvaders leefden? Adam werd negenhonderd dertig, Seth negenhonderd twaalf, Methusalem zelfs negenhonderd negenenzestig. Is de tijd dan soms geen zegen?

De tijd is eerder een vloek, want in het Paradijs was hij er niet, Arseni. De aartsvaders leefden zo lang doordat op hun gezichten nog de paradijselijke tijdloosheid afstraalde. Zo konden ze als het ware wennen aan de tijd, zeg maar. Ze hadden nog iets van de eeuwigheid in zich. Daarna begon hun leeftijd korter te worden. En toen de farao aan de oude Jakob vroeg hoe oud hij was, antwoordde Jakob: Die dage der pelgrimagie mijns levens sijn hondert ende dortich iaer, cleyn ende quaet: ende si en sijn noch niet ghecomen tot mijnre vader daghen inden welken sij pelgrimagie hebben ghedaen.

Ambrogio, jij hebt het over de algemene geschiedenis, die volgens jou voorbestemd is. Misschien is dat ook zo. Maar met de persoonlijke geschiedenis ligt het toch heel anders. Een mens wordt niet kant en klaar geboren. Hij leert, reflecteert op zijn ervaringen en construeert zijn persoonlijke geschiedenis. Daarvoor heeft hij tijd nodig.

Ambrogio legde een hand op Arseni's schouder.

Beste vriend, ik stel de noodzaak van de tijd niet ter discussie. Je moet gewoon niet vergeten dat alleen de materiële wereld de tijd nodig heeft.

Maar we kunnen toch ook alleen in de materiële wereld iets uitrichten, zei Arseni. Daarin zit nu juist het verschil tussen mij en Oestina. Ik heb de tijd nodig, zo niet voor ons beiden, dan wel voor haar. Ambrogio, ik ben doodsbang dat de tijd kan ophouden. Daar zijn we niet klaar voor – ik niet, en zij niet.

Daar is niemand klaar voor, zei Ambrogio zacht.

.xv.

Een paar dagen later bereikte de karavaan Zjitomir. Vanuit Zjitomir trok ze verder naar Zaslav. Voorbij Zaslav liep de route naar Kremenets. Toen ze Kremenets verlieten, zei koopman Vladislav:

Verderop begint het Poolse koninkrijk.

Hij sprak dit zo luid en langzaam uit dat iedereen omkeek. Dat Poolse koninkrijk, daar viel wat van te verwachten: eindelijk dook op de route van de karavaan het eerste koninkrijk op. De stemming steeg. De karavaan trok voort, maar aan beide zijden van de weg bleven zich dezelfde bossen, velden en meren uitstrekken die reizigers op hun afgelegde route al hadden begeleid. Sommigen stelden dat het niet dezelfde bossen, velden en meren waren. Anderen, die de gelijkenis opmerkten met wat ze eerder hadden gezien, hadden als verklaring daarvan dat het Poolse koninkrijk nog niet begonnen was.

De nacht overviel de karavaan in woest gebied en niemand, koopman Vladislav incluis, was in staat te bepalen of dit al Polen dan wel nog Litouwen was. Er galoppeerde een troep ruiters langs de karavaan. Gevraagd door welk land de karavaan trok, wisten ze dat niet, of ze wilden geen antwoord geven. Het waren tamelijk norse ruiters.

Men hield halt op een veld bij een bos en stak vuren aan. Arseni en Ambrogio kwamen aan hetzelfde vuur te zitten als koopman Vladislav en bewaker Vlasi. Alvorens te gaan slapen vroeg bewaker Vlasi aan de aanwezigen of er mensen met hondenkoppen bestonden. De bewaker was jong en voerde graag wetenschappelijke discussies.

Bij zijn reizen oostelijk van Roes, zei Ambrogio, heeft de Italiaanse monnik Giovanni del Plani Carpini zulke mensen gezien. Of hem werd erover verteld, wat natuurlijk niet hetzelfde is.

Koopman Vladislav schraapte zijn keel en mengde zich in het gesprek.

In het Poolse koninkrijk zijn mensen gezien die over het geheel genomen een menselijk uiterlijk hadden, maar de uiteinden van hun benen waren als die van runderen, ze hadden het hoofd van een mens maar het gezicht van een hond, ze spraken twee woorden op menselijke wijze en blaften dan het derde als een hond.

Het Poolse koninkrijk is buitengewoon interessant, zei Ambrogio, we kunnen het alleen maar betreuren dat we er doorheen trekken zonder er langer te blijven.

Er zijn ook mensen gezien, vervolgde koopman Vladislav, bij wie de oren zo groot waren dat ze hun hele lichaam bedekten.

Arseni keek onwillekeurig naar de oren van koopman Vladislav. Die waren ook niet klein uitgevallen, maar het was onmogelijk je ermee te bedekken.

Bewaker Vlasi vroeg:

Maar zijn er in het Poolse koninkrijk ook mensen die alleen van geuren leven? Dat is me verteld.

In het Poolse koninkrijk is alles, antwoordde koopman Vladislav. Er zijn mensen met kleine magen en een kleine mond: zij eten geen vlees, maar koken het alleen maar. Als ze het vlees gekookt hebben, gaan ze op de pot liggen en voeden zich met de damp, en dat is alles wat ze op de been houdt.

Wat, zei bewaker Vlasi met stomheid geslagen, eten ze dan echt helemaal niets?

Als ze al eten, dan maar heel weinig, zei de koopman bescheiden.

Het vuur brandde op en niemand gooide er nog nieuw hout in. Iedereen, ook bewaker Vlasi, ging slapen. Deze nacht had hij geen wachtdienst. Stukje bij beetje doofden ook de andere vuren – behalve één, waaraan enkele bewakers zaten. Zij moesten wakker blijven tot de ochtend. Na enige tijd doofde ook dit vuur.

Arseni had zacht gras en varens geplukt en daar een bed van gemaakt. Aan het hoofdeinde had hij zijn zadel gelegd. Het zadel rook naar leer en paardenzweet. In een benauwde nacht was dat bijzonder onplezierig. Hij bespeurde in zichzelf een onduidelijke onrust. De volle maan scheen in zijn ogen. Arseni wilde zich op zijn zij draaien, maar zo begon het zadel tegen zijn jukbeen te drukken. Na enig aarzelen ging hij weer op zijn rug liggen.

Het zadel is gemaakt voor een andere plaats, fluisterde Ambrogio, die toekeek hoe Arseni het zich gemakkelijk probeerde te maken. Ik heb iets beters.

Hij reikte Arseni zijn brede, zachte lendendoek aan. Arseni had willen weigeren, maar hield zich tijdig in. Hij gloeide van dankbaarheid jegens Ambrogio, nu die voor hem zorgde. Arseni lag erover na te denken dat hij na zovele jaren voor het eerst niet alleen was. Hij voelde hoe beu hij zijn eenzaamheid was. En begon te huilen. En sliep in tranen in.

.xvi.

Arseni droomde van geschreeuw. Het geschreeuw was tegelijk krijgshaftig en doordringend. Het was Arseni duidelijk dat het van verschillende mensen kwam. Misschien kwam het niet van mensen. Wie weet waren het degenen die vochten om Oestina. Twee tegengestelde krachten, die de ziel van de ontslapene verschillende kanten op trokken.

Arseni opende zijn ogen en begreep dat hij dat geschreeuw niet had gedroomd. Het klonk vanaf het verre eind van het veld waar het kamp was opgeslagen. Arseni zag hoe bewaker Vlasi langs hem heen kwam gerend terwijl hij zijn strijdbijl losknoopte van zijn gordel. De bewaker rende de kant op waarvandaan het geschreeuw klonk. De lucht was nog gevuld met schemer, en alleen in het oosten, waar de karavaan vandaan was gekomen, begon het licht te worden.

De karavaan is aangevallen, riep iemand in de buurt.

Dat was zo. Voor hun aanval hadden de rovers de voormorgenlijke slaap uitgekozen, wanneer het lichaam, mals van de warmte, willoos en onbeschermd is. Om te beginnen hadden ze de nachtwachten te grazen genomen. Die hadden geen weerstand geboden, omdat ze niet waakten maar, integendeel, door diepe slaap waren overmand. Ze werden in een oogwenk neergesabeld, in hun slaap, bij het uitgedoofde vuur. Een van hen had, dodelijk gewond, een schreeuw weten te slaken en de andere bewakers gewekt. Die waren die nacht gekleed en wel gaan slapen en wierpen zich ogenblikkelijk in de strijd.

De rovers hadden geen tegenstand verwacht. Ze waren eraan gewend dat in dergelijke gevallen de beveiliging de benen nam en have en goed aan de aanvallers liet. Maar de beveiliging nam niet de benen. De wachters verzetten zich zwijgend en verwoed tegen de rovers, om in de loop van het gevecht pas goed wakker te worden. Het gespuis zag dat een snelle zege er al niet meer in zat, maar een overwinning tegen elke prijs paste niet in de plannen. Toen de rovers een paar man hadden verloren, besloten ze terug te trekken. Er klonk een halfluid commando en ze begonnen de posities van de karavaan te verlaten. Een paar minuten later verdween de troep ruiters al naar het oosten. Niemand ging ze achterna.

Toen het eindelijk licht was werd duidelijk hoe verschrikkelijk de strijd was geweest. Bij het gedoofde vuur lagen vier overhoop gestoken bewakers. Ze hadden geen wapens in hun handen en waren domweg niet op tijd wakker geworden. Ook werden de lichamen van drie rovers ontdekt. Aan de vorm van de kruisjes om hun nek kon men vaststellen dat het geen Russen waren.

Kreten van razernij schalden over het slagveld. Nu eens vielen ze stil, om zich dan weer met onmenselijke kracht te vernieuwen; er was in dit gekrijs niets menselijks meer. Arseni liep eropaf. Iedereen stond in een kluitje om de brullende man heen, maar niemand durfde op hem af te stappen. Hij rolde kronkelend over de bloederige grond en achter hem aan sleepten, stof en dennennaalden verzamelend, zijn naar buiten puilende darmen. Toen de schreeuwende man zich voor een ogenblik in een stuip uitrekte, zag Arseni dat het bewaker Vlasi was.

Arseni deed een stap in Vlasi's richting en de mensen weken voor hem opzij. Ze hadden gewacht op iemand die deze stap zou doen. Hun vurige wens om te helpen kreeg vorm in de snelheid waarmee ze Arseni de ruimte gaven. Arseni boog zich over de gewonde heen. Vlasi, die goedmoedige man van weinig woorden, was veranderd in lijdend vlees dat zich verloor in gekrijs. Arseni vroeg zich af of er op dit moment in dit vlees wel een geest zat, en antwoordde dat dit misschien niet zo was.

Met een scherp mes sneed Arseni de kleren van de gewonde open en ontblootte diens tors. Hij vroeg om water. Toen hem een kan met water was gebracht beval hij de omstanders om Vlasi bij handen en voeten vast te pakken. Hij nam de darmen van Vlasi van de grond en begon ze te wassen onder een straal water. Op hun glibberige oppervlak voelde hij bloedkorsten en slijm. Vlasi begon nog veel erger te gillen. Om Arseni te steunen raakte Ambrogio zijn rug aan, maar hij keek de andere kant op, want hij had niet de kracht om te kijken naar wat er met Vlasi gebeurde. Arseni schikte de darmen in de buik en omwikkelde die met linnen.

Een paar mannen pakten de gewonde op en legden hem op een van de wagens, boven op de vachten. Zijn hoofd hing levenloos omlaag. Vlasi was buiten bewustzijn.

Ik zie dat hij in korte tijd zal doodgaan, zei Arseni tegen Oestina, en ik, mijn lief, ben niet bij machte hem te helpen. Maar het zal hem nu lichter vallen deze tijd te doorstaan.

Ze besloten de gedode bewakers te begraven in het dichtstbijzijnde Russische dorp, want koopman Vladislav liet weten dat er in het Poolse koninkrijk, en zeker dicht bij de grens, behalve Poolse ook Russische dorpen waren. Na rijp beraad besloten ze ook de lijken van de rovers mee te nemen, maar die wel afzonderlijk ter aarde te bestellen.

De karavaan kwam in beweging. Op zijn kar kwam bewaker Vlasi bij bewustzijn en begon te kreunen. Het gehots verergerde zijn lijden. Arseni liep op de kar af en pakte de ongelukkige bij de schouders. Vlasi zakte weer weg. Wanneer Arseni zijn hand wegnam, kwam hij weer bij en begon opnieuw te gillen. Daarom bleef Arseni naast hem lopen zonder zijn hand weg te halen.

Aangekomen bij het dichtstbijzijnde dorp hield de karavaan halt. Ze besloten om Vlasi, die door het schudden het bewustzijn had verloren, hier achter te laten. Dit was een Pools dorp en koopman Vladislav ging eropaf. Na enkele tevergeefse pogingen om de gewonde onder te brengen lukte het de koopman twee oude mensjes te strikken. Ze heetten Tadeusz en Jadwiga en hadden geen kinderen. Deze goede lieden waren bereid voor de patiënt te zorgen.

Toen Vlasi het huis van Tadeusz en Jadwiga was binnengebracht, opende hij zijn ogen. Hij zag Arseni aan zijn bed en greep diens hand, want zolang hij Arseni's hand vasthield had hij geen pijn. Vlasi vroeg met zijn lippen:

Laet ghi mi nu in dit lijden groot, Arseni?

De kooplieden uit de karavaan keken naar Vlasi met ogen vol tranen. Zij beseften dat iedereen met de karavaan mee moest.

Versaag niet, Vlasi, zei Arseni. Ick sal met u sijn.

Arseni draaide zich om naar Ambrogio. Ambrogio boog het hoofd. Hij ging met de kooplieden naar buiten en kwam na korte tijd terug met twee paarden aan de leidsels. Vanaf het erf van Tadeusz en Jadwiga keken Arseni en Ambrogio toe hoe de karavaan moeizaam op weg ging.

Jadwiga wilde voor Vlasi kasja gaan koken, maar Arseni hield haar tegen. Hij stond slechts toe de gewonde water te geven. Keer op keer bracht Ambrogio de kroes van aardewerk aan diens lippen. Vlasi dronk gulzig, zonder Arseni's hand los te laten. De hele dag was hij half bij bewustzijn. 's Avonds opende hij de ogen en vroeg:

Ga ik dood?

Vroeg of laat gaan we allemaal dood, antwoordde Arseni. Laat dat je tot troost zijn.

Maar ik ga vroeg dood.

De ogen van Vlasi raakten langzaam overtrokken door een floers. Arseni boog zich over hem heen en sprak:

De woorden *vroeg* en *laat* bepalen niet de inhoud van verschijnselen. Ze hebben slechts betrekking op de vorm van hun verloop – de tijd. Die, zo meent Ambrogio, per slot van rekening niet bestaat.

Arseni keek om naar Ambrogio.

Ik denk, zei Ambrogio, dat niet de tijd uitgeput raakt, maar het verschijnsel. Het verschijnsel drukt zichzelf uit en beëindigt zijn bestaan. De dichter komt, laten we zeggen, op zijn zevenendertigste om het leven, en de mensen beginnen zich af te vragen wat hij nog had kunnen schrijven. Terwijl hij misschien de verwachtingen al had vervuld en zichzelf volledig had uitgedrukt.

Ik weet niet over wie je het hebt, maar dit geeft stof tot nadenken. Arseni wees op Vlasi, die nu buiten kennis was. Wil je zeggen dat deze jongen zichzelf al heeft uitgedrukt?

Dat kan niemand weten, antwoordde Ambrogio. Behalve God.

Vlasi kneep met onverwachte kracht in Arseni's hand:

Ik ben bang om uit deze wereld weg te gaan.

Niet bang zijn. Die andere wereld is beter. Met zijn vrije hand veegde Arseni het zweet van Vlasi's voorhoofd. Ik zou zelf ook gaan, maar ik moet nog iets afmaken.

Ik ben bang om alleen te gaan.

Je bent niet alleen.

Mijn moeder en broers zijn in Pskov gebleven.

Ik ben je broer.

Nou ben ik dus hier om in de beveiliging te werken. Geld te verdienen. Waarom?

Je moet toch ergens van leven.

Nu niet meer dus. Laat mijn hand niet los.

Neenee.

Tot het eind.

De stervende sloot zijn ogen.

Hoor je dat? De eerste hanen.

Nee, antwoordde Arseni, ik hoor niets.

Ik wel. Ze roepen mij. Het is niet goed dat ik ga zonder communie. Zonder boetedoening.

Je kunt bij mij biechten. Ik zal je biecht naar Jeruzalem brengen, en ik geloof dat jouw zonden tot stof zullen wederkeren.

Maar dat is immers pas na mijn dood. Wordt mij dat soms aangerekend?

Ik zeg je toch: het bestaan van de tijd staat ter discussie. Misschien is er gewoon geen *na*.

Toen begon Vlasi te biechten. Ambrogio ging naar de deel, waar Tadeusz en Jadwiga zaten. Ze zeiden iets tegen hem in het Pools. Ambrogio begreep hun woorden niet, maar knikte. Hij zou het eens zijn met alles wat ze zeiden, omdat hij zag dat ze goede mensen waren.

Je mag alleen geen enkele van mijn zonden vergeten, fluisterde Vlasi tegen Arseni.

Ik vergeet er geen een, Vlasi. Arseni streelde zijn haren. Alles komt goed, hoor je?

Maar Vlasi hoorde al niets meer.

.xvij.

Na Vlasi te hebben begraven gingen Arseni en Ambrogio op weg. In de hoop de karavaan in te halen reden ze snel. Inderdaad haalden ze haar in rond middernacht, karavanen hebben immers geen haast. De ochtend van de volgende dag vertrokken Arseni en Ambrogio samen met de karavaan.

Opnieuw wisselden bossen en velden elkaar af, net als Poolse en Russische plaatsjes. In Boesk woonden overwegend Polen, in Nesloechov Russen, en in Zapytov, naar men mag aannemen, was het half-om-half. Wie er in Lvov woonden was onduidelijk. Op straat in Lvov troffen ze de kleinburger Stepan. Stepan was aangeschoten en het was niet vast te stellen welke taal hij sprak. De kleinburger dreigde de reizigers met zijn vuist. Hij gleed uit in de mest en rolde onder het paard van een van de bewakers. Een hoef kwam terecht op Stepans hand en brak de botten. Men legde Stepan op een draagbaar en liet Arseni halen.

Hoe heet je, beste man, vroeg Arseni, terwijl hij Stepans hand omzwachtelde.

Stepan maakte een beweging met zijn gezonde hand en mummelde iets dat zich niet liet ontleden.

Te oordelen naar dat gebaar heet hij Stepan, opperde koopman Vladislav.

Zeg Stepan, zei Arseni, Gods wereld is een stukje groter dan dit gat van jou. Met je vuisten zwaaien lijkt me niet zo'n goed idee. Je zou je hand eens kunnen kwijtraken.

Voorbij Lvov ging het langs Jaroslav, voorbij Jaroslav kwam Zjesjov.

In Zjesjov zei Arseni tegen Oestina:

In Zjesjov spreken de mensen zo veel ze kunnen in sisklanken. Soms peins je, tsjongejonge, het stikt er simpelweg van.

Na Zjesjov kwam Tarnov, na Tarnov Bochnja, na Bochnja Krakau. In Krakau namen Arseni en Ambrogio afscheid van koopman Vladislav. De koopman nodigde ze uit wat langer in zijn stad te blijven, maar ze bedankten dankbaar. Ze moesten verder. Ten afscheid omhelsden ze elkaar. De koopman had tranen in zijn ogen:

Afscheid nemen, ik heb er een hekel aan.

Het leven bestaat uit afscheid nemen, zei Arseni. Maar als je dat beseft ben je des te blijer met je gezelschap.

Ik zou het liefst (koopman Vladislav snotterde wat) alle goede mensen die ik tegenkom bij me houden en nooit meer laten gaan.

Ik denk dat ze op die manier al snel kwaaie mensen worden, glimlachte Ambrogio.

Vanuit Krakau trok de karavaan langs de Visla. De rivier was hier niet breed. Met haar mee meanderend bereikten ze het plaatsje Auschwitz. Ambrogio zei:

Weet je, Arseni, eeuwen hierna zal deze plaats afschuw inboezemen. Maar de benauwenis ervan is nu al voelbaar.

Verderop begon Silezië. Terwijl Arseni de kooplui uitvroeg over Silezië, was de landstreek al onmerkbaar overgegaan in Moravië. Hij haastte zich alles te weten te komen over Moravië, want niets daar liet vermoeden dat Moravië groter was dan Silezië. In de spraak van de mensen die er woonden wisselden Duits en Hongaars het Slavisch geregeld af. Naarmate ze zich verder naar het zuidwesten bewogen kwamen ze het Duits steeds vaker tegen, zonder dat dit het andere geheel en al wegdrukte. Zo begon Oostenrijk.

Het Duits was Arseni niet vreemd. In wat de mensen onderweg zoal zeiden herkende hij de woorden die hij zelf ooit had geprobeerd te lezen in Belozersk, toen hij bij koopman Afanasi de Vlo studeerde. Hij ontdekte dat de uitspraak van Duitssprekenden substantieel verschilde van de uitspraak van Afanasi. Overigens viel dat Afanasi maar voor een deel te verwijten. De inwoners van Oostenrijk deden toen al hun best om de taal op geheel eigen wijze uit te spreken. Eind vijftiende eeuw wisten de Oostenrijkers nog niet precies of ze verschilden van de Duitsers en zo ja, waarin dan. De eigenaardigheden in hun uitspraak gaven hun uiteindelijk op beide vragen antwoord.

.xviij.

In Wenen ging Ambrogio ter communie in de Stephansdom. Arseni besloot hem te vergezellen. Hij ging met Ambrogio mee met des te grotere zelfverzekerdheid, omdat er sowieso geen oosters-orthodoxe kerk in Wenen was. Hij wilde de enorme kathedraal van binnen zien. Bovendien – en dat was waarschijnlijk het belangrijkste – was hij nog nooit bij een katholieke mis geweest.

Mijn indrukken zijn tweeslachtig, deelde Arseni Oestina vanuit de Stephansdom mee. Aan de ene kant het gevoel van iets dierbaars, want we hebben gemeenschappelijke wortels. Aan de andere kant voel ik me hier niet thuis, onze wegen zijn immers gescheiden. Onze God is dichterbij en warmer, de hunne hoger en grootser. Misschien is deze indruk oppervlakkig en veroorzaakt, mijn lief, doordat ik het Latijn niet machtig ben. Maar tijdens de hele dienst heb ik niet kunnen vaststellen of de Oostenrijkers die taal zelf wel beheersen.

In Wenen sloot de Franciscaner monnik Hugo uit Dresden zich bij de karavaan aan. Broeder Hugo had voor zijn klooster zaken moeten regelen in Bohemen en was nu op weg naar Rome. Hij reed op een ezel en telde op zijn vingers de redenen af waarom hij dat deed. Ten eerste reed Christus op een ezel (de monnik sloeg het kruisteken over zichzelf). Ten tweede was een ezel kleiner dan een paard en vergde dienovereenkomstig minder verzorging. Ten derde was de ezel een halsstarrig dier, en dat was precies wat een echte monnik nodig had om deemoed te leren.

Alles wat de broeder zei was waar. De gebruikelijke ezelskoppigheid spitste zich erop toe dat broeder Hugo in zijn hoedanigheid van ruiter het rijdier niet kon behagen. De broeder was goedhartig en praatgraag, maar ook dik en ongeduldig. Hij joeg de ezel voortdurend op door hem met zijn hielen in de flanken te porren, terwijl het beest zelf niets ter wereld hoger waardeerde dan kalmte en rust. Het hoefde dus geen verbazing te wekken dat ook de spraakzaamheid van Hugo duidelijk irritatie opriep. Elke keer dat broeder Hugo zijn mond opendeed probeerde de ezel hem in een knie te bijten.

Na gesprekken met verschillende mensen in de karavaan (die hem kwamen te staan op enkele pijnlijke beten) kwam de Franciscaan achter Arseni en Ambrogio aan. Anders dan vele anderen verstonden zij in meer of mindere mate Duits. Vermoedelijk daardoor werd het broeder Hugo in de omgang met hen licht te moede – veel lichter, voor zijn gevoel, dan in de gesprekken met de handelslieden in de karavaan. Bovendien – en dat was niet onbelangrijk – begon hij de indruk te krijgen dat in aanwezigheid van de twee pelgrims zijn ezel gezeglijker werd en hem veel minder beet.

De karavaan verliet Wenen en trok langs de Alpen. Tussen de weg en de bergen strekten zich velden uit. Er school iets geruststellends, een soort luiheid, in hoe deze bergen hier lagen. Maar ondanks die kennelijke rust was hun onbeweeglijkheid schijn. Anders dan de velden, die eerzaam op hun plaats bleven, waren de bergen in beweging. Ze vergezelden de karavaan aan de rechterkant zonder die te naderen maar ook zonder zich ervan te verwijderen. Ze bewogen zich voort met de snelheid van de karavaan en de mensen daarin kwam het voor dat ze niet in te halen waren.

Aan de uiterste rand van de velden, waar de wind de rogge de andere kant op kamde – daar begon de beweging. De grond was er nog vlak maar bewoog al samen met de bergen. De bergen veranderden gaandeweg. Ze werden hoger, steiler, bossen ging over in rotsen, rotsen raakten bedekt met sneeuw. Arseni zag voor het eerst hoge bergen en kon er nu zijn ogen niet meer van afhouden.

Zo trok de karavaan van Wenen naar Graz, en van Graz zette ze koers naar Klagenfurt. Vanaf hier liep de weg door de bergen.

Kronkelend schikte hij zich naar de gigantische rotsplooien. De kliffen drukten zich steeds nauwer boven de weg samen. Een enkele keer sloten ze daar in de hoogte bijna tegen elkaar, en dan werd het donker. Soms weken de bergen weer uiteen, en op zulke plekken hield men pauzes, aangezien op brede plaatsen het risico onder een rotslawine terecht te komen kleiner was.

Broeder Hugo bestrooide de pleisterplaats elke keer met Iers wegenstof, dat slangen doodde, want hij wist dat Ierland op voorbede van de heilige Patrick was ontdaan van kruipend gedierte. De grond van dat land is voor adders zo onverdraaglijk dat zelfs op schepen aangevoerde padden al uit elkaar spatten nog voor ze op Ierse bodem zijn neergeploft. Het stof, dat de Franciscaan met vooruitziende blik in Ierland had verzameld, zou de reizigers ook in de Alpen blijven beschermen.

Broeder Hugo bond zijn ezel aan een struik verderop en had zo tijdens de rustpauze gelegenheid om op zijn gemak te vertellen hoe de Apennijnen de hitte van de zuidenwind tegenhielden, terwijl de rotsen van de Alpen de koude noordelijke winden Boreas en Arctus stopten. Hij wist ook het een en ander van de Hyperboreïsche bergen in het hoge noorden, waarvan het oppervlak glad is als glas, waardoor ze zonnestralen gemakkelijk kunnen weerkaatsen. De concave vorm van de bergen doet de stralen samenkomen in één punt, en dat verwarmt de lucht. De hoogte van de bergen staat de lucht niet toe zich te mengen met de arctische koude, wat het klimaat eigenlijk hoogst aangenaam maakt. Daardoor bereiken de Hyperboreeërs die daar wonen een leeftijd waarop ze geheel natuurlijkerwijs het leven moe worden en werpen ze zich zonder enige aanwijsbare reden van de hoge klippen in de zee, waarmee ze hun bestaan beëindigen, wat uiteraard een zonde is.

Nu hij zijn kans schoon zag vertelde broeder Hugo zijn nieuwe vrienden ook over andere bergen. Hij maakte ze deelgenoot van wat hij wist over de Olympus, die hoog oprijst tot in de wolken, over de in de wouden verzonken Libanon en over de berg Sinaï, welks top tot in de hemel reikt, zodat gewone stervelingen hem niet kunnen bestijgen. Als Franciscaan liet hij vanzelfsprekend de berg La Verna, waarop Franciscus van Assisi zich placht af te zonderen en die de heilige net zo zeer had gezegend als tevoren de vogels, niet onvermeld. Ook noemde broeder Hugo de berg waarlangs Alexander de Grote was getrokken, die helden in lafaards en lafaards in helden veranderde. Alexander was een verwoed reiziger en de weg strekte zich spontaan onder zijn voeten uit.

Soms voel ik mij als Alexander, zei Arseni tegen Oestina. En strekt de weg zich spontaan onder mijn voeten uit. Mijn lief, net als Alexander weet ik niet waarheen die weg leidt.

Op een dag werd de karavaan getroffen door een steenlawine. De keien vlogen door de kloof onder duizendvoudige echo's, het was een angstig ogenblik. Toen alles stil werd zag iedereen hoe in het kreupelhout langs de weg een paard reutelend om zich heen trapte. Het sloeg zijn hoeven stuiptrekkend uit en het was te horen hoe onder zijn kruis de takken kraakten. Enkelen wilden het dier afmaken om het uit zijn lijden te verlossen, maar Arseni hield ze tegen. Hij liep vanaf de struiken op het paard toe en legde zijn hand op de manen. Het paard hield op met trappelen. Nu was te zien dat uit een voorbeen bloed stroomde. Arseni liep om het dier heen en betastte het gewonde been.

Dit is geen doodsstrijd, zei Arseni, het paard trappelt niet omdat het doodgaat, maar omdat het ondraaglijke pijn heeft. Dit been is zwaar gekneusd maar niet gebroken. Geef me een stuk linnen, dan verbind ik het been om het bloeden te stelpen.

Hier, maar wees voorzichtig, riepen ze hem vanuit de karavaan toe, want één klap van een hoef en je bent er geweest. En denk ook maar niet dat de karavaan blijft wachten tot dat paard weer kan lopen.

Arseni verbond het paardenbeen en liet, zittend naast het dier, zijn hand voorzichtig over het linnen gaan. Na enige tijd stond het paard op. Het liep kreupel, maar – het liep. De kooplui bedankten Arseni, niet zo zeer voor de redding van het paard als wel voor het ongewone schouwspel waarvan ze getuige waren geweest. Ze begrepen dat het hier niet om dit paard ging. De karavaan trok verder.

In brede en lichte kloven, waar de weg het toeliet met drie ruiters naast elkaar te rijden, kwam de ezel van broeder Hugo steevast tussen de paarden van Arseni en Ambrogio in lopen. Als een speelgoedtrommeltje begeleidde zijn lichte getrippel de afgemeten tred van de paarden. De wangen en onderkinnen van broeder Hugo sidderden in de maat. Ondanks hun verschillende stap liepen de paarden en de ezel neus aan neus; dat was voor de laatste een erezaak. De broeder had maar één belang: dat zijn beide gesprekspartners hem in gelijke mate goed konden horen.

Als het regende vertelde broeder Hugo van de aard van buien en wolken, bij goed weer van de hemelgordels waarlangs de lichten van dag en nacht zweefden. De Franciscaan, die observeerde hoe snel in de Alpen het weer omsloeg, verheelde voor Arseni en Ambrogio evenmin wat hij wist over de invloed van het klimaat op het karakter van de mens. Uit klimatologische eigenaardigheden kon hij met zekerheid afleiden dat Romeinen somber zijn, Grieken grillig, Afrikanen arglistig, Galliërs ontembaar en Engelsen en Teutonen krachtig van bouw. De sterke mistral in het Rhônedal heeft ertoe geleid dat de mensen daar frivool en lichtzinnig zijn en hun woord niet houden. Een volksverhuizing leidt in combinatie met verandering van klimaat steevast tot een wijziging in zeden. Zo verloren de Lombarden bij hun migratie naar Italië hun wreedheid – natuurlijk deels doordat ze zich vermaagschapten met de Italiaansen, maar toch vooral, naar zich laat veronderstellen, door de klimatologische omstandigheden.

Als we jou niet waren tegengekomen, broeder Hugo, zei Arseni, waren we nooit zo veel nuttigs te weten gekomen.

Verplaatsing door de ruimte verrijkt de ervaring, repliceerde de broeder bescheiden.

Ze comprimeert de tijd, zei Ambrogio. En maakt hem rijker aan inhoud.

.xix.

Wie door de Alpen reist lijkt op iemand die zich door een labyrint beweegt. Hij loopt zigzaggend over de bodem van de ravijnen waarvan hij de vorm volgt, en zijn weg is nooit rechttoe-rechtaan. De kloven verbinden zich soms met elkaar, zodat de reiziger de mogelijkheid heeft onbelemmerd van de ene over te gaan in de andere. Maar de bergen vormen voor de mens toch allereerst een beproeving en voorzien niet altijd in een gemakkelijke doorgang. Het komt niet zelden voor dat een kloof potdicht doodloopt tegen de bergen. In dergelijke gevallen blijft er maar één weg over: omhoog.

Dat was ook de karavaan geboden. De weg liep langs een milde helling en de karavaan won langzaam hoogte. Zolang de stijging nog niet te steil verliep, vertelde broeder Hugo over de verbazingwekkende aard van gletsjers, die niet alleen tussen de rotswanden omlaag gleden maar ook in voortdurende innerlijk beweging verkeerden, zodat hun bovenste delen langzaam naar beneden zakten terwijl de lagere aan de oppervlakte kwamen, waardoor de lichamen van hen die in spleten of diepe scheuren waren gevallen uiteindelijk boven op het ijs belandden. Broeder Hugo deed ook een boekje open over sneeuwlawines, die door de miniemste roep al kunnen loskomen, aanzwellend naar beneden razen als een reusachtige vormeloze klomp en zo alles verpletteren wat op hun pad komt: mensen, paarden, wagens – en alles wat aan de lawine ten prooi valt, komt niet meer aan de oppervlakte, want als een lawine voorbij is verstart ze voor altijd.

De helling werd met het uur steiler, waardoor de beklimming niet alleen zwaar werd maar ook gevaarlijk. De lucht was al voelbaar kouder. De weg werd smaller. Rechts verhief zich een loodrechte rotswand, links op de bodem van de kloof raasde een stroom, in de spetters waarvan een regenboog fonkelde. Toen ze nog hoger kwamen begon het te sneeuwen, terwijl de druppels en de damp van de stroom neersloegen en bevroren op de weg, waardoor die glad werd.

De poten van de ezel van broeder Hugo glibberden voortdurend omlaag, en zelfs de beslagen paarden gleden merkbaar weg. Een paar keer viel de ezel op zijn voorpoten, en broeder Hugo steeg af. Hij was gestopt met vertellen en liep hijgend voor Arseni en Ambrogio uit. De weg was nu nog maar voor twee ruiters breed genoeg. Na een tijdje was iedereen die te paard was afgestegen en liepen ze allemaal met hun rijdier aan de teugels. Eigenaars van karren duwden die van achteren, omdat de poten van de ossen hulpeloos over het ijs waren begonnen te krabbelen.

Bij de zoveelste bocht schoten de poten van de ezel naar rechts weg, hij viel op zijn zij en begon in een kolderieke beweging weg te glijden, broeder Hugo meetrekkend. De ezel gleed omlaag en draaide zich langzaam om, en iedereen keek verstijfd toe hoe er schokken gingen door zijn witte en eigenlijk veel te grote buik, waar de reistassen overheen geschoven waren, hoe hij hulpeloos met zijn poten trok en daardoor de beweging omlaag alleen maar versnelde, en hoe broeder Hugo achter hem aan gleed, niet bij machte om het koord los te laten... Op het nippertje greep Ambrogio de Franciscaan bij de kraag en die liet het koord schieten; het dier bleef glijden, akelig raspend over de verijsde stenen, en gleed door tot de rand van het ravijn. Even hing het in de lucht. Met een wegstervende kreet stortte het in de stroom.

Broeder Hugo stond op. Zwijgend keek hij iedereen langs. Hij deed een paar stappen naar het ravijn en de omstanders waren er al klaar voor hem beet te pakken, ze dachten dat hij zijn verstand was verloren. Maar broeder Hugo viel op zijn knieën. Het was niet duidelijk of hij bad, dan wel of zijn benen het hadden begeven. Toen hij weer opstond had hij in zijn hand een pluk ezelshaar. Hij hield iedereen de pluk voor, en de tranen biggelden over zijn wangen.

Broeder Hugo bleef de hele afdaling weeklagen. Samen met anderen remde hij een van de karren af, zodat het voertuig niet te snel omlaag zou rollen, terwijl de tranen in stroompjes over zijn gezicht liepen. Telkens weer haalde hij de samengeraapte pluk onder zijn habijt vandaan om hem naar zijn ogen te brengen. Op vlakker terrein zetten twee Kievse kooplieden broeder Hugo op een kar met bont, omdat hij door het snelle lopen buiten adem was geraakt. Rouwend om zijn omgekomen kameraad bemerkte hij tot zijn verrassing opeens dat niemand hem nog beet. Dat kon hem niet verzoenen met zijn verlies, al verlichtte het tot op zekere hoogte de pijn.

.XX.

De uitgang van de laatste Alpenkloof was nauw. Hij had de vorm van een boog, waarvan het bovenste deel bestond uit jonge boompjes die ter weerszij op de rotsen groeiden en zich naar elkaar toe negen. Precies onder die boog verscheen een groep ruiters, die de karavaan de weg versperde. De staart van de karavaan bleef nog door de kloof trekken, terwijl de beveiligers in de voorhoede al niet meer bewogen. Ze stonden op enige afstand van de ruiters, zonder pogingen te ondernemen dichterbij te komen, want de aanblik daarvan voorspelde niet veel goeds.

Dat zijn rovers, zei broeder Hugo zittend op het bont, en de mensen om hem heen moesten het wel met hem eens zijn.

Onder elkaar spraken de rovers Italiaans. Na een kort beraad werd Ambrogio opgedragen met hen te gaan onderhandelen. Er gingen stemmen op een paar bewakers met hem mee te sturen, maar Ambrogio weigerde dat. Hij wees naar Arseni, die dichterbij was komen rijden, en zei:

Wij tweeën, da's genoeg.

Wij drieën, kwam broeder Hugo ertussen. Jawel. Ik spreek immers ook Italiaans. Bovendien, na vandaag heb ik toch niets meer te verliezen.

Toen gaven ze broeder Hugo een paard, zodat hij niet tegen de rovers hoefde op te zien maar op voet van gelijkheid met ze kon praten. In de karavaan werd gesuggereerd dat het uiterlijk van de monnik bij machte was zelfs de wreedste harten te vermurwen. De drie ruiters zetten zich langzaam in beweging, de kant van de rovers op.

Vrede zei u, riep broeder Hugo al van verre.

Een antwoord bleef uit, en de broeder herhaalde zijn begroeting van een kortere afstand.

Gast, zei de rover op het witte paard. Jij spreekt onze taal nou niet echt geweldig. Dat gaat je geld kosten.

De andere rovers begonnen te lachen. De man die gesproken had was kennelijk de ataman. Hij was niet jong meer, en zwaarlijvig. Zijn gezicht was knalrood, als een glas Piëmontese wijn, en waar zijn haren terugweken vertoonde zijn schedel het litteken van een sabelhouw. Zijn paard schraapte met de hoeven, duidelijk uitdrukking gevend aan het ongeduld van de ruiter.

Onzelieveheer kent geen vreemde gasten, bracht broeder Hugo hier tegenin.

We sturen jullie met liefde bij Hem langs, zei de ataman, doe daar vooral of je thuis bent. Maar die meuk van jullie blijft hier bij ons.

De rovers lachten opnieuw, deze keer ingehouden. Ze wisten zelf nog niet in hoeverre dit een grapje was.

Wij hebben goede beveiligers, die laten ons niet in de steek, zei Ambrogio. Dat is bewezen.

Kan zijn, maar niet door ons.

De ataman trok de leidsels aan en zijn paard hinnikte.

Ambrogio haalde zijn schouders op.

Hoe dit ook afloopt, jullie zullen verliezen lijden.

Zonder iets te antwoorden reed de ataman met een paar rovers opzij de berm in. Ze overlegden tamelijk lang. Deze mannen, niet van het slag dat vecht om te vechten, begrepen donders goed dat de uitkomst van een veldslag onzeker was. De ataman stuurde zijn paard naar Ambrogio en zei:

Jullie brengen ons tien dukaten de man – inclusief de beveiligers – en er vloeit geen bloed.

Ambrogio dacht even na.

Eén dukaat de man, zei broeder Hugo. Voor de doorgang naar het Graf des Heren in Jeruzalem vragen de ongelovigen twee dukaten, dit is je reinste diefstal. Aangezien in het onderhavige geval het christenen zijn die ons beroven, acht ik het mogelijk ons te beperken tot één dukaat.

Welja, we zijn aan het pingelen, merkte de ataman verbaasd op.

Ik probeer uw geweten zo min mogelijk te belasten, verklaarde Hugo.

Na alzijdige bespreking kwam men tot een voor iedereen aanvaardbare som: vijf dukaten per reiziger uit de karavaan. Terwijl broeder Hugo wegreed naar de karavaan om de uitkomst van de onderhandelingen door te geven, zei Arseni tegen Ambrogio:

De man die met jou heeft gepraat is in gevaar. In zijn hoofd zit een sterk geruis. Het bloed drukt tegen de vaten in zijn hoofd en die kunnen ieder moment knappen. Ambrogio, ik kan zien dat ze opgeblazen zijn door overmaat aan bloed. Ze lijken op vette, samenklittende wormen. In dat hoofd kan de bloedsomloop verbeterd worden, maar geloof me: zonder verandering van gedachten valt daar niets uit te richten.

Ambrogio hoorde Arseni aan en wendde zich tot de ataman:

Het geruis dat je in je hoofd hoort is het gevolg van de gedachten die zich daar genesteld hebben. Het is levensgevaarlijk voor je, maar mijn kameraad hier zou je nog kunnen helpen.

De rovers, die niets wisten van het geruis in het hoofd van hun ataman, begonnen opnieuw te lachen. Maar de ataman werd ernstig. Hij vroeg:

En wat wil die makker van jou daarvoor hebben?

Hij is van het Grieks-Russische geloof en vraagt je om van gedachten te veranderen, anders gezegd: boete te doen, want in het Grieks is boetedoening *metanoia,* wat letterlijk verandering van gedachten betekent.

Je bent alweer aan het pingelen, grijnsde de ataman. Maar er wordt alleen onderhandeld over geld.

Hier wordt niet gepingeld, dit is een voorwaarde, zei Ambrogio hoofdschuddend. Een noodzakelijke voorwaarde, waaronder mijn kameraad in staat is jou te helpen.

Terwijl ze aan het praten waren, kwam broeder Hugo met het geld op hen af gereden.

De ataman nam het zakje goudstukken van hem aan en wierp het een van zijn rovers toe om ze te laten natellen.

Hij reed al weg, toen hij zich omdraaide naar Arseni en Ambrogio:

Weet je, ik heb nog nooit van iemand voorwaarden aangenomen.

Hij wees naar het door de rotsen ingesloten stukje hemel.

Zelfs niet van Hem.

De karavaan keek zwijgend toe hoe de rovers de kloof verlieten. Toen de laatste rover achter de rotswand was verdwenen kwam ook de karavaan in beweging. Iedereen begreep dat ze er dit keer goed van afgekomen waren, maar echt blij konden ze er niet om wezen.

Wat lopen er toch een types rond op deze aardkloot, verzuchtte een van de Kievse kooplui.

Wat zei hij, vroeg broeder Hugo aan Ambrogio.

Hij zei dat mensen heel erg verschillend zijn.

Een waarheid als een koe, beaamde broeder Hugo.

Hij beklom opnieuw de kar met bont. Nadat hij het zich gemakkelijk had gemaakt op de sabelvachten vervolgde hij:

Mensen heb je in soorten. Ze zeggen wel dat er mensen zijn die androgyn heten. Hun lichaam is aan de ene kant mannelijk, aan de andere kant vrouwelijk: bij zo iemand is de rechtertepel mannelijk, de linker vrouwelijk. Er zijn ook mensen die satyrs heten. Zij wonen in bergbossen, en ze bewegen zich snel voort: als ze rennen kan niemand ze inhalen. Ze lopen naakt, hun lichaam is begroeid met haren. Ze spreken geen mensentaal, ze schreeuwen alleen. Er bestaan zoals bekend ook skiapoden – mensen die rusten in de schaduw van hun eigen voeten. Hun voeten zijn zo groot (broeder Hugo trok zijn eigen voeten op) dat ze bij warm weer zich ermee bedekken als met een afdak. Ik kan jullie vertellen dat er op aarde allerlei creaturen rondlopen: sommigen hebben hondenkoppen, anderen geen hoofd maar tanden op hun borst en ogen aan hun klauwen, weer anderen hebben twee gezichten, of vier ogen, of zes horens op hun hoofd, of zes vingers aan hun handen en zes tenen aan hun voeten.

Als ze werkelijk bestaan, vroeg Arseni, zich omdraaiend, wat is dan het doel van hun bestaan?

Broeder Hugo dacht even na.

Er is geen doel, alleen een oorzaak. Het punt is dat na de spraakverwarring God allen heeft laten gaan om te leven zoals hun hart dat ingaf. Zo zijn sommigen verdoold geraakt. Ze richtten hun weg naar hun neigingen en hun uiterlijk ging beantwoorden aan hun manier van denken. Heel logisch allemaal.

Ambrogio vroeg lachend:

Logisch? Ik heb mensen gekend met zó'n manier van denken, dat ze volgens deze logica er afschuwelijk uit hadden moeten zien. Ondertussen oogden ze bijzonder welvarend.

Ambrogio wachtte geen reactie af, gaf zijn paard de sporen en galoppeerde vooruit. Na enig nadenken ging Arseni achter hem aan.

Geen regels zonder uitzonderingen, riep broeder Hugo hun achterna. Ze vertellen bijvoorbeeld dat er aan de andere kant van de aarde antipoden wonen. En daarvan zien velen er net zo uit als wij, stel je voor.

Maar Ambrogio hoorde hem al niet meer.

Wat vinden jullie daar nou van, sprak broeder Hugo tot de Kievse kooplieden.

De kooplieden knikten. Ze verstonden geen woord Duits.

Die verhalen over antipoden, daar geloof ik niet zo in, ging de broeder opgewekt verder, en weten jullie waarom niet? Als je die serieus moet nemen, kom je er niet onderuit dat de aarde rond is! Ik hoef jullie niet te vertellen dat dat nergens op slaat, dat dat godgeklaagd is – het is vooral belachelijk. Zodra we erkennen dat de aarde rond is, moeten we toegeven dat de mensen aan de andere kant van de aarde ondersteboven lopen!

Broeder Hugo schaterde het uit. De Kievse kooplui keken naar hem en begonnen te glimlachen. De lach van broeder Hugo bleek zo aanstekelijk dat binnen een minuut de hele karavaan daverde van het lachen. Deze lach was een uitlaatklep voor de spanning van mensen die de laatste dagen hadden blootgestaan aan doodsgevaar. In deze lach lag de vreugde besloten van mensen op wie Venetië lag te wachten, de prachtvolste stad ter wereld.

Toen de volgende morgen de karavaan haar nachtelijke pleisterplaats verliet, kwamen er vanaf de Alpen twee ruiters aangereden. Ze werden herkend als twee van de rovers met wie ze de dag tevoren te maken hadden gehad. Toen ze Arseni en Ambrogio zagen, kwamen ze naar hen toe.

Het gaat beroerd met onze ataman, zeiden de rovers tegen Ambrogio. Gisteravond heeft hij een attaque gehad, hij kan zich niet meer bewegen. Kan jouw kameraad misschien helpen?

Ambrogio vertaalde voor Arseni wat ze zeiden.

Zeg ze dat ik nu niet bij machte ben om te helpen, antwoordde Arseni. De uren van deze mens zijn geteld, vanavond zal hij sterven. In zijn snelle dood openbaart zich over hem de genade van de Allerhoogste.

De rovers hoorden Arseni's antwoord aan en zeiden:

Toen hij nog iets kon zeggen, vroeg hij om u dit te geven.

Een van de rovers haalde uit zijn wambuis een zakje goudstukken en overhandigde dat aan Ambrogio. Die gaf het geld ter plekke terug aan degenen die het de vorige dag hadden ingeleverd. De karavaan zette koers naar Venetië.

.xxi.

Bij aankomst in Venetië werd de karavaan tegengehouden door bewakers. Alle vreemdelingen moesten met reisbescheiden kunnen aantonen dat ze aankwamen vanuit het noorden en niet vanuit het zuidoosten. In Klein-Azië woedde de pest en de autoriteiten van de Venetiaanse republiek vreesden dat die ook in de stadstaat de kop kon opsteken. Iedereen had brieven bij zich, behalve broeder Hugo, die ze met zijn tassen en zijn ezel was kwijtgeraakt, maar in de karavaan bevestigden allen unaniem dat de broeder samen met hen de Alpen was overgestoken.

Welzeker, verzuchtte de Franciscaan, al ben ik er niet zo zeker van dat dit een juiste beslissing was.

In Venetië namen ze allemaal afscheid van elkaar. Dat gebeurde met een bijzondere hartelijkheid, omdat velen beseften dat het voor altijd was. Zo ging dat nu eenmaal in die tijd. De middeleeuwen zagen zelden kans mensen gedurende hun aardse leven twee keer bij elkaar te brengen.

Broeder Hugo nodigde Arseni en Ambrogio uit te overnachten in het Franciscaner klooster. Ander onderdak hadden ze niet in Venetië en ze namen de uitnodiging dankbaar aan. Het duurde tamelijk lang voordat ze in het klooster waren, doordat broeder Hugo de route niet meer zo goed wist. Hij zat samen met Ambrogio op één paard en wees hoe ze moesten rijden. De straten kronkelden, liepen dood of brachten hen terug waar ze al eerder waren geweest. Zo kwamen ze drie keer over het San-Marcoplein en twee keer langs de Rialtobrug. De paarden liepen achter elkaar aan en het geklikklak van hun hoeven werd overstemd door de echo ervan. Soms moesten ze zich dicht tegen de muur drukken om tegenliggers langs te laten. Ambrogio keek glimlachend om naar Arseni. Voor het eerst zag hij zijn vriend in verwondering.

Arseni verwonderde zich inderdaad, want hij had nog nooit zoiets gezien. Een keer hield hij zelfs halt op een brug om te kijken hoe een bejaarde Venetiaanse in een gondel stapte, pal voor de deur van haar huis. De gondel schommelde onder haar voet. Arseni wendde zich af. Toen hij het geplas van de vaarboom hoorde, draaide hij behoedzaam zijn hoofd. De Venetiaanse zat kalmpjes op de achterplecht. Ze had geen benul van wat Arseni had uitgestaan, want de afgelopen halve eeuw had ze haar huis nooit anders dan zo verlaten.

De reizigers werden in het klooster allerhartelijkst ontvangen. Broeder Hugo vertelde de prior dat Arseni geen katholiek was, en de prior reageerde met een geraffineerd gebaar. Dat gebaar kon men op verschillende manieren interpreteren, maar het duidde niet op een rechtstreeks verbod om in het klooster te blijven logeren. Zo vatte broeder Hugo het tenminste op. Hij bracht Arseni en Ambrogio naar de cel die voor hen drieën was bestemd, waar voor hen drie bedden klaarstonden, en water om zich te wassen. Een uur later werden ze verwacht voor het avondmaal.

Geen van drieën kwam daar opdagen. Broeder Hugo en Ambrogio waren na de tocht in diepe slaap gedompeld, Arseni verkeerde na de aanblik van Venetië in staat van grote opwinding. Hij kon er niet van slapen. Hij hield het zelfs in de cel niet uit.

Stilletjes ging hij naar beneden en, na een buiging voor de deurwachter, naar buiten.

Het klooster lag aan een kanaal. Vanaf de straat leek het een gewoon huis, dat zich niet onderscheidde van de andere huizen, die dicht op elkaar waren gebouwd. Tussen de huizen en het kanaal liep een smal strookje plaveisel, zodat je hier niet meteen het water op moest. Arseni deed een paar stappen in de richting van het kanaal. Hij ging op zijn hurken zitten en keek toe hoe het wier deinde aan de meerpaal. Het water rook hier anders dan in andere plaatsen waar hij was geweest. Het was een geur van verrotting. Als Arseni er later aan terugdacht voelde hij zich gelukkig, want dit was de geur van Venetië.

Het was avond. De zon was achter de huizen niet te zien, maar de wanden die haar laatste stralen nog wisten te bereiken werden okerbruin en geel. Arseni liep langs de kanalen waar dat mogelijk was, en stak boogvormige bruggetjes over. In het begin probeerde hij zich de afgelegde weg nog in te prenten, om terug te kunnen, maar al na een paar straten was hij zelfs de richting kwijt waarin het Franciscaner klooster moest liggen. Nog nooit in zijn leven was hij op zo'n wonderbaarlijke plaats terechtgekomen, en nu wist hij die niet in zijn geheugen onder te brengen. Arseni had de ruimte van het woud en de ruimte van het veld gevoeld, de ijswoestijn van het Witte Meer en de houten straten van Pskov, en overal moeiteloos de weg kunnen vinden. Nu was hij terechtgekomen op het snijvlak van water en steen en begreep hij dat hij voor deze ruimte geen gevoel had. Hij was alleen in een vreemde, prachtige stad, waarvan hij de taal niet kende. De enige die hem kon helpen sliep, uitgeput, in een klooster dat onvindbaar was. En Arseni voelde zich rustig worden.

Hij liep lukraak door en probeerde niet meer om zijn route te registreren. Enkele straten kwamen hem eerst bekend voor. Maar het volgende ogenblik ontdekte hij balkons en basreliefs die hij nog niet gezien had en begreep hij dat het vergelijkbare zich schaamteloos uitgaf voor een herhaling. Het was al helemaal donker toen Arseni uitkwam bij het San-Marcoplein. De opkomende maan verlichtte de basiliek, die in de schemer leek op een duistere berg. De kerk was gebouwd uit stenen van het geplunderde Constantinopel – dat had Arseni van Ambrogio gehoord. Hij raakte een van de marmeren zuilen aan en voelde de warmte die de steen overdag in zich had opgenomen. Hij bedacht dat dit misschien wel de warmte van Byzantium was.

Arseni ging rechts van de ingang zitten en leunde tegen een zuil. Hij voelde hoe moe hij was. Hij maakte het zich gemakkelijk en raakte daarbij iets zachts. In de nis tussen de zuilen zat een meisje, haar kindergezichtje had een van de basreliefs kunnen zijn – waarschijnlijk doordat het zo onbeweeglijk was. Arseni bracht zijn hand naar haar ogen, en ze knipperde.

Vrede zij u, myn kint, sprak Arseni. Ik wilde alleen weten of het leven u niet verlaten had.

Ze keek hem aan zonder enige verbazing.

Ik heet Laura, en ik versta jouw taal niet.

Ik zie dat je ergens mee zit, maar ik ken de oorzaak van je smart niet.

Soms is het makkelijker om te praten als niemand je begrijpt.

Misschien ben je zwanger, en krijg je een onwettig kind, omdat de vader niet je man is geworden.

Want als je wanhopig bent, wil je je pijn verwoorden en ben je bang dat ze uit je mond naar buiten komt en voor iedereen bekend wordt.

Ik kan je zeggen dat er niets is waar je niks meer aan kunt doen. De vader kan nog je man worden. Of iemand anders wordt je man, dat kan ook. Weet je, ik zou je tot vrouw hebben genomen om je te helpen, maar dat kan ik niet doen, omdat ik een eeuwige geliefde en een eeuwige vrouw heb.

Maar ik ben geloof ik al nergens meer bang voor. Ik weet een middel dat verzoent met alle kwalen. Als ik het echt helemaal te kwaad krijg, geeft mijn wanhoop mij de kracht om er gebruik van te maken.

Oestina is in mijn leven geweest, en een kleine jongen zonder naam, maar ik heb ze geen van beiden kunnen behouden.

Een paar dagen geleden heb ik gehoord dat ik lepra heb. Toen ik vlekken op mijn polsen kreeg, wist ik nog niet wat dat betekende. En toen ik midden in de zomer jeuk kreeg in mijn hals, had ik ook nog geen flauw idee. Maar op straat kwam ik toevallig een man tegen en die zei: hé, jij hebt toch lepra. Hij zei: ga weg uit deze stad en ga naar de stad van de lepralijders, om je huis niet tot een vloek te worden. Ik ging dus naar de dokter en de dokter bevestigde dat die man gelijk had.

Sindsdien probeer ik met ze te praten, maar het lukt ze niet mij te antwoorden. De jongen is jong gestorven en kan me geen antwoord geven. Maar ook Oestina antwoordt niet. Natuurlijk is dat in hun toestand ook niet zo eenvoudig. Dachten ze dat ik dat niet begrijp? Ik begrijp het. En toch blijf ik wachten. Misschien niet op een woord, maar wel op een teken. Soms heb ik het erg moeilijk.

En ik ben niet meer naar huis gegaan. Ik wist dat mijn huisgenoten me niet zouden laten gaan en liever langzaam met mij zouden sterven.

Toch verlies ik de moed niet. Voor zover ik kan, probeer ik Oestina te vertellen wat hier gebeurt. Ze heeft haar leven immers niet uitgeleefd, dus probeer ik op de een of andere manier aan te vullen wat ze is misgelopen. Dat valt alleen niet mee. Je kunt het leven in zijn geheel, in al zijn details, niet vertellen, begrijp je wel?

Tussen mij en de rest van de wereld is een wand neergelaten. Nu is die nog van glas, want niemand weet van mijn ellende. Maar straks wordt alles merkbaar. Dat zei de dokter. Ik had het gevoel dat hem dat plezier deed. Misschien wilde hij me de hoop en de teleurstellingen besparen.

Je kunt in werkelijkheid niet meer dan een algemene indruk overbrengen. Het voornaamste van wat gebeurd is. Bijvoorbeeld mijn liefde voor haar.

Ze sturen me naar het leprozenhuis. Mettertijd krijg ik een zadelvormige neus. Een leeuwengezicht. Ik zal me ervoor schamen dat dat gezicht onder ieders zon komt. Ik zal weten dat ik daar geen recht op heb. Op niets van wat mooi is heb ik enig recht. Je kunt sterven terwijl je nog leeft.

Arseni pakte Laura bij de handen, keek haar in de ogen, en zo opende zich voor hem de kern van wat er tussen hen gaande was. Hij kuste Laura op haar voorhoofd.

Myn kint, blijf in gezondheid. Zolang een mens op aarde is, is er aan het nodige nog wel iets te doen. Besef dat niet iedere ziekte in het lichaam blijft. Hoe vreselijk ze ook mag zijn. Ik kan dit niet anders uitleggen dan als een zaak van genade van de Allerhoogste, maar ik zie dat de lepra jou verlaat. Ga nu maar terug naar je huisgenoten, omhels ze, en laat ze nooit meer alleen.

Toen Arseni zag dat Laura geen kracht meer had, hielp hij haar opstaan en bracht haar naar huis. Er begon een fijne nachtelijke motregen te vallen. Het deel van de hemel waar de maan zich bevond was nog vrij van bewolking. Natte gondels flonkerden schommelend het maanlicht. Het water klotste luid smakkend over hun bodems. Op de drempel van haar huis (omhelsd door haar ouders) draaide Laura zich om naar Arseni.

Maar Arseni was er niet. Deze spookachtige stad was geschapen om erin te verdwijnen. Op te lossen in de regen. Laura wist dit en verbaasde zich niet. Zelfs terwijl Arseni zich naast haar bevond, leek hij haar geen reëel wezen. Laura had zijn woorden niet kunnen herhalen, maar ze hadden haar vervuld van een oneindige vreugde, want hun grootste betekenis was haar al geopenbaard. Nu keek ze op de afgelopen dagen terug als op een akelige droom. Ze begreep zelf niet wat haar was overkomen en wilde niets liever dan wakker worden.

Arseni liep naar het klooster. Nu de hemel helemaal was dichtgetrokken en het stortgoot van de regen werd de richting die hij op moest hem min of meer duidelijk. Broeder Hugo en Ambrogio wisten niet dat hij weg was. Ze sliepen en droomden hun dromen.

Broeder Hugo droomde van zijn ezel: aanhalig, met gekamde manen en feestelijk opgetuigd. Hij zweefde traag boven de afgrond en deed door zijn uiterlijk denken aan Pegasus. Op zijn rug trilde nauw merkbaar het witte paardendek. Ik wist dat niets uit het verleden verdwijnt, fluisterde broeder Hugo in zijn slaap. Geen mens, geen dier, zelfs geen vel papier. *Deus conservat omnia.* Zijn gezicht was nat van tranen.

Ambrogio droomde van een straat in Orjol. Op de treden van de winkel *Russisch linnen* liet een groep van vijf personen zich fotograferen. Van links naar rechts: Nina Vasiljevna Matvejeva, Adeliada Sergejevna Korottsjenko (bovenste rij); Vera Gavrilovna Romantsova, Movses Nersesovitsj Martirosjan, Nina Petrovna Skomorochova (onderste rij). 28 mei 1951. Ter gelegenheid van het vijfjarig jubileum van *Russisch linnen* stelde directeur Martirosjan zijn team voor om een feestje te organiseren. De dames maakten thuis cholodets, goloebtsy, vinegret en plov klaar. Ze brachten dit alles in pannen naar hun werk en schepten het op schotels en saladeschaaltjes. Ze mengden achter elkaar de vinaigrette en de plov en likten de lepels af. Movses Nersesovitsj had twee flessen champagne en een fles *Ararat*-cognac meegenomen. Hij had zijn onderscheidingen opgespeld. De dames geurden naar parfum en hun gestreken jurken. Het rook als een zonnige meidag. Ze brachten heildronken uit (Movses Nersesovitsj), het was een vrolijke bedoening. Wanneer de directeur van de winkel het glas hief, rinkelden de medailles op zijn borst welluidend. Toen kwam de fotograaf om hen allemaal tegen de achtergrond van de winkel op de plaat te zetten. Terwijl Nina Vasiljevna Matvejeva in 2012 de vergeelde foto bekeek, zei ze: Movses gaf ons die dag allemaal eerder vrij. Van degenen die u hier op de foto ziet ben ik als enige nog in leven. Ik kan zelfs hun graven niet bezoeken, want ik ben verhuisd naar Toela, en zij zijn in Orjol gebleven. Is dat werkelijk allemaal met ons gebeurd? Ik kijk naar ze als vanuit een andere wereld. Gottegot, wat hou ik toch van ze.

.xxij.

Een week later scheepten Arseni en Ambrogio zich in op de *Heilige Marcus*. In de tussentijd was het broeder Hugo met veel moeite gelukt om via de prior van het klooster voor hen reisbescheiden te regelen bij signore Giovanni Mocenigo, de doge van Venetië. Deze papieren moesten hen beschermen in de gehele Venetiaanse republiek, die zich aan beide zijden van de Adriatische zee uitstrekte. In diezelfde dagen moesten Arseni en Ambrogio hun paarden zien te verkopen. Ze hadden een lange zeereis voor de boeg en niemand wist hoe de dieren die zouden verdragen. Bovendien was het transport van paarden een kostbare aangelegenheid.

Arseni en Ambrogio hadden instructies gekregen om tegen middernacht aan boord te zijn. Broeder Hugo vergezelde hen tot aan de steiger. Hij zou de volgende dag eveneens Venetië verlaten, om naar Rome te vertrekken. De broeders Franciscanen hadden hem een andere ezel geschonken, maar hij zag dit niet als een gelijkwaardige vervanging. Broeder Hugo inspecteerde de ezel kieskeurig, klopte hem op de schoft en zei:

Dit beest heeft geen echt karakter, en ik ben bang dat het mij niet de baas kan.

Maak je geen zorgen, broeder Hugo, antwoordden de Franciscanen. Wees niet bang, want dit dier zal jou temmen. Karakter heeft het, en die omstandigheid verklaart tot op zekere hoogte zelfs onze wens om er afscheid van te nemen.

Broeder Hugo wilde Arseni en Ambrogio wat graag helpen om hun vrachtje naar de steiger te krijgen, en stouwde het op zijn nieuwe ezel. De last was in wezen niet groot, maar de ezel wilde hem niet dragen. De hele route bleef het dier boos achteruit trappen en proberen de over het zadel gelegde leren tassen af te werpen. Het schuurde de tassen langs de muren en liet ze haken achter de stijgbeugels van passerende ruiters. Toen broeder Hugo dat zag kwam hij enigszins tot rust. Hij kreeg in de gaten dat er toch nog mogelijkheden overbleven om zich te laten temmen.

Op de steiger omhelsde broeder Hugo de zeevaarders. Hij begon te grienen en zei:

Soms denk je, moet je je wel hechten aan mensen, als het daarna zo moeilijk is om ze weer te laten gaan.

Arseni omhelsde broeder Hugo en klopte hem op de rug:

Beste vriend, het is zo, elke ontmoeting is méér dan het afscheid. Voordat je iemand tegenkomt is er leegte, niets, nadat je afscheid hebt genomen is er van leegte al geen sprake meer. Als je eenmaal iemand hebt ontmoet is het onmogelijk om volledig afscheid te nemen. De mens blijft in het geheugen als een deel daarvan. Hij heeft dat deel geschapen, het leeft en komt soms in aanraking met zijn schepper. Waardoor voelen wij anders onze dierbaren van afstand?

Toen Arseni en Ambrogio aan boord waren geklommen vroegen ze broeder Hugo om niet op de steiger te blijven wachten, omdat niemand wist wanneer het schip precies zou vertrekken. De Franciscaan knikte, maar ging niet weg. In de zwakke lichten van het schip was niet meteen te zien hoe het touw in de handen van broeder Hugo zich voortdurend strakker spande en hoe wanhopig zijn ezel, die het vertikte de steiger te verlaten, zich verzette. Het dier volgde hoe honderdtwintig man voetvolk aan boord gingen die de Venetiaanse doge naar Kreta stuurde om daar te dienen. Ze arriveerden in volle wapenrusting en de vrouwen die hen begeleidden viel het dubbel zwaar om hun kanjers in deze vorm te laten gaan. Zo zien we ze voor het eerst, dachten de vrouwen. En misschien wel voor het laatst.

Om vier uur 's ochtends, nog voor het ochtendgloren, hieuw het schip het anker. Langzaam gleed het de haven uit en tegen de achtergrond van de oplichtende hemel lieten zich al de contouren van de San-Marcobasiliek onderkennen. Terwijl alle passagiers in het ruim in hun hangmat sliepen, verliet Arseni enkele uren lang het dek niet. Hij luisterde met genot naar het kraken van de mast en het geklapper van de zeilen; dat was de verrukkelijke muziek der omzwervingen. Arseni keek toe hoe het water van zwart langzaam roze werd en van roze smaragdkleurig.

Hij had de indruk dat in vergelijking met het water dat hij eerder in zijn leven had gezien, zeewater een vloeistof van een compleet andere samenstelling was. Hij likte de spetters van de golven van zijn handen en voelde hoe zout ze waren. Zeewater had een andere kleur, het rook anders, het gedroeg zich zelfs anders. De fijne rimpelgolfjes van rivieren ontbraken hier. Het verschilde van rivier- en zelfs van meerwater zoals een kraanvogel verschilt van een mus. Arseni dacht bij die vergelijking niet zo zeer aan de omvang als wel aan de aard van de bewegingen. Zeewater rolde heen en weer in grote golven, de bewegingen ervan waren majestueus en zwierig.

De kapitein van het schip, een pafferige man met dikke lippen, merkte Arseni's belangstelling voor het zeewater op en stapte op hem af. De kapitein had Arseni's gesprek met broeder Hugo opgevangen en begon tegen hem in het Duits:

Zeewater en rivierwater zijn twee verschillende elementen. Ik zou me nooit laten overhalen om mijn schip over zoet water te sturen, signor.

Arseni boog zijn hoofd als teken van eerbied voor de positie van de kapitein. Aangetrokken door de opmerkingen over het water kwamen twee pelgrims uit Brandenburg op het gesprek af.

Het is volstrekt evident, vervolgde de kapitein, dat zoet water zwakker is dan zout water. Als iemand daaraan twijfelt, laat hij me dan uitleggen waarom, laten we zeggen, zeewater in staat is zo'n krachtige zoetwaterstroom tegen te houden als de Seine in Rouen, en die te dwingen om drie dagreizen ver in tegengestelde richting te stromen?

Misschien, opperde pelgrim Wilhelm, komt het zoute water het zoete water voor als walgelijk, en wijkt het er daarom voor terug.

Maar ik denk, bracht pelgrim Friedrich te berde, dat de rivier respect betoont aan haar moeder, de zee, door haar door te laten. Wanneer de eb begint, volgt ze even eerbiedig de weg terug.

Als je het hebt over moederschap, vreemdeling, veronderstel je dat er tussen zulke verschillende elementen verwantschap kan bestaan, zei de kapitein verbaasd.

Natuurlijk, zei pelgrim Friedrich, de zee is immers de voortbrengster van alle rivieren en bronnen, zoals de Heer Jezus Christus de bron is van velerlei deugden en kennis. Vormen soms de reine strevingen niet stuk voor stuk stromen uit een en dezelfde bron? En gelijk de geestelijke stromen terugstreven naar hun bron, zo keren alle wateren terug in de zee.

Wat denk jij van de maalstromen der wateren, vroeg pelgrim Wilhelm aan Arseni.

Onze aarde lijkt op het menselijk lichaam, antwoordde Arseni, en is vanbinnen doorzeefd met kanalen zoals het lichaam doorzeefd is met bloedvaten. Waar een mens ook in de aarde gaat graven, hij zal onvermijdelijk op water stuiten. Zo sprak mijn opa Christofor, die het water onder de aarde voelde.

Ik heb twee opa's gehad, maar ik heb ze geen van beiden gekend, zuchtte de kapitein. Het waren allebei zeelui, en ze zijn allebei verdronken.

Na de woorden van de kapitein zweeg het groepje mannen enige tijd.

De uitstorting van zoet water in zout water, zei pelgrim Friedrich zacht, vergelijk ik met de manier waarop de zoetheid van deze wereld uiteindelijk verkeert in zout en bitterheid.

.xxiij.

Anderhalve dag na de afvaart uit Venetië was de *Heilige Marcus* de Adriatische zee overgestoken om het anker uit te werpen op vier mijl van Parenzo. De rotsen belemmerden het schip om dichter bij de stad te komen, maar het was ook onmogelijk om verder te zeilen: op zee heerste een volledige windstilte. De talrijke passagiers bevonden zich aan dek.

Parenzo is een mooie stad, merkte Arseni op tegen de kapitein.

Dat komt doordat ze is gesticht door Paris, antwoordde de kapitein. Zeggen ze.

Klopt niks van, zei pelgrim Wilhelm.

Waarom klinken Paris en Parenzo dan hetzelfde? De volumineuze lippen van de kapitein spatten van het speeksel terwijl hij de twee eigennamen uitsprak. Ik zal jullie vertellen, Paris stichtte de stad toen de Grieken Helena ontvoerden.

De Grieken hebben Helena niet ontvoerd, zei pelgrim Friedrich. Dat zijn allemaal heidense fabeltjes.

Misschien is Troje ook een fabeltje, vroeg de kapitein vinnig.

Troje is ook een fabeltje, bevestigde pelgrim Friedrich.

De kapitein hief zijn armen ten hemel en likte zich de vochtige lippen. Hier had hij absoluut niets aan toe te voegen.

Ik weet nog niet zo zeker of je gelijk hebt, mijn beste Friedrich, zei Ambrogio. Ik heb zo'n voorgevoel dat op een mooie dag iemand dat Troje op het spoor komt. Misschien zelfs iemand uit jouw contreien.

Tegen de avond van dezelfde dag stak een gunstige wind op.

Een etmaal lang voeren ze op deze wind voort, maar toen moesten ze de Dalmatische haven Zara binnenlopen, omdat er een tegenwind opstak die de Italianen scirocco noemden. Deze wind kon enkele dagen blijven waaien, en de reizigers restte weinig anders dan geduld te oefenen. De honderdtwintig man voetsoldaten, onverschillig voor de steden aan de kust, waren kameraadschappelijk gaan dobbelen. Alle andere passagiers gingen aan wal.

Op de kade werden ze begroet door de Venetiaanse praetor, die kwam informeren of het schip uit gezonde lucht kwam. Ze verzekerden hem dat het schip uit Venetië afkomstig was, niet uit het Oosten. De praetor kreeg zelfs de reisbescheiden van de Venetiaanse doge te zien, en hij gaf iedereen die dat wilde toestemming om naar de stad en haar vesting te gaan.

De stad Zara stond erom bekend dat in de kerk van Simeon de relieken van deze rechtvaardige starets berustten. Arseni en Ambrogio begaven zich naar het heiligdom om zich voor Simeon neer te buigen. Knielend voor deszelfs onvergankelijke resten sprak Arseni:

Heere, nu laet uwen knecht, nae uwe woort in vrede, want mijn ooghen hebben gesien mijn salicheit. Simeon, heus, ik verwacht geen beloning vergelijkbaar met de jouwe. Maar mijn redding bestaat uit de redding van Oestina en het kind. Neem die in je handen, zoals je het Kindeke Christus hebt genomen, en breng ze naar Hem. Dit is waarom ik verzoek en bid.

Om de relieken van Simeon niet met zijn tranen te bevochtigen, raakte Arseni ze aan met het bovenste deel van zijn voorhoofd. Maar toch kwam van zijn wimpers één traan los, die op de relieken viel. Wel, laat hem daar maar, dacht Arseni. Hij zal de starets aan mij blijven herinneren.

.xxiiij.

De volgende dag maakten Arseni, Ambrogio en de twee Brandenburgse pelgrims een wandeling door de vesting van de stad Zara. Alvorens terug te gaan naar het schip liepen ze een herberg binnen om wat te eten. In de herberg was een feestje gaande van mensen die de Kroatische bevolking van de Venetiaanse republiek vertegenwoordigden. Toen de inwoners van Zara de bezoekers in hun reiskleding zagen, waren ze meteen op hun hoede. Omdat er van de Turken zeker geen loze dreiging uitging, sloten ze niet uit dat deze onbekenden vijandelijke verspieders waren. Naarmate er meer gedronken werd ging de verdenking over in zekerheid. De laatste druppel was het Duits dat de pelgrims spraken en dat direct werd opgevat als Turks. De feestelijkheden werden prompt gestaakt en de bankjes waarop ze zaten met veel gestommel omgekieperd.

Arseni en Ambrogio, die het Slavisch in grote lijnen konden volgen, hadden eerder dan de anderen in de gaten wat er gaande was. Maar zelfs de Brandenburgse pelgrims, die geen Slavisch verstonden, merkten dat de zaken een gevaarlijke wending namen. Pelgrim Wilhelm kreeg als spreker van een onbegrijpelijke taal een tinnen kroes naar zijn hoofd.

Arseni deed enkele stappen in de richting van de aanvallers en stak zijn hand naar voren. Een kort ogenblik had het er de schijn van dat dit gebaar hen kalmeerde. Ze verstijfden en keken geconcentreerd naar Arseni's hand. Arseni zei in het Russisch:

Wij zijn pelgrims en op reis naar het Heilige Land.

Dit was voor de inwoners van Zara begrijpelijke taal, maar wel raar. Omdat hun eigen woorden ook al lastig te volgen waren, betoonden ze gepaste verdraagzaamheid. Enigszins gekalmeerd zeiden ze tegen Arseni:

Oké, sla eens een kruis.

Arseni sloeg een kruis.

De storm brak opnieuw los. Daarvoor bleek maar één minieme adempauze nodig:

Hij weet niet eens hoe hij een kruis moet slaan! Kon je van die Turkse verspieders ook wat anders verwachten?!

Ambrogio probeerde nog uit te leggen dat katholieken en orthodoxen zich verschillend bekruisen en eiste dat ze naar de Venetiaanse praetor zouden worden gebracht, maar niemand luisterde nog naar hem. De inwoners van Zara bespraken wat ze moesten doen met de mannen die ze betrapt hadden. Na een korte maar hevige twist kwamen ze tot de slotsom dat de verspieders moesten hangen. De inwoners van Zara waren niet gewend hun zaken voor zich uit te schuiven, omdat ze wisten dat de tijd de ergste vijand van de doortastendheid is.

Ze eisten van de kastelein een eind touw. Die wilde dat eerst niet geven, omdat hij bang was dat de schuldigen ter plekke in zijn herberg zouden worden opgeknoopt. Maar toen hij hoorde dat in deze fase het touw alleen nodig was om de mannen te boeien (wie hangt er nou mensen op in een herberg?), gaf hij het maar wat graag en schonk de spionnenvangers zelfs nog een laatste rondje van de zaak. Ze bonden hun gevangenen, de tegenstand ten spijt, en dronken staande, want hun stond een zware en tijdrovende taak te wachten. Ze waren al bij de deur toen ze om nog een stuk touw vroegen, en vooral om wat zeep – dat ze vervolgens glad vergaten na een allerlaatste heildronk, die ze uitbrachten op de ondergang van alle verspieders.

Wat een stompzinnige dood, zei Ambrogio binnensmonds tegen Arseni.

Welke dood is niet stompzinnig, vroeg Arseni. Is het soms niet stompzinnig wanneer het ruwe ijzer het vlees binnendringt en de volmaaktheid ervan schendt? Iemand die nog niet eens bij machte is om een pinknagel te scheppen, verwoest een hoogst ingewikkeld mechanisme, waar een mens met zijn verstand niet bij kan.

Besloten werd het in de herberg uitgesproken vonnis tot uitvoering te brengen in de haven. Daar waren veel geschikte balken en haken, en ook nog eens open ruimte, dus toegankelijk voor het oog van alle toekomstige spionnen, ter leering ende vermaeck.

Ambrogio deed opnieuw een poging door te dringen tot de harten en geesten van de inwoners van Zara. Hij schreeuwde hun toe dat de pelgrims reispapieren hadden van de Venetiaanse doge en stelde meermalen voor om zich als katholiek te bekruisen, maar het was alles tevergeefs. De harten en geesten van deze mensen waren aangetast door de alcohol.

Arseni verbaasde zich over het wantrouwen van de inwoners van Zara. Misschien (dacht hij) zijn ze hier werkelijk de dupe geweest van spionnen. Arseni sloot ook niet uit dat deze mensen simpelweg zin hadden om iemand op te knopen.

Ten slotte stopten ze Ambrogio een prop in de mond. Na enig overleg maakten ze bij alle gevangenen de benen los, zodat die konden lopen, maar hun handen bleven vastgebonden. Nu kon Ambrogio niet meer roepen en zich niet meer bekruisen.

Hij liep naast Arseni en keek naar het stel Brandenburgse pelgrims, die voor hen uit stapten. Ondanks het dramatische van de situatie kon hij een glimlach niet bedwingen. Ze liepen, waggelend van de ene naar de andere kant, en met hun op de rug gebonden handen zagen ze er plechtig, haast professoraal uit. Ze hadden ook veel weg van een paar pinguïns, een diersoort waarmee Europa pakweg tien of vijftien jaar later zou kennismaken. Friedrich en Wilhelm hadden nog steeds niets in de smiezen en hoopten dat het misverstand snel zou worden opgehelderd. Arseni wilde ze niet wijzer maken dan ze waren, Ambrogio wilde dat evenmin en kon dat natuurlijk ook niet.

Mijn lief, zei Arseni in de haven tegen Oestina, het is zeer wel mogelijk dat hier een eind komt aan mijn weg. Maar niet aan mijn liefde voor jou. Even afgezien van de trieste kant van de zaak mogen we blij zijn dat mijn weg zijn voltooiing vindt op zo'n fraaie plek: met zicht op zee, een eiland in de verte en alle pracht van Gods wereld. Maar vooral, het is mij een vreugde dat mijn laatste uren verglijden in de nabijheid van de rechtvaardige starets Simeon, wiens verlangen, anders dan dat van mij, is vervuld. Het spijt mij, mijn lief, dat ik zo weinig heb kunnen volbrengen, maar ik geloof vast dat, als de Algoede mij nu tot zich neemt, Hij alles zal doen wat wij niet hebben gedaan. Zonder dit geloof zou dit bestaan geen zin hebben – het jouwe noch het mijne.

De zon stond al laag. Ze had zich reeds een weg uitgestippeld van de steiger in de haven tot aan de horizon. Er was geen twijfel mogelijk dat ze zich opmaakte om daar, op het verste punt, ook onder te gaan. De zon trof Arseni recht in de ogen, maar hij kneep ze niet dicht. De zon trof de ogen van de kapitein op het dek van de *Heilige Marcus*, en hij stak over naar het andere boord. Daar merkte hij vanaf de reling op dat iemand over de balk van een windas een touw met een strop wierp.

Ze gaan iemand opknopen, riep de kapitein naar de mensen die aan dek waren. Wie wil kan gaan kijken.

Iedereen wilde, het voetvolk incluis. Iedereen keek aandachtig naar de mannen bij de windas, en vooral naar degene die de strop om zijn nek kreeg.

Is dat Arseni, vroeg de kapitein onzeker. Arseni!

Hij keerde zich om naar de kijkers aan dek en die knikten.

Dat is Arseni, schreeuwde de kapitein naar de inwoners van Zara. Hij hield zijn handen als een megafoon en iedereen in de haven hoorde hem. Deze man staat onder de persoonlijke bescherming van Giovanni Mocenigo, de doge van Venetië, en iedereen die zijn hand tegen hem opheft, zal worden gestraft!

De inwoners van Zara stopten met waar ze mee bezig waren. Ze kenden de kapitein en draaiden zich om naar de *Heilige Marcus*, om te bepalen of ze het wel goed hadden gehoord, maar de kapitein kwam al over de loopplank aangerend. Van over de reling stond het voetvolk, alle honderdtwintig man, het dobbelspel zo langzamerhand wel helemaal beu, toe te kijken.

Hebben jullie me gehoord, riep de kapitein nog eens in volle vaart, steek een poot uit en je bent er geweest!

De inwoners van Zara hieven nu geen hand meer op tegen Arseni. Al eerder waren ze gaan vermoeden dat ze niet geheel gelijk hadden met hun beschuldigingen, zodat de ophanging vooral een kwestie van inertie was geworden. Ze hadden maar een minieme aanleiding nodig om te stoppen, en voilà, die diende zich hier aan. Hun toorn zakte even plotseling weer in als hij was opgekomen.

Wij hangen niemand meer op, zeiden de inwoners van Zara. Jouw woorden hebben ons de situatie duidelijk gemaakt en alle vragen weggenomen.

De kapitein holde op Arseni af, trok de strop van zijn nek en haalde de prop uit Ambrogio's mond.

Mijn kameraad Wilhelm en ik begrijpen nog steeds niet wat ze van ons wilden, riep pelgrim Friedrich uit, zich wendend tot niemand in het bijzonder. Wij zouden graag weten waaruit hun klacht aan ons adres bestaat en waarom ze opeens besloten om Arseni op te hangen? Wij zien geen schuld in deze mens.

Arseni antwoordde hun met een erkentelijke buiging. Ambrogio begon te lachen en zei:

Ik moest denken aan die Ierse monnik die grapte dat van alle Oosterse talen het Duits het belangrijkst voor hem was. Zijn grapje is profetisch gebleken: ze dachten hier dat jij Turks sprak.

Eenmaal aan boord van de *Heilige Marcus* vroeg Arseni:

Zeg eens, Ambrogio, heeft jouw voorspellende gave je ook verteld dat we gered zouden worden?

Arseni, het moeilijkst van alles is je eigen leven te voorzien, en dat is een goede zaak. Natuurlijk hoopte ik op redding. Zo niet in deze wereld, dan wel in de andere.

.XXV.

De scirocco ging twee dagen later liggen en het schip hees de zeilen. Staand aan bakboord zei Arseni tot Simeon de Rechtvaardige:

Eer aan u, o starets. Ik denk dat op uw gebeden de tijd mijner verwachting is verlengd geworden. Bid dus nog eens te meer, opdat mijne verwachting niet ijdel blijke.

De volgende grote steden op de route van het schip waren Spalato en het schone Ragusa. Maar aangezien de wind gunstig bleef deden ze geen van deze plaatsen aan. De kapitein van de *Heilige Marcus* vertrouwde het water aanzienlijk meer dan het droge, en bleef uit de kust als hij daar niet door uiterste noodzaak toe werd gedreven.

Toen ze uitkwamen op de Middellandse Zee voelden ze voor het eerst een stevige deining. De mensen met een zwakke maag kregen van de kapitein het verzoek zich zo dicht mogelijk bij de reling op te houden, omdat de geur van wat er op de deining naar buiten kwam nog heel lang in het ruim bleef hangen. Ook al bevond de *Heilige Marcus* zich nu op volle zee, het schip probeerde de kust niet uit het oog te verliezen.

Bij de ingang van de haven van het eiland Korfoe wisten ze de zandbank, bekend bij iedereen die linksom of rechtsom met de scheepvaart te maken heeft, met goed geluk te omzeilen. Ze gingen op een halve mijl van het eiland voor anker en vulden hun zoetwaterreserves en proviand aan. De eilanders voerden alles aan op schuiten en laadden het met veel misbaar over op het schip. Arseni keek toe hoe de matrozen de aanvoer het ruim in droegen. Behalve groente werden er ook een stuk of twintig kratten met levende kuikens aan boord afgeleverd. De kapitein proefde persoonlijk zowel het water als het groenvoer. De kuikens betastte hij. Na een halve kroes van het aangevoerde water sprak de kapitein:

Zoet water is compleet smakeloos, maar zout water kun je tot mijn grote spijt niet drinken.

Op het eiland Kefalonia, waar het schip aanmeerde, kochten ze drie runderen ter vervanging van degene die onderweg waren opgegeten. Bij een poging de beesten het ruim in te jagen werd een van de matrozen op de horens genomen. Arseni behandelde de matroos en constateerde dat ondanks het bloedverlies zijn wond niet ernstig was. De hoorn van het rund was door het zachte weefsel van 's mans billen gegaan zonder vitale organen te raken. Door de specifieke aard van de verwonding kon de matroos niet langer in zijn hangmat liggen, en Arseni verwees hem naar het deksel van de grote keukenkist. De kapitein bedankte Arseni en zei tegen de matroos dat die voortaan op zijn buik moest liggen. De matroos wist dat, omdat er domweg niets anders opzat, maar bedankte op zijn beurt de kapitein. De sfeer onderweg beviel Arseni absoluut.

Het moet gezegd dat Arseni ook goed lag bij de kapitein. Nu hij Arseni van een wisse ondergang had gered, onthield de kapitein hem in het vervolg zijn aandacht niet. Een keer vertelde de kapitein op een verloren ogenblik hoe zout water zich vormt. Kennelijk dampt het onder inwerking van hete zonnestralen eenvoudigweg in uit gewoon water in de tropische oceaan en verspreidt zich vandaar in een stroming over andere zeeën. De veranderingen die het water ondergaat zijn duidelijk zichtbaar aan het voorbeeld van het meer in het graafschap Aix nabij Arles. Onder inwerking van de winterkoude verandert het water van dat meer in ijs, maar onder invloed van de zomerhitte op natuurlijke wijze in zout. Dat toont aan dat het onmogelijk is om rond de aarde te varen, aangezien de oceaan die haar omspoelt in het noorden bevriest en in het zuiden verandert in zout.

In wezen varen we in het smalle interval tussen ijs en zout, concludeerde de kapitein.

Arseni bedankte de kapitein voor deze informatie. Naast dankbaarheid voor zijn redding voelde hij voor hem ook ontzag, als voor een zeevaarder die de grenzen van zijn mogelijkheden nuchter onderkent.

Bij de nadering van Kreta wijdde de kapitein de aanwezigen in in de geschiedenis van de roof van Europa door Zeus. De Brandenburgse pelgrims protesteerden en beschuldigden de kapitein van lichtgelovigheid. Zonder aandacht te besteden aan hun bezwaren deed de kapitein eveneens kond van wat hij wist over de Minotaurus, Theseus en de draad van Ariadne. Ter meerdere aanschouwelijkheid beval hij zelfs een matroos een klos garen te brengen, die hij, meanderend tussen masten en want, afwond over het dek. De pelgrims begeleidden deze handelingen met sceptische opmerkingen. De kapitein bleef praten op een onnatuurlijk beheerste toon, en iedereen die ook maar enige mensenkennis bezat was het duidelijk dat hij tot het uiterste getergd was. Pelgrim Wilhelm, die niet over mensenkennis beschikte, zei:

Dat zijn allemaal heidense fabeltjes, je moet je schamen als je zoiets in onze tijd nog gelooft.

Zonder een woord te zeggen greep de kapitein pelgrim Wilhelm bij zijn lurven en deed een stap in de richting van de reling. Pelgrim Wilhelm, wellicht in de wens te lijden in zijn verzet tegen het heidendom, bood niet de geringste tegenstand. De anderen bevonden zich op enige afstand van de kapitein en hadden gewoon geen tijd om de ongelukkige te hulp te komen: de ruimte tussen de kapitein met de pelgrim in zijn armen en de reling was in wezen verwaarloosbaar. Ze zagen Wilhelm al buitenboord hangen, want de bedoelingen van de kapitein stonden op zijn gezicht uitgespeld en lieten niets te raden over. Ze zagen Wilhelm hangend boven de diepte der zee. Ze zagen hem daardoor opgeslokt – allen, ook Arseni.

Maar hij zag dit een ogenblik eerder dan de anderen, en de kapitein had pelgrim Wilhelm amper over de reling getild of Arseni stond al voor hem. Arseni greep de pelgrim met al zijn kracht vast en liet hem niet overboord gooien. Het gevecht om het lichaam van Wilhelm, die zich nog altijd hield als een afzijdige toeschouwer, bleek kort. De kapitein was geen bloeddorstig mens en toen zijn kortstondige woede was weggeëbd liet hij pelgrim Wilhelm los. In de grond van zijn hart koesterde de kapitein geen wrok jegens de pelgrim.

Kijk nou eens, mijn lief, deze keer is het me gelukt de tijd voor te blijven, zei Arseni tegen Oestina, en dat toont aan dat hij niet almachtig is. Ik ben de tijd niet meer dan één ogenblik voorgeweest, maar dat ogenblik is een heel mensenleven waard gebleken.

Nu de kapitein enigszins was gekalmeerd stelde hij de Brandenburgse pelgrims voor om de wal op te gaan en samen het labyrint te bekijken, dat volgens hem nog altijd bestond. De pelgrims bedankten hiervoor, in de mening dat dit een vruchteloze tijdsbesteding was, maar onder de mannen op het dek was er één, broeder Jean uit Besançon, die het bestaan van het labyrint bevestigde.

Enige tijd tevoren, toen hij op Kreta was, had hij het zelfs met andere monniken bezocht. Volgens broeder Jean zat bij dit labyrint de moeilijkheid 'm niet zo zeer in de verwarrende structuur van de grotten als wel in de duisternis, aangezien een van de broeders, nadat een langsvliegende pipistrellus zijn kaars had gedoofd, onmiddellijk was verdwaald. Ze konden hem drie dagen lang niet vinden en alleen dankzij de plaatselijke bevolking, die min of meer de weg wist in het labyrint, werd de broeder uiteindelijk gevonden, gemangeld door honger, dorst en een verstandsverbijstering die na de goede afloop van tijdelijke aard bleek. Het labyrint als zodanig had op broeder Jean geen bijzondere indruk gemaakt en had volgens hem nog het meest weg van een verlaten steengroeve.

Toen herhaalde de kapitein zijn voorstel aan de Brandenburgse pelgrims, maar zij wezen het opnieuw van de hand. De pelgrims verklaarden dat ze al meer dan genoeg steengroeven hadden gezien, hun leven lang deden ze niets anders dan daar hun nek over breken, maar nog nooit was de steenwinning gepaard gegaan met een dergelijke hoeveelheid fabeltjes.

Bij aankomst op Kreta verliet het voetvolk het schip. Op de steiger werden de mannen opgewacht door vrouwen, niet minder dan honderdtwintig in getal.

Zijn dat niet dezelfde vrouwen die hun in Venetië uitgeleide deden, vroeg Ambrogio.

Tja, ze lijken er sterk op, antwoordde Arseni, maar dit zijn andere. Heel andere. Dat is precies waar ik in Venetië aan moest denken, dat er op de wereld geen herhaling is: er bestaat alleen gelijkenis.

.xxvi.

Op Kreta volgde Cyprus. Op Cyprus kwamen ze 's avonds laat aan en ze gingen er niet aan wal. Ze zagen de omtrekken van de bergkam en de toppen van de cipressen. Ze hoorden de zang van onbekende vogels, een ervan zat zelfs in de mast. De vogel had er plezier in om op de deining te zingen.

Wie ben jij, vogel, vroeg de kapitein voor de grap.

De vogel gaf geen antwoord en zong voor zich weg. Hij pauzeerde alleen om zijn veren te poetsen. Van bovenaf keek hij toe hoe ze de waterreserves en het proviand aanvulden. Toen de contouren van de bergen begonnen op te lichten hieuw de *Heilige Marcus* het anker.

In de ochtend was het al erg heet. Hoe het midden op de dag zou worden, daaraan dachten de reizigers liever niet. In de hoop dat het op zee koeler zou zijn zette de kapitein er vaart achter. De passagiers zakten van de hitte compleet in en om ze wat op te beuren maakte hij ze deelgenoot van natuurwetenschappelijke weetjes, die hij in grote hoeveelheden achter de hand had. Kijkend naar de zon, die blaakte aan de hemel, vertelde de kapitein van de wateren die de atmosfeer omspoelden en de lichten koelden. Hij twijfelde er niet aan of die wateren waren zout. In zijn voorstellingen ging het om een doodgewone zee, die door bepaalde oorzaken achter het hemelse uitspansel gelegen was. Hoe konden anders, zo vroeg de kapitein, onlangs mensen in Engeland toen ze de kerk uit kwamen een anker ontdekken dat aan een touw uit de hemel was neergelaten, waarna van boven de stemmen klonken van zeelieden die probeerden het anker op te halen, en kwam een van de zeelui, die ten slotte langs het ankertouw afdaalde, om voordat hij de aarde goed en wel had bereikt, alsof hij in het water verdronk? Alleen is onduidelijk of de wateren die zich boven het uitspansel bevinden raken aan de wateren waarover wij varen. Van het antwoord op die vraag hangt overigens de veiligheid van de grote vaart af, omdat een kapitein die uit onkunde is opgestegen naar de bovenzee (hij wiste zich het zweet van het voorhoofd) al niemand meer kan garanderen dat hij er weer in zal slagen het schip naar de benedenzee te dirigeren.

Maar het gevaar bevond zich die ochtend veel dichterbij. Het was gepositioneerd onder het hemelse uitspansel en ging uit van dezelfde zee waarover de kapitein vele jaren zijn *Heilige Marcus* had gevoerd. In de middag maakte de hitte plaats voor benauwdheid. De wind ging liggen en de zeilen hingen slap langs de mast neer. De zon hulde zich in heiigheid. Ze boette in aan helderheid en kroop langs de hemel als een enorme vormeloze massa. Aan de horizon verschenen loden wolken, die gezwind naderden. Vanuit het oosten was storm op komst.

De kapitein beval de zeilen in te nemen. Hij hoopte dat de storm langs hen heen zou gaan, maar begreep dat hij de zeilen niet op het laatste moment zou kunnen reven. De wolken leken inderdaad niet op het schip af te komen en steeds sterker naar het zuiden af te buigen. En hoewel de wind aanwakkerde en op de kammen van de golven schuimkoppen verschenen, speelde de storm zelf zich tamelijk ver aan stuurboord af. Daar, halverwege het schip en de horizon, loosden de loden wolken loden stralen in de zee en voltrok zich de vereniging van de wateren waarover de kapitein had gesproken. Tegen de zwartblauwe achtergrond verschenen voortdurend bliksemflitsen, maar de donder bleef onhoorbaar, en dat betekende dat ze werkelijk ver weg waren. Aan bakboord vloeide er nog steeds licht uit de hemel. De *Heilige Marcus* bevond zich precies op de rand van de storm.

Door de ontstane deining voelde Arseni zich misselijk worden. Hij maakte een paar slikbewegingen. Over de reling gebogen keek hij zonder deelneming het straaltje vloeistof na dat uit zijn keel kwam. Het straaltje verloor zich beneden in het ziedende zeewater. Dat schuimde en kolkte. De aangespannen spieren van zijn golven liet rollen. Ook achter zich voelde hij een enorme watermassa. Zelfs zonder die te zien bespeurde hij de langzame vlucht ervan, zoals je met je rug de nadering van een moordenaar bespeurt. Dit was de eerste grote golf, die zich oprichtte (Ambrogio hief zijn hoofd op) bij de plecht. Ze verstarde (Ambrogio probeerde een stap naar Arseni te zetten) boven het dek en stortte neer (Ambrogio probeerde te schreeuwen) op de rug van Arseni, hem met gemak lostrekkend van de reling en mee omlaag sleurend.

Ambrogio leunt over de reling. Daar beneden is niets dan water. Langzaam dringt het gezicht van Arseni door dat water heen. Zijn haren zijn in het water losgeraakt en stralen als een nimbus in beroering. Arseni kijkt Ambrogio aan. De kapitein en een paar matrozen komen op Ambrogio afgerend. Ambrogio gaat schrijlings op de reling zitten, gooit zijn andere been eroverheen en zet zich af. Tijdens zijn sprong neemt hij een teug lucht. Arseni kijkt Ambrogio aan. De kapitein en de matrozen rennen nog steeds. Ambrogio verdwijnt in een golf. Hij komt boven en neemt opnieuw een slok lucht. Arseni is niet te zien. Ambrogio duikt. Vanuit de loden diepten stijgt hem langzaam de gedachte tegemoet dat de zee groot is en hij Arseni niet zal vinden. Dat hij hem zal vinden, alleen als hij verdrinkt. Alleen dan zal hij tijd hebben om te zoeken. Door deze gedachte laat de angst om te verdrinken hem los. De angst heeft zijn bewegingen gekluisterd gehouden. Ambrogio komt boven en haalt adem. Duikt. Voelt met zijn hand het slijmerige oppervlak van de scheepswand. Ademt in. Duikt. Raakt met zijn hand de hand van Arseni. Grijpt die uit alle macht vast. Duikt op en tilt Arseni's hoofd boven het water uit. Van bovenaf werpen ze hem een rondhout aan een lijn toe. Arseni pakt het rondhout beet en ze beginnen hem omhoog te hijsen. Arseni scheurt los. Ambrogio helpt hem opnieuw het rondhout te pakken. Het rondhout glijdt weg uit Arseni's handen. Vanaf het schip gooien ze een rondhout met een touwladder eraan vastgeknoopt. Ambrogio trekt de touwladder om Arseni's benen heen, als een soort schommel. Arseni pakt de touwen beet. Ambrogio omvat Arseni met zijn ene arm en houdt zich met de andere aan de ladder vast. Tien paar handen trekken hen omhoog. Ze slingeren boven het water heen en weer. Als ze tegen de scheepswand klappen, slaan ze te pletter (ze zijn al niet bang meer). De trieste ogen van de matrozen. Een golf rolt weg van het schip (de resten van het water druipen van de blootgekomen wieren en kokkels) en daarmee verwijdert zich de hele zee. De ladder hangt boven de ontstane afgrond. De volgende golf slokt de scheepswand geheel op en reikt Ambrogio en Arseni tot hun middel. De halve hemel is nog steeds vrij van wolken. Ze worden aan dek gehesen.

De zee was in beroering, maar dit was nog geen storm. De storm, die aanvankelijk uitweek naar het zuiden, verlegde nu overduidelijk zijn koers. De kapitein observeerde zwijgend hoe de loden wand in de richting van de *Heilige Marcus* bewoog. Deze beweging verliep langzaam maar onafwendbaar. Het lichte deel van de hemel werd steeds kleiner en de verre bliksemflitsen werden gaandeweg begeleid door donderslagen.

Het werd donker. Niet zo donker als 's nachts, want de nachtelijke duisternis bergt rust in zich. Dit was een verontrustende duisternis, die het licht verslond in weerwil van de geregelde wisseling van dag en nacht. Ze was niet homogeen, ze kolkte, klonterend en zich oplossend al naar gelang de dichtheid van de wolken, en de grens ervan lag precies bij de horizon, waar nog altijd een smalle streep hemel oplichtte.

Arseni en Ambrogio moesten het ruim in. Voordat Arseni naar beneden ging, draaide hij zich om. Alsof zijn beweging was opgemerkt, sloeg de bliksem in en weerklonk er een donderslag zoals hij nog nooit had gehoord. Met dit geluid spleet het hemelse uitspansel open; de barst trok langs de wortelvormige, duizendvoudig vertakte lijn van de bliksem. Uit de barst gulpte het water naar buiten. Mogelijk was dat water van de bovenzee.

Het zeewater gulpte ook uit Arseni – totdat het helemaal op was. Ambrogio en hij werden uit hun hangmat gegooid en rolden over de vloer. Beiden waren half bewusteloos. De kaars viel om en doofde. Arseni werd binnenstebuiten gekeerd, maar er was al niets meer wat eruit kon en nu kwam er alleen maar gal. Hij dacht dat als het schip zou vergaan, hij tenminste niet langer zo zou moeten kotsen. Daar beneden zou de koele rust van de zee hem omvatten.

Arseni vond het donker en benauwd in het ruim. De twee plagen verenigden zich en versterkten elkaar. Donkere benauwenis. Benauwende donkerte. Ze waren één ondeelbaar wezen. Arseni had het gevoel dat hij aan het doodgaan was. Dat hij ter plekke doodging als hij geen lucht kreeg. Onzichtbaar voor Ambrogio vond hij op de tast de deur die naar de trap naar het dek leidde. Hij duwde tegen de deur. Gleed over de trap. Kroop op handen en voeten omhoog. Gleed uit en kroop opnieuw. Smakte tegen de leuning. Kroop verder tot aan de deur naar het dek en opende die. De orkaan verschroeide hem.

Geschokt door wat hij zag schreeuwde hij, zonder zijn eigen schreeuw te kunnen horen. Niet de dreigende dood schokte hem, maar de macht van de elementen. De schreeuw werd door de orkaan uit Arseni's keel gewrongen en ogenblikkelijk weggedragen, honderd mijlen ver. Deze schreeuw kon slechts opklinken waar nog een streep heldere hemel was overgebleven. Maar deze smalle streep was al roze, waaraan te zien was dat de nacht neerdaalde en het laatste strookje hemel zou verdwijnen. En Arseni schreeuwde opnieuw, omdat de naderende algehele duisternis uitzichtloosheid meebracht.

De golven beukten tegen de scheepswand, alles in het vaartuig trilde en na iedere klap verbaasde Arseni zich erover dat het nog heel was. De enorme golven hoopten zich er nu eens onder op en liepen er dan weer onder vandaan. Het schip maakte onbeholpen slagzij, dwars op de baren, die het met de toppen van zijn masten bijna raakte. Het tolde in de waterkolken, sprong op en dook weer weg.

Arseni stond nog steeds in de deuropening. Langs hem heen kropen twee matrozen over het dek. Ze bewogen zich half voorovergebogen voort, hun benen ver uit elkaar. Ze hielden hun armen wijd alsof ze iemand wilden omhelzen. Ze sleepten een kabel of iets dergelijks van de mast naar de reling en probeerden die aan te spannen, zelf met kabels aan de mast gebonden. Voortdurend gleden ze uit en vielen ze op hun knieën. Hun werk, voor Arseni onbegrijpelijk, leek op een dans, op een gebed. Misschien waren ze inderdaad aan het bidden.

Arseni zag hoe langs bakboord een enorme schuimende golf kwam aanzetten. Ondanks de duisternis was de golf goed zichtbaar, de rand ervan was overgoten door een licht dat onduidelijk waarvandaan kwam. Deze glinstering was nog het engst. De golf was veel en veel hoger dan het dek. In vergelijking met de golf leek het schip klein, haast een stuk speelgoed. Arseni riep geluidloos iets naar de matrozen, dat die zich in veiligheid moesten brengen, maar ze gingen door met hun vreemde beweging. In hun opgetrokken capuchons leken ze op de verbazingwekkende wezens uit de *Alexandriade*. En de kabels sleepten achter hen aan als staarten.

De golf sloeg niet tegen het schip, ze drukte het eenvoudig neer en rolde eroverheen. Arseni werd omlaag gesmeten en zag niet meer wat er op het dek gebeurde. Toen hij bijkwam probeerde hij opnieuw boven aan dek te komen. In de deuropening stond de kapitein. Hij bad. Het dek was leeg. Er was niet veel meer over van wat Arseni eerder vanaf dit punt had gezien. Geen kanon, geen balustrade, geen mast. De twee matrozen die aan de kabel trokken waren er niet meer. Arseni wilde aan de kapitein vragen of ze zich hadden weten te redden, maar dat deed hij niet. De kapitein bespeurde zijn aanwezigheid en draaide zich om. Hij riep Arseni iets toe. Arseni verstond er geen woord van. De kapitein boog zich voorover naar Arseni's oor en brulde:

Heb je de heilige Herman gezien?

Arseni schudde ontkennend zijn hoofd.

Ik wel. De kapitein drukte Arseni's hoofd tegen het zijne. Ik geloof dat we door zijn gebeden gered zijn.

De storm ging niet zo zeer liggen, ze nam niet langer toe. Het schip werd nog steeds heen en weer gesmeten, maar dat was niet langer akelig. Misschien doordat met de komst van de nacht het laatste licht was verdwenen en de enorme golven niet langer zichtbaar waren. Nu verzette het schip zich niet meer tegen de elementen – het maakte er deel van uit.

.xxvij.

Toen Arseni 's ochtends aan dek kwam, scheen aan een onbewolkte hemel de zon. Er woei een lichte bries. Twee van de drie masten waren afgeknapt en alles wat zich op het dek had bevonden was weggespoeld of kapot. Matrozen en pelgrims zongen een gedenkgebed. Hun handen en gezichten zaten onder de schaafwonden.

Enkele bekende gezichten kon Arseni niet ontdekken. Hij wist de namen van de omgekomenen niet en had bij hun leven nauwelijks meer met hen gewisseld dan twee of drie simpele begroetingsfrasen, maar nu was er een gapend gemis. Hij begreep dat hij voortaan hun begroetingen voor altijd zou moeten ontberen.

Voor altijd, fluisterde Arseni.

Hij dacht aan hun laatste, dansende bewegingen. Hij stelde zich voor hoe de matrozen nu ronddreven in het zeewater. In die watermassa die hen nu onbereikbaar maakte voor welke storm ook.

Na het gebed zei de kapitein tegen de mannen die zich aan dek verzameld hadden:

Vannacht heb ik zeven maal de heilige Herman gezien. Hij verscheen zoals gewoonlijk in de vorm van een kaarsvlam, die men desgewenst ook kan omschrijven als een heldere ster. Een vlam, nu eens helder, dan weer dof, ter grootte van een halve mast, altijd hoog verheven. Als je hem bijvoorbeeld wilt pakken gaat hij weg, als je onbeweeglijk het *Onze Vader* opzegt blijft hij ongeveer een kwartier op zijn plaats, maximaal een halfuur; en na zijn verschijning nemen elke keer de wind en de golven af. En varen schepen in formatie, dan blijft het schip behouden waaraan de heilige Herman is verschenen, maar wie hem niet heeft gezien, zinkt of slaat te pletter. Als er twee kaarsvlammen verschijnen, wat zelden voorkomt, zal het schip beslist vergaan, want twee kaarsen zijn geen gewijde verschijning maar een spookvisioen.

Dat komt, zei pelgrim Wilhelm, doordat duivels nooit in enkelvoudige vorm verschijnen, maar altijd in veelvoud.

Al het Goddelijke en ware is enkelvoudig, zei pelgrim Friedrich, al het duivelse en valse is veelvoudig.

De Brandenburgse pelgrims ruzieden niet meer met de kapitein, en die was daar blij om.

Ambrogio keek bedachtzaam naar het noorden. Hij zag de storm op de Witte Zee van 1 oktober 1865. Het stoomschip van het Solovetski-klooster, de *Vera*, was onderweg van het eiland Anzer naar het Groot Solovetski-eiland. Het vervoerde pelgrims uit Verchni Volotsjok. De sloepen waren van boord geslagen en in het ruim was de pomp kapotgegaan die het water moest wegpompen. Het schip werd heen en weer gesmeten als een eind hout. De pelgrims stonden de vissen te voeren. De storm was bijzonder doordat ze losbarstte in condities van volledig helder zicht. Er woei een orkaanwind, maar er waren geen wolken, er was geen regen. En aan stuurboord was als een wit oplichtend puntje het Groot Solovetski-eiland te zien. Een van de pelgrims vroeg de kapitein:

Waarom gaan we niet gewoon recht op het eiland af?

Zonder het roer los te laten gebaarde de kapitein dat hij niet hoorde wat er werd gezegd.

Waarom gaan we van het eiland weg in plaats van eropaf, schreeuwde de pelgrim in het oor van de kapitein.

Omdat we laveren, antwoordde de kapitein. Anders slaat een dwarse golf ons kapot.

De lange baard van de kapitein van de *Vera* verwaaide op de wind.

De bemanning, die bestond uit monniken van het Solovetski-klooster, was rustig. Het was de rust van mensen die zelfs niet kunnen zwemmen. De zeelui van de Witte Zee kunnen doorgaans niet zwemmen. Dat hebben ze ook niet nodig. Het water van de Witte Zee is zo koud dat je het er niet langer dan een paar minuten in uithoudt.

De kapitein van de *Heilige Marcus* pinkte een traan weg, omdat hij mateloos rouwde om de omgekomen zeevaarders. Hij dankte God en de heilige Herman dat hij in leven was gebleven. Staand op het zonovergoten dek verwonderde hij zich over de lengte en de scherpte van de ochtendlijke schaduwen. Hij snoof de geur van het drogende hout op. Hij wilde op de planken van het dek neervallen om daar te blijven liggen en met zijn wang het ruwe oppervlak te voelen, maar dat deed hij niet. Als kapitein moest hij zijn emoties in bedwang houden. Een kapitein mag überhaupt niet sentimenteel zijn, dacht hij, anders slaat de bemanning aan het muiten. Hij nam de beslissing om het schip op de enige overgebleven mast naar de dichtstbijzijnde kust te brengen. Een andere keuze had de kapitein niet. Na een dag rustig varen liep de *Heilige Marcus*, compleet verguld door de avondzon, de haven van Joppe binnen.

.xxviij.

Dit was het Oosten. Het Oosten waarover Arseni veel had gehoord, maar waarvan hij niet de geringste voorstellingen had. In Pskov had hij goederen uit het Oosten gezien. In Pskov had hij zelfs oosterse mensen gezien, maar die hadden zich daar aangepast aan de ingetogen en bescheiden Noord-Russische levenswijze. In Pskov waren de oosterse mensen zachtmoedig en ordelijk. Ze praatten met gedempte stemmen en glimlachten raadselachtig. Ze gingen gehuld in een geur van on-Russische kruiden en welriekende stoffen. In Joppe waren ze heel anders.

De inwoners van Joppe die de reizigers omringden, voornamelijk Arabieren, waren rumoerig en praatten met een keelstem en met handen en voeten. Ze pakten de aangekomenen voortdurend bij de kleren om aandacht te trekken. Ze trokken hun mantel open om zich op de borst te slaan. Met hun smoezelige mouwen wreven ze langs hun bezwete voorhoofd en nek.

Wat willen die lui, vroeg Arseni aan Ambrogio.

Ambrogio haalde zijn schouders op:

Als je 't mij vraagt, hetzelfde als iedereen: geld.

Een van de Arabieren bracht een kameel bij Arseni en poogde hem de leidsels van het beest in de hand te drukken. Met beide handen perste hij de vingers van Arseni tegen elkaar, maar de leidsels bleven wegglijden, omdat Arseni ze niet vasthield. De Arabier beduidde met zijn vingers de prijs van de kameel. Elke keer dat zijn hand omhoogging nam het aantal vingers af. Arseni keek het verbazingwekkende dier aan, dat op zijn beurt Arseni aankeek – ergens vanuit de hoogte. Wat kijkt dat schepsel toch aanmatigend uit z'n ogen, dacht Arseni. De Arabier sloeg zich op de borst, kreeg eindelijk de leidsels in Arseni's vuist gewurmd en deed alsof hij wegging.

Arseni trok onwillekeurig aan de leidsels en de kameel keek hem nadenkend aan. Naar zijn aard was hij het tegendeel van zijn meester, die hem waarschijnlijk flink de keel uithing. Het dier vatte de onverwachte verdwijning van de Arabier op als een zegen en keurde de man geen blik meer waardig. Toen de Arabier de beweging van Arseni's arm zag, dook hij opnieuw op naast de kameel en toonde hij opnieuw zijn prijs. Alle vingers die hij eerder had gebogen stonden nu weer op hun plek. Arseni glimlachte. De Arabier dacht even na en glimlachte ook. De kameel toonde eveneens zijn tanden. Ondanks hun niet zo eenvoudige levensomstandigheden hadden ze allemaal een aanleiding voor een glimlach weten te vinden.

Het leven in Joppe was werkelijk niet makkelijk. De stad, twee eeuwen tevoren door de mammelukken in een puinhoop veranderd, had zichzelf nog niet kunnen herpakken. Ze leidde een spookachtig, bijna transcendent bestaan ten koste van de weinige vaartuigen die om deze of gene reden aanmeerden in de resten van haar haven. Nee, Joppe was geen dode stad. In de twee dagen die Arseni en Ambrogio er doorbrachten merkten ze op dat 's avonds ook hier het leven zijn loop vond, met al z'n voorvallen en voorliefdes. Ze ontdekten tevens dat de inwoners van Joppe, die de eerste avond zo'n hyperactieve indruk hadden gemaakt, niet gespeend waren van de neiging tot contemplatie.

Juist die neiging bepaalde het leven van de inwoners van Joppe overdag. De snoeihete uren brachten deze mensen door op de erfjes van hun lemen huizen, waar ze met hun verslapte lichaam de zwakke zeewind probeerden te vangen. Ze lagen op de afkalvende borstweringen in de haven en keken toe hoe vissersbootjes en (aanzienlijk minder vaak) schepen de baai binnenvoeren. Soms hielpen ze bij het lossen van de lading. Maar alleen 's avonds waren de inwoners van Joppe werkelijk actief en beweeglijk. De kracht en de warmte die ze een dag lang in zich hadden opgenomen stortten ze dan over elkaar en de nieuw aangekomenen uit. Alle verkopen, ruilen, overeenkomsten en moorden voltrokken zich in de twee uur voor zonsondergang.

In de vroege avond van de volgende dag lukte het Arseni, Ambrogio en de andere pelgrims met de Arabieren afspraken te maken over de tocht naar Jeruzalem. Voor een halve dukaat mochten de reizigers naar keuze een kameel of een ezel huren. Velen, onder wie Arseni en Ambrogio, wilden te voet gaan, maar zij kregen te horen dat ze zo de karavaan niet zouden kunnen bijhouden.

Doorgaans beweegt een karavaan zich langzaam, zei Ambrogio via een tolk tegen de Arabieren.

Doorgaans, maar nu niet, antwoordden de Arabieren. Je bent er voordat je boe of ba kunt zeggen.

Het was duidelijk dat het aanbod om ezels en kamelen te huren niet ter discussie stond. Indachtig de twee ezels van broeder Hugo kozen Arseni en Ambrogio voor kamelen. Friedrich en Wilhelm besloten per ezel te reizen.

Er was nog tijd over voordat de karavaan zou vertrekken, maar de pelgrims wilden niet meer terug de stad in en bleven in de haven. Sommigen sliepen, hangend tegen de overdag opgewarmde keien. Anderen voerden gesprekken of repareerden kleren die tijdens hun omzwervingen achteruit waren gegaan. Ambrogio diepte het olielampje op en bracht er de adamanten op aan. Nu hij in het Heilige Land was besloot hij het lampje zijn oorspronkelijke schoonheid terug te geven. Hij legde elk van de zes stenen op de bodem van een uitsparing en klemde hem vast met de tappen, zoals stadvoogd Gavriil het had voorgedaan.

Bij dit werkje werd Ambrogio zwijgend geobserveerd door de Arabieren die waren ingehuurd ter bescherming van de pelgrimkaravaan. Voor deze beveiliging hadden ze anderhalve dukaat de man geëist, wat de pelgrims erg duur vonden, want zo ver was het niet naar Jeruzalem.

Het is niet ver, maar wel gevaarlijk, brachten de Arabieren in het midden. De dood loert hier overal. Voor het leven moet je betalen.

.xxix.

Een kameel bestijg je niet zoals een paard. Om Arseni te helpen dwong een Arabier de kameel op de knieën. Verwonderd dat een dier kon knielen nam Arseni plaats tussen de twee bulten. Toen de kameel opstond vloog Arseni bijna tegen de grond. Een kameel strekt eerst zijn achterpoten, waardoor de berijder naar voren schiet. Toen de kameel eenmaal stond keek hij Arseni weemoedig aan. Wat maakte het dier zo weemoedig en wat voorvoelde het?

De karavaan kwam in beweging bij het ochtendgloren. De beloften van de Arabieren ten spijt was er van enige haast geen sprake. In de gezichten van de pelgrims weerspiegelden zich alle kleuren van de oplichtende woestijn. De zon kwam onwaarschijnlijk snel op en met dezelfde snelheid maakte de koelte plaats voor hitte. De gezichten van de pelgrims raakten overdekt met zweet en met het stof dat werd opgeworpen door de hoeven van de Arabische paarden die voor de karavaan uit reden.

Ze waren twee uur onderweg toen de Arabieren een opslag van een dukaat de man eisten. Ze legden uit waarom: in de verte hadden ze een troep mammelukken gezien, en bescherming tegen de mammelukken kostte extra geld. Terwijl ze met de Arabieren onderhandelden galoppeerde een van hen vooruit, naar eigen zeggen om de weg te verkennen. De Arabieren kregen hun dukaat opslag.

Van tijd tot tijd bleven de Arabieren bij de karavaan ten achter om iets te bespreken. Hun gedrag, in combinatie met de troep Mammelukken die waren waargenomen, verontrustte de Brandenburgse pelgrims, die begonnen aan te dringen op een terugkeer naar Joppe. De Arabieren weigerden terug te gaan, en wat die mammelukken betreft, die verklaarden ze haastig tot een luchtspiegeling, zoals die niet zelden reizigers in de woestijn achtervolgen. Toen begonnen de Brandenburgse pelgrims, en in hun kielzog ook anderen, de extra dukaten terug te eisen die ze aan hun begeleiders hadden gegeven, maar ook dat weigerden de Arabieren.

Ik heb een vaag voorgevoel, zei Ambrogio, maar ik kan niets bepaalds over onze toekomst zeggen, want wat daarin gebeurt ligt te dichtbij. Een gemakkelijke tocht hoefden we niet te verwachten, die heeft ook niemand ons beloofd en hebben we trouwens nooit gehad. We naderen de heilige stad, en de weerstand tegen onze nadering verdrievoudigt zich.

Toch balen als we de stad niet in komen, terwijl we al halverwege zijn, zei pelgrim Friedrich.

Mozes was het gegeven het Beloofde Land van verre te zien, maar niet om het binnen te gaan, repliceerde pelgrim Wilhelm.

Is er dan iemand van ons die op Mozes lijkt, vroeg pelgrim Friedrich.

Ieder die het Beloofde Land zoekt lijkt op Mozes, zei Ambrogio. Ja toch, broeder Arseni?

Arseni keek Ambrogio zwijgend aan en hij kreeg de indruk dat het hoofd van Ambrogio boven diens lichaam uit steeg. Het hoofd praatte nog steeds, maar behoorde duidelijk al niet meer tot het lichaam. Ambrogio's lichaam raakte overdekt door een troebele sluier. Eerst werd het half doorzichtig, daarna loste het helemaal op. De lichamen van de anderen kwamen nog door de droesem heen, maar hun toekomst was niet evident. Ook zij begonnen te wankelen toen zij stilaan, gelijk het lichaam van Ambrogio, hun doorzichtige eigenschappen ontdekten. Arseni was bang dat hij nu het bewustzijn zou verliezen. Maar hij behield het.

De karavaan bewoog zich steeds langzamer voort. Vlagen hete wind slingerden zand in de ogen van de ruiters. De kamelen hielden voortdurend halt om op doornen te kauwen, de ezels bleven staan zonder aanwijsbare reden. De hemel was nu net zo geel als de aarde, doordat hij geheel in beslag werd genomen door de zon. Zon en zand lieten de ogen tranen, maar de tranen droogden op de wimpers nog voordat ze op de wangen konden vallen. Dit was waarom de pelgrims de troep mammelukken voor een samenklontering van zon en zand hielden.

Eerst was die troep ook echt niet te onderscheiden van de zonnegloed of wervelend zand en verplaatste hij zich schijnbaar even onordelijk. Maar dat was schijn. De warreling kwam recht op de karavaan af. De Egyptische heersers van Palestina kwamen spoorslags aangegaloppeerd en wisten kennelijk wat ze zochten. Toen de mammelukken naderden merkten de pelgrims onder hen de Arabier op die eropuit was gegaan om de weg te verkennen. De ruiters omsingelden de karavaan.

De mammelukken waren gekleed in gewatteerde rode mantels, op hun hoofden staken gele tulbanden. Daarmee waren ze beschermd tegen de zonnestraling, maar overduidelijk niet tegen de hitte. De onfrisse geur van hun mantels was zelfs in de open lucht te ruiken. Door de mammelukken omsingeld ademden de pelgrims deze stank in. De Arabieren schoolden op een afstandje samen en volgden grijnzend de gang van zaken. Ze ondernamen niet de geringste poging om zich waar dan ook mee te bemoeien.

De mammelukkenhoofdman – te onderscheiden aan zijn goudbestikte gordel – beval alle pelgrims af te stijgen. De enigen die dat meteen konden doen waren degenen die op een ezel reden, voor de anderen was dat nog zo eenvoudig niet. Broeder Jean uit Besançon, die op een kameel zat, probeerde naar de grond te klauteren, maar dat mislukte. Hij bleef hangen, zich vastklampend aan de kameel. Broeder Jean was bang om te springen en zijn voeten bungelden hulpeloos in de lucht. De mammelukken en de Arabieren lachten luid. Een van de mammelukken sloeg broeder Jean met zijn bullepees op de handen, zodat de monnik ter aarde stortte. De kameel begon van schrik te brullen. Hij trapte met zijn voorpoten en raakte met een hoef het hoofd van broeder Jean, die op de grond lag. Dat veroorzaakte een nieuwe lachbui. Alleen de hoofdman beperkte zich tot een nauw merkbare glimlach. Misschien belette zijn positie hem in lachen uit te barsten. Broeder Jean woelde als een dronkelap met zijn handen door het stof. Zijn grijze haren raakten snel verzadigd van bloed.

De eigenaars van de kamelen liepen op hun dieren af. Met stokken sloegen ze tegen de poten, zodat de kamelen knielden. De pelgrims klommen niet zonder moeite naar beneden en knepen zich in de slapende benen. Arseni wilde naar broeder Jean toelopen, maar werd met een vuistslag terug geslingerd. Hij voelde hoe het bloed uit zijn neus kwam. De verdoofde monnik bleef zijn vreemde bewegingen maken. In zijn pogingen overeind te komen deed hij denken aan een kever die op zijn rug was terechtgekomen. De ruiters, vol bravoure op hun paard, amuseerden zich uitstekend met hem en niemand moest het wagen hun vermaak te beëindigen.

Arseni bekeek de hoofdman en schrok. De glimlach van de man was overgegaan in een grimas. Deze grimas drukte geen plezier, geen haat en zelfs geen verachting uit. Wat erin pulseerde, op de maat van het opgezwollen adertje aan zijn slaap, was de breidelloze hartstocht van de jager voor zijn prooi. Zelfs wanneer de kat verzadigd is werpt hij zich op de vogel met de gebroken vleugel, omdat hij zo in elkaar steekt, net als alle generaties katten vóór hem, omdat de vogel zich gedraagt als een prooi en omdat het genot van de afrekening met zijn prooi in de jager sterker is dan de honger en veeleisender dan de lust.

De mammelukkenhoofdman stiet een wellustige brul uit en maakte een armbeweging, en in de borst van broeder Jean zwiepte een lans heen en weer. Broeder Jean greep het wapen vast zodat het niet langer schudde en zijn ribben brak, en rolde met lans en al op zijn zij. Ook hij slaakte een kreet, en die kreet bracht de mammeluk in extase. De mammeluk strekte zijn hand uit, ze reikten hem een nieuwe lans aan, en hij mikte met een nieuwe kreet en raakte broeder Jean in de zij. De monnik schreeuwde en kroop door het stof en de mammeluk strekte weer zijn hand uit en mikte weer met zijn lans en trof hem in de rug. Deze keer schreeuwde broeder Jean niet. Hij maakte een stuiptrekkende beweging en gaf de geest. Arseni had het gevoel dat het dode gezicht dat van Ambrogio was.

Ze begonnen de pelgrims te fouilleren. Nu broeder Jean het leven had gelaten durfde niemand te protesteren. De mammelukken splitsten zich in paren en namen de pelgrims een voor een apart. Wie was gevisiteerd kreeg het bevel naar de kop van de karavaan te gaan. De manier waarop de mammelukken de zaak aanpakten getuigde van routine en ervaring. Eerst spitten ze de tassen door, daarna gingen ze over tot visitatie. De mammelukken wisten precies waar munten werden bewaard. Ze sneden voeringen en dubbele bodems open, keerden manchetten om en scheurden zolen van laarzen los. Geld was in de middeleeuwen niet van papier en liet zich niet zo eenvoudig verstoppen.

Nu was Arseni aan de beurt. De mammelukken namen hem alleen zijn geld af, dat ze in één houw lossneden uit de voering. Wat er in de reiszak zat interesseerde ze niet. Ze gebaarden Arseni dat hij met zijn kameel naar voren moest gaan. Arseni verroerde zich niet, omdat hij op de grond het afgehakte hoofd van Ambrogio zag. De ogen van het hoofd staarden Arseni aan. In de half geopende mond was de tong te zien. Uit de neusgaten sijpelde bloed. Arseni kreeg een trap, vooruit. Arseni deed een paar houterige stappen. Hij liep naar voren terwijl hij achterom bleef kijken. Niet bij machte om zijn ogen af te houden van het hoofd van Ambrogio.

Een vrijgekomen paar mammelukken nam Ambrogio apart. Ze dwongen hem zijn armen omhoog te doen en fouilleerden hem. (Arseni duwde de mammeluk die hem begeleidde weg en deed een eerste stap in de richting van Ambrogio.) Ambrogio volgde bedaard hoe ze de gouden munten uit zijn kaftan sneden. Zijn reiszak inspecteerden ze net als die van Arseni niet bijster grondig. Ze wilden Ambrogio al laten gaan, maar nu kwam de Arabier naderbij, wisselde een paar blikken met de mammeluk en knikte naar de reiszak.

Uit de zak van Ambrogio haalde de mammeluk het olielampje tevoorschijn. In de middagzon straalde het met al zijn ingezette stenen. Ambrogio pakte het lampje van de mammeluk af en zei iets tegen de tolk. (Arseni schudde de armen los die hem hadden vastgegrepen en bewoog zich in de richting van Ambrogio.) De tolk vertaalde, terwijl hij keek naar het spel van de stralen op de stenen. De mammeluk reikte opnieuw naar het lampje, maar Ambrogio trok zijn hand weg en liet hem de lamp niet aanraken. Ambrogio zag niet hoe achter hem de mammeluk met de bestikte gordel kwam aangereden en zijn zwaard ophief, terwijl Arseni zich uit alle macht vastklampte aan 's mans been.

Ambrogio zag hoe in Petersburg op de klokkentoren van de Peter-en-Paulskathedraal langzaam een engel met een kruis neerdaalde. Een ogenblik bleef de engel hangen om een precieze landing zeker te stellen, daarna zakte de basis van het kruis traag op de gouden appel van de spits. De engel keerde na restauratiewerkzaamheden terug op zijn oude plaats. Een neergaande luchtstroom veroorzakend breidde een Mi-8-helikopter zijn wieken boven hem uit. Onder deze ongemakkelijke omstandigheden fixeerde industrieel alpinist Albert Michajlovitsj Tynkkynen de basis van het kruis met bouten van een bijzonder duurzame legering. De lange haren van de alpinist sloegen alle kanten op en kwamen in zijn ogen en mond. Tynkkynen had spijt dat hij, toen hij met de engel op de koepel afdaalde, in de helikopter zijn sportpet was vergeten die hij altijd opdeed als hij iets onder de wentelwiek moest monteren. In zijn irritatie verweet hij zich zijn vergeetachtigheid en nam hij zich zijn lange haren kwalijk, die onder het hemelgewelf elke keer weer hem zichzelf deden beloven naar de kapper te gaan; een belofte die hij op aarde elke keer weer schond, omdat hij stiekem best wel trots was op die lokken. Hij schold zichzelf hartgrondig uit, zonder overigens in zijn uitdrukkingen bepaalde grenzen te overschrijden, want in het bijzijn van de engel hield hij zich in. Ondanks alle beletsels kon Albert Michaljovitsj vanaf zijn hoogte van 122 meter het nodige zien – het Hazeneiland, Petersburg en zelfs het land in zijn geheel. Hij kon ook zien hoe in het verre Palestina niet een vergulde, maar een volledig reële engel de ziel van de Italiaan Ambrogio Flecchia ten hemel voerde.

HET BOEK VAN DE RUST

.i.

Algemeen wordt aangenomen dat Arseni in Roes terugkeerde in het midden van de jaren tachtig. Met zekerheid is bekend dat hij in oktober 1487 al in Pskov was, aangezien toen de grote plaag begon, die hij meemaakte. Tegen de tijd dat Arseni terugkwam in Pskov waren sommigen hem al vergeten. Dat kwam niet doordat er veel tijd was verstreken (dat viel wel mee) maar was een gevolg van het feit dat het menselijk geheugen zwak is en alleen verwanten vasthoudt. Niet-verwanten (en daartoe behoorde voor iedereen Arseni) blijven er doorgaans niet in achter. Wie weggaat, verdwijnt uit het zicht en vrijwel niemand wekt zijn beeld uit eigen kracht weer op. In het beste geval komt de herinnering aan hem boven bij iemand die hem op een foto ziet. Maar in de middeleeuwen waren er geen foto's en placht de vergetelheid definitief te worden.

Veel inwoners van Pskov dachten niet aan Arseni, zelfs niet als ze hem zagen, omdat ze hem niet herkenden. De man die terugkeerde leek noch op de dwaas om Christus' wil die naar de stad was gekomen, noch op de pelgrim die de stad had verlaten. Arseni was veranderd. In combinatie met zijn donkere, on-Russisch verbrande gezicht waren zijn lichte haren nog lichter geworden. Je had kunnen denken dat ze waren gebleekt in de felle zon van het Oosten, maar bij nadere beschouwing werd duidelijk dat de haren van Arseni niet blond meer waren – ze waren wit.

Arseni was als grijsaard teruggekomen. Boven zijn neuswortel liep over zijn hele voorhoofd een litteken, dat eruitzag als een diepe, bittere rimpel. Samen met de echte rimpels die bij Arseni waren opgekomen gaf het litteken zijn gezicht de smartelijk onthechte uitdrukking van een ikoon. En misschien kwam het niet door de witte haren of het litteken maar door deze uitdrukking dat de mensen in Pskov Arseni niet herkenden.

Bij zijn terugkeer vertelde hij niemand iets. Hij zei überhaupt heel weinig. Misschien niet zo weinig als in zijn hoedanigheid van dwaas in Christus, maar zijn woorden klonken nu zo zacht als zelfs niet eigen was aan het diepste zwijgen. Toen hij bij stadvoogd Gavriil kwam zei hij:

Vrede zij u, heer steevoogd. Vergeeft u mij.

In de ogen van Arseni zag stadvoogd Gavriil heel diens zware tocht. Hij zag de dood van Ambrogio. En hij vroeg niets meer. Hij omhelsde Arseni en brak op diens schouder in snikken uit. Arseni stond onbeweeglijk. Op de huid van zijn hals voelde hij de hete tranen van de stadvoogd, maar zijn ogen bleven droog.

Toef te mijnen huize, zei stadvoogd Gavriil.

Arseni boog het hoofd. Hij hechtte nu weinig waarde aan zijn verblijfplaats.

Arseni had naar de dwaas in Christus Foma willen gaan, maar Foma was tegen die tijd al niet meer op de wereld. Spoedig na het vertrek van Arseni had Foma zijn eigen dood voorzegd en van iedereen afscheid kunnen nemen. Bezwijkend onder de last van de naderende dood had hij in zichzelf nog de kracht gevonden om een laatste ronde door de stad te maken en voor de laatste keer de meest schaamteloze onder de demonen met stenen te bekogelen. Iedereen wist dat Foma aan het doodgaan was en de hele stad trok achter hem aan om hem op zijn finale omgang te begeleiden. De benen van Foma gehoorzaamden hem niet meer en de mensen hielpen hem om ze in beweging te houden.

De duisternis des doods heeft mij omgeven en het licht heeft mijn oog verlaten, riep Foma, terwijl hij de halve stad af liep.

En aangezien hij niets meer zag legden ze de stenen in zijn handen, en hij slingerde ze naar de demonen met zijn laatste krachten, en zo liep hij de andere helft van de stad af, omdat de fysieke blindheid zijn geestelijke zicht alleen maar had gescherpt.

Toen de stad gereinigd was zei Foma, zich neervlijend in het kerkportaal:

Denken jullie soms dat ik ze voor altijd heb verjaagd? Oké, voor een jaar of vijf, maximaal tien. En nou is het de vraag, wat gaan jullie verder doen? Schrijf op. Jullie wacht een grote plaag, maar jullie zullen hulp krijgen van de dienstknecht Gods Arseni, die dan terug is uit Jeruzalem. En daarna gaat ook Arseni weg, want hij wordt genoodzaakt deze stede te verlaten. Ja, en dan komt het erop aan dat jullie geestkracht en innerlijke concentratie aan de dag leggen. Jullie zijn tenslotte geen kinderen meer.

Toen hij zich ervan had vergewist dat alles was opgeschreven, sloot de dwaas in Christus Foma de ogen en stierf. Daarna opende hij nog heel even zijn ogen en voegde toe:

Postscriptum. Arseni moet weten dat hij wordt verwacht in het klooster van abba Kirill. Dat was het.

Dit gezegd hebbende, stierf de dwaas in Christus Foma definitief.

.ij.

Arseni las de rede van Foma en verzonk in gepeins. Zeven dagen en zeven nachten had hij de aanbouw bij het huis van stadvoogd Gavriil, die hem als woonruimte ter beschikking was gesteld, niet verlaten. Misschien zou hij er langer zijn gebleven, maar op de achtste dag van zijn afzondering verspreidde zich door Pskov het nieuws van de plaag. De stadvoogd kwam bij Arseni en zei:

Zo wordt vervuld hetgeen gesproken is door Foma. Wij bevelen ons aan in de genade des Heren en jouw grote gave, Arseni.

Arseni stond geknield met zijn gezicht naar de ikonen en zijn rug naar stadvoogd Gavriil. Hij bad en het was onduidelijk of hij hoorde wat de stadvoogd zei. De stadvoogd bleef nog enige tijd staan maar ging zijn woorden niet herhalen, omdat hij wel kon raden dat Arseni ook zo alles wel wist. Voorzichtig, om de vloerdelen niet te laten kraken, ging stadvoogd Gavriil weg. Toen Arseni de volgende dag klaar was met zijn gebed, ging ook hij weg.

Op het bordes kwam hij voor een wachtende menigte te staan. Hij liet zijn ogen langs de mensen gaan en zei niets. De menigte zweeg eveneens. Ze begreep dat het niet nodig was hier iets te zeggen. De voorspelling van Foma indachtig wist de menigte dat Arseni als enige in staat was om te helpen in de rampspoed die over de stad was gekomen. Arseni wist dat zijn mogelijkheden beperkt waren, en de menigte wist dat hij dat wist, en wat de menigte wist deelde zich mee aan Arseni. Ze keken elkaar net zo lang aan tot de menigte geen ongerechtvaardigde verwachtingen meer koesterde en Arseni zijn angst kwijt was om deze verwachtingen te beschamen. Toen het zover was, daalde Arseni af van het bordes om de plaag tegemoet te treden.

Hij ging het ene na het andere huis langs en onderzocht de zieken. Hij behandelde hun builen en gaf hun gemalen zwavel in eigeel, wies hun lichamen schoon van braaksel en rookte hun woningen uit met juniperspaanders. En zelfs de gedoemden wilden hem niet laten gaan, omdat ze zich niet zo belabberd en hopeloos voelden zolang hij in de buurt was. Ze klampten Arseni's hand vast en hij vond in zichzelf geen kracht om zich uit hun handen te bevrijden, en hij zat nachten achtereen bij hen tot het moment van hun dood.

Ik heb het gevoel, zei Arseni tegen Oestina, dat ik vele jaren terug ben gegaan. Onder mijn handen heb ik dezelfde etterende lichamen, en geloof me, mijn lief, zo ongeveer dezelfde mensen die ik ooit heb genezen. Is soms de tijd achteruitgegaan, of – om de vraag anders te stellen – keer ik misschien zelf terug naar een bepaald uitgangspunt? Als dat zo is, kom ik dan op deze weg jou dan niet tegen?

De handen van Arseni herinnerden zich al snel hun vergeten werk en behandelden de pestzweren nu eigener beweging. Hij blikte naar hun gisse manoeuvres en begon te vrezen dat hun handelingen routine zouden worden en de verbazingwekkende kracht zouden afschrikken die door hen heen in de zieken stroomde zonder nog rechtstreeks verband te houden met de artsenijkunst. Al doende met zijn helende arbeid merkte Arseni steeds vaker dat als de mensen genazen dit juist met deze kracht en niet met de gemalen zwavel-in-eigeel verband hield. De zwavel en het eigeel schaadden niet, maar baatten naar Arseni's indruk ook niet echt. Belangrijk was het innerlijke werk van Arseni, zijn vermogen om zich te concentreren op het gebed terwijl hij tegelijkertijd oploste in de zieke. En als de zieke genas, dan was dat zijn, Arseni's, genezing.

Maar als een zieke stierf, stierf met hem ook Arseni. Zodra hij merkte dat hijzelf nog leefde, vergoot hij tranen en schaamde hij zich dat de zieke dood was en hij levend. Het drong tot Arseni door dat niet de kracht van de ziekte schuldig was aan de dood, maar de zwakte van zijn gebed. Hij begon zichzelf te zien als de directe schuldige aan de sterfgevallen en biechtte dagelijks, anders was de last voor hem ondraaglijk. En bij elke volgende zieke kwam hij binnen als bij de eerste, alsof hij vóór deze geen honderden anderen had onderzocht, en hij droeg zijn verbluffende kracht ongerept over op de lijder, want alleen dat verschafte hoop op genezing.

Arseni worstelde niet alleen met de ziekte maar ook met de angst van de mensen. Hij liep door de stad en probeerde ze ervan te overtuigen dat ze niet bang hoefden te zijn. Arseni ried hun aan voorzichtigheid te betrachten, maar waarschuwde ze voor paniek, die fataal is. Hij herinnerde ze eraan dat zonder de wil van God nog geen haar van 's mensen hoofd valt, en riep ze op zich niet op te sluiten in hun huizen en de hulp aan hun naasten niet te verzaken. Velen verzaakten.

De eerste weken van de plaag dacht Arseni dat hij het niet zou volhouden. Hij viel om van vermoeidheid. Vaak had hij geen kracht meer om naar huis te gaan en bleef hij voor een hazenslaapje bij zijn patiënt. Na een tijd merkte Arseni tot zijn verbazing dat het hem allemaal wat lichter begon te vallen.

Het lijkt erop dat ik wen aan iets waar je onmogelijk aan kunt wennen, zei hij tegen Oestina. Dit toont maar weer eens ten overvloede aan, mijn lief, dat er geen gebrek is aan krachten, maar dat er wel zoiets is als kleingeestigheid.

Arseni sliep twee tot drie uur per etmaal, maar kon zich zelfs in de slaap niet bevrijden uit het leed dat hem omringde. Hij droomde in geuren en kleuren van opgezwollen zieken die hem smeekten om genezing en die hij niet kon helpen omdat hij wist dat ze ten dode waren opgeschreven. Het waren dromen zonder fantasie, vol waarheid – dromen over wat er was gebeurd. De tijd keerde werkelijk op zijn schreden terug. Hij kon de hem toegemeten gebeurtenissen niet meer omvatten – zo groot en indringend waren ze. De tijd barstte uit zijn voegen als een pelgrimsreiszak die nu zijn inhoud aan de eigenaar liet zien, en hij keek ernaar als voor het eerst.

.iij.

Hier ben ik, Heer, en dit is het leven dat ik heb geleefd vooraleer ik tot U kwam, zei Arseni bij het Heilig Graf. En dit is tevens het leven dat ik door Uw onuitsprekelijke goedheid nog mag leven. Ik had immers al niet meer gehoopt hier te zullen zijn, want pal voor Jeruzalem werd ik beroofd en kreeg ik een houw met een zwaard, en dat ik nu voor U sta beschouw ik als Uw grote genade. Mijn onvergetelijke vriend Ambrogio en ik kwamen U een olielampje brengen ter nagedachtenis aan de dochter van de stedevoogd van Pskov, Anna, die in der riviere verdroncken is. Thans zijn mijn handen ledig en ik heb geen olielampje meer en ook mijn vriend Ambrogio is niet meer, zo min als vele anderen die ik onderweg heb ontmoet maar eveneens ben verloren vanwege mijn zonden. Ik maak alhier gewag van de wachter Vlasi, overmits hij zijn leven heeft afgelegd terwille van zijn vrienden. Ik heb Vlasi beloofd zijn zonden voor U te biechten, zelf ligt hij immers in Poolse grond in de verwachting van de opstanding des vlezes. Schenk rust, o Heiland, aan Uw dienaren die wij gedenken tezamen met de rechtvaardigen en laat hen wonen in Uw voorhoven zoals geschreven staat, vergeef hun in Uw goedheid alles waarin zij vrijwillig of onvrijwillig hebben gezondigd, bewust of onbewust, o Menslievende. Ik wend mij tot U met het voornaamste gebed van mijn leven, betreffende Uw dienstmaagd Oestina. Ik vraag niet uit hoofde van mijn recht als echtgenoot, want ik ben niet haar echtgenoot, al had ik dat kunnen zijn als ik niet was beland in de netten van de vorst dezer wereld. Ik vraag uit hoofde van mijn recht als haar moordenaar, aangezien mijn misdaad ons heeft verbonden in deze en de toekomende eeuw. Door Oestina te doden heb ik haar beroofd van de mogelijkheid om te ontsluiten wat door U was ingebed, dit te ontwikkelen en het te laten stralen met Goddelijk licht. Ik wilde voor haar mijn leven geven, of beter gezegd, *haar* mijn leven geven in ruil voor het leven dat ik haar had afgenomen. En ik kon dat niet anders doen dan door een doodzonde, maar wie had zo'n leven van node? En ik besloot het te geven op de enige voor mij haalbare wijze. Ik probeerde zo veel ik kon Oestina te vervangen en uit haar naam goede daden te verrichten die ik nooit uit eigen naam had kunnen doen. Ik begreep dat ieder mens onvervangbaar is en koesterde geen bijzondere illusies, maar zegt U eens, hoe had ik anders mijn boetedoening kunnen volbrengen? Het probleem is alleen dat de vruchten van mijn werken zo klein en zinloos bleken dat ik niets dan schaamte ondervond. En ik stopte er alleen niet mee omdat al het andere me nog veel slechter zou zijn afgegaan. Ik ben niet zeker van mijn route, en daardoor wordt het mij steeds moeilijker om door te zetten. Op een onbekende weg kun je lang doorgaan, heel lang, maar je kunt er niet eindeloos op blijven lopen. Is deze weg de redding voor Oestina? Had ik maar een of ander teken, al was het maar een beetje hoop… Kijk, ik praat toch voortdurend met Oestina, ik vertel haar wat er in de wereld voorvalt, mijn indrukken, zodat ze op ieder willekeurig moment zogezegd op de hoogte is van de ontwikkelingen. Ze geeft me geen antwoord. Ze zwijgt niet omdat ze me niet vergeven heeft, ik ken haar goedhartigheid, ze zou me niet zovele jaren laten lijden. Het lijkt er eerder op dat ze niet de mogelijkheid heeft om me te antwoorden, maar misschien wil ze me gewoon kwade tijdingen besparen, want, met de hand op het hart, mag ik soms rekenen op goed nieuws? Ik geloof erin dat ik haar door mijn liefde postuum kan redden, maar naast geloof moet ik toch ook minstens een greintje kennis hebben. Dus geef me, mijn Heiland, een teken, maakt niet uit welk, zodat ik weet dat mijn weg niet is afgebogen naar de waanzin, en met zulke kennis kan ik dan de moeilijkste route nog gaan en die volgen, maakt niet uit hoe lang, zonder vermoeidheid te voelen.

Wat voor teken wil je en wat voor kennis, vroeg een starets die bij het Heilig Graf stond. Weet je dan niet dat in iedere weg gevaren schuilen? In iedere – en als je dat niet beseft, waarom wil je hem dan überhaupt gaan? Je zegt zelf dat je aan geloof niet genoeg hebt, je wilt er ook nog kennis bij. Maar kennis veronderstelt geen geestelijke inspanning, kennis is evident. Geloof veronderstelt inspanning. Kennis is rust, geloof is beweging.

Maar hebben de rechtvaardigen dan niet gestreefd naar de harmonie van de rust, vroeg Arseni.

Ze gingen door het geloof, antwoordde de starets. En hun geloof was zo sterk dat het veranderde in kennis.

Ik wil alleen de globale richting van de weg weten, zei Arseni. Wat mij en Oestina betreft.

Is Christus soms niet de globale richting, vroeg de starets. Welke richting zoek je dan verder nog? En wat versta je eigenlijk onder die weg – zijn dat dan niet de streken die je achter je hebt gelaten? Met je vragen ben je helemaal naar Jeruzalem gekomen, maar je had ze ook kunnen stellen vanuit, bijvoorbeeld, het

Kirillov-klooster. Ik zeg niet dat omzwervingen nutteloos zijn: die hebben zo hun zin. Vergelijk jezelf alleen niet met je dierbare Alexander, die een weg had maar geen doel. En laat je niet buitensporig meeslepen in horizontale beweging.

Waar moet ik me dan in laten meeslepen, vroeg Arseni.

In verticale beweging, antwoordde de starets en wees omhoog.

In het centrum van de koepel van de kerk stak zwart een ronde opening af, uitgespaard voor de hemel en de sterren. De sterren waren te zien, maar ze leken uitgedoofd. Arseni begreep dat het licht werd.

.iiij.

Tegen februari begon de plaag af te nemen. Het einde van de winter was zo koud dat de pest eenvoudig doodvroor. En ook al had Arseni merkbaar minder te doen, juist in februari voelde hij dat zijn krachten een grens hadden bereikt. De maanden van strijd met de pest hadden Arseni compleet uitgeput, en daarbij was ook nog de gewoonlijke voorjaarsmoeheid gekomen. Het viel hem steeds zwaarder om 's ochtends op te staan. Wanneer hij erop uitging om zijn patiënten te bezoeken moest hij onderweg meermalen gaan zitten om op adem te komen. Toen stadvoogd Gavriil zag hoe slecht Arseni eraan toe was, zei hij:

Burgers van Pskov, hij heeft aan jullie talrijke genezingen al zijn krachten gespendeerd, ontzie hem dus om Godswil.

Eind februari hielden de gevallen van besmetting met de pest helemaal op. En nu Arseni de mogelijkheid kreeg om bij te komen viel hij in slaap. Hij sliep precies een halve maand: vijftien dagen en vijftien nachten. Arseni wist dat hij met de krachten die tijdens de pest waren weggegeven een wissel had getrokken op zijn toekomst, en zuiverde nu aan wat was gespendeerd. Soms werd hij wakker om zijn dorst te lessen, maar dan viel hij meteen weer in slaap doordat zijn oogleden niet van elkaar kwamen. Hij bleef dromen van Jeruzalem, de tocht naar Palestina en een springlevende Ambrogio. Op de zestiende dag eindigde het grote slapen van Arseni en voelde hij zijn krachten langzaam terugkeren.

Eenmaal wakker begreep Arseni dat de lente was aangebroken. Hij was gewend de jaren te meten aan de lentes. Anders dan bij andere jaargetijden was de komst van de lente goed voelbaar en indringend. Gewoonlijk wachtte Arseni tot het voorjaar verscheen, maar nu ontwaakte hij terwijl het al lang en breed was begonnen, zoals wanneer je opeens bij klaarlichte dag wakker wordt en merkt dat de zon al hoog staat, en je beziet hoe de weerschijn ervan trilt op de grond en hoe een spinnenweb van zilver in een straal hangt, en je huilt tranen van dankbaarheid. Arseni had de indruk kunnen krijgen dat deze lente met haar geuren en de algemene toestand van de lucht precies dezelfde was als ooit in zijn kindertijd, maar hij herpakte zich meteen. Arseni was nu heel iemand anders en daardoor had deze lente niets gemeen met die lente uit zijn jeugd. Anders dan die lente van destijds had deze van nu nog niet de hele wereld vervuld. Ze was daarin een prachtige bloem, maar Arseni wist allang dat in deze tuin ook nog andere gewassen groeiden.

Hij liep door Pskov en op de maat van zijn beweging klonk houtig het plaveisel. Aan de bomen botten de knoppen uit, in de lucht zweefde het eerste stof sinds de winter. Arseni kwam bij het Johannesklooster, vond de bres in de muur en stapte erdoorheen het kerkhof op. Hij zag zijn bomen aan de muur en kreeg tranen in zijn ogen, omdat dit bomen waren uit zijn vorige leven, dat nooit meer terugkwam.

Op het kerkhof werd Arseni opgewacht door de moeder-overste en de zusters. De moeder-overste zei:

De profetie van Foma beschikt over de eigenschap der onontkoombaarheid. Dat betekent dat je er niet aan ontkomt, zelfs als je dat zou willen. Dus, beste man, dien je te vertrekken naar het Kirillov-klooster – en wel hoe eerder hoe beter.

In het kremlin kon stadvoogd Gavriil alleen zijn armen ten hemel heffen. Wat Foma had gezegd stond hem bij, maar diep in zijn hart had hij erop gerekend dat Arseni in Pskov zou blijven tot het vermoedelijke einde van de wereld. Dat vond hij wel zo'n prettig idee. Van de verdere effectiviteit van Arseni's aanwezigheid was de stadvoogd niet overtuigd.

In principe zijn we bereid hem te ontvangen, lieten ze vanuit het Kirillov-klooster weten. Zeg tegen stedevoogd Gavriil dat hij niet moet morren en de vertrekkende geen spaak in het wiel moet steken, uiteraard voor zover geen sprake is van beweging te voet.

Wie stuurt hem nou te voet weg na een dergelijke uitputtingsslag, vroeg de stadvoogd zich verbaasd af. Waarschijnlijk richten we iets voor hem op dat recht doet aan zijn verdiensten jegens de stad Pskov en omgeving.

Ze wilden Arseni de wagen van de stadvoogd zelf aanbieden, maar hij koos een paard. Wagens waren voornamelijk in gebruik bij mensen die zwak van lijf waren en bij vrouwen en kinderen. Iedereen wist dit en begreep dat Arseni wilde reizen zoals het een man betaamt. Zelfs al was hij nog niet helemaal gezond, niemand poogde hem ertoe over te halen af te zien van een rit te paard. Stadvoogd Gavriil stond er alleen op dat hij Arseni vijf man begeleiding mocht meegeven, met het oog op onvoorziene omstandigheden. In die ingewikkelde tijden was eigenlijk het merendeel van de omstandigheden onvoorzien.

Bijna de hele bevolking van Pskov deed Arseni uitgeleide. Hij was bleek, bijna doorzichtig, maar wist zich goed in het zadel te houden.

De reis zal hem helemaal beter maken, zei de moeder-overste van het Johannesklooster. Reizen is het beste medicijn.

Stadvoogd Gavriil, doorgaans zichzelf meester, verheelde zijn tranen niet. Hij wist dat hij Arseni voor de laatste keer zag. Door het vertrek van Arseni was het de inwoners van Pskov ietwat bang te moede. Het enige wat ze geruststelde was dat de plaag voorbij was en dat het gewone leventje in de stad was teruggekeerd – zo niet voor altijd, dan ten minste voor de komende vijf jaar. Gezien het mogelijke einde van de wereld verwachtten ze geen nieuwe plaag meer.

.V.

Onderweg begon Arseni zich inderdaad beter te voelen. Met de glooiing van de velden en het geruis van de wouden kwam de genezing bij hem binnen. De vlakten van het Russische land waren heilzaam. Destijds waren ze nog niet eindeloos en vergden ze geen kracht, maar gaven die. Het geklepper van de hoeven deed Arseni deugd. Hij keek niet om naar zijn metgezellen en stelde zich voor dat, ietwat achterop geraakt, zijn onschatbare vriend Ambrogio achter hem reed, en daarachter de karavaan, en in de karavaan iedereen van wie hij ooit afscheid had genomen.

De ruiters maakten voort. Niet omdat ze haast hadden ergens te komen (Arseni reed de eeuwigheid in, waarheen zou hij zich dan haasten?), de snelle gang beantwoordde gewoon aan de innerlijke gesteldheid van Arseni en beurde hem op. Maar sneller dan de ruiters reisde de grote roem van Arseni. Ze ijlde hun vooruit en dreef mensenmenigten hun tegemoet. Arseni steeg af. Hij probeerde iedereen aan te horen die zich tot hem wilde wenden.

Velen verwachtten hulp bij ziekte. Arseni nam ze apart en onderzocht ze aandachtig. Hij stelde vast of hij bij machte was deze mensen te helpen. Als hij voelde dat dit het geval was, hielp hij. Maar als hij niet kon helpen, zocht hij naar mogelijk opwekkende woorden. Hij zei dan:

Jouw ziekte gaat mijn krachten te boven, maar de genade Gods is groter dan wat mensen vermogen. Bid en wanhoop niet.

Of:

Ik weet dat je de pijn meer vreest dan de dood. En ik zeg je dat je verscheiden kalm zal zijn en dat je niet door pijn verscheurd zult worden.

Velen stelden vragen die met ziekten geen verband hielden. Ze wilden slechts een praatje maken met iemand over wie ze veel hadden gehoord. Zulke mensen raakte Arseni met zijn hand aan zonder met ze in gesprek te treden. En zijn aanraking ging dieper dan welke woorden ook. Ze deed het antwoord geboren worden in het hoofd van de vrager zelf, want wie een vraag stelt weet vaak ook het antwoord, al geeft hij zichzelf daarvan niet altijd rekenschap.

En ten slotte was er een grote veelheid aan mensen die nergens aan leden en niets vroegen, aangezien onder elk volk de meerderheid gezond is en geen vragen heeft. Deze mensen hadden gehoord dat alleen al de aanblik van Arseni heilzaam was en waren gekomen om hem te zien.

Deze ontmoetingen onderweg vergden van Arseni tijd en vertraagden zijn tocht aanzienlijk. Maar Arseni deed geen pogingen om zijn voortbeweging te versnellen.

Als ik niet al deze mensen aanhoor, zei hij tegen Oestina, kan mijn weg niet als afgelegd gelden. Jou, mijn lief, redden onze goede daden, maar kun je die soms bewijzen aan jezelf? Neen, antwoord ik, dat kan niet, alleen aan andere mensen, en Gode zij dank dat Hij ons die mensen stuurt.

De komst van Arseni werd een paar dagen tevoren bekend, en de inwoners bepaalden vooraf bij wie hij zou logeren. Van belang voor deze mensen was het grootst mogelijke comfort voor Arseni, en tevens de hoop op eigen welzijn. Want samen met zijn faam verspreidde zich de overtuiging dat zijn verblijf in iemands huis de eigenaar daarvan grote zegen beloofde. Arseni nam niet altijd daar zijn intrek waar men hem dit voorstelde, maar koos op het oog een man uit de menigte en vroeg hem:

Mijn vriend, staat u mij toe bij u te logeren?

En het leven van degene die Arseni had uitgekozen veranderde vanaf die dag – in elk geval in de ogen zijn buurtgenoten. Arseni merkte hoe ook zijn eigen leven veranderde. Nog nooit had hij zo'n toename van kracht gevoeld. Ook al spaarde hij zichzelf niet als hij hielp wie daarom vroeg, zijn kracht nam veel sterker toe dan hij haar uitputte. En hij werd niet moe zich daarover te verbazen. Arseni voelde dat de kracht kwam van de honderden mensen die hij ontmoette. Hij gaf deze kracht slechts door aan degenen die haar het hardst nodig hadden.

De reizigers reden door plaatsen waar Arseni vele jaren eerder was geweest, onderweg van Belozersk naar Pskov. Hij herkende de heuvels, rivieren, kerken en huizen die hij destijds had gezien. Hij meende zelfs de mensen te herkennen, al was hij daar niet helemaal zeker van. Mensen veranderen toch snel.

Arseni herinnerde zich de smartelijke gebeurtenissen uit zijn jeugd, maar het waren warme herinneringen. Het waren reeds herinneringen aan iemand anders. Hij vermoedde allang dat de tijd fragmentarisch was en dat de afzonderlijk delen ervan niet met elkaar verbonden waren, zoals er geen verband was – behalve misschien in naam – tussen de helblonde jongen uit de vrije nederzetting Roekina en deze grijze, nee witte reiziger, bijna een oude man. En eigenlijk was in de loop van zijn leven ook zijn naam veranderd.

In een van de rijke huizen zag Arseni zichzelf in een Venetiaanse spiegel: hij was inderdaad een oude man. Deze ontdekking trof hem. Arseni was totaal niet rouwig om het verlies van zijn jeugd, hij had vroeger ook al gevoeld dat hij veranderde. En toch maakte die blik in de spiegel een diepe indruk op hem. Lange grijze haren. Spits geworden jukbeenderen, die de ogen in zich hadden opgenomen. Hij had niet gedacht dat de veranderingen zo verregaand waren.

Kijk nou toch wat er van me is geworden, zei hij tegen Oestina. Wie had dat kunnen denken. Mijn lief, je zou me zo niet hebben herkend. Ik herken mezelf niet eens.

Arseni reed en bedacht dat zijn lichaam niet meer zo soepel was als vroeger. Niet zo onkwetsbaar. Nu voelde het pijn, niet alleen na klappen, maar ook zonder. Of beter, bijwijlen voelde het zich alsof het klappen had gekregen. Het herinnerde aan zijn bestaan door nu eens hier, dan weer daar te zeuren. Vroeger dacht Arseni er niet eens aan, want hij behandelde de lichamen van anderen, elk daarvan verzorgend als een vat dat plaats bood aan de geest.

Op weg naar het Kirillov-klooster zag hij eens een lichaam waaruit de geest al bijna was vertrokken. Het behoorde toe aan een stokoude man, die Arseni met blauwe ogen maar zonder uitdrukking aankeek. De grijsaard was bij Arseni gebracht door zijn verwanten, die zeiden dat hij zwak was. Arseni keek diep in de blauwe ogen van de hoogbejaarde en verbaasde zich dat ze nog niet waren uitgebloeid, terwijl in 's mans geest alles al was uitgebloeid.

Begheert ghi tleven, oude, vroeg Arseni.

Ick beghere te sterven, antwoordde de ander.

Hij is in feite allang gestorven, maar zijn lichaam laat hem niet gaan, dus waarom klampen jullie je toch vast aan een lege huls, zei Arseni tegen zijn familie. Dat wat jullie in hem liefhadden is hier al niet meer.

Dat is ook te merken, kun je wel zeggen, beaamden de verwanten, zijn vroegere hartelijkheid is weg. Zeg je tegen hem: vele jaren, grootvader. Zegt hij: hoepel een end op... Een akelige metamorfose. Maar desalniettemin, wat moeten we met hem doen?

Niets, antwoordde Arseni. Alles is binnen veertig dagen geregeld.

Zo gebeurde het ook. De oude man overleed op de dag dat Arseni aankwam in het klooster van de heilige Kirill.

.vi.

Arseni kwam tegen de avond bij het klooster aan en werd daar verwelkomd door een grote schare. Bij het zien van de kloostermuren moest Arseni denken aan de tocht die hij als kind met Christofor had gemaakt. Hij herinnerde zich de kar door de nacht en de gedempte gesprekken van de mannen uit het dorp, over zijn hoofd heen. Hij bedacht dat van Christofor, die zo van hem had gehouden, alleen het gebeente restte. En hij werd blij nu hij in de buurt van deze botten kwam. Arseni begon hun warmte en verwantschap te voelen. Hij probeerde zich Christofors gezicht voor ogen te halen, maar dat lukte niet.

Arseni steeg af, knielde neer en kuste de grond voor de kloosterbroeders.

Na een lange reis ben ik, mijn lief, teruggekomen, zei Arseni tegen Oestina.

Jouw reis begint pas, protesteerde starets Innokenti. Ze gaat vanaf nu alleen in een andere richting.

Arseni hief zijn hoofd op en keek de starets van onder af aan.

Ik geloof dat ik je herken, starets. Hebben we elkaar niet gesproken in Jeruzalem?

Zeer wel mogelijk, antwoordde starets Innokenti.

Hij nam Arseni bij de arm en leidde hem de kloosterpoort door. Eenmaal in het klooster zei de starets:

Gewoonlijk wijden wij iemand monnik een jaar of zeven na zijn komst. Maar, Arseni, jouw levensloop is ons bekend, dat was tot hier toe al die van een monnik, dus een aanvullende beproeving is in jouw geval eigenlijk niet zo nodig. Trouwens, de hele situatie leent zich, zoals je weet, niet echt voor eindeloos geheenenweer. En als ons inderdaad het einde van de wereld te wachten staat, kun jij dat beter meemaken met tonsuur en al. Hoewel, misschien loopt het allemaal wel los.

De starets knipoogde.

De mensenmassa die hen begeleidde begon te loeien. De kwestie van het einde van de wereld hield iedereen buitengewoon bezig. Nu zagen ze twee mannen van heilige levenswandel voor zich en verwachtten ze van hen uitsluitsel. De mensen die waren gekomen wisten dat Arseni over de gave der genezing beschikte, maar sloten niet uit dat hij ook de gave der profetie bezat. In wezen was kennis omtrent het einde van de wereld voor hen belangrijker dan die genezingen, want een bevestiging van de nabijheid van de wereldondergang deed in hun ogen de genezingen teniet.

Dus de vraag is, wanneer is het einde van de wereld, riep de menigte. Voor ons is dat van belang, excuseer de vrijmoedigheid, met het oog op de planning van ons werk en uit hoofde van de redding van de ziel. Wij hebben ons meermalen tot het klooster gewend om nadere inlichtingen te vragen, maar een ondubbelzinnig antwoord hebben we niet gekregen.

Starets Innokenti keek streng de menigte rond.

Het is niet aan den mensch om de dag of het uur te weten, zei hij. Op wat voor datum wachten jullie, wanneer ieder christen ieder moment klaar moet zijn voor het einde? Zelfs de allerjongsten hier hebben niet meer dan een jaar of zeventig voor de boeg, oké, misschien tachtig. (De jongeren begonnen te snotteren.) En van degenen die u hier ziet zal over honderd jaar niemand meer over zijn. Is dat soms een lang respijt in vergelijking met de eeuwigheid? Daarom (de starets keek de jongeren aan) zeg ik u: weent om uw zonden. Maar het voornaamste is: waakt en bidt. En verheugt u, dat gij nóg een voorbidder voor uw zielen hebt verworven. En neemt afscheid van Arseni, want gij verwerft Amvrosi.

Dit gezegd hebbende, bracht starets Innokenti Arseni bij de hegoemen. Conform het gebruik kozen ze een monnikennaam met dezelfde beginletter als de wereldlijke naam. Arseni wist al welke naam hem zou worden voorgesteld en bewonderde die in de diepten van zijn ziel.

In de naam die wij voor jou kiezen, gedenken wij de heilige Ambrosius Mediolanensis, zei Innokenti. Daarmee zijn wij – zo gaat dat nu eenmaal – ook jouw toegewijde vriend indachtig, die deze naam op een andere wijze uitsprak. Moge derhalve deze naam in correcte uitspraak tevens dienen tot herinnering aan jouw vriend. Hoevele levens zul je vanaf nu niet gelijktijdig leven?

Met de zegen van de hiërarch bevestigde de hegoemen Arseni's nieuwe naam. Na zeven dagen van streng vasten ontving Arseni zijn wijding.

.vij.

Zoek mij niet te midden van de levenden onder de naam Arseni, maar zoek mij onder de naam Amvrosi. Zo sprak Arseni tot Oestina. Mijn lief, weet je nog dat jij en ik het over de tijd hadden? Die is hier volledig anders. De tijd beweegt zich niet meer vooruit, maar loopt in een cirkel, omdat de gebeurtenissen die hem verzadigen in een cirkel lopen. En de gebeurtenissen hier, mijn lief, zijn voornamelijk verbonden met de liturgie. Op het eerste en vierde uur van elke dag gedenken wij het vonnis van Pilatus over onze Heer Jezus Christus, op het zesde uur Diens kruisweg, op het negende uur Diens lijden aan het kruis. Dat vormt een dagelijkse liturgische cirkel. Maar elke dag van de week heeft, net als een mens, zijn eigen gezicht en zijn eigen wijding. De maandag is gewijd aan de onlichamelijke krachten, de dinsdag aan de profeten, de woensdag en de vrijdag aan de gedachtenis van de kruisdood van Jezus, de zaterdag aan de herdenking van de ontslapenen, en de belangrijkste dag is gewijd aan de opstanding des Heren. Dat alles, mijn lief, vormt een zevendaagse liturgische cirkel. Maar de grootste cirkel is de jaarlijkse. Die wordt bepaald door de zon en de maan, waar jij naar ik hoop dichter bij bent dan wij hier. Met de beweging van de zon verbonden zijn de twaalf grote feesten en de gedenkdagen van de heiligen, de maan vertelt ons wanneer het tijd is voor Pasen en de feesten die daarvan afhangen. Ik wilde je zeggen hoeveel tijd ik al in het klooster ben, maar weet je, ik krijg mijn gedachten niet op een rijtje. Het lijkt erop alsof ik het zelf niet meer begrijp. De tijd, mijn lief, is hier heel onvast, omdat de cirkel gesloten is en gelijk aan de eeuwigheid. Het is nu herfst: dat is geloof ik het enige wat ik min of meer met zekerheid kan zeggen. De bladeren vallen, er drijven donkere wolken over het klooster. Ze blijven bijna aan de kruizen haken.

Amvrosi stond aan de oever van het meer en de wind bedekte zijn gezicht met kleine spetters. Hij keek hoe langs de muur langzaam starets Innokenti op hem af kwam. De benen van de starets gingen schuil onder zijn monniksmantel en daardoor waren zijn stappen niet te zien, zodat zelfs niet kon worden gezegd dat hij liep. Hij naderde.

De kloostertijd valt inderdaad samen met de eeuwigheid, zei starets Innokenti, maar is er niet aan gelijk. De weg der levenden, Amvrosi, kan geen cirkel zijn. De weg der levenden is, ook als het om monniken gaat, open; het is immers de vraag wat zonder uitweg uit de cirkel de vrijheid van de wil nog voorstelt. En zelfs wanneer we gebeurtenissen reproduceren in het gebed, roepen wij ze niet zomaar in de herinnering terug. We beleven deze gebeurtenissen nog een keer, en ze gebeuren nog een keer.

Begeleid door een wervelwind van gele bladeren passeerde de starets Amvrosi om te verdwijnen achter een bocht in de muur. De oever bij de muur lag er opnieuw verlaten bij. Nadrukkelijk desolaat (alsof hier niemand ooit was langsgekomen), niet geschikt om overheen te lopen. Amvrosi's bestaan op deze oever was alleen mogelijk dankzij zijn onbeweeglijkheid.

Suggereer je dat de tijd hier geen cirkel is, maar een of andere open figuur, vroeg Amvrosi aan de starets.

Precies, antwoordde de starets. Vanuit mijn voorliefde voor geometrie vergelijk ik de beweging van de tijd met een spiraal. Dat is herhaling, maar op een min of meer nieuw, hoger niveau. Of zo je wilt de beleving van het nieuwe, maar niet vanaf een onbeschreven blad. Met herinnering aan wat eerder is beleefd.

Van achter de wolken verscheen een zwakke herfstzon. Van de tegenoverliggende kant van de muur verscheen starets Innokenti. Tijdens het gesprek met Amvrosi had hij rond het klooster weten te lopen.

Zeg starets, jij bent hier in cirkels aan het lopen, zei Amvrosi tegen hem.

Nee hoor, dit is al een spiraal. Ik loop net als zojuist, begeleid door een wervelwind van bladeren, maar – en let nu op, Amvrosi – de zon is tevoorschijn gekomen, en ik ben al een beetje veranderd. Ik heb het gevoel dat ik zelfs een tikje opstijg. (Starets Innokenti maakte zich los van de grond en zweefde langzaam Amvrosi voorbij.) Zij het niet echt hoog, natuurlijk.

Welnee, prima zo, knikte Amvrosi. Het belangrijkste is dat je uitleg aanschouwelijk is.

Gebeurtenissen kunnen vergelijkbaar zijn, vervolgde de starets, maar uit die vergelijkbaarheid komt een tegenstelling voort. Het Oude Testament begint met Adam, het Nieuwe Testament met Christus. De zoetheid van de appel waarvan Adam eet, verkeert in de bitterheid van de azijn waarvan Christus drinkt. De boom der kennis leidt de mensheid naar de dood, maar het kruishout schenkt de mensheid de onsterfelijkheid. Bedenk, Amvrosi, dat herhalingen ons gegeven zijn ter overwinning op de tijd en tot onze redding.

Wil je zeggen dat ik Oestina weer ga ontmoeten?

Ik wil zeggen dat er niets is waar je niks meer aan kunt doen.

.viij.

Toen Amvrosi gewend was geraakt aan het kloosterleven, vroeg hij om een plaats in de keuken. De dienst daar gold als een van de zwaarste kloosterverplichtingen. Velen dienden er een tijd, maar lang niet iedereen met graagte. En zelfs degenen die uit eigen wil de keukendienst op zich namen beschouwden het werk daar als een bezoeking. Amvrosi beschouwde de keukendienst niet als een bezoeking. Zulk werk was naar zijn hart.

Amvrosi hield ervan water te dragen en hout te hakken. De eerste tijd kreeg hij, omdat hij het niet gewend was, last van blaren. Die gingen open en lieten op de steel van de bijl donkere vochtplekken achter. Toen hij bij het kleinmaken van het hout wanten begon te dragen verdwenen de blaren. Daarna hakte hij ook zonder wanten hout, maar verschenen de blaren niet meer. De huid van zijn handen was stug geworden. En Amvrosi raakte ook niet meer zo erg vermoeid. Hij had geleerd met de bijl precies het midden van het stammetje te treffen, zodat het spleet met een kort, harmonieus geluid. Het opende zich als twee blaadjes van een grote houten bloem. Wanneer hij niet op het midden terechtkwam was het geluid anders. Dun en vals. Het geluid van ondeugdelijk werk.

Midden in de nacht, wanneer de monnikerij sliep, ontstak Amvrosi een kaars aan de godslamp in de kerk en droeg die met zijn hand eromheen over het kloostererf. Hij liep langzaam, terwijl hij de nachtelijke frisheid en de honingzoete geur van de kaars inademde. De kaars die, afgedekt door zijn hand, Amvrosi zelf niet verlichtte, zag er van ver uit als een zelfstandig wezen. Ze verplaatste zich door de lucht en bracht haar vlam naar de keuken.

Aan deze vlam ontbrandde het vuur in de enorme haard. Even later sloeg de haard rood uit. Hij was zo heet dat het moeilijk was om erbij in de buurt te blijven. Amvrosi bereidde er het voedsel voor de kloosterlingen op. Hij zette potten neer en haalde ze weg, goot water bij, vulde het hout aan. Het vuur schroeide Amvrosi's baard, wenkbrauwen en wimpers.

Verduer dese gloet, Amvrosi, sprak hij tot zichzelf, want doer dese vlamme ontcoomt ghi dat ewich vuer.

In de grote lemen potten kookte Amvrosi sjtsji. Hij deed er kool in, verse kool of zuurkool, soms bieten of wilde zuring. Hij voegde ui en knoflook toe en lengde alles aan met hennepolie. Hij kookte kasja, van erwten, haver en boekweit. Op vastenvrije dagen werden er bij de sjtsji gekookte eieren geserveerd: twee per broeder. Dan braadde hij in zijn koekenpannen vis, door de broeders gevangen in het meer. Of hij bereidde uit de vis oecha. Tijdens de Ontslapenisvasten gaf hij augurken te eten, die hij opdiende met honing. Op de gewone dagen van de Grote Vasten serveerde hij kool met olie, geraspte rammenas en in honing gepureerde rode bosbes, op de zaterdagen en zondagen zwarte kaviaar met ui of rode kaviaar met peper. Als hij de monnikerij moest bedienen at hij gewoonlijk niet tijdens de maaltijd maar erna, in de eenzaamheid van zijn keuken. Amvrosi at brood en spoelde dat weg met water, zonder de spijzen die hij had bereid aan te raken. Zittend bij het vuur.

Het kwam voor dat hij in het vuur zijn eigen gezicht zag. Het gezicht van het helblonde jochie in het huis van Christofor. Aan de voeten van de jongen ligt opgerold de wolf. De jongen blikt in het vuur en ziet zijn eigen gezicht. Het wordt omlijst door grijze haren, die zijn samengebonden in een knotje op het achterhoofd. Het gezicht is één en al rimpels. Ondanks al deze verschillen begrijpt de jongen dat dit zijn eigen spiegelbeeld is. Alleen vele jaren later. En onder andere omstandigheden. Het is het spiegelbeeld van iemand die, zittend bij het vuur, het gezicht van een helblonde jongen ziet en niet duldt dat een binnenkomer hem lastigvalt.

Broeder Meleti talmt op de drempel en fluistert met een vinger op de lippen over zijn schouder naar iemand dat de Arts van geheel Roes Amvrosi nu bezet is. Hij observeert de vlammen.

Laat haar binnen, Meleti, zegt Amvrosi zonder zich om te draaien. Vrou, wat ist dat ghi begheert?

Ick beghere te leven, Arts. Comt mi te hulpe.

Je wilt niet doodgaan?

Er zijn er die dood willen, licht Meleti toe.

Ik heb een zoon. Heb erbarmen met hem.

Zo eentje? Amvrosi wijst naar de monding van de haard, waar de beeltenis van de jongen zich aftekent in de contouren van de vlammen.

Vorstin, u kunt beter niet knielen (Meleti bijt zich nerveus op de nagels), daar houdt hij niet van.

Amvrosi maakt zijn ogen los uit de vlammen. Hij loopt naar de knielende vorstin en laat zich naast haar op zijn knieën zakken. Meleti gaat achteruit naar buiten. Amvrosi pakt de vorstin bij haar kin en kijkt haar in de ogen. Met de rug van zijn hand veegt hij haar tranen weg.

Vrou, je hebt een gezwel in je hoofd. Daardoor zie je steeds slechter. En hoor je steeds minder.

Amvrosi slaat zijn armen om haar hoofd en drukt het aan zijn borst. De vorstin hoort hoe zijn hart bonst. Hoe de oude man met moeite ademhaalt. Door zijn hemd heen voelt ze de koelte van het kruis dat hij draagt. De hardheid van zijn ribben. Het verbaast haar dat ze dat allemaal opmerkt. Achter de gesloten deuren is Meleti houtspaanders aan het splijten voor gebruik als toortsen. Op zijn gezicht ontbreekt elke uitdrukking.

Vertrouw op den Heere en op Zijne Gezegende Moeder en beid hunne hulpe. Amvrosi beroert met zijn droge lippen haar voorhoofd. En je gezwel zal afnemen. Ga in vrede en wees niet langer bedroefd.

Waarom ween je, o Amvrosi?

Ik huil van blijdschap.

Amvrosi wendt zich zwijgend om naar de wolf. De wolf likt zijn tranen weg.

.ix.

In de keuken werd Amvrosi de gave der tranen verleend, wanneer hij alleen was stroomden ze onophoudelijk over zijn gezicht. De tranen liepen door de rimpels in zijn wangen, maar hadden aan die rimpels niet genoeg. En dus baanden de tranen zich nieuwe wegen, en op Amvrosi's gezicht verschenen nieuwe rimpels.

Eerst waren het tranen van droefenis. Amvrosi beweende Oestina en de baby, en na hen allen die hij in zijn leven had liefgehad. Vervolgens beweende hij degenen die hem hadden liefgehad, omdat hij veronderstelde dat het leven hun geen vreugde had geschonken. Amvrosi beweende ook degenen die hem niet hadden liefgehad en bijwijlen hadden gekweld, net als overigens degenen die hem hadden liefgehad maar gekweld omdat hun liefde zich zo uitte. Hij beweende zichzelf en zijn leven en wist niet waarvan hier precies sprake kon zijn. Hopend dat hij het leven van Oestina leefde, opdat dit haar geworden zou als ware het haar eigen, begreep Amvrosi niet meer waar *zijn* leven bleef, nu hij toch niet was doodgegaan. Ten slotte weende hij bitter om degenen die hij niet had kunnen redden van de dood, en dezulken waren bepaald talrijk.

Daarna maakten de tranen van treurnis plaats voor tranen van dankbaarheid. Hij dankte de Allerhoogste dat Oestina niet zonder hoop was gebleven en dat hij, Amvrosi, zolang hij in leven was voor haar kon smeken en arbeiden tot haar geestelijk heil. Tranen van dankbaarheid kwamen bij Amvrosi op omdat hij nog steeds in leven was, en dus in staat om goede werken te verrichten. Amvrosi dankte de Heer ook voor de grote hoeveelheid genezenen, voor de hun vergunde mogelijkheid te leven in een tijd dat ze dood en niet meer tot het volbrengen van goede werken in staat hadden moeten zijn.

De tranen wiesen niet alleen zijn gezicht af maar ook zijn ziel. Voor het eerst in zijn leven voelde Amvrosi dat zijn ziel tot vrede kwam. Amvrosi's voortschrijdende gemoedsrust was niet de vrucht van algemene achting (zijn roem was groot als nooit tevoren), maar evenmin van de onverschilligheid die zich in de ouderdom van vele waardige lieden meester maakt. De gemoedsrust hield verband met de hoop die met elke in het klooster doorgebrachte levensdag in Amvrosi sterker werd. Hij twijfelde nu niet aan de juistheid van zijn weg, omdat hij zich ervan had verzekerd dat hij de enig mogelijke weg ging.

Turend in de toekomstige vlam voelde hij niet de vroegere onrust. Preciezer, de onrust was gebleven, maar de gedachte aan het aanstaande eeuwige vuur week menigmaal voor de herinnering aan het verleden. Nu zag hij niet alleen zijn kindertijd. Hij zag zijn leven in Pskov en zijn omzwervingen. Wanneer Amvrosi bij de warme haard zijn ogen sloot, kon hij zich Jeruzalem voorstellen.

De lage bomen in de hof van Gethsemané. Met hun dikke, verdroogde stammen. Met de uiteengedraaide vingers van hun takken. Krom en gebroken als een verstarde schreeuw. De stenen tegels van het plaveisel, gepolijst door de eeuwenlange processies, naar Hem. De zonnewarmte bewaren ze de hele nacht. Je kunt erop liggen zonder bang te zijn dat je kou vat. Amvrosi begreep dat toen hij op de warme tegels was gaan liggen om te slapen. Toen hij geen andere plaats had om te overnachten. Toen hij nog Arseni was.

Ze hielpen hem erbovenop na de houw met de mammelukkensabel, daar bij Jeruzalem. Twee Hebreeuwse oudjes, hij en zij. Uit angst voor de mammelukken woonden ze buiten de stad. Ze hadden geen kinderen, dat was aan hun gezichten te zien. Ze heetten Tadeusz en Jadwiga. Zij waren het die hem verzorgden. Nee, zij verzorgden de stervende Vlasi, voor de stervende Arseni zorgden anderen. Misschien Abraham en Sara. Oude mensen zorgen altijd voor iemand. Het kwam zo uit dat de stervende Arseni bleef leven. De oudjes gaven hem haverkoeken, water en wat geld mee en hij ging op weg naar Jeruzalem.

.x.

De zieken bleven tot Amvrosi komen. Het waren er veel, hoewel het er onder andere omstandigheden meer hadden kunnen zijn. De afname van de toestroom was toe te schrijven aan meerdere oorzaken. De belangrijkste daarvan was starets Innokenti, die het verbood Amvrosi lastig te vallen met kleinigheden. Tandpijn, wratten en vergelijkbare zaken achtte hij onvoldoende aanleiding om zich tot Amvrosi te wenden, want die werd daardoor afgeleid van andere gevallen die ernstiger waren.

Ik verzoek u, zo maakte de starets bekend, dergelijke kwesties op te lossen in uw eigen woon- of verblijfplaats.

De overvloed aan bezoekers leidde niet alleen Amvrosi af. Hij bracht ook overlast voor de kloosterbroederschap, die zich van de wereld had afgewend. Bovendien viel het bij menigeen verkeerd dat de mensen zich dikwijls regelrecht naar Amvrosi begaven zonder zich te bekommeren om gebed, boetedoening en zieleheil.

Deze mensen, zei vader econoom, vergeten dat genezing niet komt van broeder Amvrosi in het klooster, maar van onze Heer in de hemel.

De mensen die om hulp kwamen vragen werden opgevangen door broeder Meleti, die van geval tot geval besliste hoe te handelen. Sommigen stuurde hij meteen weer naar huis, zelfs zonder hun verhaal helemaal aan te horen. Hieronder viel het leeuwendeel van degenen die hun manlijke kracht waren verloren of nooit hadden bezeten. Meleti zag er de noodzaak niet van in die te herstellen en verklaarde dat het in zijn ervaring veel moeilijker was om het tegenovergestelde te bereiken. Een uitzondering vormden degenen die een kinderloos huwelijk hadden. Alleen zulke lieden bracht Meleti na een passend gebed tot Amvrosi. Na het bezoek aan het klooster kwam bij hen de geslachtsdrift op gang. Na de geboorte van het kind verdween die drift echter dankzij de gebeden van Meleti onmiddellijk weer.

De strengheid van starets Innokenti en broeder Meleti was niet de enige oorzaak dat de toestroom van bezoekers voor Amvrosi niet toenam maar verminderde. Vele bewoners van de streek rond Belozersk kwamen niet, omdat ze daar in het licht van het mogelijke einde van de wereld geen urgente noodzaak toe zagen. Ze meenden dat ze het in de korte tijd die nog restte tot aan deze vreeswekkende gebeurtenis wel konden uitzingen. In het ergste geval gingen ze gewoon dood – want het uitstel van het stervensuur kwam hun niet als substantieel voor.

Er waren er echter ook die zich niet alleen niet wilden verzoenen met de dood, maar het in hun hoofd kregen die te overwinnen, zelfs in het geval van het einde van alles. En juist onder deze mensen begon zich het gerucht te verspreiden dat Amvrosi zou beschikken over een levenselixer. Dat elixer zou hij, toen hij nog Arseni was, hebben meegenomen uit Jeruzalem.

Hoe absurd dit gerucht ook was, niemand in het klooster verbaasde zich erover dat het de ronde deed.

Met het einde van de wereld voor de deur hebben bij sommigen de zenuwen het begeven, zei starets Innokenti. En dat ze van Amvrosi een levenselixer verwachten is ook niet meer dan logisch. Wanneer je lichamelijke onsterfelijkheid zoekt, bij wie moet je dan zijn als het niet bij een arts is?

Broeder Meleti poogde menigeen aan het verstand te brengen dat Amvrosi geen enkel elixer had, maar niemand geloofde hem. Sommigen, bang dat er op het moment suprême niet genoeg elixer zou zijn, installeerden zich bij de muur van het klooster en bouwden daar een soort woning. Ze zagen het klooster als een nieuwe ark, die hen in geval van nood misschien zou opnemen.

Toen het getal van deze lieden boven de honderd kwam, ging Amvrosi tot hen uit. Hij bezag een tijdlang hun armzalige huisjes en gaf hun toen een teken hem te volgen. Amvrosi liep de poort van het klooster door en bracht hen naar de kerk van de Ontslapenis van de Heilige Moeder Gods. Op datzelfde ogenblik eindigde in de kerk de dienst en kwam door de Koningsdeur starets Innokenti met de communiekelk naar buiten. Van het betraliede venster maakte zich een ochtendlijke zonnestraal los. De straal was nog zwak. Hij drong langzaam door de dikke walm van het wierookvat. Een voor een slokte hij de amper merkbare stofjes op, en eenmaal erin opgenomen begonnen die te wentelen in een bedachtzame Brownse dans. Toen de straal het zilver van de kelk raakte werd het licht in de kerk. Dit licht was zo fel dat de binnenkomers hun ogen halfdicht knepen. Wijzend naar de kelk zei Amvrosi:

Daar is het levenselixer, en er is genoeg voor iedereen.

.xi.

Een keer waren er in het klooster niet genoeg kopiisten en plaatste de hegoemen Amvrosi over van de keuken naar de boekenschrijfcel. Naast hem zaten daar nog drie man. De manuscripten voor het afschrijfwerk bracht starets Innokenti aan. De vellen van de handgeschreven boeken waren bezaaid met zijn zwierige *van hieraf* en *tot zover*. Deze aanwijzingen volgde Amvrosi nauwgezet.

Dag aan dag begon Amvrosi's werk met het reinigen van de pennen en het aftekenen van het papier. Om te voorkomen dat het te kopiëren manuscript dichtsloeg legde hij er een latje op. Over het blad van het handschrift schoof hij een smalle strook papier, zodat hij de juiste plaats niet kwijtraakte. Hij hield de strook vast met zijn linkerhand en schreef met zijn rechter. De strook gleed omlaag en gaf regel na regel bloot.

Soo starf dan een broeder, die lanc siec hadde gheweest. En iemand van zijn vrienden wies hem met een spons en ging naar de grot om de plaats te zien waar het lichaam zou worden gelegd, en vroeg de heilige monnik Marco ernaar. De zalige dwaas antwoordde hem: ga, zeg je broeder dat hij tot morgen moet wachten, terwijl ik zijn graf delf, en daarna kan hij dit leven verlaten om te rusten. De broeder die was gekomen, zei hem: vader Marco, ik heb zijn lichaam al gewassen met een spons, het is dood. Aan wie moet ik dit zeggen? Marco zei opnieuw: luister, de plaats is niet klaar. Ik beveel je, ga en zeg de gestorvene: de zondaar Marco spreekt je toe, broeder, leef nog deze dag, dan ga je morgen naar onze lieve Heer. Wanneer ik de plaats klaar heb waar we jou gaan leggen, laat ik je halen. De broeder die was gekomen, hoorde de heilige monnik aan en trof terug in het klooster de monnikerij volgens gebruik in gezang boven de overledene. Hij ging naast de dode staan en zei: mijn broeder, Marco zegt je dat je plaats nog niet is toebereid, wacht tot morgen. En iedereen verbaasde zich over dit woord. En toen de broeder dit voor iedereen had uitgesproken, kreeg de dode terstond het levenslicht terug, en zijn ziel keerde tot hem weder. En hij bleef dien dag en den gehelen nacht met open ogen, maar zei tegen niemand iets.

Het geviel een zeker krijgsman na zijn boetedoening in zonde te vallen met de eegade van een akkerbouwer. Na de voltrekking van het overspel stierf hij. De monniken van het nabije klooster ontfermden zich over hem en begroeven hem in de kloosterkerk, juist op het derde uur van de dienst. Zingend op het negende uur hoorden ze vanuit het graf geschreeuw: erbarmt u mijner, dienstknechten Gods. Ze groeven de kist op en ontdekten er de krijgsman in, zittend en wel. Ze haalden hem eruit en begonnen hem te ondervragen over wat er was gebeurd. Zich verslikkend in zijn tranen kon hij geen woord uitbrengen, hij vroeg ze alleen om hem naar bisschop Gelasi te brengen. Pas op de vierde dag kon hij de bisschop vertellen wat er was voorgevallen. Toen hij stierf in zonde had de krijgsman enkele monsters gezien waarvan de aanblik gruwelijker was dan welke marteling ook, en zijn geest begon te malen. Hij zag ook twee schone jongelingen in witte gewaden, en zijn ziel vloog hun in de armen. De twee namen zijn ziel op in de lucht en voerden haar langs de zielewegingen, met in een kistje de goede werken van deze krijgsman bij zich. Voor elke slechte daad vonden ze in het kistje een goede, en die haalden ze eruit als tegenwicht voor de kwade. Maar bij de laatste zieleweging, die verband hield met het overspel, had hij geen goede werken meer over. Toen de duivels alle vleselijke en echtelijke zonden uitstalden die hij vanaf zijn jongelingsdagen had begaan, zeiden de engelen: alles wat hij heeft uitgevreten tot aan zijn boetedoening heeft God hem vergeven. Daarop antwoordden de geduchte tegenstanders: dat is zo, maar na zijn boetedoening heeft hij overspel gepleegd met de vrouw van de akkerbouwer, en daarna is hij meteen gestorven. Toen de engelen dit hoorden gingen ze bedroefd heen, want ze hadden geen goede daad meer als tegenwicht voor deze zonde. De duivels ontvoerden hem en de aarde opende zich en ze wierpen hem in een krappe, donkere plaats. Daar bleef hij, zichzelf bejammerend, van het derde tot het negende uur, totdat hij opeens twee engelen zag die daarheen afdaalden. En hij begon hen te smeken hem uit zijn kerker te halen en hem te verlossen van deze vreselijke ellende. Zij antwoordden hem: ijdellijk roept gij ons aan, want niemand komt hiervandaan tot de wederopstanding des vlezes. Maar de krijgsman bleef huilen en smeken en zei dat hij, eenmaal terug op aarde, het nut van de levenden zou dienen. Toen vroeg een van de engelen aan zijn kompaan: kun jij instaan voor deze mens? En de tweede engel antwoordde: jazeker. Toen brachten ze de ziel van de krijgsman naar het graf en bevalen haar het lichaam in te gaan. En de ziel lichtte op als een glazen kraal, het dode lichaam was zwart als slijk en stonk. En de ziel van de krijgsman riep uit dat ze niet het lichaam in wilde wegens de verduistering ervan. De engelen nu zeiden tot de krijgsman: je kunt niet anders boete doen dan met het lichaam waarmee je hebt gezondigd. En de ziel ging het lichaam in door de mond en wekte het op. Toen hij dit verhaal had gehoord, beval bisschop Gelasi de krijgsman te eten te geven. De man kuste het eten maar weigerde het te nuttigen. Hij leefde nog veertig dagen, vastend en wakend, vertelde van wat hij had gezien, gaf zich over aan boetedoening en wist drie dagen tevoren dat hij zou sterven. Daarvan verhalen de vaderen die ons vertrouwen verdienen, tot ons geestelijk nut.

Keizer Theophilos was iconoclast, tot grote droefenis van keizerin Theodora. Het geviel Theophilos door de toorn Gods ten prooi te vallen aan een gruwelijke ziekte. Zijn kaken kwamen van elkaar, zodat zijn mond niet meer dicht wilde, waardoor hij er idioot en akelig uitzag. De keizerin nam de ikoon van de Heilige Moeder Gods en legde haar op zijn mond, en die sloot zich weer. Eerlang verscheidt Theophilos uit dit leven, ende hi starf in dese siecte. De keizerin was ten diepste bedroefd, want zij wist dat haar man zou worden gepijnigd tezamen met de ketters, en ze dacht er onophoudelijk aan hoe ze hem kon helpen. Ze bevrijdde wie verbannen of ingekerkerd was en smeekte de patriarch dat alle bisschoppen, priesters en de monnikstand zouden bidden voor keizer Theophilos, opdat de Heer hem zou verlossen van zijn martelingen. De patriarch gaf in het begin geen krimp maar zei toen, geraakt door de smeekbeden van de keizerin: Gods wil geschiede. Hij beval dat alle bisschoppen, priesters en de monnikstand zouden bidden voor keizer Theophilos. Zelf schreef de patriarch de namen van alle ketterse keizers op en legde de lijst in de Hagia Sofia op een tafel. En zij baden voor Theophilos in de eerste week van de Grote Vasten. Toen op vrijdag de patriarch zijn lijst kwam ophalen, waren alle namen erop intact gebleven maar was de naam van Theophilos door het gericht gedelgd. En een engel zeide tot hem: uw gebed is verhoord, o bisschop, en keizer Theophilos heeft genade gevonden, omdat gij zijnentwege voor God niet zijt verkoeld. Aanschouwen wij, broeders, de mensenliefde van onze Here God en verstaan wij wat de gebeden Zijner heiligen vermogen. Verwonderen wij ons over het geloof en de liefde tot God van onze zalige keizerin Theodora: van zulke gemalinnen heet het dat zij ook na diens dood hun man nog hebben gered. Laten wij echter bedenken dat, zoals de ziel één is, onze tijd van leven één is, en er niet op betrouwen dat we door eens anders inbreng worden gered.

De handschriften van Amvrosi worden tegenwoordig bewaard in de Kirillo-Belozerski-collectie van de Russische Nationale Bibliotheek (Sint-Petersburg). Onderzoekers die ze bestuderen merken unaniem op dat de hand die ze schreef vast en het schrift afgerond is. Naar hun mening getuigt dat van de kracht en de innerlijke harmonie die Amvrosi had verworven. De lange stok van de letter *jer'* wijst erop dat hij tegen die tijd de keuken definitief had verlaten en zich voor kwesties betreffende lichamelijk voedsel in zeer beperkte mate interesseerde.

.xij.

Amvrosi zei bij de biecht tegen starets Innokenti:

Tijdens de liturgie ben ik er niet altijd met mijn aandacht bij en denk ik soms aan andere dingen. Gisteren moest ik bijvoorbeeld denken aan een van de visioenen van de onvergetelijke Ambrogio.

Waar ging dat over, als het kort kan, vroeg de starets.

Dit was wat Amvrosi de starets vertelde.

30 augustus 1907, Magnano. Het meisje Francesca Flecchia, twaalf jaar oud, uit een geslacht dat teruggaat tot Alberto Flecchia, de broer van Ambrogio, wordt wakker met een vaag angstgevoel. De angst stijgt op van ergens in haar buik. Ze voelt iets borrelen in haar schoot, springt uit bed en rent naar de wc, die op het erf achter het huis staat. Dat lucht op. Francesca opent de deur van de wc op een kier en observeert wat er op het erf gebeurt. Haar grootmoeder staat in het vibrerende ochtendlicht. Dat licht slaat dwars door de takken van de parasolden, die laten de straal trillen.

Grootmoeder is bleek en rimpelig. Grootmoeder is in gedachten verzonken. Francesca merkt kommervol op dat ze haar nog nooit eerder zo heeft gezien. Misschien komt dat ook door de parasolden. Maar misschien heeft grootmoeder, niet wetend dat ze wordt bekeken, zich gewoon ontspannen. Francesca heeft al eens opgemerkt hoe iemand die er onder de mensen jong uitzag een hoek omging en op slag oud werd. Er zijn van die dingen die afhangen van een wilsinspanning, en het is onmogelijk je wil voortdurend in te spannen. Francesca ziet dat grootmoeder werkelijk oud is. Ze begrijpt waar de ouderdom grootmoeder zal brengen. De maag van het meisje trekt weer samen in een spasme en uit haar ogen stromen de tranen. Grootmoeder verdwijnt in de zomerkeuken.

Nu komt Francesca's zus Margarita het erf op. Margarita ziet dat de wc bezet is en gaat weer het huis in. Francesca's moeder verschijnt. In haar armen de bruidsjurk van Margarita, die vandaag gaat trouwen. Moeder blaast onzichtbare stofjes van de jurk en gaat naar binnen. Vader komt naar buiten. In zijn uitgespreide armen draagt hij een enorm boeket witte rozen. De rozen staan in een emmer water, ze zijn omwonden met tule. Door de tule is vaders gezicht compleet onzichtbaar. Uit het huis komt Margarita en vraagt Francesca om een beetje op te schieten. Vader neemt uit een kroes wat water in zijn mond en sproeit het lawaaiig over de bloemen. Francesca herinnert zich dat ze vandaag heeft gedroomd van een afgehakt hoofd.

Margarita is nog maar net achttien. Ze trouwt met Leonardo Antonino. Francesca is al een paar maanden verliefd op Leonardo. Hij is soepel als een luipaard en zijn naam doet Francesca voortdurend denken aan die soepelheid. En aan hoe verfijnd hij is – vooral van geest en verstand. Soms vangt ze Leonardo's droeve blikken op en heeft ze het idee dat hij Margarita alleen maar het hof maakt om opzij te kunnen kijken. Alleen maar om dicht bij Francesca te zijn. Als dat zo is valt niet te begrijpen waarom hij met Margarita trouwt. Francesca moet opnieuw huilen.

Margarita denkt dat Francesca expres zo lang op de wc blijft om haar dwars te zitten. Ze beklaagt zich bij haar moeder. Francesca hoopt vaag dat Margarita straks ondergescheten in de kerk staat. Moeder trekt Francesca de wc uit. Ze doet dat op een goedaardige manier, want ze weet dat Francesca morgen op reis moet. Moeder wil haar graag een klein beetje extra warmte meegeven. Francesca is aangenomen op een katholiek meisjesinternaat en vertrekt naar Florence. Met alleen de parochieschool in Magnano bereik je niets in het leven. Francesca is bang.

De bruidsstoet daalt zonder haast de berg af. Vanuit Magnano gaat ze het dal in, waar eenzaam de kerk van de heilige Secundo staat. Dat is een fraaie romaanse kerk uit de twaalfde eeuw. Er zijn geen reguliere diensten, maar ze gaat open voor bruiloften van inwoners van Magnano. Vooraan, behangen met bloemenguirlandes, rijden de koetsen met de bruidegom, de bruid, hun ouders en de getuigen. Ze rijden langzaam, heel langzaam. Eromheen drommen de talrijke gasten. De weg is breed, je kunt er naast de koetsen lopen. De processie beweegt zich in de richting van de fotograaf, die zich heeft verstopt onder een zwarte omslagdoek op een driepoot.

De koetsiers met hun hoge hoeden houden de paarden tijdens de steile afdaling in toom. De opstekende wind spreidt de sluier, die als een spookachtig wit vaandel boven de wandelaars zweeft. De bomen boven de weg schommelen heen en weer en ruisen. Op de processie belanden rijpe kastanjes. Eén kastanje ketst met een klap af op de hoge hoed van een koetsier. Iedereen, de koetsier incluis, moet lachen. De gevallen kastanjes worden krakend geplet onder de wielen van de koetsen.

In de kerk van de heilige Secundo is het koud. Dit is een kou van eeuwen, die de aanwezigen lichtelijk doet huiveren. Het meest kwetsbaar oogt natuurlijk de bruid. Ze ziet eruit als een vlinder die een donkere crypte in is gevlogen. De padre glimlacht. Achter Francesca staat de dikzak Silvio. Hij blaast haar in de rug. Hij proest en snottert. In haar rug voelt ze de warmte van zijn ademhaling, en dat vindt ze prettig. Zelfs uit de neusgaten van zo'n dikzak is dit de ademhaling van het leven.

Afgezet tegen de ouderdom van de kerk komt de menigte aanwezigen Francesca als een ongerijmdheid voor. Als een verzameling spoken die een ogenblik later zullen oplossen en de kerk (die er al zoveel heeft meegemaakt!) oog in oog met de eeuwigheid achterlaten. Francesca probeert zich iedereen als skelet voor te stellen. Een kerk vol skeletten, een ervan in een sluier.

Als ze naar buiten komen knijpt iedereen zijn ogen dicht. Ze bestrooien de jonggehuwden met kleingeld en graan. De bruidsstoet gaat weer naar Magnano. Op de terugweg ziet Francesca kans de padre haar droom te vertellen. Hoe uit de onthoofde hals het bloed opbubbelde. Hoe het hortend uit de doorgehouwen slagader naar buiten kwam.

Ik meen dat in het onderhavige geval sprake is van Ambrogio Flecchia, zegt de padre. Het wekt geen verbazing dat juist jij van hem hebt gedroomd, aangezien jullie toch bloedverwanten zijn. Als je nog eens iets droomt, doe me dan een plezier en schrijf het op. Welbeschouwd hebben we over Ambrogio Flecchia hier tot op heden nog steeds heel weinig feitenmateriaal.

Op het dorpsplein staan tafels met lekkernijen opgesteld. Langs de tafels planken op krukken. Op de planken tafellakens. De aanblik van deze overvloedige dis brengt iedereen in opperbeste stemming. Iedereen is blij voor het jonge paar. Grootvader Luigi draait een shagje, neemt dit tussen twee vingers en begint eraan te lurken. Door de versteende blaren kan hij zijn vingers niet buigen. Zijn gezicht lijkt op puimsteen. Hij zegt dat hij nog nooit zo'n weelderige bruiloft heeft meegemaakt. Zijn woorden komen met de rook naar buiten en lijken omfloerst door ouderdom.

's Avonds komen er kaarsen op tafel. Ze doen de schaduwen op de okergele gevels dansen. Aan sommige tafels worden de kaarsen uitgeblazen. Hun walm zweeft nog lang op de stilgevallen lucht. Voortdurend staan er stellen op van tafel om in het donker te verdwijnen. In feite gaan ze niet ver weg. Ze staan tegen de warme muren van de huizen geleund. Soms komen ze terug om een glas wijn te drinken.

Francesca staat op van tafel. Ze weet dat ze al niet meer aan deze wereld toebehoort en voelt zich ongelukkig. En ze weet aan welke wereld ze wel toebehoort. Zij vieren feest, terwijl zij al niet meer hier is. Zij fuiven en zij heeft geen hap door haar keel kunnen krijgen. Francesca gaat in de nis van een deur staan, waar niemand haar nog kan zien. De duisternis slokt haar op. Dat is geruststellend.

Iemand laat zijn hand over haar gezicht gaan. Een vinger beweegt zich van voorhoofd naar neus, van neus naar kin. Francesca beweegt zich niet. Iemand strijkt door heur haar. Ze voelt in haar rug de koude deurklink en vindt die met haar hand. Ze klampt zich er uit alle macht aan vast. Zijn lippen raken haar lippen. Hij stapt uit het donker van de nis en draait zich om. Het is Leonardo.

De volgende dag reisde Francesca af naar Florence en sindsdien is ze geen enkele keer meer in Magnano geweest. Ze rondde de katholieke meisjesschool af en trouwde, twintig jaar oud, met luitenant Massimo Totti. Ze verhuisden naar Rome. In 1915 vertrok luitenant Totti naar het front om te sneuvelen in de eerste veldslag. Francesca kreeg van de luitenant, die op dat moment al wijlen was, een zoon, Marcello. Terwijl Francesca haar zoon opvoedde, studeerde ze aan de faculteit natuurkunde van de universiteit en werkte ze in een schoenenwinkel. Soms wilde ze er de brui aan geven en naar Magnano vertrekken. Ze studeerde af en kreeg haar bul voor natuurkundeleraar. Francesca vond met moeite een halve aanstelling aan een van de middelbare scholen in Napels. Ze kampte met rampzalige geldtekorten. Om het hoofd enigszins boven water te houden keerde ze terug naar Rome, waar ze ging werken in een mortuarium. In het mortuarium betaalden ze niet slecht. In de zeldzame vrije minuten van haar diensten las ze Joyce. Soms noteerde Francesca haar dromen over Ambrogio. Uiteindelijk gaf ze die uit onder de overkoepelende titel *Ambrogio Flecchia en zijn tijd*. Op basis van de opgeschreven dromen werkte ze in haar boek onder meer de theorie van Einstein over de relativiteit van de tijd uit. Anders dan de werken van de geniale fysicus was het boek geschreven in eenvoudige, toegankelijke taal en werd het een doorslaand succes. Francesca werd rijk en beroemd. Ze liet het mortuarium voor wat het was. Ze kocht een villa aan de kust van Ostia en woonde daar twintig jaar, tot aan haar dood. In een van haar laatste interviews kreeg ze de vraag welke dag in haar leven haar het beste was bijgebleven. Francesca dacht even na en antwoordde:

Dat is toch wel de dag waarop mijn zus Margarita trouwde.

.xiij.

Op een dag kwamen er mannen van de Moskouse bojaar Frol naar het klooster. Bojaar Frol was al vijftien jaar gehuwd met zijn echtgenote Agafja, maar kinderen hadden ze niet. En hoewel ze menig klooster hadden bezocht en de kundigste artsen hadden laten komen, opende de moederschoot van bojarina Agafja zich niet. Stukje bij beetje begon hun hoop uit te doven en met de nadering van het jaar zevenduizend (gerekend vanaf de Schepping) doofde ook de kinderwens uit, want hun kroost zou gezien het mogelijke einde van de wereld vermoedelijk een kort en vreugdeloos leven hebben. Vandaar dat Frol, toen hem het nieuws over de verbazingwekkende genezer uit het Kirillov-klooster ter ore kwam, niet blij kon worden.

Waarom zou je iemand op de wereld zetten voor de dood, zei bojaar Frol tegen zijn hofhouding.

Iedereen wordt toch geboren voor de dood, repliceerden de mannen, anderen zijn we nog niet tegengekomen.

Ik kan jullie vertellen dat Henoch en Elia levend ten hemel zijn opgenomen, antwoordde de bojaar, maar ik ben ze inderdaad niet tegengekomen.

Wij denken dat je het leven niet moet stopzetten voordat het wordt stopgezet door de Allerhoogste, luidde de raad van de mannen.

Na enig nadenken moest bojaar Frol dit beamen. Hij zei:

Ga dan maar naar het Kirillov-klooster en verzoek de monnik Amvrosi voor mij te bidden om de gave van de vrucht der voortplanting.

De afgezanten van bojaar Frol begaven zich op weg en reden twintig dagen. En toen ze op de ochtend van de eenentwintigste dag de poort van het klooster door kwamen, werden ze opgewacht door Amvrosi. Zonder iets aan hen te vragen zei hij:

Ik geloof dat uw tocht niet tevergeefs is en door de gebeden van onze Gebiedster, de Moeder Gods, zal de Heer aan bojaar Frol en diens bojarina de vrucht der voortplanting schenken.

Met deze woorden stak Amvrosi hun twee prosforen voor de bojaar en de bojarina toe. De mannen kusten zijn hand en gingen ter kerke. Een halve dag brachten zij geknield door, de volgende halve dag en de nacht rustten ze uit van hun tocht. Bij het ochtendkrieken begaven de mannen van bojaar Frol zich op de terugweg, die twee keer zo kort duurde, doordat de geur van de prosforen hun honger verdreef en de aanblik hun vermoeidheid wegnam. Toen ze terugkwamen in Moskou vroeg de bojaar hun als eerste naar de prosforen. Die overhandigden ze hem en in de loop van twee jaar werden hem twee kinderen geboren: eerst een jongen, daarna een meisje.

Hoe wist je dat van die prosforen, vroegen de mannen aan bojaar Frol.

De bojaar vertelde dat in de nacht dat zijn gezanten in het klooster uitrustten van hun lange tocht hij en de bojarina hadden gedroomd van een lichtende starets met twee prosforen. De starets sprak zonder zijn mond open te doen, maar wat hij zei was duidelijk:

Weest getroost met een zoon en een dochter. Wij hier zullen bidden dat er vóór Pasen van dit jaar niets gebeurt. Want pas op de dag van Pasen mag je hopen dat de wereld standhoudt.

.xiiij.

Op de grote dag van Pasen in het jaar zevenduizend luidden alle klokken van het Kirillov-klooster. Het gebeier stortte zich uit over het land van Belozersk en verkondigde dat de Heer de mensen Zijn grenzeloze genade had betoond en hun nog tijd voor boetedoening had geschonken. Er werd besloten de berekening van de paasdatum in ere te herstellen; tot op dat moment wist immers niemand of Pasen in het jaar zevenduizend wel zou aanbreken.

Uit veler ogen vloten tranen van dankbaarheid. Gelieven waren getroost omdat hun scheiding was uitgesteld, mensen die zaken niet hadden afgerond waren gerust nu er tijd beschikbaar was om ze te voltooien, en alleen degenen die hadden gesmacht naar het einde waren niet blij, aangezien ze in hun verwachtingen bedrogen waren uitgekomen.

Op de dag van Pasen in het jaar zevenduizend sprak Amvrosi tot starets Innokenti:

Starets, ik zoek de afzondering.

Dat weet ik, antwoordde starets Innokenti. Er is een tijd voor gemeenschap en er is een tijd voor afzondering.

Lang heb ik de wereld verkend en ik heb zoveel in mijzelf opgetast, dat ik haar in het vervolg binnen mijzelf kan verkennen.

Nu we met betrekking tot het einde van de wereld onze kalmte hebben herkregen, is de tijd voor afzondering aangebroken. Bereid je voor, Amvrosi, deze zomer ontvangt ge het schima.

Amvrosi's voorbereiding bestond in de genezing van zieken. Toen definitief duidelijk was dat het leven in de afzienbare toekomst zou doorgaan, vertienvoudigde de toestroom van patiënten. In deze stroom voegden zich degenen die onlangs ziek waren geworden bij degenen die er alle voorgaande jaren de voorkeur aan hadden gegeven lijdzaamheid te oefenen maar nu, gezien het gunstige perspectief dat zich had geopend, terugkwamen van hun beslissing.

Een dergelijke hoeveelheid bezoekers bracht de kloostergemeenschap van haar stuk en belemmerde haar zich te concentreren op het gebed. Enkelen beklaagden zich bij de hegoemen.

Wat nu, konden jullie je vroeger soms concentreren op het gebed, vroeg de hegoemen aan de querulanten.

Niet echt, antwoordden de klagers, en de hegoemen bedankte ze voor hun eerlijkheid.

Maar ook Amvrosi zelf betwijfelde of het wel zo goed was wat er gebeurde. Soms moest hij denken aan de woorden van vader econoom: dat velen van degenen die tot hem kwamen alleen dachten aan hun gezondheid, zonder zich te bekommeren om gebed en boetedoening. Deze woorden hadden in Amvrosi het zaad van de twijfel gezaaid. Hij voelde onrust, maar starets Innokenti was al niet meer in de buurt. Die was inmiddels verhuisd naar een kluis op een dagreis van het klooster. Amvrosi wist dat de starets zich aan afstand niets gelegen liet liggen en zei tegen hem vanuit het klooster:

Ik ben bang dat mijn genezende werk voor hen een routinezaak wordt. Het brengt de zielen van deze lieden niet in beweging, omdat ze de genezing automatisch ontvangen.

Wat weet jij nou van automatismen, Amvrosi, antwoordde starets Innokenti vanuit de afzondering van zijn kluis. Als je de gave der genezing hebt, gebruik die dan, ze is je immers niet voor niets geschonken. Met dat automatisme van ze is het snel gedaan zodra jij niet meer bij ze bent. Maar geloof me, het wonder van de genezing blijft ze voor altijd bij.

.XV.

Op 18 augustus van het jaar zevenduizend na de Schepping der wereld ontving Amvrosi in de kerk van de Ontslapenis van de Heilige Moeder Gods het schima. De rite van de aanneming van het schima herinnerde aan de rite waarmee hij enkele jaren eerder als monnik was ingekleed. Maar deze keer was alles plechtiger en strenger.

Amvrosi betrad de kerk, zoals het betaamde, tijdens de kleine intocht van de Goddelijke Liturgie. Hij kwam binnen en nam de bedekking van zijn hoofd en zijn sandalen van zijn voeten. Driemaal boog hij ter aarde. Zijn ogen raakten gewend aan het halfduister van de kerk en in de donkere massa van de aanwezigen lieten zich gezichten onderscheiden. In het koor stond een man die leek op Christofor. Misschien was het wel Christofor.

Aller Schepper en der kranken Arts, God mijn Heer, aleer ik het zelfs voor het einde besterf, red mij, fluisterde Amvrosi het koor na.

Door de geopende deuren woei de late zomerwind naar binnen. De vlammetjes op de kaarsen doofden bijna uit, maar verstarden toen om zich uit te strekken in een gezamenlijke richting. In zijn kindertijd, als hij met Christofor in deze kerk stond, gedroegen de vlammetjes zich net zo. En dat was het enige dat Amvrosi verbond met die tijd, omdat hijzelf nu allang een ander was en Christofor in het graf lag. Tenminste, daar was hij in gelegd. Amvrosi bedacht dat hij zich niet meer precies kon herinneren hoe Christofor eruitzag. Hoe kon Christofor hier zijn? Nee, dat was Christofor niet.

Verzaakt gij deze wereld en wat in de wereld is, naar het gebod des Heren, vroeg de hegoemen aan Amvrosi.

Ik verzaak haar, antwoordde Amvrosi.

Hij hoorde hoe achter hem de deuren werden dichtgeslagen, en de vlammen op de kaarsen richtten zich op. Nu waren de vlammen volkomen onbeweeglijk. Zo moet ook de ziel worden, dacht Amvrosi. Zonder hartstochten, onverstoorbaar. Maar mijn ziel komt niet tot rust, want ze brandt voor Oestina.

De hegoemen zei:

Neem ene schere en reik die mij.

En Amvrosi reikte hem de schaar aan en kuste zijn hand. De hegoemen opende zijn hand en de schaar viel op de grond.

En Amvrosi raapte de schaar op en overhandigde haar aan de hegoemen, en de hegoemen liet haar opnieuw vallen.

En wederom reikte Amvrosi hem de schaar en de hegoemen liet haar een derde keer vallen.

Toen Amvrosi de schaar ook ditmaal opraapte wisten alle aanwezigen zeker dat hij vrijwillig de tonsuur aannam.

De hegoemen ging over tot de voltrekking van de tonsuur. Hij knipte kruisvormig twee lokken van Amvrosi's hoofd, opdat deze de gezindheden die hem neerhaalden samen met de haren achter zich zou laten. Met zijn ogen gericht op de grijze lokken op de grond hoorde Amvrosi zijn nieuwe naam:

Onze broeder Lavr scheert zich de haren zijns hoofds in de naam des Vaders, des Zoons en des Heiligen Geestes. Laat ons nu van hem zeggen: Heer, erbarm U zijner!

Heer, erbarm U, antwoordde de monnikerij.

18 augustus, de dag dat Amvrosi het grote schima aannam, was de naamdag van de heilige martelaren Florus en Laurus. Op deze dag werd Amvrosi Lavr.

Starets Innokenti sprak vanuit de afzondering van zijn kluis:

Lavr is een goede naam, want de laurier, die vanaf heden aan jou gelijknamig is, is geneeskrachtig. En omdat hij altijd groen is, symboliseert hij het eeuwige leven.

Ik voel mijn leven niet langer als een eenheid. Ik was Arseni, Oestin, Amvrosi, en nu ben ik dus Lavr geworden. Mijn leven heb ik geleefd als vier mensen die niet op elkaar lijken en verschillende lichamen en verschillende namen hebben. Wat heb ik gemeen met dat helblonde jochie uit de vrije nederzetting Roekina? Mijn geheugen? Maar hoe langer ik leef, des te meer mijn herinneringen mij voorkomen als verzinsels. Ik geloof ze zo langzamerhand niet meer, en daardoor ben ik niet bij machte mijzelf in verband te brengen met degenen die op verschillende tijden 'ik' waren. Het leven gelijkt op een mozaïek en valt in stukken uiteen.

Als je een mozaïek bent wil dat nog niet zeggen dat je in stukken uiteenvalt, antwoordde starets Innokenti. Het lijkt maar zo van dichtbij, dat ieder afzonderlijk steentje geen verband houdt met de andere. In elk ervan, Lavr, ligt iets belangrijkers vervat: de gerichtheid op degene die er van een afstand naar kijkt. Op degene die in staat is alle steentjes ineens te bevatten. Hij is degene die ze met zijn blik samenbrengt. Zo, Lavr, is het ook met jouw leven. Jij hebt jezelf opgelost in God. Jij hebt de eenheid van je leven verbroken, afstand gedaan van je naam en je eigen persoonlijkheid. Maar ook in het mozaïek van jouw leven is er iets dat alle afzonderlijke delen ervan verenigt: namelijk de gerichtheid op Hem. In Hem zullen ze opnieuw samenkomen.

.xvi.

Drie weken nadat hij het schima had aangenomen verliet Lavr het klooster om op zoek te gaan naar een afzonderlijke kluis voor zichzelf. Hij deed dit uit een innerlijke aandrang, maar van de zijde van de hegoemen een de kloosterlingen ontmoette hij geen bezwaren.

Vreemd genoeg voelden zij bij het vertrek van Lavr een zekere opluchting, aangezien de toestroom van mensen die op genezing hoopten het geordende kloosterleven verstoorde. En hoewel de poort bij speciale toestemming voor aankomende reizigers werd geopend, moesten de massa's wachtenden aan de muren de monnikerij wel dwarszitten.

De monnikerij en de hegoemen deden hun best om degenen die voor Lavr kwamen begripvol tegemoet te treden. Ze gedachten de woorden van de Heer, dat een stad op een berg niet vermag verborgen te blijven en dat wie een kaars aansteekt die niet onder de korenmaat bergt maar op een kandelaar stelt, zodat ze schijnt voor eenieder in huis. Het werd wat anders als dat licht, in een klooster dat bestemd was voor iedereen, een tikje te fel werd voor degenen die ervan uitgingen dat hun kracht bovenal lag in het gezamenlijke gebed. En dat was kennelijk het geval.

Lavr verliet het klooster met niets anders bij zich dan een korst brood. Ze probeerden hem ertoe over te halen meer mee te nemen, omdat het niet duidelijk was wat hem op zijn nieuwe stek te wachten stond, maar Lavr zei:

Als op die plek God en Zijn Allerheiligste Moeder mij vergeten, waar ben ik dan nog goed voor?

En Lavr ging op zoek naar een plaats waar zijn ziel zich op haar gemak zou voelen. Hij liep door het klamme herfstbos, zonder bij te houden welke kant op. Dat vond hij niet nodig, want hij voorzag geen terugkeer. Hij begreep dat deze beweging het begin was van een ander, belangrijker vertrek.

Lavr stapte op half verrotte takken, die onder zijn voeten braken zonder gekraak. Op de gele bladeren schemerde 's ochtends wit de dauw. Tegen de middag was de dauw veranderd in kleine druppels, die koel blikkerden in de zon. Water dronk Lavr uit de zwarte woudpoelen. En iedere keer als hij zich boven het water vooroverboog, kwam vanuit de diepte naar hem het beeld omhoog van een verlopen oude man in een monnikskap met witte kruizen op de schouders. Lavr hief zijn ogen op naar de door takken doorsneden hemel en wees Oestina op de starets in de poel:

We mogen veronderstellen dat ik dat ben, aangezien er hier verder niemand voor weerspiegeling in aanmerking komt. En ik blijf leven door jou en als jou en ik zie jou, die onveranderd bent gebleven, maar jij, mijn lief, zou mij niet meer herkennen.

Soms had Lavr de indruk dat hij dit spiegelbeeld al eens had gezien, dat dit vele jaren geleden was, maar wanneer en onder welke omstandigheden kon hij zich met geen mogelijkheid herinneren. Misschien, dacht Lavr, was het in een droom geweest, want de slaap vertoont beelden zonder zich te bekreunen om conventies, waar de tijd er een van is.

Elke dag brak Lavr iets af van de korst brood die hij bij zich had, maar die werd daar niet kleiner van. Hij verbaasde zich hierover en vroeg aan starets Innokenti:

Zeg eens, starets, misschien denk ik alleen maar dat ik eet?

Je bent een grote vent, en ook nog eens medicus, maar je praat als een klein kind, reageerde de starets boos. Zeg nou zelf, kan een organisme overleven zonder voeding? Volgens welke biologische wetten dan wel? Uiteraard eet je op de meest natuurlijke manier. Een andere zaak is dat die korst elke dag weer in gewicht toeneemt, anders zou je er niet zo makkelijk mee wegkomen.

Gerustgesteld door de uitleg van starets Innokenti vervolgde Lavr zijn weg. Hij kwam veel deugdelijke plekken tegen, maar gaf aan geen daarvan de voorkeur. Zijn innerlijke zintuig gaf hem elke keer te verstaan dat dit nog niet het eindpunt van zijn omzwervingen was. Sommige plekken waren te krap. De bomen stonden er bijna op elkaar en konden naar Lavrs mening iedere ziel die hier neerstreek beknellen. Andere plaatsen waren daarentegen te weids, zo uitgestrekt dat de toe-eigening ervan, waardoor dus de ziel ze transformeerde in iets eigens, grote inspanningen zou vergen. In een van de manuscripten van Christofor heette het dat vele vlanen zich schikken naar de Russische mens, maar dat deze zich die vlanen niet kan toe-eigenen. Als Russische mens was Lavr beducht voor een dergelijke wending.

Hij zwierf vele dagen rond, zo vele, dat hij in sommige delen van het woud zijn eigen inkervingen begon te herkennen. Op een nacht droomde hij van een plaats op een hoogte. Het was een veld, omringd door hoge dennen en omzoomd door struikgewas, in het dichte loof waarvan een rots met een grot te zien was. De stralen van de zon drongen vrijelijk tussen de stammen van de dennen door, waardoor de plek licht en rustig was.

Zodra Lavr 's ochtends wakker was, begaf hij zich naar deze plek. Hij liep zonder innerlijke twijfels, met de opgewekte tred van iemand die de weg weet. Tegen het eind van de dag bereikte Lavr de gewenste plaats. Die zag er exact zo uit als hij haar in zijn droom had gezien. Lavr sprak een dankgebed uit, kuste de grond die hem geworden was en zei:

Dit is mijn ruste tot inder eewicheyt, hier sal ic woonen.

Hij zei:

Ontvang mij, o wildernis, als een moeder de vrucht haars schoots.

Hij verzamelde rijshout en plukte gras en legde het in de grot. En hij legde zich daar te slapen, en zijn slaap was vredig als in een echt huis. En in zijn slaap was hij gelukkig, aangezien hij wist dat dit zijn laatste huis was.

.xvij.

Een paar dagen lang was Lavr aan het redderen om zijn nieuwe woning bewoonbaar te maken. De grot waarin hij zich had gevestigd bestond uit twee enorme zwerfkeien die van boven waren afgedekt door een nog groter rotsblok. Een van de zijden van dit blok raakte de grond en vormde zo een derde, aflopende wand. De vierde wand ging Lavr nu zelf bouwen. Aan gereedschap had hij alleen het mes dat hij uit het klooster had meegenomen.

Dichtbij vond Lavr stammen van omgevallen bomen en hij probeerde die naar de grot te slepen. De dikste stammen liet hij sowieso links liggen. Maar toen hij een van de gemiddelde stammen met zijn armen omvatte en probeerde hem van zijn plaats te krijgen, lukte ook dat niet. Nadat Lavr zijn hartkloppingen de baas was geworden vroeg hij zich af waar dat aan lag: het gewicht van de boom of zijn ouderdom, en besloot dat het alles bij elkaar de ouderdom moest zijn.

Dus pakte hij maar de dunne, jonge stammetjes aan, die waren gesneuveld toen de grote bomen naar beneden kwamen. Hij sleepte deze boompjes naar de zwerfkeien en groef het onderste deel ervan in de grond in, waarbij hij de bovenkant tegen het ongelijke oppervlak van de deksteen drukte. De stammetjes verbond hij onderling met dikke, uit winde gevlochten kabels. De tussenruimten vulde hij op met gras en mos. Het lukte Lavr zelfs om uit samengebonden takken een deur te fabriceren. De deur hing niet aan scharnieren en moest heen en weer worden geschoven, maar beschermde niet slechter tegen de kou dan een echt exemplaar.

Nu Lavr de wand had opgericht begreep hij dat dunne stammetjes hier ook het meest geschikt voor waren, omdat dikke stammen nooit zo goed op elkaar hadden kunnen aansluiten. Hij zei tegen Oestina:

Datgene waarvoor een mens de kracht heeft is ook het beste. Wat zijn krachten te boven gaat, mijn lief, is niet van nut.

Uit stenen die her en der verspreid lagen stapelde Lavr een haard. Hij besefte dat zijn oude dag gekomen was en rekende niet langer op de kracht van zijn lichaam. Om het leven in zijn lijf vast te houden begon Lavr op de koudste dagen vuur in de haard te stoken. Later, toen hij op zijn nieuwe plek geaard was, ging hij ertoe over eens per week te stoken. Op zaterdagen ontstak hij het vuur met behulp van een vuursteen en een tondelzwam, die hij droog hield in een uitsparing die hij onder de zoldering had ontdekt. Lavr stookte van de ochtend tot de avond, toekijkend hoe de vochtige rook van de takken die hij had verzameld langzaam wegtrok door de deuropening. In één stookdag namen de stenen van de grot zo veel warmte in zich op dat dit toereikend was tot aan de volgende zaterdag. Bijna altijd toereikend was. Als de grot eerder afkoelde oefende Lavr geduld, maar de ingestelde dag veranderde hij niet.

Lavr raakte gehecht aan zijn woonverblijf. Het beschermde tegen de koude noordenwinden en bleek onverwacht ruim. In het gedeelte het dichtst bij de ingang kon hij rechtop staan. Waar de granieten plaat omlaag liep moest hij bukken. Soms vergat Lavr dat afhangende rotsblok en stootte hij stevig zijn hoofd. Terwijl hij de opkomende tranen wegveegde, verweet hij zichzelf zijn onwil om het hoofd te buigen en zijn hovaardij. Hij glimlachte, blij dat de lessen in berusting die hij kreeg zo gemakkelijk waren.

Lavr besefte dat hij werd bejegend als een kind. Voor het eerst sinds zijn kindertijd was het hem kalm te moede. Dit is mijn ruste tot inder eewicheyt, herhaalde hij bij zichzelf, verbaasd over de diepte van zijn rust. Hij had het gevoel dat hij de bronnen van de wateren onder de aarde kon horen. De ademhaling van de wolken in de hemel. In zijn vorige leven was hem veel overkomen, maar alles was sowieso altijd gebeurd waar anderen bij waren. Nu was hij helemaal alleen.

Eenzaam was hij niet, omdat hij zich niet door de mensen verlaten voelde. In zijn gewaarwording was iedereen aanwezig die hij ooit had ontmoet. De mensen vervolgden hun leven in de stilte van zijn ziel – ongeacht of ze naar de andere wereld waren vertrokken, dan wel nog in leven waren. Hij kon zich al hun woorden, stembuigingen en bewegingen voor de geest halen. Hun oude woorden baarden nieuwe woorden, ze gingen wisselwerkingen aan met het jongste wedervaren en de laatste woorden van Lavr zelf. Het leven ging door in al zijn veelvormigheid.

Het bewoog zich chaotisch, zoals dat een leven betaamt dat bestaat uit miljoenen deeltjes, maar tegelijkertijd viel er een zekere algemene gerichtheid in waar te nemen. Lavr begon het idee te krijgen dat het leven zich naar zijn begin toe bewoog. Niet naar het begin van het leven als zodanig, zoals de Heer het had geschapen, maar naar zijn eigen begin, waarmee het leven als zodanig zich ook aan hem had geopenbaard.

Lavrs gedachten, die voorheen draaiden om recente gebeurtenissen, concentreerden zich steeds vaker op zijn vroegste levensjaren. Als hij door het herfstbos liep, voelde hij geregeld in zijn hand de hand van Christofor. Een ruwe, warme hand. Lavr wierp een blik omhoog naar Christofor en wist eindelijk weer waar hij het gezicht had gezien dat weerspiegeld was geweest in de poel. Dat was het gezicht van Christofor. Van opa, voor zijn kleinzoon, in den dag zijns ouderdoms.

Christofor voerde hem langs dierenpaadjes en hield af en toe stil om op adem te komen. Hij vertelde over kruiden die in dit jaargetijde inslapen en over de eigenschappen van wortels waar de vorst overheen is geweest. Hij vertelde over de trekroutes van vogels die de kou ontvluchten naar het zuiden, over hun zware leven in den vreemde en hun verbluffende vermogen om weer terug te keren.

Terugkeren, Lavr, ligt niet alleen in de aard van vogels, maar ook in die van mensen, zei Christofor op een keer. Het leven wil een bepaalde afronding hebben.

Waarom noem je mij Lavr, vroeg Lavr. Jij hebt me toch gekend als Arseni.

Wat maakt dat uit, antwoordde Christofor. Weet je nog dat jij ook een vogel wilde worden?

Ja. Lang heb ik toen niet gevlogen...

Wanneer de jongen moe werd, zette opa hem in de tas op zijn rug. Hij droeg hem naar huis, en op de gelijkmatige tred van Christofor vielen de ogen van de jongen dicht. Hij droomde dat hij de vogel charadrius werd. Hij neemt andermans zweren op zich en stijgt op tot in het firmament om ze hoog boven de aarde te laten verwaaien. Hij werd wakker toen het al nacht was, op zijn ligbank. Hij hoorde in de hoek van de grot het gelijkmatige gedruppel van water.

.xviij.

Tegen november begon de korst die Lavr uit het klooster had meegenomen merkbaar te slinken. Het viel Lavr op maar maakte hem niet ongerust. Hij begreep dat, als zijn aanwezigheid op aarde nog enige zin had, zijn dagelijks brood hem te gelegener tijd gegeven zou worden. En dat gebeurde.

Op een ochtend hoorde Lavr behoedzame stappen bij de grot. Hij ging naar buiten en zag een man met een brood in zijn handen.

Ik ben molenaar Tichon en ik heb brood voor je, zei de man.

Zijn kleding zat onder het meel en hij was een jaar of dertig oud. Met een buiging gaf molenaar Tichon Lavr het brood. Lavr nam het zwijgend aan en boog ook. De molenaar ging weg.

De volgende dag kwam hij terug met aan de arm zijn echtgenote, die erg mank liep.

Ik heb de molensteen op mijn voet gekregen en sindsdien kan ik er niet meer op lopen, zei de molenaarsvrouw. Mijn gezondheidstoestand gaat met de dag achteruit.

Hoe heb je het met die voet tot hier kunnen halen, als je man je niet gedragen heeft, vroeg Lavr. In deze negorij kom je zelfs niet altijd als je kerngezond bent.

Zo moeilijk is dat niet, zei molenaar Tichon, want die negorij van jou, Lavr, ligt op maar anderhalf uur lopen van Roekina. Mensen die door het woud liepen hebben je gezien, en iedereen in het dorp weet nu dat jij hier woont.

Lavr bekeek de twee aandachtig. Hij begreep dat zijn tocht van vele dagen helemaal niet zo lang was geweest. En dat hij onderweg verdwaald was, maar per saldo was uitgekomen waar hij had moeten uitkomen.

Comt ons te hulpe, Lavr, verzocht molenaar Tichon, wat heb ik immers op de molen aan een helpster met een manke poot.

De tranen stroomden de molenaarsvrouw over de wangen, omdat ze begreep dat niet haar voet maar haar leven op het spel stond. Lavr gebaarde haar de lap af te nemen die ze om de getroffen voet had gewikkeld. Toen ze dat had gedaan ging Lavr voor haar op zijn hurken zitten. De voet was opgezwollen en gaan zweren. Hij begon hem langzaam te betasten. Molenaar Tichon wendde zich af. Lavr kneep met beide handen in de voet en de molenaarsvrouw begon te grienen. Hij wikkelde de doek weer om het gekwetste lichaamsdeel.

Vrou, ween niet, zei Lavr. Je voet zal herstellen, je kunt weer aan het werk in de molen, en je zult je echtgenoot tot hulp zijn.

En alles wordt weer als vroeger, vroeg de molenaarsvrouw.

Nee, niet alles wordt weer als vroeger, antwoordde Lavr, omdat niets ter wereld zich herhaalt. Dat wil je volgens mij ook helemaal niet.

Ze maakten een buiging voor Lavr en gingen.

Vanaf die dag kwamen er uit Roekina steeds meer mensen tot hem. Toen ze zagen dat de heremiet Lavr de zieke molenaarsvrouw had geholpen, begrepen ze meteen dat ook zij bij hem konden aankloppen. Ze hadden van de molenaar gehoord hoe Lavr het brood had aangenomen en er met een diepe buiging voor had bedankt, en ze begonnen hem eten te brengen. Elke keer wanneer ze daarmee aankwamen verzocht Lavr hun dat niet te doen. Desondanks bleven ze hem nu eens brood, dan gekookte raap, en dan weer haverpap in hun pannetjes brengen. Uit het relaas van de molenaar volgde dat dergelijke geschenken geen kwaad konden. Bovendien was men in de vrije nederzetting Roekina al veel langer van mening dat alleen betaalde arbeid tot resultaten leidt. Zelfs als het gaat om de arbeid der genezing.

Lavr begreep dat weigeren er niet in zat en begon zijn eten te delen met de vogels en andere dieren. Hij brak het brood in tweeën en breidde zijn armen uit, en op zijn armen kwamen de vogels zitten. Ze pikten in het brood en rustten uit op zijn warme schouders. De haverpap en de koolraap waren meestal voor de beer. Die kon maar geen geschikt leger vinden voor zijn winterslaap, en dat verziekte zijn leven.

Als de beer bij Lavr kwam beklaagde hij zich over de vrieskou, het voedseltekort en zijn eigen algehele ongesteldheid. Op de koudste dagen liet Lavr hem binnen in zijn grot om zich te warmen, waarbij de gast het verzoek kreeg niet te snurken om de gastheer niet van diens gebed af te leiden. En wat hun nabuurschap op zich betrof, Lavr suggereerde hem die te beschouwen als een tijdelijke oplossing. Helemaal aan het eind van december vond de beer alsnog een hol en kon Lavr opgelucht ademhalen.

.xix.

Die winter begon Lavr de tel van de vooruitstrevende tijd kwijt te raken. Nu voelde hij slechts de circulaire, in zichzelf besloten tijd: de tijd van dag, week en jaar. Hij wist het hele jaar door wanneer het zondag was, maar de draad van de jaartelling was hij hopeloos kwijt. Soms vertelde iemand hem welk jaar men schreef, maar dat vergat hij dan meteen, omdat hij zulke kennis al tijden niet meer voor waardevol hield.

Gebeurtenissen hielden in zijn geheugen geen verband meer met de tijd. Ze vloeiden stilletjes over zijn leven uit en formeerden zich in een eigen, niet aan chronologie gebonden volgorde. Sommige doken op uit de diepten van wat hij had beleefd, andere verzonken in diezelfde diepten voor altijd doordat hun ervaring tot niets had geleid. De belevenissen zelf boetten voortdurend in aan duidelijkheid, ze veranderden meer en meer in algemene ideeën van goed en kwaad, ontdaan van details en kleuren.

De tijdsaanduiding die steeds vaker bij hem opkwam was het woord *eens*. Wat hem in dit woord beviel was dat het de vloek van de tijd bedwong. Het bevestigde de eenheid en onherhaalbaarheid van alles wat er gebeurd was – eens. Eens begreep hij dat deze aanduiding volstrekt toereikend was.

(Eens) kwamen ze naar Lavrs grot met de Novgorodse bojarina Jelizaveta. Vele jaren tevoren was ze gevallen en met haar hoofd tegen een steen gekomen. Sindsdien was haar zicht steeds slechter geworden en na verloop van tijd kon ze alleen nog de omtrekken van voorwerpen zien. Kort voordat ze bij Lavr kwam zag bojarina Jelizaveta zelfs die niet meer.

Toen Lavr uit zijn grot kwam zei ze:

Bet mijn ogen met het water dat je uit de bron haalt, opdat ik weer kan zien.

Lavr verwonderde zich over haar geloof en deed zoals ze had gezegd. Terstond ontwaarde ze de omtrekken van Lavrs gezicht en achter hem hoe haar begeleiders zich bewogen. Bojarina Jelizaveta begon ze met haar vinger aan te wijzen en hun namen te noemen. Ze benoemde ook de kruiden en bloemen die rond Lavrs grot groeiden. Soms maakte ze een fout, doordat de troebelheid nog niet uit haar ogen was geweken, maar het voornaamste zag ze: het licht. Voortdurend hief ze haar hoofd op om zonder te fronsen naar de heldere zomerzon te kijken, en haar ogen deden geen pijn en konden zich niet zat kijken aan de zon. Tegen het begin van de herfst had bojarina Jelizaveta haar zicht volledig terug.

(Eens) kwamen ze bij Lavr met de dienstknecht des Heren Nikolaj, geboeid in kettingen. Tien man begeleidden hem, omdat een kleiner aantal niet in staat was hem in bedwang te houden en zijn bewegingen richting te geven. Nikolaj was klein van stuk, maar zijn ontembare kracht kwam van de demonen waarvan hij bezeten was. Hij brulde en jankte en knaagde aan zijn kettingen, zijn op het ijzer stukgebeten tanden ontblotend. Op zijn lippen ziedde bloedig schuim. Hij rolde wild met zijn ogen, zodat alleen het wit ervan te zien was. Aan zijn slapen en in zijn nek zwollen blauwe aderen op. Kleren had hij bijna niet aan, want alles wat men hem aantrok scheurde hij aan flarden. Hoewel het vroor had hij het niet koud: hem verwarmden de krachten van elders die in hem huisden.

Laat hem los, zei Lavr tegen de mannen die Nikolaj vasthielden.

De mannen wisselden enkele blikken. Na een lichte aarzeling lieten ze hun kettingen vallen en stapten van Nikolaj weg. Er trad een stilte in. Nikolaj was gestopt met janken en om zich heen slaan. Hij stond half voorovergebogen en keek Lavr recht aan. Zijn mond was half geopend. Van zijn lippen bungelden slierten slijm. Lavr deed een stap in Nikolajs richting en legde een hand op diens hoofd. Zo bleven ze enige tijd staan. Lavrs ogen waren gesloten, zijn lippen bewogen. Beider hoofden kwamen langzaam dichter bij elkaar, tot Lavrs voorhoofd dat van Nikolaj raakte.

In de naam van onze Heiland Jezus Christus beveel ik u de dienstknecht des Heren Nikolaj te verlaten, zei Lavr luid.

Bij deze woorden stak Nikolaj zijn hand naar Lavr uit, alsof hij hem wilde omarmen. Zijn lichaam verslapte. Rinkelend met zijn kettingen zeeg Nikolaj traag ter aarde. Hij lag in de sneeuw aan Lavrs voeten en niemand durfde op hem af te stappen. Nikolajs ogen waren open als bij een dode, maar hij was niet dood.

Ze hebben hem verlaten, en zijn geest is op de weg naar genezing, zei Lavr. Geef hem een adempauze tot het eind van de nacht, en laat hem morgen ter communie gaan.

Ze brachten Nikolaj naar Roekina en hij lag de rest van de dag en de hele nacht buiten bewustzijn. Maar toen hij vroeg in de ochtend de ogen opende, straalde daarin het licht van de rede, zoals het de mens, die het beeld van God draagt, betaamt. Nikolaj was nog heel zwak, omdat samen met de demonen ook de reusachtige kracht waarover hij had beschikt uit hem was geweken.

Dankzij de gebeden van de mensen om hem heen en van hemzelf vond Nikolaj in zich de kracht om ter kerke en ter communie te gaan. Na de communie voelde hij zich beter, doordat samen met het lichaam en bloed van Christus nieuwe kracht in hem was gevaren. Nikolaj begaf zich vanuit de kerk onder begeleiding van veel volk regelrecht naar Lavrs grot.

Lavr kwam naar buiten, hun tegemoet, en zegende hen zwijgend. En allen vielen voor Lavr op hun knieën, omdat ze hadden gezien dat de kracht van deze mens groter was dan die van de duivelse machten. Daarna vroeg iedereen aan Nikolaj waarom hij, toen ze hem naar Lavrs grot brachten, zich zo had verzet en had geschreeuwd op een manier die de menselijke mogelijkheden te boven ging. Nikolaj antwoordde:

Jullie sloegen mij om mij hierheen te dwingen, de demonen sloegen mij om dat te verhinderen, en ik wist niet wie van u ik moest gehoorzamen. En omdat ik van twee kanten ervan langs kreeg, schreeuwde ik met een dubbele schreeuw.

Allen verbaasden zich over hetgeen was geschied en verheerlijkten God in de hemel en zijn aardse licht Lavr.

.XX.

In het jaar van de grote honger kwam de joncfere Anastasía bij Lavr. Ze had haar maagdelijkheid verloren. Snikkend wierp ze zich voor Lavr neer en zei:

Ik voel dat mijn moederschoot ontvangen heeft, maar zonder echtgenoot kan ik niet baren. Wanneer immers het kind ter wereld komt, gaat het de vrucht van mijn zonde heten.

Vrou, wat ist dat ghi begheert, vroeg Lavr.

Je weet zelf, Lavr, wat ik wil, maar dat durf ik je niet te zeg-gen.

Gewis, o vrou. Want jij weet ook wat ik daarop antwoord. Zeg op, waarom ben je eigenlijk naar mij gekomen?

Omdat ik niet naar de gebedsgenezeres in Roekina kan, want dan weet meteen iedereen van mijn zonde. Maar jij hoeft maar te bidden en de vrucht van mijn zonde verlaat me net zoals ze bij me binnengekomen is.

Lavrs blik verhief zich langs de toppen van de dennen en verloor zich in de loden hemel. Op zijn wimpers lagen verstarde sneeuwvlokken. Het veld raakte bedekt met de eerste sneeuw.

Daar kan ik niet om bidden. Een gebed moet de kracht van de overtuiging hebben, anders is het niet werkzaam. Maar jij vraagt mij te bidden om een moord.

Anastasia richtte zich langzaam uit haar geknielde houding op. Ze ging zitten op een gevelde boom en drukte haar vuisten tegen haar wangen.

Ik ben een wees, het is nu een tijd van honger, ik kan geen kind voeden. Waarom begrijp je dat niet?

Houd het kind en alles komt in orde. Geloof me gewoon, ik weet dat.

Je vermoordt mij, en hem erbij.

Lavr ging op de boom zitten, naast Anastasia. Hij streelde haar hoofd.

Alsjeblieft, ik smeek het je.

Anastasia keerde zich af. Lavr knielde neer en drukte zijn hoofd tegen Anastasia's benen.

Ik zal elk uur voor jou en hem bidden. Laat hem de vrucht mijns ouderdoms zijn.

Je zegt nee omdat je bang bent je ziel te gronde te richten, vroeg Anastasia.

Ik ben bang dat ik die al te gronde heb gericht, zei Lavr zacht.

Bij het weggaan keek Anastasia om naar Lavr, en hij huilde. Ze had met hem te doen.

.xxi.

Het werd een strenge winter. Uit de hemel kwam geen sneeuw, maar stof. Een wit, vonkend stof, dat neersloeg op bomen en struiken. Eigenlijk waren er ook al geen struiken meer. Eerst veranderden ze in sneeuwhopen en daarna verdwenen de bulten onder de eindeloze sneeuwdeken die over het woud was geworpen. Nog aan het begin van de winter zei Lavr tegen Oestina:

Ik denk, mijn lief, dat dit de koudste winter is die ik ooit heb moeten meemaken. Maar misschien ligt het er gewoon aan dat mijn lichaam al niet meer in staat is moeilijkheden het hoofd te bieden. Opdat het niet voortijdig van de ziel gescheiden wordt, ga ik proberen tweemaal per week te stoken.

Maar het lukte Lavr niet de grot twee keer per week warm te krijgen. De voorraad sprokkelhout die hij had aangelegd slonk snel en het was lastig om meer te vinden onder de dikke laag sneeuw. Tot aan zijn borst in de sneeuw haalde Lavr net de dichtstbijzijnde bomen om daar takken van af te breken, maar dat vergde grote inspanningen. Als hij een of twee takjes de grot had binnengebracht kon hij lang niet op adem komen. Hij viel krachteloos neer op de ligbank en zijn ademhaling, beklemd door een bronchiale hoest, herstelde zich met moeite. Om op brandhout te bezuinigen begon hij vaker, maar bij kleine beetjes te stoken. De stenen warmden daarvan niet goed op en in de grot was het altijd koud.

Ook het eten dat Lavr vanuit Roekina bij tijden was bezorgd voordat de grote sneeuwval inzette liep op zijn eind. Wanneer ze het hem vroeger kwamen brengen, weigerde hij het en zei hij dat hij zelf grote voorraden had. 's Zomers en in de herfst had hij inderdaad talrijke kruiden en wortels waaraan hij zich ruimschoots zat kon eten, maar die waren onder de sneeuw die er nu overheen lag niet langer bereikbaar. Vanwege het dikke sneeuwdek kwamen de zieken niet meer, waarmee ook de voedselbezorging was opgehouden. In deze moeilijke tijd waren ze hem vergeten – niet in de wrede nalatigheid van mensen met kwade bedoelingen, maar in de noodgedwongen vergetelheid van de lijdenden. Bij de sneeuw had zich de honger gevoegd en niemand had het makkelijk.

Tegen het midden van de winter kwam Lavr de grot bijna niet meer uit. Hij was zuinig op de krachten en de warmte die hem nog resteerden. In de verste hoek van de grot vond hij eens de resten van de korst die hij destijds uit het klooster had meegebracht.

Misschien is dit brood niet bepaald ovenvers, zei Lavr tegen Oestina, en veel is er ook niet van over, maar goed, als ik me niet overgeef aan vraatzucht is dit voor enige tijd toereikend. In situaties als de mijne is het belangrijkste, mijn lief, geen kapsones te krijgen.

Nu Lavr het voedselvraagstuk had opgelost, vond hij ook een manier om zich te warmen. Hij begon aan Jeruzalem te denken.

Van de ochtend tot de nacht zwierf Lavr door de straten van een stad vol zonneschijn, en zelfs als hij insliep was hij de geur van de afkoelende stenen gewaar. Hij streelde hun ruwe oppervlak. De stenen gaven hun warmte af aan Lavrs verkleumde handen en hij had het niet koud meer. Op de derde februari kwam hij op de Olijfberg starets Innokenti tegen. Het gezicht van de starets was bruinverbrand, hij was duidelijk al wat langer in Jeruzalem. Bij wijze van begroeting wees de starets op de Tempelberg en begon zachtjes te zingen:

Heere, nu laet uwen knecht, nae uwe woort in vrede…

Starets Innokenti zong met ontbloot hoofd en de zwoele februariwind beroerde zijn grijze haren. Door de lucht zweefden de insecten van het Heilige Land en droge grasdraden, weggeplukt van plaatsen waar zij zich thuis voelden. Ze vermengden zich met het antieke stof van Jeruzalem en belandden in de ogen van wie bleef staan. Op de wimpers van starets Innokenti blonken tranen. Hij sloot reeds zijn lippen, doch zijn zang stortte zich nog uit over het dal van Kedron. Met de blik op hem gericht bedacht Lavr dat zo Simeon de Rechtvaardige eruit moest hebben gezien op het driehonderdeenenzestigste jaar van diens leven.

Maar het ís vandaag toch ook de gedenkdag van Simeon de Rechtvaardige, glimlachte starets Innokenti, was jij dat soms vergeten? En hoe zou ik nu niet de bevrijding bezingen die heden voor mij intreedt?

Ik zag het al aan hoe je dichterbij kwam, zei Lavr tegen hem. Je deed dat bevrijd. Als een man die alles heeft gezien wat hij zien moest. Om je de waarheid te zeggen had ik niet verwacht jou hier tegen te komen, hoewel – waar zouden we anders afscheid moeten nemen, als het niet hier zou zijn?

Starets Innokenti omhelsde Lavr.

Wees niet bedroefd, Lavr, want je hoeft niet lang meer opgesloten te blijven in de tijd.

Ze stonden op de top van de berg. Lavr zag hoe van achter de schouder van de starets een donderwolk kwam aandrijven, waaruit geen druppel regen zou vallen.

.xxij.

In de lente werd duidelijk dat met het nieuwe jaar de honger niet zou ophouden. Eind mei, toen van onder de grond de graanplantjes opkwamen en de vruchtbomen nog maar net bloeiden, viel er een zeer zware vorst in. Hij brak in op warme dagen en woedde slechts één nacht. Alles wat in staat was op te groeien en op te bloeien, kwam in die nacht om het leven.

De vrije nederzetting Roekina werd bezocht door uiteenlopende onheilen, maar een dergelijke koude kon niemand zich herinneren. De dorpsmolenaar vergeleek deze kou met de adem van de Duivel, die alles verijst wat ze aanraakt. De vergelijking opende menigeen de ogen voor de ware aard van wat er aan de hand was en gaf de richting voor gevolgtrekkingen aan. Het was duidelijk dat zulke dingen niet bij toeval geschieden.

Het onderzoek naar de oorzaken nam niet veel tijd in beslag. Ondanks de wijde oud-Russische kleding kon het tegen de lente al voor niemand meer een geheim zijn dat de wees Anastasia iets bij zich droeg. Nadat de ramp zich had voltrokken vroegen ze haar wie de vader van het kind was, maar zij weigerde te antwoorden. Ze vroegen niet verder, omdat het voor iedereen in Roekina ook zo wel overduidelijk was. De vader van het kind was degene wiens ijzige adem ieder kruid en de vrucht van elke boom had vernietigd. Hier was maar één uitweg, en wat dat voor uitweg was sprak niemand uit want iedereen wist ook zo wel hoe te handelen.

Op een heldere juninacht vloog de wrakke hut van Anastasia aan vier kanten in brand. Niemand van de bewoners van Roekina sliep; toch kwam niemand blussen. Velen huilden en baden, omdat ze ondanks Anastasia's band met de onreine machten met haar te doen hadden. Velen meenden dat als dit meisje, dat zo zonder ouders woonde, inderdaad een gemakkelijke prooi van de Duivel was geworden, dit niet alleen haar schuld was, maar ook te wijten was aan de omstandigheden. Helaas was deze mensen er alles aan gelegen de vrije nederzetting Roekina van de honger te redden, en dat stelde paal en perk aan de hun eigen weekhartigheid. Ze omsingelden Anastasia's hut om haar niet te laten ontsnappen en stopten hun oren dicht met hun handen om haar doodskreten niet te horen. In het geloei van de vlammen hoorden ze die ook niet.

Nadat de hut was afgebrand waagden de grootste durfallen het in de as te wroeten om met een espenhouten paal te doorboren wat er van Anastasia was overgebleven. Toen ze geen spoor van een verbrand lijk vonden, waren de dorpsbewoners er eens te meer van overtuigd dat ze schuldig was, aangezien van een onschuldig iemand tenminste iets had moeten overblijven. En iedereen kon zich ervan vergewissen dat Anastasia was verdwenen gelijk rook vervliegt, en was omgekomen ghelijck dat wasch versmilt vanden viere, in het aangezicht van hen die God liefhebben en zichzelf betekenen met het teken des kruizes.

Maar Anastasia was niet verdwenen. Ze had voorzien welke kant het opging en was in de nacht van de brand weggevlucht uit Roekina. Haar vlucht werd bemoeilijkt door misselijkheid en duizeligheid, maar vooral door haar zware buik, waarin haar kind zich wentelde. De grootste moeilijkheid bestond erin dat ze nergens heen kon. Op deze aardkloot had ze alleen starets Lavr, die haar een voorspoedige afloop van de gebeurtenissen had voorspeld. En zijn voorspelling (Anastasia veegde al lopend de tranen uit over haar wangen) was kennelijk niet uitgekomen.

Haar gezicht en handen openhalend aan de takken die haar tegemoet vlogen, schold Anastasia in haar hart de starets uit omdat hij haar zijn hulp had geweigerd en noemde hem zo ongeveer de veroorzaker van al haar ellende. Maar toen ze kort na middernacht zijn grot naderde, had de toorn haar hart verlaten, en de kracht haar lichaam. Ze had geen verwijten en zelfs geen tranen meer. Zwaar ademend zakte ze op de grond en riep Lavr. Ze moest overgeven.

Met een schaal water in zijn handen kwam Lavr de grot uit. Hij wies Anastasia's gezicht en handen.

Ze wilden me in brand steken, fluisterde Anastasia. Ze denken dat ik zwanger ben van de Duivel.

Lavr keek Anastasia zwijgend aan. Zijn ogen waren vol tranen.

Waarom zeg je toch niks, krijste Anastasia.

Lavr legde een hand op haar voorhoofd, en Anastasia voelde verkwikking.

.xxiij.

Lavr deelt zijn grot in tweeën. Samen met Anastasia verzamelt hij takken, die hij aan elkaar verbindt met kabels van klimop om zo een binnenmuur op te richten. In de buitenmuur snijden ze een extra ingang voor Anastasia. Voor de opening zetten ze een deur van takken waarin varens zijn gevlochten. Deze tweede toegang tot de grot proberen ze te camoufleren.

Op zonnige dagen wandelt Anastasia achter de grot, terwijl Lavr op het pad gaat staan waarlangs de mensen uit Roekina komen. Hij ontvangt de zieken op het veld voor de grot en geeft Anastasia een teken wanneer ze weggaan.

Ze kunnen haar beter niet zien, zegt Lavr tegen Oestina. Je weet nooit wat die lui in de zin hebben: mijn lief, daar in die koppen is het nog behoorlijk duister.

Praat met mij, vraagt Anastasia aan Lavr. Ik kan er niet tegen als er nooit wat gezegd wordt.

Goed, ik zal met je praten, antwoordt Lavr.

De zieken brengen Lavr weer eten, maar inmiddels veel minder dan eerst, omdat in de omringende dorpen honger heerst. Bovendien zijn ze gewend dat Lavr elke vergoeding weigert. Maar nu weigert Lavr die niet. Hij behandelt de zieken en neemt wat ze meebrengen dankbaar in ontvangst. De zieken zijn verbaasd. Ze zeggen dat in de voorgaande vette jaren Lavr niets van hen aannam, maar nu, in de magere jaren, het een na het ander aanpakt, zelfs vlees. De zieken constateren tot hun spijt dat zelfs asketen in moeilijke tijden niet ten goede veranderen. Ze ergeren zich een beetje, maar laten dat niet merken. Lavr geeft hun gezondheid en leven terug, en waar die ontbreken is voedsel nutteloos.

Lavr legt hun niets uit. Hij weet dat Anastasia goed moet eten en houdt een en ander nauwlettend in de gaten.

Ik heb nog nooit zo goed gegeten, zegt Anastasia.

Nu eet je niet alleen voor jezelf, maar ook voor je jongen, antwoordt Lavr.

Hoe weet je dat het een jongen is?

Lavr kijkt Anastasia aan.

Dat denk ik.

Op een dag zegt Lavr tegen Oestina:

Me dunkt, mijn lief, ik zal haar lezen en schrijven bijbrengen, zoals ik destijds – weet je nog – jou les heb gegeven. Misschien krijgt ze later te lezen wat ze haar in Roekina niet vertellen.

Lavr begint Anastasia les in lezen en schrijven te geven. Het gaat haar verbazend makkelijk af. Lavr heeft geen boeken, maar wel berkenbast, waarop hij schrijft wat Anastasia leest. Maar vaker schrijft hij met een stokje op de grond. Om iets nieuws te schrijven wist hij het oude uit. Soms niet.

De mensen die bij hem komen zien deze schrijfsels, maar hebben geen idee voor wie ze zijn gemaakt. Ze proberen er alleen niet op te stappen. Ze weten niet wat er precies op de grond geschreven staat, maar het is hun bekend dat Slavische letters heilig zijn, want in staat heilige begrippen aan te duiden. Niet-Slavische letters hebben ze nooit gezien. Ze nemen overdreven grote stappen en lopen op hun tenen om de inschriften heen. Aristides de Rechtvaardige werd ghevraeght: hoevele jaren ist enen menschen goet te leven? Aristides nu antwoorde: so lanc, tot hi den doot verstaet beter te sijn als 't leven. Ze gaan weg zonder de dialoog met Aristides ten einde te hebben gelezen. Ze buigen voor Lavr en wensen hem een lang leven toe.

God verhoede, antwoordt Lavr geluidloos.

Voor het slapengaan vraagt Anastasia hem om een verhaaltje. Lavr wil vertellen van zijn reis naar Jeruzalem, maar kan zich die niet herinneren. Hij denkt lang na en herinnert zich de *Alexandriade*. Avond na avond vertelt Lavr Anastasia van de omzwervingen van de Macedonische heerser, van de mensen die hij zag en van zijn veldslag met koning Darius. Alexanders wedervaren ontmoet bij Anastasia veel medeleven. Het leidt haar af van wat er in haar eigen leven gebeurt en ze valt kalm in slaap. Maar Alexander ligt op de ijzeren grond onder een ivoren hemel. Hij is vol weemoed. Hij begrijpt niet waartoe al zijn zwerftochten dienen. En al zijn veroveringen. En hij weet nog niet dat zijn imperium in een oogwenk uiteen zal vallen.

Zonder wakker te worden opent Anastasia haar ogen en spreekt:

Wat had Alexander een vreemd leven. Waarin lag het historische doel ervan?

Lavr kijkt Anastasia in de ogen zonder zich eruit te kunnen losmaken en leest er zijn eigen vragen in. Hij buigt zich voorover naar het oor van de slapende en fluistert:

Het leven heeft geen historisch doel. Of dat is niet het belangrijkste. Volgens mij begreep Alexander dat pas vlak voor zijn dood.

In de vroege ochtend worden ze gewekt door stemmen. Lavr loopt de grot uit en ziet mannen uit Roekina. In hun handen hooivorken en staken. Lavr kijkt ze zwijgend aan. Een tijdje zwijgen zij ook. Langs hun gezicht parelt zweet, de haren plakken tegen hun voorhoofd. Ze zijn komen rennen. Ze hijgen nog na.

De smid Averki zegt:

Starets, je weet dat we vorig jaar hier honger hadden. De oorzaak daarvan was de band van die Anastasia met de Duivel.

Lavr kijkt voor zich uit, maar het is niet duidelijk of hij iemand ziet.

Die griet hebben we verbrand, vervolgt smid Averki, maar de honger is niet gestild. Wat betekent dat, starets?

Lavr kijkt de smid nu aan.

Dat betekent dat het duister is in die hoofden van jullie.

Fout, starets. Dat betekent dat we haar niet hebben verbrand.

We hebben zelfs haar botten niet gevonden, verzucht molenaar Tichon.

Lavr zet een paar stappen in Tichons richting.

Is je vrouw gezond en wel, Tichon?

Ja, door de genade Gods, antwoordt de molenaar.

Op het voorpand van zijn hemd merkt hij meelsporen op, die hij begint af te kloppen.

Ze hebben Anastasia hier gezien, zegt smid Averki. Ze hebben gezien hoe ze naar binnen ging in jouw kluis... Starets, we weten dat ze daar is.

De andere mannen kijken naar smid Averki en niet naar Lavr.

Ik verbied jullie mijn kluis binnen te gaan, klinkt Lavrs stem.

Het spijt me, starets, maar we staan hier voor onze gezinnen, zegt smid Averki zacht. En we gaan je kluis binnen.

Hij loopt langzaam naar de grot en verdwijnt naar binnen. Uit de grot klinkt een kreet. Een ogenblik later komt smid Averki naar buiten. Hij houdt Anastasia aan haar haren vast. Als aren van vlas zijn ze om zijn rode vuist gewonden. Anastasia krijst en probeert Averki in de heup te bijten. Averki schopt haar met een knie in het gezicht. Anastasia valt stil en blijft aan Averki's arm hangen. Haar dikke buik wiegt heen en weer. De omstanders hebben het gevoel dat die buik zich nu losmaakt van Anastasia en dat daar iemand uitkomt naar wie je beter niet kunt kijken.

De Duivel heeft haar in zijn macht, schreeuwen de omstanders.

Met deze kreten proberen ze de moed erin te houden, want ze durven niet op Anastasia af te lopen. Ze zijn verbluft door het lef van de smid die haar vasthoudt.

De Duivel heeft jullie in zijn macht, zegt Lavr verstikt, want jullie begaan een doodzonde.

Anastasia opent haar ogen. Ze zijn vol angst. Haar achterovergeworpen gezicht is zo afschuwwekkend dat iedereen onwillekeurig terugdeinst. Een moment krijgt de vrees ook smid Averki in zijn greep. Hij slingert Anastasia van zich af. Ze ligt op de grond tussen hem en Lavr. Averki herpakt zich en keert zich abrupt tegen Lavr:

Ze heeft de vader van haar kind niet genoemd, omdat die niet onder de stervelingen is!

Anastasia richt zich op een elleboog op. Ze schreeuwt niet, ze reutelt. Het duurt een eeuwigheid voor deze reutel de oren van de omstanders bereikt:

Daar staat de vader van mijn kind!

Haar vrije arm wijst naar Lavr.

Iedereen zwijgt. De ochtendbries gaat liggen en de bomen ruisen niet meer.

Is dat waar, vraagt iemand uit de menigte. Starets, zeg dat ze liegt.

Lavr heft zijn hoofd op en kijkt iedereen langs met een trage, uitgebluste blik.

Nee. Het is waar.

Iedereen ademt op. De kronen van de dennen beginnen opnieuw te wiegen, de wolken zetten hun drijftocht voort. Om de lippen van smid Averki speelt een grijns:

Ach, zit dat zo...

De grijns is nauwelijks merkbaar en juist daardoor van een bijzondere vuiligheid.

Dat kan iedereen overkomen, zegt molenaar Tichon in iemands oor. Absoluut iedereen. Dit is om zo te zeggen een levenssfeer waarin niemand zeker van zijn zaakje is.

De mannen lossen onopgemerkt op in het bos. Hun hooivorken en staken veranderen in de takken van het struikgewas. Hun stemmen verstommen. Ze zijn niet te onderscheiden van het scherpe gekrijs van de vogels. Van het geknerp tussen de boomstammen. Lavr slaat deze verdwijning afwezig gade. Hij zit met zijn wang tegen de stam van een oude den gezakt. De bast bestaat uit afzonderlijke, schijnbaar opgelijmde plakken. De plakken zijn rimpelig en ruw, sommige bedekt met mos. Er rennen omhoog en omlaag mieren overheen. Ze krioelen door het mos. Door Lavrs baard. De mieren zijn niet van zins hem te onderscheiden van die den, en hij begrijpt ze wel. Zelf voelt hij ook de mate waarin hij verhout is. Dat is dus begonnen, het is moeilijk zich daartegen teweer te stellen. Nog even en hij komt al niet meer terug. De begeesterde stem van Anastasia rukt hem los uit bomenland.

Je hebt ze iets moeten zeggen wat niet waar is.

De klanken vormen samen woorden. Iets wat niet waar is. Je hebt ze moeten zeggen.

Heb ik soms iets gezegd wat niet waar is?

De volgende dagen duiken er in de nabijheid van Lavrs kluis talloze leeglopers op. Het nieuws over hem en Anastasia verspreidt zich razendsnel, en nu komen de omwonenden een kijkje nemen. De nieuwsgierigen worden zelfs niet weerhouden door hun benarde levensomstandigheden, want de lust om andermans val met eigen ogen te aanschouwen is bij menigeen sterker dan de honger. De middeleeuwen kennen weinig sensaties en wat Lavr is overkomen hoort daar ongetwijfeld bij, de val van een godvruchtige maak je niet elke dag mee.

Niet dat de bewoners van nabije en verre dorpen zich blij maken om wat er is gebeurd, alleen komt hun absurde en door bedrog en gekibbel verziekte leven hun nu een tikje draaglijker voor. Ze hebben wel door dat tegen de achtergrond van zo'n voorval er van henzelf niet zo veel mag worden verwacht. Velen tonen in hun uitspraken zelfs medelijden met Lavr en laten niet na op te merken dat een hoge vlucht onvermijdelijk moet eindigen in een navenant diepe val. Het hoeft daarom geen verbazing te wekken dat ze niet van plan zijn zelf in het vervolg nog erg hoog te vliegen.

Na een week loopt de belangstelling sterk terug. Nu zijn er veel minder bezoekers dan in vroeger tijden, toen er nog geen vuiltje aan de lucht was. Overduidelijk speelt de hongertijd hierin een rol: in zo'n periode denken de mensen minder aan hun gezondheid.

Er is nog een andere oorzaak aan te wijzen, die mogelijk zelfs de belangrijkste is. Na het gebeurde hebben velen het geloof in de helende vermogens van Lavr verloren. Het was immers altijd helder dat zijn vermogens, anders dan die van gewone artsen, niet uitsluitend wortelden in zijn kennis van het menselijk lichaam. Lavr behandelde niet – hij heelde, en helingen houden geen verband met ervaring. De gave van Lavr kreeg haar vleugels van hogere machten en haar momentum door zelfverloochening en een naastenliefde van ongekende kracht. Niemand had kunnen verwachten (de sprekers lachten hierbij in hun vuistje) dat deze liefde zekere vormen zou aannemen. De welwillendheid van de volksmond bestaat erin dat hij het recht op helend vermogen alleen erkent voor iemand die het waardig is. En Lavr was niet langer zo iemand.

Er komen nog mensen uit gewoonte, maar dan wel wat onzeker en vooral voor kleinigheden. Steeds vaker moet Lavr zich bezighouden met tandpijn of wrattenverwijdering. Er komen ook ernstiger gevallen bij hem terecht, maar de mensen in kwestie zijn er zelf niet eens zeker van of ze zulke ziekten wel aan onbetrouwbare handen moeten overlaten.

In deze dagen gebeurt het ergste: Lavr begrijpt dat hij zelfs niet meer met de simpelste kwaaltjes overweg kan. Hij voelt dat van zijn handen geen helende kracht meer uitgaat.

Iedere genezing komt in de eerste plaats daaruit voort dat men erin gelooft, zegt Lavr tegen Oestina. Ze geloven me niet langer, en daarmee, mijn lief, is de band tussen mij en hen verbroken. Nu kan ik ze niet helpen.

En de tranen stromen over zijn wangen.

De kruimels die ze hun blijven brengen geeft Lavr aan Anastasia. Tot Lavrs vreugde is de korst die hij uit het klooster heeft meegenomen nog steeds niet op. Hij knabbelt eraan in dank en beven.

Vanaf begin augustus komt er niemand meer bij Lavr. Dit verbaast hem niet. Iedereen begrijpt dat de genezingen zijn opgehouden en vindt bezoeken aan Lavr zinloos. Ook de enkelingen die misschien nog wel zouden zijn gekomen zijn vatbaar voor de algemene stemming. Na alles wat ze in Roekina over Lavr hebben gehoord gaan ze niet meer zo makkelijk naar hem toe. Ze zijn bang om door te gaan voor naïef of – nog onprettiger – toegeeflijk jegens de zonde.

Lavr is eenzaam. Hij voelde geen eenzaamheid toen hij de wereld ontvluchtte, omdat hij toen niet die gewaarwording van verlatenheid had. Nu ontvlucht de wereld hem, en dat is iets heel anders. Lavr is onrustig. Hij ziet dat de tijd van Anastasia's verlossing uit haar zwangerschap nadert. En hij weet niet wat hem te doen staat.

Ook Anastasia is ongerust. Ze voelt Lavrs opwinding en begrijpt niet wat erachter zit. Het verbaast haar dat de grote arts Lavr zijn kalmte niet bewaart bij een bevalling – een verantwoordelijke, maar in feite doodgewone aangelegenheid. Lavr stelt haar meermalen voor om naar Roekina te gaan en daar te bevallen, waar een vroedvrouw haar zou kunnen bijstaan, maar Anastasia wijst dat categorisch af. Ze weet niet wat ze in het dorp kan verwachten. Ze is bang om terug te keren.

Er zijn dagen dat ze bang is om bij Lavr te blijven. Soms heeft Anastasia de indruk dat zijn oordeelsvermogen is vertroebeld. Bij tijden noemt Lavr haar Oestina. Hij zegt tegen haar dat het niet aangaat de hulp van een vroedvrouw te weigeren. Dat, als ze bang is om naar het dorp te gaan, ze het mens hier moet laten komen. Het zweet breekt Lavr uit, hij trilt. Zo heeft ze hem nog nooit meegemaakt.

Anastasia hoort de aan Oestina gerichte woorden en op een zekere augustusochtend zegt ze 'ja'. Ze gaat niet bevallen in Roekina, maar stemt ermee in dat er vandaar een vroedvrouw naar haar komt. Lavr drukt haar hand aan zijn borst. Anastasia hoort hoe wanhopig zijn hart tekeergaat. Ze voelt dat het uur van haar verlossing nabij is.

Voor het eerst in lange jaren verlaat Lavr de plek van zijn afzondering. Hij loopt langs het pad dat is platgetreden door de mensen die om hulp bij hem zijn gekomen. Nu heeft hijzelf hulp nodig. En er is niemand die hij kan sturen, omdat hier niemand meer komt. Al lopend bedenkt Lavr hoe Anastasia zich in zijn afwezigheid moet voelen. Hij probeert voort te maken, maar zijn ademhaling stokt. Voordat hij Roekina binnengaat, staat hij een minuut lang stil en haalt diep adem. Hij sluit zijn ogen en haalt adem. Het gaat alweer. Terwijl hij zijn hartslag in bedwang probeert te houden stapt hij het dorp in.

In de deuropeningen verschijnen mensen. Ze omringen Lavr geluidloos. Ze blijven hem met hun ogen volgen. Zelfs na wat er gebeurd is kunnen de bewoners van Roekina niet geloven in zijn komst. Voor hetzelfde geld kwam het Kirillov-klooster naar hen toe gewandeld. Lavr wendt zich tot de dorpelingen en wijst op het bos. In de langskomende windvlaag is hij niet te verstaan. Hij vraagt om hulp. Zijn lippen bewegen. De dorpelingen weten dat hij om hulp vraagt, maar er is geen hulp. De vroedvrouw is op reis. Ze gaat nooit ergens heen, maar nu moest ze weg, kan gebeuren. En er is geen vervangster. Absoluut geen. Het is geen kwestie van onwil.

Lavr kijkt de menigte rond en laat zich op zijn knieën zakken. Hij zegt niets. Alles wat hij heeft gezegd is al de oren in gegaan die hij heeft genezen. Opgenomen door ogen die hij ook heeft genezen. Hij vraagt hun om de genade die hijzelf zovele jaren aan hen heeft betoond. Velen moeten huilen, want hun hart is niet van steen. Het pakt ook allemaal zo onmenselijk uit, maar wat kunnen zij eraan doen? Ze keren zich af en vegen hun tranen weg. Ze kijken op de indringer neer. Lavrs gestalte trilt in hun ogen, verandert van vorm en omtrek. Staat op. Verwijdert zich.

Lavr beseft niet meteen dat hij naar het gehucht loopt. Zijn benen kennen deze weg nog. Hoe vaak hebben ze die samen met Christofor afgelegd. Hoopt hij hem daar aan te treffen? Christofor moet al lang geleden gestorven zijn. Zo lang dat je al nergens meer zeker van kunt zijn. Nee, natuurlijk is hij dood en ligt hij op het kerkhof: hij heeft immers zelf het deksel over zijn graf gezet. Waarom gaat Lavr dan naar hem toe?

Christofor is op zijn plaats, in zijn graf. Alle afgelopen jaren heeft hij hier doorgebracht. Zijn graf is nog altijd te onderscheiden in het dichte groen bij de omheining. Althans, als dat zijn graf is. Maar Christofors huis is er niet. Zoals Christofor had voorzien staat er op de plaats van het huis een kerk. Een kerk is op een kerkhof belangrijker dan een huis, immers, een kerkhof is op zich een huis.

De deur van de kerk staat open. Alvorens naar binnen te gaan ademt Lavr de augustusgeur in. Hij bekijkt de berkenbladeren eens goed. Weinig takvast, aangeraakt door het eerste geel, een tikje moe van de zomer. De blikkerende zon op de balustrade. De bedachtzame sluipgang van een spin. Dit is een terugkeer, maar zijn huis is een Huis geworden.

In de kerk branden kaarsen. Uit de Koningsdeur komt Alipi naar buiten, de overste van het Kirillov-klooster. In zijn handen de communiekelk.

Sijt ghi aencomen, broeder Lavr?

Amen, ick ben aencomen.

Starets Innokenti is gestorven, hij kon je vandaag niet ontvangen. (Alipi komt Lavr langzaam tegemoet.) Daarom heeft hij mij gevraagd.

Achter Lavrs rug het ruisen van de zwoele wind. De vlam van de kaarsen deint heen en weer, de ikonen komen tot leven. Na de communie zegt Lavr:

Zeg, ik wil je ook iets vragen. Wanneer ik dit mijn lichaam verlaat, daermede ick ymmers heb ghesondigt, maak er dan niet te veel poespas omheen. Bind een touw aan de voeten en sleep het naar het moerasdal, het gedierte des velds en de slangen ter verslinding. Dat is het wel zo'n beetje.

Staand in de deuren van de kerk beschouwt Lavr het smartelijke gelaat van Alipi.

Dit is mijn wilsbeschikking, zegt Lavr. Die heeft men uit te voeren.

Lavr keert 's avonds naar zijn grot terug. Bij de kraamvrouw beginnen de weeën. Hij legt haar op de ligbank in de grot en maakt water klaar om de pasgeborene te kunnen wassen. Hij maakt een mes klaar om bij de pasgeborene de navelstreng door te snijden. Op het veld voor de grot legt hij een vuur aan. Lavr is kalm. En hij voelt opnieuw kracht in zijn handen.

Anastasia (Anastasia?) wil niet in de donkere grot liggen, ze vraagt hem haar bed op te maken op het veld. Lavr kijkt naar de hemel. Aan de hemel geen donderkoppen. Lichte bewolking, bijgekleurd door de zonsondergang – er komt geen regen. Hij maakt een bed voor haar op het veld. Ze gaat liggen met het gezicht naar de grot. De twee ingangen van de grot doen haar denken aan een stel enorme ogen, wijdopen en vol duisternis.

Een grot als een hoofd. Ze vraagt hem haar te helpen zich om te draaien naar de andere kant. Nu kijkt ze uit op het bos. Het bos is hoog en goed. Knus. Stil.

Ga niet bij me weg, vraagt ze aan Lavr.

Ik ben hier, mijn lief, antwoordt Lavr. We zijn bij elkaar.

Hij neemt haar hand in zijn handen, en er vloeit verkoeling in haar over. Hij neemt haar pijn in zijn handen. Neemt die druppel na druppel in zich op. Af en toe staat hij op om een takje in het vuur te gooien. In de intredende duisternis is alleen zijn gezicht te zien. Het wordt verlicht door de vlammen van het vuur. Het reliëf van zijn rimpels is beweeglijk. Het vuur knistert en stoot vonken uit. De vonken vliegen op tot de kronen van de dennen. Sommige doven uit. Sommige vliegen hoger om zich te mengen onder de eerste sterren. Haar ogen zijn gericht op de hemel, ze ziet alles. Haar ogen weerspiegelen de gloed van het vuur.

Lavrs hand ligt op haar buik.

Zo beter?

Ja.

Ze schreeuwt. Met haar schreeuwt het hele woud.

Mijn lief, nog even volhouden. Nog heel even maar.

Ze houdt vol. En schreeuwt haars ondanks.

Lavrs handen voelen het hoofd van het kind. Het lijkt zich vast te zuigen aan zijn handen en komt soepel naar buiten. De schouders. De buik. De knieën. De hielen. Lavr snijdt de navelstreng door. Hij wast de baby met warm water.

Hier is hij, mijn lief.

Hij toont haar het kind en in de vouwtjes van zijn wangen blinken tranen. In de gloed van het vuur is de jongen onwaarschijnlijk roze. Misschien is hij nog niet helemaal van haar bloed schoongewassen. De jongen vult zijn longen met lucht en huilt. Ze neemt dit huilen helemaal, restloos in zich op. Ze legt de baby aan de borst. Haar ogen zijn half gesloten. Voor het eerst in vele dagen is ze rustig. Ze valt in slaap. Op het zachte en warme gras bakert Lavr de pasgeborene in een schone doek. Hij neemt hem in zijn armen. Lavr is ook rustig.

Vroeg in de ochtend wordt Anastasia wakker doordat het fris is. Het vuur is opgebrand. Lavr zit half overeind tegen een den geleund. In zijn armen houdt hij de baby. Het kind ademt gelijkmatig. In Lavrs omhelzing is het warm. Anastasia neemt het kind uit Lavrs armen en geeft het de borst. Het kind wordt wakker en begint gulzig te lebberen.

Lavrs ogen zijn geloken. Op zijn oogleden liggen de eerste stralen van de zon. De stralen komen door de ochtendnevel gekropen. Dennennaalden lichten op. De schaduwen zijn lang. De lucht is dik, want ze heeft zich nog niet ontdaan van de geur van het ontwakende woud. Het mos is zacht. Vol wezens wier huis een blad en wier leven een dag is. Anastasia laat zich voor Lavr op de knieën zakken en bekijkt hem lang. Ze beroert met haar lippen zijn hand. De hand is koel, maar nog niet koud. Anastasia gaat naast Lavr zitten. Drukt zich tegen hem aan. Anastasia weet dat Lavr dood is. Dat begreep ze al toen ze nog sliep.

Ik ben door je dood heen geslapen, zegt Anastasia tegen Lavr, maar mijn kind heeft je uitgeleide gedaan.

Aartsbisschop Iona van Rostov, Jaroslavl en Belozersk loopt langs de oever van het meer Nero. Hij wandelt daar altijd voor de ochtenddienst. Dit is het diepste meer op aarde, maar alleen aan het oppervlak is het water schoon. Dieper is het slijkerig, het laat niemand los die erin terechtkomt. Iona weet dat. Hij bewondert de diepte van het meer, in het besef van het gevaar ervan. In lijn met zijn aangenomen naam is hij niet bang voor diepten, maar zijn geestelijke kinderen raadt hij niet aan de vaste grond te verlaten. Als Iona een man ziet die over het oppervlak van het meer glijdt, verbaast hij zich.

Wie ben jij, die over het water gaat, vraagt aartsbisschop Iona.

De dienstknecht des Heren Innokenti. Ik meld je de dood van de dienstknecht des Heren Lavr.

Kijk maar een beetje uit daar met die diepte, zegt Iona hoofdschuddend.

Aan de grijns van Innokenti ziet Iona dat zijn raad overbodig is. Met deze grijns verschijnt Innokenti in diens lichte slaap aan bisschop Pitirim van Perm en Vologda. Hij deelt hem de dood van Lavr mede.

Vraag of ze hem nog even niet begraven, zegt bisschop Pitirim tegen Innokenti.

Maak je geen zorgen, bisschop, antwoordt Innokenti, ze gaan hem niet begraven.

Anastasia neemt het kind en gaat naar Roekina. De dorpelingen verzamelen zich om haar heen. Anastasia vertelt hun van de dood van Lavr. Ze verklaart dat de echte vader van het kind molenaar Tichon is, die haar onder doodsbedreigingen heeft verboden daarover te praten.

Als deze informatie correspondeert met de werkelijkheid, zeggen de dorpelingen tegen Tichon, kun je beter bekennen, want in het onderhavige geval is er een smet geworpen op een godvruchtige en gaat het je niet makkelijk vallen wanneer je op het Laatste Oordeel wordt voorgeleid.

Een tijd lang weigert molenaar Tichon te bekennen. Hij bewaart het stilzwijgen, terwijl hij het aardse gericht afweegt tegen het hemelse. Ten slotte zegt de molenaar:

Ik beken voor allen dat ik, in de hongertijd meel aanbiedend, voornoemde Anastasia heb geschonden, en tevens dat ik uit vrees voor ontdekking haar heb bedreigd met de dood, hoewel, als je erover nadenkt, wie zou haar verhaal hebben geloofd? De oorzaak van mijn val zie ik in de jeugdigheid en frisheid van deze maagd, alsmede, overigens, in de verwelkte staat van mijn eigen echtgenote, die zich bij Lavr zaliger onder behandeling had gesteld.

Hegoemen Alipi komt naar Roekina. Hij is somber. Alipi beveelt het lichaam van Lavr niet aan te raken tot de komst van de hiërarchen. Na de liturgie te hebben opgedragen laat hij de dorpelingen ouder dan zeven jaar niet ter communie komen. De dorpelingen zijn in rep en roer. Alipi vertrekt.

Het nieuws van Lavrs verscheiden verspreidt zich bliksemsnel. Dit wordt bovenal gevoeld in de vrije nederzetting Roekina, waar al snel in geen van de hutten nog plek is. Dat geldt ook voor de nabijgelegen dorpen. De mensen die komen bouwen loofhutten in de omgeving. Sommigen overnachten met het oog op de zomerperiode onder de blote hemel. Iedereen weet dat bij de begrafenis van een heilige wonderen kunnen optreden.

Van heinde en ver drommen de mismaakten, blinden, kreupelen, melaatsen, doven, stommen en neuzelaars samen. Overal vandaan komt men vermoeiden en belasten brengen. Men voert bezetenen aan, geboeid met touwen of geketend in kluisters. Er komen impotente mannen en onvruchtbare vrouwen, oude vrijsters, weduwen en wezen. De zwarte en de witte geestelijkheid arriveren, de monnikerij van het Kirillovklooster, vorsten van grote en kleine vorstendommen, bojaren, stedevoogden en dorpsoudsten. Er verzamelen zich mensen die ooit door Lavr zijn genezen, mensen die veel over hem hebben gehoord maar hem nooit hebben meegemaakt, mensen die willen zien waar en hoe Lavr heeft geleefd, en mensen die gek zijn op grote samenscholingen. De mensen die er getuige van zijn hebben het idee dat heel het land van Roes hier vergaderd is.

Lavrs lichaam blijft liggen onder de den bij de ingang van de grot. Het vertoont geen tekenen van ontbinding, maar de mensen die het bewaken zijn op hun hoede. Ieder uur lopen ze op het lichaam toe en snuiven ze de geur op die het afscheidt. Hun neusvleugels trillen van inspanning, maar vangen slechts het aroma van gras en dennenappels op. De bewakers laten het veld weergalmen onder hun uitroepen van verbazing, maar diep in hun hart weten ze donders goed dat het zo moet zijn en niet anders.

Op 18 augustus van het jaar 7028 sedert de Schepping der wereld, het jaar 1520 sedert de Geboorte van Christus, als het getal der aanwezigen is gegroeid tot honderddrieëntachtig duizend, wordt Lavrs lichaam van de grond getild en behoedzaam door het woud gedragen. De overdracht wordt begeleid door het rouwgezang van vogels. Het lichaam van de ontslapene is licht. Honderddrieëntachtig duizend belangstellenden wachten aan de rand van het bos.

Wanneer het lichaam van Lavr uit de begroeiing tevoorschijn komt, laat iedereen zich op de knieën zakken. Eerst degenen die hem zien, daarna – rij na rij – allen die daarachter staan. Het lichaam wordt ontvangen door de bisschoppen en de monialen. Zij dragen het op hun hoofden, de menigte wijkt voor hen uiteen als de zee. Hun weg leidt naar de kerk die is gebouwd op de plaats van Christofors huis. Daar wordt een uitvaartdienst gecelebreerd. Tienduizenden wachten woordeloos buiten.

De dienst in de kerk is voor de mensenmassa niet te volgen. Eerst hoort zij ook de woorden niet die hegoemen Alipi uitspreekt in het kerkportaal: hij maakt de wilsbeschikking van Lavr bekend. Maar deze woorden worden door Alipi uitgesproken. Ze verspreiden zich door de massa als cirkels rond een steen die in het water is gegooid. Een minuut later valt de mensenzee stil, want er staat iets buitengewoons te gebeuren.

In volkomen stilte wordt Lavrs lichaam door de menigte gedragen. Aan de rand van de groene weide wordt het in het gras gelegd. Het gras, dat Lavr teder omvloeit, drukt de bereidheid uit hem helemaal op te nemen, aangezien ze elkaar niet vreemd zijn. Op deze weide heeft Christofor de ontslapene laten zien waarin de elementen van hemel en aarde samenvallen.

Lavrs benen worden bijeengebonden met een touw met twee losse uiteinden. In de menigte is geschreeuw te horen. Iemand gooit zich op het touw om het kapot te trekken, maar hij wordt meteen weggesleurd, de menigte weer in. Van bovenaf bekeken vormen de staanden een ongekende samenballing van punten en is Lavr de enige die uitgestrektheid heeft.

Tot het ene uiteinde van het touw nadert aartsbisschop Iona van Rostov, Jaroslavl en Belozersk. Tot het andere uiteinde van het touw nadert bisschop Pitirim van Perm en Vologda. Ze knielen neer en bidden geluidloos. Ze nemen elk hun uiteinde van het touw in de handen, kussen het en richten zich op. Ze bekruisen zich gelijktijdig. Eén van richting beginnen de zoom van hun bisschopsmantel en de punten van hun baard te fladderen. De verhoudingen van hun gestalte worden eender vertekend door de wind: beiden raken rechtswaarts uitgerekt. Hun arbeid is twee-enig. Hun blikken zijn omhoog gericht.

Aartsbisschop Iona knikt nauw merkbaar en ze doen hun eerste stap. Deze stap herhaalt de oneindige massa achter hen. Haar oneindige zucht overstemt het geruis van de wind. De handen op Lavrs borst trillen los en raken uit elkaar, als in een omhelzing. Ze slepen achter het lichaam aan. Ze lopen met hun vingers het gras af alsof ze een rozenkrans aflopen. De oogleden beven en daardoor denkt iedereen dat Lavr op het punt staat wakker te worden.

Achter de rug van de hiërarchen is gesmoord geweeklaag te horen. Met ieder ogenblik wordt het luider. Het gaat over in een dicht geloei, dat zich verspreidt over de hele oecumene. Iona en Pitirim blijven zich zwijgend voortbewegen. De wind draagt hun tranen naar het tegenoverliggende eind van de weide.

Lavr glijdt soepel door het gras. Als eerste volgt hem de Pskovse stadvoogd Gavriil. Hij is grijs en gebrekkig en leunt op iemands arm. Ze moeten hem haast slepen, maar hij leeft nog. Achter Gavriil loopt de Novgorodse bojaar Frol met zijne eenede Agafja en hun kroost. Dat neemt elk jaar toe in getal. Voorts bojarina Jelizaveta, welke ziende geworden is, benevens de dienstknecht des Heren Nikojai, geheel compos mentis en bij zinnen. Achter hen een menigte aan mensen die het zicht hebben teruggekregen en tot rede zijn gebracht. Helemaal aan het eind van de stoet zijn te herkennen koopman Siegfried uit Danzig, hier op zakenreis, en smid Averki, die zich schaamt voor zijn eerdere optreden.

Wat zijn jullie voor een volk, zegt koopman Siegfried. Iemand brengt jullie genezing, wijdt aan jullie zijn hele leven, en jullie maken hem dat leven totaal onmogelijk. En wanneer hij doodgaat, binden jullie hem een touw aan zijn benen, slepen hem rond en zijn in tranen.

Je bent nu al een jaar en acht maanden in ons land, antwoordt smid Averki, en nog snap je er niks van.

Snappen jullie het zelf, vraagt Siegfried.

Wij? De smid denkt na en kijkt Siegfried aan. Zelf begrijpen we het natuurlijk ook niet.

AANTEKENINGEN VAN DE VERTALER

Tot de vele taalregisters waarvan mediëvist en linguïst Jevgeni Vodolazkin zich in deze roman bedient, behoren het Russisch van de vijftiende eeuw en het Kerkslavisch, de liturgische taal van de Russische orthodoxie. Veel ontleent hij aan de bijbel, heiligenlevens, kronieken en aanverwante literaire teksten; op diverse plaatsen reconstrueert hij middeleeuwse spreektaal. Hierbij streeft hij geen wetenschappelijke juistheid na: hij veroorlooft zich allerlei vrijheden en bewerkt het nodige omwille van de leesbaarheid.

In mijn vertaling heb ik het Middelnederlands te baat genomen, al dan niet in (deels) gemoderniseerde vorm. Directe of indirecte bijbelcitaten komen uit de Delftse Bijbel van 1477 en – waar het gaat om de Psalmen en het Nieuwe Testament – de Vorstermanbijbel van 1528/31; in enkele gevallen leek de Statenvertaling gepaster. Her en der leun ik op Jacob van Maerlants *Der Naturen Bloeme* en *Alexanders Geesten*.

Zeker waar ik zelf nieuwe 'Middelnederlandse' zinnen moest formuleren, bleken de adviezen en suggesties van Ingrid Biesheuvel van onschatbare waarde. Zij maakte mij onder meer attent op de roman *Het zwevende schaakbord* uit 1922, waarin Louis Couperus zich een vergelijkbare opgave stelde. Nicoline van der Sijs heeft meegedacht over taalkundige zaken van algemenere aard. Voor de weergave van Russisch-orthodoxe termen en toespelingen heb ik bijzonder veel plezier gehad van het commentaar van priester Hildo Bos. Deze drie personen wil ik op deze plaats dan ook hartelijk bedanken, al komen uiteraard alle gemaakte keuzes – en missers – voor mijn rekening.

In hoofdstuk .xv. van deel 1 vormde de weergave van het Cyrillische telsysteem een puzzel apart. De lezer die hierover meer wil weten verwijs ik naar de diverse taalversies van het wikipedia-artikel over 'Cyrillische cijfers' op internet. Mijn weergave, waarin ik heb moeten schipperen tussen twee Russische alfabetten, het oud-Griekse én ons Latijnse alfabet, doet de werkelijkheid noodgedwongen geweld aan. In het Westen waren tijdens de late middeleeuwen zowel Romeinse als Arabische cijfers in gebruik; het Middelnederlands had voor de weekdagen een notatie ***a*** t/m ***g*** (zonder tilde).

Wat de kruidennamen betreft: van de ongeveer dertig genoemde gewassen dragen er een handvol een 'mystiek' karakter; de andere bestaan wel degelijk en zijn vaak nog steeds in gebruik als geneesmiddel.

Paul van der Woerd

VERKLARING VAN RUSSISCHE C.Q. RUSSISCH-ORTHODOXE BEGRIPPEN

Dankmoleben (p. 10) – Gebedsdienst ter dankzegging.

Tsjeka (p. 11) – Acroniem ter aanduiding van de eerste veiligheidsdienst van de Sovjet-Unie, die in 1922 werd vervangen door de NKVD en weer later door de KGB.

Kitovrás (p. 19) – Mythisch, centaur-achtig wezen uit de Oudrussische literatuur, dat met name voorkomt in een codex uit het Kirillo-Belozerski-klooster.

Rode hoek (p. 32) – Eigenlijk 'mooie hoek': een hoek in huis die Russisch-orthodoxe gelovigen inrichten met ikonen voor persoonlijke devotie. In de sovjettijd was dit vaak letterlijk een 'rode hoek' en hingen hier portretten van Lenin en de leiders van dienst.

Kathisma (p. 77) – In de oosterse kerken is het Psalter (het bijbelboek der 150 psalmen) onderverdeeld in twintig kathismata, afdelingen.

Sjtsjirieten (p. 110) – Mythische wezens die voorkomen in de zogeheten *Russische chronograaf* van 1617 (en verder nergens, in tegenstelling tot *satyrs* en *manticoren*).

Zápskovje (p. 134) – Letterlijk 'aan gene zijde van de Psková', gezien vanuit het stadscentrum; zo betekent Závelitsje 'aan de overkant van de Velíkaja'.

Kalátsj (p. 141) – Rond brood, min of meer vergelijkbaar met een bagel; meervoud *kalatsji*.

Dengá (p. 141) – Laat-middeleeuwse Russische zilveren munt ter waarde van 1/100 of 1/200 roebel. De meervoudsvorm *déngi* is overigens het moderne Russische woord voor 'geld'.

Mogiljóv (p. 197) – De stadsnaam is te herleiden tot het woord *mogíla*, dat 'graf' betekent.

Hegóémen (p. 202) – Hoofd van een klooster in de oosterse kerken, vergelijkbaar met een abt in de Rooms-Katholieke kerk.

Cholodéts, goloebtsý, vinegrét, plov (blz. 234) – Gerechten uit de Russische keuken. *Cholodets* is een soort zure zult of hoofdkaas; *goloebtsy* zijn gevulde koolrolletjes; *vinegret* is een populaire bietensalade met *vinaigrette* als dressing; en *plov* is een oorspronkelijk Ottomaans gerecht met (meestal) rijst, groenten en vlees, hier beter bekend als *pilav*.

Sjtsji (p. 281) – Stevige soep van witte kool en wintergroenten.

Oechá (p. 282) – Bouillon-achtige heldere vissoep met een zekere culinaire finesse.

Jer' (p. 290) – Ook wel *jeri*: de letter **ь**, in het moderne Russisch het zogeheten 'zachte teken'.

Bojaar (p. 294) – Lid van de feodale aristocratie tussen de 10e en de 17e eeuw.

Prosfoor (p. 295) – Grieks: *prosphoron*, in de oosterse kerken een klein, meestal gezegeld offerbrood.

Schima (p. 296) – In de oosterse kerken een scapulier (schouderkleed dat borst en rug bedekt) ten teken van de bijzondere wijding van asketisch levende monniken.

Glagoslav Publications Catalogue

- *The Time of Women* by Elena Chizhova
- *Andrei Tarkovsky: A Life on the Cross* by Lyudmila Boyadzhieva
- *Sin* by Zakhar Prilepin
- *Hardly Ever Otherwise* by Maria Matios
- *Khatyn* by Ales Adamovich
- *The Lost Button* by Irene Rozdobudko
- *Christened with Crosses* by Eduard Kochergin
- *The Vital Needs of the Dead* by Igor Sakhnovsky
- *The Sarabande of Sara's Band* by Larysa Denysenko
- *A Poet and Bin Laden* by Hamid Ismailov
- *Zo Gaat Dat in Rusland* (Dutch Edition) by Maria Konjoekova
- *Kobzar* by Taras Shevchenko
- *The Stone Bridge* by Alexander Terekhov
- *Moryak* by Lee Mandel
- *King Stakh's Wild Hunt* by Uladzimir Karatkevich
- *The Hawks of Peace* by Dmitry Rogozin
- *Harlequin's Costume* by Leonid Yuzefovich
- *Depeche Mode* by Serhii Zhadan
- *Groot Slem en Andere Verhalen* (Dutch Edition) by Leonid Andrejev
- *METRO 2033* (Dutch Edition) by Dmitry Glukhovsky
- *METRO 2034* (Dutch Edition) by Dmitry Glukhovsky
- *A Russian Story* by Eugenia Kononenko
- *Herstories, An Anthology of New Ukrainian Women Prose Writers*
- *The Battle of the Sexes Russian Style* by Nadezhda Ptushkina
- *A Book Without Photographs* by Sergey Shargunov
- *Down Among The Fishes* by Natalka Babina
- *disUNITY* by Anatoly Kudryavitsky
- *Sankya* by Zakhar Prilepin
- *Wolf Messing* by Tatiana Lungin
- *Good Stalin* by Victor Erofeyev
- *Solar Plexus* by Rustam Ibragimbekov
- *Don't Call me a Victim!* by Dina Yafasova
- *Poetin* (Dutch Edition) by Chris Hutchins and Alexander Korobko

- *A History of Belarus* by Lubov Bazan
- *Children's Fashion of the Russian Empire* by Alexander Vasiliev
- *Empire of Corruption: The Russian National Pastime* by Vladimir Soloviev
- *Heroes of the 90s: People and Money. The Modern History of Russian Capitalism* by Alexander Solovev, Vladislav Dorofeev and Valeria Bashkirova
- *Fifty Highlights from the Russian Literature* (Dutch Edition) by Maarten Tengbergen
- *Bajesvolk* (Dutch Edition) by Michail Chodorkovsky
- *Dagboek van Keizerin Alexandra* (Dutch Edition)
- *Myths about Russia* by Vladimir Medinskiy
- *Boris Yeltsin: The Decade that Shook the World* by Boris Minaev
- *A Man Of Change: A study of the political life of Boris Yeltsin*
- *Sberbank: The Rebirth of Russia's Financial Giant* by Evgeny Karasyuk
- *To Get Ukraine* by Oleksandr Shyshko
- *Asystole* by Oleg Pavlov
- *Gnedich* by Maria Rybakova
- *Marina Tsvetaeva: The Essential Poetry*
- *Multiple Personalities* by Tatyana Shcherbina
- *The Investigator* by Margarita Khemlin
- *The Exile* by Zinaida Tulub
- *Leo Tolstoy: Flight from Paradise* by Pavel Basinsky
- *Moscow in the 1930* by Natalia Gromova
- *Laurus* (Dutch edition) by Evgenij Vodolazkin
- *Prisoner* by Anna Nemzer
- *The Crime of Chernobyl: The Nuclear Goulag* by Wladimir Tchertkoff
- *Alpine Ballad* by Vasil Bykau
- *The Complete Correspondence of Hryhory Skovoroda*
- *The Tale of Aypi* by Ak Welsapar
- *Selected Poems* by Lydia Grigorieva
- *The Fantastic Worlds of Yuri Vynnychuk*
- *The Garden of Divine Songs and Collected Poetry of Hryhory Skovoroda*
- *Adventures in the Slavic Kitchen: A Book of Essays with Recipes* by Igor Klekh
- *Seven Signs of the Lion* by Michael M. Naydan

- *Forefathers' Eve* by Adam Mickiewicz
- *One-Two* by Igor Eliseev
- *Girls, be Good* by Bojan Babić
- *Time of the Octopus* by Anatoly Kucherena
- *The Grand Harmony* by Bohdan Ihor Antonych
- *The Selected Lyric Poetry Of Maksym Rylsky*
- *The Shining Light* by Galymkair Mutanov
- *The Frontier: 28 Contemporary Ukrainian Poets - An Anthology*
- *Acropolis: The Wawel Plays* by Stanisław Wyspiański
- *Contours of the City* by Attyla Mohylny
- *Conversations Before Silence: The Selected Poetry of Oles Ilchenko*
- *The Secret History of my Sojourn in Russia* by Jaroslav Hašek
- *Mirror Sand: An Anthology of Russian Short Poems*
- *Maybe We're Leaving* by Jan Balaban
- *Death of the Snake Catcher* by Ak Welsapar
- *A Brown Man in Russia* by Vijay Menon
- *Hard Times* by Ostap Vyshnia
- *The Flying Dutchman* by Anatoly Kudryavitsky
- *Nikolai Gumilev's Africa* by Nikolai Gumilev
- *Combustions* by Srđan Srdić
- *The Sonnets* by Adam Mickiewicz
- *Dramatic Works* by Zygmunt Krasiński
- *Four Plays* by Juliusz Słowacki
- *Little Zinnobers* by Elena Chizhova
- *We Are Building Capitalism! Moscow in Transition 1992-1997* by Robert Stephenson
- *The Nuremberg Trials* by Alexander Zvyagintsev
- *The Hemingway Game* by Evgeni Grishkovets
- *A Flame Out at Sea* by Dmitry Novikov
- *Jesus' Cat* by Grig
- *Want a Baby and Other Plays* by Sergei Tretyakov
- *Mikhail Bulgakov: The Life and Times* by Marietta Chudakova
- *Leonardo's Handwriting* by Dina Rubina
- *A Burglar of the Better Sort* by Tytus Czyżewski
- *The Mouseiad and other Mock Epics* by Ignacy Krasicki

- *Ravens before Noah* by Susanna Harutyunyan
- *An English Queen and Stalingrad* by Natalia Kulishenko
- *Point Zero* by Narek Malian
- *Absolute Zero* by Artem Chekh
- *Olanda* by Rafał Wojasiński
- *Robinsons* by Aram Pachyan
- *The Monastery* by Zakhar Prilepin
- *The Selected Poetry of Bohdan Rubchak: Songs of Love, Songs of Death, Songs of the Moon*
- *Mebet* by Alexander Grigorenko
- *The Orchestra* by Vladimir Gonik
- *Everyday Stories* by Mima Mihajlović
- *Slavdom* by Ľudovít Štúr
- *The Code of Civilization* by Vyacheslav Nikonov
- *Where Was the Angel Going?* by Jan Balaban
- *De Zwarte Kip* (Dutch Edition) by Antoni Pogorelski
- *Głosy / Voices* by Jan Polkowski
- *Sergei Tretyakov: A Revolutionary Writer in Stalin's Russia* by Robert Leach
- *Opstand* (Dutch Edition) by Władysław Reymont
- *Dramatic Works* by Cyprian Kamil Norwid
- *Children's First Book of Chess* by Natalie Shevando and Matthew McMillion
- *Precursor* by Vasyl Shevchuk
- *The Vow: A Requiem for the Fifties* by Jiří Kratochvil
- *De Bibliothecaris* (Dutch edition) by Mikhail Jelizarov
- *Subterranean Fire* by Natalka Bilotserkivets
- *Vladimir Vysotsky: Selected Works*
- *Behind the Silk Curtain* by Gulistan Khamzayeva
- *The Village Teacher and Other Stories* by Theodore Odrach
- *Duel* by Borys Antonenko-Davydovych
- *War Poems* by Alexander Korotko
- *Ballads and Romances* by Adam Mickiewicz
- *The Revolt of the Animals* by Wladyslaw Reymont
- *Poems about my Psychiatrist* by Andrzej Kotański
- *Someone Else's Life* by Elena Dolgopyat
- *Selected Works: Poetry, Drama, Prose* by Jan Kochanowski

- *The Riven Heart of Moscow (Sivtsev Vrazhek)* by Mikhail Osorgin
- *Bera and Cucumber* by Alexander Korotko
- *The Big Fellow* by Anastasiia Marsiz
- *Boryslav in Flames* by Ivan Franko
- *The Witch of Konotop* by Hryhoriy Kvitka-Osnovyanenko
- *De afdeling* (Dutch edition) by Aleksej Salnikov
- *Ilget* by Alexander Grigorenko
- *Tefil* by Rafał Wojasiński
- *The Food Block* by Alexey Ivanov
- *A Dream of Annapurna* by Igor Zavilinsky
- *Letter Z* by Oleksandr Sambrus
- *Liza's Waterfall: The Hidden Story of a Russian Feminist* by Pavel Basinsky
- *Biography of Sergei Prokofiev* by Igor Vishnevetsky
- *A City Drawn from Memory* by Elena Chizhova
- *Guide to M. Bulgakov's The Master and Margarita* by Ksenia Atarova and Georgy Lesskis

And more forthcoming . . .

GLAGOSLAV PUBLICATIONS

www.glagoslav.com

www.ingramcontent.com/pod-product-compliance
Lightning Source LLC
Chambersburg PA
CBHW031957040826
48979CB00042B/482

* 9 7 8 1 8 0 4 8 4 0 6 8 9 *